www.b-books.co.kr

www.b-books.co.kr

마성의
그 녀석

마성의
그 녀석

단유애 장편 소설

DAHYANG ROMANCE STORY

contents

1. 착한 사람? 나쁜 사람?

— 연애도 이제 사업입니다.

TV 화면 속의 여자는 누가 봐도 한눈에 반해 버릴 만큼 아주 매력적인 외모를 가지고 있었다.

조금 날카로워 보이지만 크고 예쁜 눈과 오뚝하게 솟아 있는 코. 새하얀 피부와 그와 대조되는 새빨간 입술. 그리고 그 모든 것들이 다 들어 있는 게 신기할 정도로 작은 얼굴까지. 게다가 얇고 선이 고운 예쁜 몸매에 풍만한 가슴까지 갖추고 있어 스튜디오 안의 모든 남자들은 단 1초도 그녀에게서 시선을 떼지 못했다.

그녀는 그 시선을 즐기듯 거만한 표정을 지으며 가늘지만 탄탄해 보이는 다리를 꼬았다. 그 모습이 너무도 육감적이어서 남자들은 탄성을 내질렀고, 여자는 이런 상황이 익숙하다는 듯 개의치 않으며 제 말만 이어 나갔다.

"미친……."

며칠 전 출연했던 방송 모니터링 중 등 뒤에서 들려오는 욕설에 노아는 몸을 움츠렸다. 살며시 뒤를 돌아보자 소파에 비스듬히 누운 채 노아와 함께 방송 모니터링 중이던 친구 서연과 눈이 마주쳤다.

"나날이 연기력이 늘어 간다?"

까칠한 서연의 말투에도 노아는 아무런 반박조차 하지 못하고 소심하게 고개를 푹 숙였다.

TV 화면 속에 나오는 당찬 모습은 어디로 갔는지, 순둥이도 이런 순둥이가 없을 정도로 소극적인 면을 보이는 노아에게는 사실 엄청난 비밀이 있다.

표면상으로는 남자 좀 가지고 놀아 본 언니, 소개팅 알선 업체 '연애 정보 회사'의 공동 CEO, 연애 지침서로 베스트셀러에 몇 번이나 오른 잘나가는 작가 서노아.

하지만 실상은 모태 솔로에 소심녀인데 잘난 외모 덕분에 소설이 실화로 오해받아 이 자리까지 올라오게 된 바지 사장이다.

지나치게 섹시하게 생긴 노아는 겉모습과는 다르게 사회생활이 불가능할 정도로 소심한 성격인지라 직장에 다니는 걸 생각하는 것조차 막막해했다.

근데 얼떨결에 졸업 작품으로 쓴 소설이 실화로 오해받아 스타덤에 오르고, 어마어마한 저작권료에 현혹되어 먹고살겠다는 의지 하나로 벌써 3년째 잘나가는 언니를 연기하고 있다.

물론 겁이 많은 노아는 언제 들키게 될까 걱정하며 하루하루를 외줄타기 하는 심정으로 살아가고 있다. 하지만 억지로 사람들과 어울리지 않아도 된다는 생각 하나만으로 자신의 삶에 나름대로 만족하며, 영원하진 못해도 앞으로 몇 년간은 이 생활을 지속할 수 있을 거라고 생각했다.

그렇게 얼마 후에 그런 생각을 산산조각 내 줄 너무도 매혹적인 악마가 자신의 인생에 나타나게 될 거라는 걸, 그녀는 꿈에도 상상하지 못하고 있었다……

◆ ◆ ◆

"후……."

노아는 아침부터 청심환을 세 개나 먹고도 여전히 긴장이 되어 땅이 꺼져라 한숨만 푹푹 내쉬었다.

몇 년째 책을 내지 않아 인지도가 바닥을 보이고 있어, 그녀는 회사를 위해 가끔씩 울며 겨자 먹기로 각종 화보 촬영과 방송 출연을 했다. 그때마다 누가 제 본모습을 알지는 않을까 불안에 떨곤 했는데, 그게 항상 청심환을 세 개나 먹을 정도까지는 아니었다.

그럼에도 그녀가 오늘따라 이렇게 과하다 싶을 정도로 벌벌 떨고 있는 이유는 함께 화보 촬영을 할 '그 남자'의 소문이 아주 무시무시하기 때문이다.

그 남자의 이름은 한수현.

올해로 스물여덟 살인 데뷔 10년 차 톱모델이다. 그는 모델다운 기럭지와 영화배우 뺨치게 잘생긴 외모로 2, 30대 여성들의 엄청난 지지를 받고 있지만, 이미 언론에 몇 차례 언급될 정도로 어마 무시한 소문을 가진 남자였다.

일단 외모, 나이, 직종에 상관없이 자신에게 '거슬린다' 싶은 여자를 탐색, 여러 가지 스킬로 혼을 쏙 빼놓은 뒤 결정적인 장면과 함께 스캔들을 터트려 사회에서 거의 매장을 시켰다. 그에게 속아 이미지가 난도질된 여자만 해도 벌써 열 명 가까이 되며 지금도 꾸준히 늘어나고 있었다.

무엇보다 그가 더 무서운 이유는 그의 별명이 '마성의 그 녀석'인 만큼 이름대로 이런 소문을 가졌음에도 불구하고 여자들이 그에게 속아 속수무책으로 당한다는 거다. 그러니 노아가 이렇게 긴장을 할 수밖에.

가뜩이나 순진한 자신이 이런 무서운 남자에게 걸려 영혼까지 탈탈 털리게 될까 봐 노아는 두려운 마음을 안 가지려야 안 가질 수가 없었다.

원래는 서연이 순진한 노아에게 접근하는 남자들을 차단하기 위해 촬영 때마다 매니저처럼 노아의 곁을 지켜 줬었다. 그런데 하필이면 오늘 VIP와의 약속에 끌려가 버리는 바람에 노아는 그 누구에게도 도움을 받을 수 없는 상태였다.

"대표님. 메이크업부터 들어가실게요."

촬영장 구석에서 '확 도망가 버릴까.' 심각하게 고민하고 있는 노아의 곁으로 스태프가 다가와 말했다. 남을 속이는 생활 3년 만에 연기자가 다 된 노아가 언제 떨었냐는 듯 도도한 표정을 지으며 자연스럽게 메이크업을 받기 시작했다.

하지만 그러면서도 속으로는 절대 눈도 마주치지 말자, 말 걸면 도망가자 등 온갖 '한수현 퇴치법'을 생각하고 있었다.

그때 갑자기 주변이 소란스러워지기 시작했다. 노아가 소리의 근원지를 찾아 힐끔 시선을 보내자 그곳에는 말로만 듣던 '마성의 그 녀석' 한수현이 서 있었다.

'맙소사……!'

노아는 심장이 '쿵' 하고 내려앉는 것만 같았다.

예쁜 외모 덕분에 회사 대표라는 직업에도 남자 배우나 아이돌과 함께 촬영을 하는 일이 많았다. 그런데 이렇게 잘생긴 남자는 처음 봤다.

소문의 남자 한수현은, 모델답게 190cm 가까이 되어 보이는 큰 키와 소멸 직전이라고 보기에도 충분한 작은 얼굴, 그리고 남자답고 시원한 이목구비를 가지고 있었다. 게다가 몸은 어떤 운동을 하는 건지 옷으로 전부 가려져 있는데도 단단해 보였다.

소심해서 남자랑 눈도 제대로 못 마주치는 노아는 그 말도 안되게 잘생긴 외모에 한 번 놀라고, 태어나서 처음 보는 인간답지 않은 비율과 몸매에 두 번 놀라 정신없이 그를 쳐다봤다.

'소문이 사실이었어. 아니, 소문은 약과였어. 생각했던 것보다 훨씬 더 잘생겼잖아!'

분명 CF 속에서 질리도록 봐 왔던 존재인데 실물은 화면과는 비교를 할 수 없을 정도로 완벽했다. 첫사랑 한 번 앓아 본 적 없는 노아는 벌써부터 수현에게 반해 버릴 것 같아 두려움이 밀려왔다.

결국, 노아는 그 두려움을 이기지 못하고 도망치려 자리에서 몸을 벌떡 일으켰다. 그러자 갑작스러운 노아의 행동에 부담스러운 시선들이 그녀에게 쏟아졌다.

하지만 노아에겐 지금 그딴 게 중요한 게 아니었다. 일단 지금은 이곳을 벗어나야겠다는 생각만 간절할 뿐이었다.

그녀는 촬영장을 빠져나와 바쁘게 걷기 시작했다. 그렇게 얼마쯤 걸었을까, 사람이 없는 건물 뒤쪽으로 나오자 노아는 쓰러지듯 벽에 몸을 기대며 작게 중얼거렸다.

"……저 정도면 정말 반해 버릴 수도 있겠다."

맹세코 자신은 외모에 약한 여자가 아니라고 자신할 수 있지만, 수현의 비주얼은 외모에 약하고 말고를 따질 수 있는 정도가 아니었다.

그래서 일이 나도 정말 큰일이 나겠다 싶어 그냥 촬영을 포기하고 도망가는 게 낫지 않을까 생각하는데, 그때 갑자기 노아의 주머니에서 요란하게 휴대폰 벨소리가 울렸다.

노아는 화들짝 놀라 서둘러 휴대폰을 꺼냈다. 액정을 확인해 보니 유일한 친구인 '서연'의 이름이 선명하게 떠 있었다. 도망갈까 말까를 심각하게 고민하고 있는 상태에서 때마침 걸려 온 전화에 노아는 서연이 참 귀신같다고 생각했다.

노아는 조심스럽게 휴대폰을 귓가에 가져다 댄 후, 서연이 말을 꺼내기도 전에 먼저 선수를 쳤다.

"서연아…… 나 못 하겠어……."

대뜸 들려오는 노아의 폭탄 발언에 서연은 아무런 대답이 없었다. 추측하건데 서연은 지금 노아에게 화를 낼까, 달래 줄까를 고민하는 것 같았다.

그렇게 두 사람 사이에 잠시 정적이 흐르고, 곧이어 생각을 정리한 건지 서연이 목소리를 낮게 깔며 협박하는 말투로 말했다.

— 좋은 말로 할 때 촬영 잘 마치고 와.

노아는 서연의 위협적인 목소리에 아무런 말도 하지 않았다. 하지만 그것도 잠시, 다시금 우는 소리를 냈다.

"나 정말 못 하겠어……."

— 시끄럽다. 쓸데없는 생각 하지 말고 한수현 측 엄청 좋다니까 안 들키게 조심이나 해.

"뭘……?"

— 몰라서 물어?

"나 모태 솔로인 거?"

— 어.

쌀쌀맞은 서연의 대답에 노아는 한숨을 내쉬었다. 그리고 지금 그게 중요한 게 아니라고 말하려 입술을 달싹이는데, 이 냉정한 친구는 끝까지 노아의 말은 들을 생각도 하지 않았다.

— ……도망가면 너 진짜 죽어. 확인 전화 한다.

노아는 서연의 협박에 대한 답은 운조차 떼지 못했다. 왜냐하면 서연이 그 말을 끝으로 전화를 끊어 버렸으니까!

뼈 속까지 소심한 노아는 차마 서연에게 따질 용기가 나지 않아 연신 죄 없는 휴대폰만 죽일 듯이 노려봤다. 그러나 금세 '내 주제에 서연일 어떻게 이기냐.'며 현실과 타협하고는 촬영장을 향해 떨어지지 않는 발걸음을 내디뎠다.

그 순간, 언제 나온 건지 건물 입구에서 싸늘한 눈동자로 자신을 노려보고 있는 수현과 눈이 마주쳤다.

노아는 마치 메두사라도 본 사람처럼 그 자리에 그대로 굳어 버렸다. 애써 아무렇지 않은 척 담담한 표정을 짓고는 있지만, 이미 그녀의 등을 타고 식은땀이 한 줄기 흘러내리고 있었다.

'설마 내가 모태 솔로라고 한 걸 들은 거야?'

절대 벌어져서는 안 될 끔찍한 상황에 노아는 떨리는 눈동자로 수현을 바라봤다.

수현은 모든 것을 들은 사람치고는 너무 담담한 표정을 짓고 있고, 그렇다고 듣지 않았다기엔 너무나 싸늘한 눈빛으로 노아를 바라보고 있었다. 그걸 보며 노아의 머릿속엔 수만 가지 생각이 스쳐 지나갔다.

'서연이가 화내겠지? 맞을지도 몰라……. 이제 고객도 줄 텐데 어떻게 먹고살아야 하는 걸까? 엄마, 아빠한테는 뭐라고 말하지? 분명 실망하실 거야…….'

생각에 생각이 꼬리를 물고, 머리가 터지기 일보 직전인 노아의 가뜩이나 하얀 얼굴이 더욱 새하얗게 질렸다.

그 모습을 가만히 지켜보던 수현이 노아를 향해 터벅터벅 걸어왔다. 노아는 그의 발자국 소리가 마치 사형 선고처럼 들렸다.

어떡하지. 어떡하지. 어떡하지. 노아가 속으로 같은 말만 되풀이하기를 여러 번, 노아의 앞에 다다른 수현은 싸늘한 시선으로 그녀를 내려다봤다.

가뜩이나 날카롭게 생긴 외모라 가만히만 있어도 무서운데, 부담스럽게 쳐다보기까지 하니 노아는 당장이라도 최대한 멀리 도망가고 싶었다. 하지만 너무 겁에 질린 탓에 발은커녕 손가락 하나 움직이는 것조차 할 수 없어서 식은땀만 줄줄 흘렸다.

그때, 지금까지 굳게 닫혀 있던 수현의 입이 드디어 열렸다.

"모태 솔로?"

수현은 마치 장난이라도 치는 사람처럼 입가에 미소가 번졌다.

사람이 웃고 있는데 이런 생각을 하면 굉장히 실례라는 걸 알지만, 노아는 그의 미소가 흡사 악마와도 같다고 생각했다.

그래서 금세 울음이 터져 나올 것 같은 표정으로 수현을 바라보는데, 수현의 얼굴이 점점 더 노아에게로 가까이 다가오더니 그녀의 귓가에 멈추어 속삭이는 목소리로 말했다.

"본의 아니게 약점을 알게 된 건가."

그게 순진한 여자 서노아와 악마 같은 남자 한수현의 첫 만남이었다.

◆ ◆ ◆

"서노아, 너 무슨 일 있지?"

아까부터 허공을 보며 생각에 잠겨 있는 노아의 귓가로 익숙한 목소리가 들려왔다. 노아가 몸을 움츠리며 고개를 돌리자 그곳에는 무서운 눈으로 노아를 노려보는 서연이 서 있었다.

"……아니야!"

노아는 서연과 눈만 마주쳤을 뿐인데 화들짝 놀라며 급하게 소리부터 지르고 봤다. 그러자 서연은 노아를 한 번 더 노려보고, 며칠을 괴롭혀도 알아낼 수 없었던 이야기를 오늘도 듣지 못할 거라는 걸 알았는지 "나 외근."이라는 말만 남기고 노아의 방을 빠져나갔다.

쿵.

서연이 나간 걸 확인하기 무섭게 노아는 바로 책상 위에 머리를 내리박았다. 그리고 망연자실한 표정으로 작게 중얼거렸다.

"난 이제 끝났어."

사건 당일, 노아는 너무 겁에 질린 탓에 다짜고짜 수현을 밀어내고 뒷일은 생각도 안 한 채 그대로 도망을 가 버렸다.

당연히 촬영은 엉망이 되어 버렸고, 노아는 서연의 온갖 협박에도 연신 '촬영 거부'만 외쳤다. 물론 서연이 더 화를 낼 게 무서워 수현과 있었던 일은 입도 뻥끗하지 못했다.

다시 해야만 하는 수현과의 촬영부터 시작해서 수현의 입막음을 어떻게 하고, 서연에게 현재 상황을 어떻게 말할 것인가까지……. 해결해야 할 일은 수만 가지인데 방안은 딱히 나오지 않아서 노아는 정말 울고만 싶은 심정이었다.

그래서 망했다느니, 모두 끝났다느니 온갖 부정적인 말들만 중얼거리는데, 그때 문 너머에서 가뜩이나 힘든 노아를 더 힘들게 만드는 소리가 들려왔다.

"약속 없이 들어가실 수 없습니다!"

사장실 밖에서 요란한 소리와 함께 비서의 고함 소리가 들려와 노아는 토끼 눈을 하고 문 쪽을 쳐다봤다. 상대가 마음에 안 들거나 괜히 차이고 나서 찾아와 난동을 부리는 사람인가 보다. 한두 번 있는 일이 아니라 이번에도 경찰을 불러야 하나 고민을 하고 있는데, 갑자기 예고도 없이 사장실 문이 벌컥 열렸다.

깜짝 놀라 속으로는 벌벌 떨고 있는 주제에 노아는 담담한 표정으로 문을 열고 들어온 사람을 쳐다봤다.

그 순간, 여유 있던 표정은 순식간에 보기 좋게 구겨져 버렸다. 문을 연 사람은 요즘 노아를 그토록 두렵게 만들었던 상대, 바로 악마 같은 한수현이었다.

애초에 재촬영 전까지는 다시 만날 일이 없을 거라 생각했는데 이렇게 사무실로 쳐들어오다니. 갑자기 들이닥친 수현의 등장에 노아는 핏기가 가신 얼굴로 그를 바라봤다.

그러든가 말든가, 노아의 사정 따위는 전혀 봐주지 않는 수현은 여전히 싸늘한 눈동자로 노아를 바라보더니 허락도 없이 그녀의 앞자리에 자연스럽게 앉았다.

뒤늦게 뛰어 들어온 비서와 경비원들이 수현을 끌어내려 했지만, 수현이 바로 입을 열었다.

"우리, 할 말 있지 않았나?"

어쩜 사람이 입만 열었을 뿐인데 저렇게 악마 같을 수가!

노아는 감히 범접할 수 없는 수현의 포스에 그대로 꿀 먹은 벙어리가 됐다. 그 앞에서 비서와 경비원들이 억지로 수현을 일으키려 하는데도 여유롭게 웃고 있던 수현은 나직한 목소리로 노아에게 의미심장한 말을 흘렸다.

"여기 있는 사람들이 다 들어도 괜찮아?"

노아는 수현의 한마디에 이제야 정신이 번쩍 드는 기분이었다. 그래서 앞뒤 생각도 하지 않고 서둘러 소리쳤다.

"제, 제 손님이에요! 모두 나가 주세요!"

노아의 말에 비서는 의아한 표정을 지었다. 그도 그럴 것이 비서가 노아를 보필한 3년 동안 노아에게 개인적인 손님이 찾아온 적은 단 한 번도 없었다. 그것도 이렇게 약속 없이.

하지만 노아가 계속 나가라고 눈짓을 하는 탓에 비서는 결국 어쩔 수 없다는 듯 경비원들과 함께 사장실을 빠져나갔다.

그렇게 사장실에는 노아와 수현, 단둘만이 남게 되었다.

노아는 제법 넓다고 생각했던 자신만의 공간이 순식간에 좁게 느껴졌다. 그녀는 불안감에 휩싸여 손까지 덜덜 떨었다.

올 것이 와 버렸다…….

노아는 지난 며칠간 자신을 괴롭혀 왔던, 진실이 밝혀진 후의 끔찍한 미래들을 머릿속에 그렸다. 그리고 한숨을 내쉬고는 수현에게 물었다.

"……저한테 원하시는 게 뭐예요?"

무슨 삼류 영화에서나 나올 법한 노아의 대사에 수현의 입가에서 바람 빠지는 소리가 새어 나왔다.

겉모습과는 다르게 너무도 순진해 보이는 그녀의 모습에 수현은 '제대로 된 장난감을 발견했다'는 생각이 들었다. 그래서 이 여자를 어떻게 놀려 볼까 고민하다 장난기 가득 담긴 목소리로 노아에게 되물었다.

"뭘 해 줄 수 있는데?"

"⋯⋯돈이면 돼요?"

"아니. 나 돈 많아."

망설임 없이 바로 나오는 수현의 대답에 노아는 난처한 표정을 지었다.

수현은 그런 노아를 보며 다시 한번 웃고, 누구든 한순간에 빠져들 것 같은 매혹적인 눈으로 노아를 노골적으로 감상하기 시작했다.

그렇게 시간이 얼마쯤 흘렀을까. 한참의 감상 끝에 수현은 살며시 운을 뗐다.

"너 나랑⋯⋯."

수현이 말끝을 흐리자 노아는 자신도 모르게 마른침을 한 번 삼켰다. 딱 봐도 '나 좀 놀아 봤어요.'라고 말해 주는 외모에 안 좋은 소문들만 자자한 수현의 입에서 당장이라도 성(性)적인 이야기들이 쏟아져 나올 것만 같아서 두려웠다.

차라리 돈이면 몰라도 몸은 절대 줄 수 없다. 노아는 이 상황을 어떻게 잘 헤쳐 나갈지 머리를 굴리며 이리저리 시선을 회피하다 결국 자신을 가만히 바라보고 있는 수현과 눈이 마주쳤다.

노아는 수현이 무슨 짓을 한 것도 아닌데 그 특유의 날카로운 눈빛에 지레 겁을 먹으며 재빨리 그의 시선을 피했다.

수현은 이마에 식은땀까지 흘리며 벌벌 떠는 노아를 흥미롭다는 시선으로 바라보더니 입가에 묘한 미소를 지으며 말을 이었다.

"나랑 친구 하자."

"네…… 친구…… 네?"

생각지도 못한 말이 튀어나오자 노아는 토끼 눈이 되어 수현을 쳐다봤다. 그러자 수현이 웃으며 다시 말했다.

"친구 하자고 나랑."

노아는 마치 뭐에 한 대 맞은 듯한 표정으로 멍하니 수현을 바라봤다. 엄청 잘생긴 외모에 여자들과 관련된 안 좋은 소문만 가득한 남자가 뜬금없이 친구를 하자니. 이건 노아의 똑똑한 머리로도 도무지 이해가 가지 않는 상황이었다.

결국 노아는 참지 못하고 수현에게 물었다.

"왜요……?"

친구 하자는 사람에게 되묻기에는 조금 웃긴 질문이겠지만 노아는 굉장히 진지했다. 그래서 그런지 수현도 딱히 그 질문에 토를 달지 않고 가만히 노아를 바라보고는 갑자기 슬픈 표정을 지으며 말했다.

"내가 모델로 데뷔한 지 10년 됐거든."

"네?"

"친구가 없어. 하나도."

수현은 담담하게 말했지만 두 사람밖에 없는 방 안 공기가 그의 말에 숙연해졌다. 그도 그럴 것이 노아에게도 친구라고는 태어날 때부터 함께였던 고향 친구 서연이 전부였다.

옛말에 동병상련이라고, 노아는 자신과 비슷한 처지라는 수현을 지금 자신의 상황도 잊고 측은한 눈빛으로 쳐다봤다. 금세 그녀의 얼굴에 슬픔이 가득 묻어 나왔다. 노아는 수현의 말을 철석같이 믿고 바보처럼 순진한 생각을 했다.

'어쩌면 이 사람도 나처럼 소문이랑 다르게 나쁜 사람이 아니라 외로운 사람인 거 아닐까?'

노아는 더 이상 떨지 않고 수현을 바라봤다. 그러자 노아의 대답을 기다리며 잠시 생각에 잠겼던 그가 다시 진지한 표정으로 말했다.

"싫으면……."

"싫으면……?"

"내 노예 하든가."

수현의 폭탄 발언에 노아는 순식간에 얼굴이 새하얗게 질렸다.

그런 노아의 마음도 모르고, 삽시간에 변하는 그녀의 표정이 그저 재밌기만 한지 수현은 결국 참지 못하고 웃음을 터트렸다.

"풉, 푸하하."

갑자기 혼자 미친 듯이 웃는 수현을 노아는 멍하니 바라보기만 했다. 수현은 눈물이라도 흘릴 기세로 더욱더 크게 한참 동안 웃더니 진짜 울기라도 한 건지 눈가를 매만지며 장난스럽게 말했다.

"농담이야, 농담."

지금 농담이라고 하셨나요?

누구는 겁까지 먹고 두려워하고 있었는데 농담이라며 너무도 쉽게 말하는 못된 남자를 순둥이 서노아가 열심히 노려봤다.

수현은 분위기 파악을 못 하는 건지, 아니면 하고 싶지 않은 건지 노아의 반응은 아랑곳하지 않고 여전히 장난기 가득한 얼굴로 못된 말을 했다.

"앞으로 심심하진 않겠네."

사람을 앞에 두고 심심하지 않겠다니! 아무래도 방금 전 '이 사람도 외로운 사람이 아닐까.' 했던 자신의 생각은 완벽한 착오였다는 느낌이 들어 노아는 배신감에 이를 악물었다.

근데 여기서 더 화가 나는 건 수현이 자기 할 말은 다 끝났다는 듯 제 대답은 듣지도 않고 자리에서 몸을 일으켰다는 거다.

"연락할게, 친구."

수현은 '친구'라는 단어에 힘을 실어 말하고는 난리를 치며 들어왔던 사장실을 얌전히 빠져나갔다.

노아는 갑자기 나타나서 자기 할 말만 하고 사라진 수현을 맞닥뜨린 게 혹시 꿈이 아닐까 두 눈을 깜빡였다. 그리고 볼을 꼬집어 보았지만, 안타깝게도 꿈이 아니었는지 볼에 생생하게 고통이 느껴졌다.

"이게 무슨 일이야…… 진짜야?"

현실을 믿을 수 없는 건지, 아님 믿기 싫은 건지 노아는 수현이 나간 문을 바라보며 몇 번이나 혼잣말로 되물었다.

그렇게 얼떨결에 나이도, 성별도, 성격도 다른 두 사람은 친구가 되었다.

◆ ◆ ◆

늦은 저녁, 회사에서 하는 일이라고는 중요한 서류를 보관하는 것밖에 없는데도 왠지 모르게 피곤에 절은 노아가 침대에 누워 막 잠에 들려고 할 때쯤 휴대폰이 울렸다.

자신에게 전화를 할 사람은 지금 옆방에서 잠들어 있는 서연밖에 없기에 노아는 고개를 갸우뚱거리며 휴대폰을 손에 쥐었다.

휴대폰 액정 속에는 생전 처음 보는 번호가 떠 있었다. 노아는 상대를 추측해 보다가 조심스럽게 귓가에 휴대폰을 가져다 댔다.

"여보⋯⋯."

— 서노아.

운을 떼기 무섭게 다짜고짜 말을 끊으며 이름부터 부르는 상대 때문에 노아의 미간이 구겨졌다. 도대체 누구기에 반말부터 하냐 며 속으로 열심히 상대를 욕하는데, 가만히 생각해 보니 목소리가 익숙했다.

설마⋯⋯.

노아는 순간 등골이 오싹해졌다. 이건 아무리 생각해도 입에 담는 것조차 두려운 상대, 바로 수현의 목소리가 아닌가!

수현은 그날 이후로 노아를 다시 찾아오지 않았다. 연락처를 알려 준 적이 없으니 연락이 오는 일도 없었다. 그래서 혹시 수현 이 찾아왔던 게 전부 꿈은 아니었을까 생각하다가도 비서에게 현 실이었음을 확인받고 혼자 불안해했었다. 그런데 이런 뜬금없는 전화라니⋯⋯ 당연히 반갑지 않았다.

이 남자는 대체 어떻게 자신의 전화번호를 알아냈으며, 이 야밤에 무슨 일로 전화를 한 걸까. 노아는 수많은 궁금증이 샘솟았다.

여러 가지 생각들로 노아가 말이 없자 역시나 거침없는 수현이 또 자기가 하고 싶은 말만 했다.

— 내일 저녁 일곱 시.

"네, 네?"

— 톡으로 주소 보낼게. 늦지 말고 와.

"무슨……."

뚝.

수현은 그렇게 지난번 만났을 때와 별반 다를 바 없이 자기 할 말만 하고 전화를 끊었다. 순식간에 일어난 일에 노아는 어이가 없고, 기가 막혀서 잠시 휴대폰을 멍하니 쳐다봤다.

"헐."

정말 입에서 '헐' 소리밖에 나오지 않았다.

무슨 이딴 무례한 남자가 다 있을까. 사람이 너무 무례한 행동만 골라 하다 보니 당일이 아닌 전날에라도 미리 말해 준 걸 감사해야 할 지경이었다.

노아는 신경질적으로 침대에 누우며 소리를 질렀다.

"안 나가! 내가 왜 나가?"

그때, 악마 같은 표정을 짓던 수현의 얼굴이 떠올랐다.

'여기 있는 사람들이 다 들어도 괜찮아?'

그날 일이 떠오르자 노아의 얼굴에 순식간에 핏기가 가셨다. 그리고 이내 한숨 섞인 목소리로 말했다.

"영원한 거짓말은 없다지만 일단 지금은 아니야……."

그렇게 노아는 수현의 뜻대로 움직일 수밖에 없는 상황에 스스로 발을 들여놓고 있었다.

◆ ◆ ◆

— 제대로 오고 있는 거 맞아?

"가고 있어요. 걱정 말아요."

핸들을 돌리는 노아의 손이 분주했다. 분명 수현과 통화를 마친 순간에는 어쩔 수 없이 나가야겠다고 결정을 내렸는데, 막상 당일이 되니 노아는 퇴근 직전까지도 약속을 지켜야 하는지 말아야 하는지 수십 번도 더 고민했다.

하지만 수현이 협박할 게 두려웠던 탓에 노아는 결국 서연이 남자 친구와 데이트를 나간 틈을 타 공용으로 쓰는 차까지 끌고 수현과의 약속 장소로 향했다.

근데 이상하게도 운전 경력 7년으로 웬만한 서울 지리는 빠삭하게 알고 있다고 자신하는 노아가 계속 길을 헤매고만 있었다. 그럴 만도 한 게 수현이 알려 준 장소는 정말 듣도 보도 못한 생소한 곳이었다.

"내비가 고장이 났나?"

노아는 심각한 목소리로 말하며 내비게이션이 알려 주는 길을 따라 한참을 뱅뱅 돌다가 멀리서 봐도 길쭉한 게 딱 봐도 수현인 것 같은 남자가 시야에 들어와, 일단 근처에 차를 대고 수현을 향해 걸어갔다.

어두운 골목 사이에서 혼자 자체 발광 중인 수현을 보다 노아는 자신도 모르게 발걸음을 멈췄다.

전에도 생각했지만 잘생기긴 진짜 잘생겼다. 수현은 그냥 평범한 화이트 셔츠에 청바지를 입었는데도 역시 모델답게 어두침침한 골목을 화보 촬영지로 만들고 있었다.

남자에 관해서라면 문외한인 노아가 보기에도 너무도 멋진 그의 모습에 그녀는 속으로 감탄을 하며 멈춰 선 채로 넋을 놓고 수현을 감상했다.

그때, 팔짱을 낀 채 노아를 기다리고 있던 수현이 그제야 그녀를 발견했는지 긴 다리로 터벅터벅 다가와 까칠하게 말했다.

"늦었어."

두려운 감정을 빼고 들으니 아주 매력적인 허스키한 목소리가 골목에 천천히 울려 퍼졌다. 그때서야 정신이 돌아온 노아가 수현을 쳐다보고, 수현은 그런 노아를 내려다봤다.

노아의 키는 168cm로 여자들 중에서 나름 큰 편에 속했다. 그런데도 정말 멀대같이 큰 수현의 앞에 있으니 위압감이 느껴졌다.

그 위압감에 약간 주눅이 들어 노아의 표정은 점점 어두워지는데, 남 생각 따위는 전혀 안 하는 수현은 노아의 팔목을 잡아 그녀를 어디론가 이끌었다. 졸지에 수현에게 어딘지도 모르는 곳으로 끌려가면서도 노아는 태평하게 주변을 둘러봤다.

두 사람이 만난 곳은 서울이라고 믿기 힘들 만큼 아주 외지고 딱히 가게라 할 것도 없는 한적한 곳이었다. 하지만 노아는 '이 사람은 유명한 모델이니까 눈이 많은 곳에서 여자인 나와 만나는 건 어려울 거야.' 라는 생각을 하며 그가 이곳을 약속 장소로 고른 이유를 쉽게 납득했다.

거기다 노아 또한 그녀의 실체가 발각될지도 모르니 남자는 절대 만나서는 안 된다고 신신당부하는 서연의 눈을 피할 수 있어 나름대로 괜찮은 장소라는 생각이 들었다.

그렇게 여러 생각에 잠겨 있다 보니 어느새 수현의 발걸음이 멈췄다. 노아는 수현을 따라 걸음을 멈추었다. 그리고 고개를 들자 눈앞에 펼쳐진 화려한 광경에 그녀의 표정이 순식간에 굳어졌다.

'이건 말로만 듣던…… 모, 모, 모…….'

생각 속에서조차 제대로 말을 이을 수 없는 장소의 정체는 다름 아닌 모텔로 빼곡한 모텔촌이었다.

노아는 그 현란한 불빛에 한 번 놀라고, 무덤덤한 표정으로 자신의 옆에 서 있는 남자를 보며 두 번 놀라더니 머릿속에서 울리는 위험을 알리는 경고음에 살며시 뒷걸음질을 쳤다.

하지만 어림도 없었다. 어쩌나 눈치가 빠른지, 수현은 도망을 치려는 노아의 손목을 재빠르게 낚아챘다.

"어디 가?"

수현의 아무렇지도 않은 듯한 물음에 노아는 순간 온몸에 소름이 돋았다.

'이런 곳에 아무런 설명도 없이 은근슬쩍 끌고 온 주제에, 어떻게 저렇게 담담한 표정으로 어디 가냐고 물을 수 있는 거지?'

마성의 그 녀석 한수현은 생각보다 무서운 사람이며, 순결을 이렇게 허무하게 빼앗길 수 없다는 생각에 노아는 수현에게 잡힌 팔을 빼내려 버둥거리며 소리쳤다.

"이, 이거 놔요! 치, 친구 하자면서요! 친구끼리 어떻게 이런 데를 와요!"

"그럼 친구랑 오지, 누구랑 와."

"무, 무슨 말을 하는 거예요, 지금!"

"시끄럽고, 빨리 들어가자."

노아는 젖 먹던 힘까지 동원해 최대한 버둥거려 봤지만 결국엔 수현에게서 벗어나지 못했다.

끌려가는 내내 이러지 말라느니, 내가 잘못했다느니, 자신이 무슨 말을 하는지도 모르고 그 나이에 엉엉 울기까지 하며 그의 손에 잡힌 채로 건물 안까지 들어가고야 말았다. 그렇게 환한 조명 빛이 꽉 감긴 눈꺼풀을 비출 때에 갑자기 수현의 걸음이 멈췄다.

노아는 반짝 눈을 뜨고 미처 흐르지 못한 눈물을 대롱대롱 단 채로 수현을 올려다봤다. 수현은 뭐 보듯 노아를 보고 있었다.

훌쩍, 흐르는 콧물을 삼키며 노아는 의아한 표정으로 주변을 둘러보았다. 그러자 향긋한 커피 향으로 가득 찬 작은 카페의 전경이 눈에 들어왔다.

"응?"

생각했던 것관 다른 장소에 노아는 멍하니 눈만 꿈뻑거렸다.
그때, 옆에서 노아를 어이없다는 표정으로 바라보던 수현이 몸을
굽혀 노아와 눈을 마주쳤다.

눈만 마주쳤을 뿐인데 범접할 수 없는 포스가 느껴져 노아가
한 번 더 "히끅!" 하고 눈물을 삼켰다. 그 모습까지 전부 가만히
바라만 보고 있던 수현이 노아를 향해 낮게 말했다.

"……네가, 뭘 잘못했는데?"

"……."

노아는 당연히 할 말이 없었다. 그래서 그저 커다란 눈만 깜빡
이며 수현을 바라보는데, 갑자기 머릿속에 제가 방금 했던 말들이
스쳐 지나갔다.

'제발 이러지 마요!'

'제가 다 잘못했어요!'

아…… 이런 게 바로 '혀 깨물고 죽고 싶다.' 는 기분이구나.

짧은 시간 내에 정말 많은 개소리를 뱉어 낸 자신을 흠씬 때려
주고 싶었다.

수현도 그런 노아의 마음을 알았는지 노아를 더 추궁하는 대
신 한숨을 내쉬며 커다란 손으로 다정하게 노아의 눈물을 닦아
줬다.

수현은 적당한 자리에 노아를 앉힌 뒤, 커피 두 잔을 주문하고
손수 커피를 받아 와 노아에게 내밀어 주었다. 노아는 민망함에

얼굴이 달아올랐다. 그래서 차마 고개도 못 들고 혼자 손가락만 꼼지락거리고 있는데, 노아의 앞에서 커피 한 모금을 마신 수현이 중얼거리듯 말했다.

"……내 소문이 안 좋긴 하지."

수현은 그 말을 끝으로 "후우……." 하고 땅이 꺼져라 한숨을 내쉬었다. 그 순간, 노아의 등을 타고 식은땀이 흐르기 시작했다. 수현은 슬프게 웃으며 마저 말을 이어 갔다.

"그래도 너까지 너무 그러지 마."

"……."

"넌 내 친구잖아."

"한수현 씨……."

노아는 수현을 측은한 눈빛으로 바라봤다. 분명 노아가 수현을 불쌍하게 여길 처지는 아니었지만, 그래도 그의 모습이 소심한 성격 탓에 외롭게 살고 있는 자신의 모습과 겹쳐 보여 가슴이 아팠다.

'어쩌면 괜찮은 사람일지도 몰라.'

노아는 지난번처럼 또다시 마음이 약해져서는 수현을 믿어도 되지 않을까 하고 순진한 고민을 했다.

하지만 그 고민은 오래가지 못했다. 예전에 서연에게 들었던 경고가 머릿속에 떠올랐기 때문이다.

'너 정신 안 차릴래? 나쁜 인간들이 '나 나쁜 사람이에요.' 하고 얼굴에 써 붙이고 다니는 줄 알아?'

본격적으로 세상 속이기에 돌입했을 때, 노아는 정신적으로 많이 괴로워 누구에게나 기대고 싶어 했다. 그런 그녀에게 속이 새까만 사람들이 접근했고, 바보처럼 넘어가 일을 그르치려 할 때마다 서연이 나타나 막아 주었다. 그 덕분에 지금껏 별 탈 없이 지내 올 수 있었다.

　'미쳤어…… 또.'

　노아는 그렇게 당해 놓고 또 의심 없이 사람을 믿어 일을 망치려 한 자신을 욕했다. 그리고 눈앞에서 웃고 있는 수현을 보며 아직은 믿으면 안 된다고 애써 마음을 다잡았다.

◆　◆　◆

　— 오늘도 도망가면 죽는다.

　전화기 너머로 들려오는 살벌한 목소리에 노아는 지금 눈앞에 서연이 있는 것도 아닌데 죄인처럼 고개를 푹 숙였다.

　처음 수현을 만난 날, 자신이 모태 솔로라는 것을 들키고 덜컥 겁이 나 도망을 가 버린 노아 때문에 예정되어 있던 화보 촬영은 엉망이 되어 버렸다. 그 후 서연은 다시 촬영 날짜를 잡고도 안 가겠다는 노아를 설득시키는 데 고생이란 고생은 다 했다.

　그것 때문이라도 재촬영 날에는 기필코 노아의 곁에서 단 1초도 떨어지지 않겠다고 서연은 몇 차례 으름장을 놓았는데, 하필 이런 날 갑자기 생겨 버린 VIP와의 약속 때문에 또다시 노아 혼자 촬영장에 오게 되었다.

노아를 혼자 보낸 게 영 불안한지 서연은 이렇게 시도 때도 없이 협박 전화를 해 왔다. 스토커가 따로 없는 서연의 행동에도 노아는 지은 죄가 있으니 찍소리 한 번 하지 못하고 얌전히 서연의 잔소리를 들었다.

촬영 전부터 진이라는 진은 다 빠져서 전화를 끊기 무섭게 한숨부터 나오는데, 갑자기 주변이 소란스러워졌다. 노아는 굳이 확인하지 않아도 수현이 촬영장에 도착했음을 단번에 직감했다. 아니나 다를까, 저 멀리서 수현이 긴 다리로 티벅터벅 걸어오고 있었다.

그냥 걷는 것뿐인데 수현은 이 공간을 순식간에 화보 촬영지로 만들었다. 게다가 조명은 혼자 다 받는지 등 뒤에서 후광이 번쩍거리는데, 평소 남자한테 관심이 없던 노아조차 자신도 모르게 넋을 놓고 수현을 바라보게 됐다.

그러다 문득 수현과 눈이 마주치자 수현은 '나 보고 있었어?'라고 말하는 듯이 눈웃음을 보내왔다.

'들켰어? 본 거 들킨 거야?'

잘생긴 거 좀 훔쳐보는 게 그리 큰 죄는 아니지만, 노아는 마치 대역죄라도 지은 사람처럼 고개를 숙이고 촬영이 시작되기 전까지 최대한 수현과 눈이 마주치지 않도록 노력했다.

하지만 그건 모두 헛수고였다는 걸 금세 뼈저리게 느끼게 됐다. 왜냐하면 오늘 수현과 노아가 함께 하기로 한 촬영은 커플 화보였기 때문이다.

"내가 여길 왜 온다고 했을까……."

서연이 무슨 말로 협박을 해도 절대 와서는 안 됐다. 한수현과 커플 화보라니…….

얼마 전, 그의 슬픈 눈동자를 보고 마음이 잔뜩 약해졌었는데, 오늘은 수현과 몸을 밀착하며 농도 짙은 스킨십을 해야 한다. 멀리서 바라만 봐도 심장 떨리게 잘생긴 남자와 진한 스킨십까지 해야 한다는 건 가뜩이나 이 남자와 함께 있는 것만으로도 부담이 되는 노아에게는 고문이나 마찬가지였다.

"대표님. 촬영 시작합니다."

먼저 모든 준비를 끝내고 스튜디오 위에 서 있는 수현을 뒤늦게 와서 지켜보고 있던 노아의 귓가에 사형 선고와도 같은 소리가 들려왔다. 지금이라도 도망갈까 진지하게 고민했지만 어림도 없었다. 이미 한 번 노아에게 제대로 당한 스태프가 손수 노아를 스튜디오 위에 세워 두고, 도망갈 타이밍을 주지 않았다.

"그럼 대표님 잘 부탁드립니다."

분명 웃고는 있는데 뭔가 살벌하게 들리는 스태프의 말에 노아는 살며시 고개를 끄덕였다. 그리고 사람들이 많은 곳에서만 나온다는 미친 연기력을 선보이며 수현의 앞으로 다가섰다.

근데 이 남자, 도대체 무슨 생각인 건지 특유의 새까만 눈동자로 노아를 뚫어 버릴 기세로 바라보기만 했다.

'난 떨리지 않아. 안 떨어!'

노아는 그렇게 자기 최면을 걸며 심호흡을 하고 수현을 똑바로 쳐다봤다. 하지만 최면은 순식간에 풀려 버렸다.

"가……까워……."

속으로만 생각했어야 했는데, 너무 당황한 나머지 노아는 순간 속마음이 입 밖으로 튀어나왔다.

수현과 노아의 거리는 고작 10cm 남짓. 원래부터 남자들과의 화보 촬영은 긴장되고 떨렸지만, 오늘은 그게 배는 되는 것 같았다. 그래서 몸은 가까운데 얼굴은 최대한 수현과 떨어진 웃지 못할 포즈가 나왔다.

그때 노아의 귀로 청천벽력 같은 소리가 들려왔다.

"수현 씨, 고개 조금만 더 돌려요."

'돌리긴 뭘 돌려요!'

노아는 마음 같아서는 정말 이렇게 소리치고 싶었다. 하지만 차마 그럴 용기가 나지 않아 '제발 저 말 듣지 마요.'라고 애원하는 눈으로 수현을 쳐다봤다.

그러나 무슨 일인지 항상 마이 웨이를 고집하던 수현이 이럴 때만 말 잘 듣는 아이처럼 순순히 고개를 틀었다. 덕분에 결국 노아와 입술이 닿을 듯 말 듯 한 자세가 되어 버렸다.

무서울 정도로 잘생긴 남자랑 얼굴은 가깝고, 평소랑 다르게 그의 표정이 진지하기까지 하니 노아는 정말 금방이라도 심장이 터져 버릴 것만 같았다. 자꾸 몸은 뻣뻣하게 굳어 가고 포즈는 개뿔, 수현과 제대로 붙어 있지도 못했다.

가뜩이나 지난번에 촬영팀을 곤혹스럽게 만든 노아가 이렇게 포즈도 제대로 취하지 않고 표정도 어색하게 지으며 촬영에 비협조적으로 나오기까지 하니 촬영 감독의 표정은 점점 굳어졌다.

"노아 씨, 수현 씨랑 붙어 있어야죠!"

짜증 섞인 감독의 목소리에 노아는 원망 가득한 눈으로 촬영 감독을 쳐다봤다. 속으로 '당신이라면 이런 남자와 붙어 있을 수 있나요?' 라고 따지고 싶은 욕구를 애써 삼키는데, 그때 갑자기 노아의 허리를 무언가가 강하게 휘감았다.

순식간에 단단하고 넓은 남자의 품에 안긴 노아는 놀란 눈으로 상대를 올려다봤다. 그 순간, 얼굴에 웃음기 하나 없이 진지한 표정을 짓고 있는 수현과 눈이 마주쳤다. 자신이 수현의 품에 안겼다는 걸 깨닫기 무섭게 노아는 화들짝 놀라 물러서려고 했다.

하지만 수현은 노아의 가는 허리를 더욱 꽉 껴안으며 낮게 말했다.

"가만히 나한테 붙어 있어."

"……."

순간 심장이 멎는 줄 알았다. 이 말이 뭐라고, 노아의 가슴이 미친 듯이 두근거리기 시작했다.

지금까지 잘생긴 남자들과 지금보다 더 농도 짙은 스킨십까지 하며 수많은 촬영을 해 왔다. 근데 이렇게까지 심하게 떨리고 긴장이 된 적은 맹세코 단 한 번도 없었다.

노아는 얼떨떨한 표정으로 촬영 내내 수현을 가만히 바라보고만 있었다. 돌처럼 굳어 있는 노아와는 달리 수현은 10년 차 모델답게 노아를 자연스럽게 보이게끔 리드해 무사히 촬영을 마쳤다.

"고생하셨습니다!"

촬영이 끝났음을 알리는 스태프들의 목소리에 노아는 그제야 정신을 차리며 주변을 둘러봤다. 자신이 무슨 정신으로 촬영을 한 건지, 촬영본은 언제 확인하고 쉬는 시간엔 뭘 하고 있었는지, 아무것도 기억이 나지 않았다. 노아는 뭐에 홀린 사람처럼 혼자 중얼거렸다.

"나 어떡해. 떨렸어……."

다행히도 노아의 작은 중얼거림은 아무도 듣지 못했다.

아니, 노아는 그럴 거라 생각했다. 하지만 안타깝게도 그 떨림을 준 주인공 수현이 그녀의 말을 들으며 노아를 지켜보고 있었다.

노아에게서 '떨렸다'는 말을 들은 그의 입가에 의미 모를 미소가 번졌다. 그 미소가 마치 앞으로 노아에게 무서운 일이 벌어질 것이라고 말해 주는 것 같았다.

노아는 친구라고는 서연 단 한 명밖에 없다. 고로 서연 말고는 놀아 줄 사람이라고는 전혀 없는데, 서연은 바빠서 좀처럼 노아와 놀아 주지 못했다. 그렇다고 혼자서 무언가를 할 용기도 없어서 노아는 집순이 신세를 면하지 못하고 있었다.

오늘은 보통 찾아오는 고객들과는 다르게 방문 상담을 해 줘야 하는 VIP들에게 서연이 불려갔다. 집순이인 노아에겐 출퇴근할 때 빼곤 차가 필요 없어 서연과 차 한 대를 같이 쓰고 있는데, 오늘 서연이 그 차를 타고 가 버려 노아는 어쩔 수 없이 택시를 타고 퇴근을 하기 위해 도로 앞에 서 있었다.

그때, 마치 기다렸다는 듯이 갑자기 어디선가 빵빵, 하고 자동차 클랙슨 소리가 들려왔다.

노아는 혹시 상담이 빨리 끝난 서연이 자신을 데리러 온 게 아닐까 하는 생각에 서둘러 주변을 둘러봤다. 그러자 오늘따라 이상하게도 텅 비어 있는 도로 위에 홀로 서 있는 새까만 자동차가 눈에 들어왔다. 노아는 본 적 없는 낯선 차에 의아한 표정을 지었다.

그 차는 노아를 향해 다가오기 시작했다. 노아는 상대가 이미 몇 번이나 겪어 봤던 자신의 겉모습에 관심을 가진 남자라고 확신했다. 그래서 서연도 없이 어떻게 단칼에 거절을 해야 할지 고민하고 있는데, 그녀의 앞에서 멈추어 선 차의 창문이 열리면서 익숙한 얼굴이 보였다.

"한수현 씨?"

노아는 예상하지 못했던 수현의 등장에 인상을 찡그리며 그의 이름을 불렀다.

워낙 잘나가 스케줄이 많기로 소문난 모델이고, 얼마나 바쁜지 그때 촬영 이후 단 한 번도 그를 볼 수 없었다. 그런데 오랜만에, 그것도 자신의 회사 앞에 그가 갑작스럽게 등장해 노아는 당황스러웠다.

얼마 전 수현과의 촬영에서 그에게 느꼈던 묘한 감정에 노아는 되도록이면 수현과 마주치고 싶지 않았다. 노아는 이 상황을 어떻게 벗어나면 좋을까 고민했다.

그때, 특유의 짙은 눈으로 노아를 바라보던 수현이 까칠한 말투로 말했다.

"타."

노아는 말없이 수현을 바라봤다. 노아의 약점을 잡고 있는 그가 금방이라도 협박을 할 것처럼 무서운 눈으로 쳐다보고 있었다. 노아는 겁이 나, 결국 토도 달지 못하고 그의 차에 올라탔다.

지금껏 자신을 차에 태워 주겠다던 다른 남자들과는 다르게 수현은 노아가 차에 타기 편하도록 문을 열어 준다든가 안전벨트를 매 준다든가 하는 온갖 매너 있다 싶은 행동을 하진 않았다. 그런데도 노아는 이상하게 그런 수현의 무심한 행동이 제 부담감을 줄여 주는 듯한 기분이 들었다.

그런 노아의 마음을 아는지 모르는지, 수현은 노아에겐 시선도 주지 않은 채 근육으로 다부진 팔로 핸들을 돌렸다.

노아가 정신없이 그의 팔뚝을 구경하고 있는데 갑자기 툭 던지듯 물어 오는 수현의 낮은 음성이 들려왔다.

"잘 지냈어?"

"네, 네? 아…… 네."

어울리지 않게 웬 안부 인사? 평소라면 의문이 들었겠지만, 노아는 방금 전까지 수현의 팔뚝을 구경하고 있었기에 나쁜 짓이라도 하다 들킨 아이처럼 놀라느라 그럴 여유가 없었다.

때문에 대충 말을 얼버무리며 자꾸만 수현의 팔로 돌아가려는 시선을 애써 말리고 있는데, 다시 수현의 질문이 이어졌다.

"근데 왜 연락이 없었어."

마치 삐치기라도 한 말투였다. 도대체 어디서 뭐 때문에 삐친 건지 알 수 없어서 노아는 얼떨떨한 눈으로 수현을 쳐다봤다.

그러자 수현이 날카로운 눈으로 노아를 노려보며 다시 까칠한 말투로 말했다.

"뭐."

"아닙니다."

예. 그럼요. 아니고말고요.

노아의 대답에도 그의 살벌한 시선은 여전히 거두어질 줄을 몰 랐다. 노아는 괜히 헛기침을 하고, 이 분위기가 무서워 말을 돌리 려 했다.

"그, 그런데 저희 집은 어떻게 알았어요?"

"몰라."

"네?"

"모른다고. 네 집."

노아는 수현의 당당하고 단호한 대답에 그대로 할 말을 잃었 다. 혹시나 싶어 서둘러 창밖을 보니 정말 수현의 차는 자신의 집 과는 전혀 상관없는 방향으로 달리고 있었다. 그것도 아주 빠르 게.

노아는 잠시 멍하니 수현을 바라봤다. 그리고 한참 망설인 끝 에 작은 목소리로 말했다.

"거……짓말."

노아가 믿을 수 없다는 듯 중얼거리자 앞만 보며 운전을 하던 수현이 힐끔 노아를 쳐다보더니 이내 진지하게 물었다.

"왜 거짓말이라고 생각하는데?"

노아는 이번에도 수현의 물음에 말문이 막히고 말았다.

'진심이다. 이 남자 진심이야!'

순식간에 그녀의 얼굴이 파랗게 질렸다. 큰일이 났다는 생각에 떨리는 눈으로 수현을 보았지만 그는 아무렇지도 않아 보였다. 노아는 이대로 새우잡이 배로 팔려 가는 게 아닌가 하는 말도 안 되는 생각까지 들었다.

노아의 걱정은 수현이 고속도로 톨게이트를 벗어나면서 확신으로 다가왔다.

"지, 지금 어디 가요?"

"글쎄."

"난 팔아 봤자 얼마 안 나와요!"

"뭐?"

"힘도 약하고 일머리도 없어서……."

열심히 자기는 쓸모가 없다고 어필하고 있는 노아를 수현은 어이가 없다는 표정으로 쳐다봤다.

'보통 남자가 데리고 나와서 어딘지도 모르는 곳으로 달리면 당연히 드라이브 아닌가?'

도대체 어떤 사고방식을 가졌으면 자신이 팔려 간다고 오해를 하고, 아무리 소문이 나쁘기로서니 사람을 여자나 팔아먹는 그런 놈으로 보는 건지, 수현은 순간 화가 났다.

그래서 노아를 더 놀려 줘야겠다는 생각이 들어 겁에 질린 눈으로 자신을 바라보고 있는 그녀에게 표정 하나 안 변하고 폭탄 발언을 했다.

"괜찮아. 그래도 넌 예쁘잖아. 어딘가 쓸모가 있겠지."

어머, 예쁘대.

노아는 지금껏 살면서 질리도록 들었던 그 말을 수현이 해 줬다는 이유로 순간 설레었다.

하지만 금세 자신이 이럴 때가 아니라는 걸 깨닫고 급하게 정신을 차리며 이제부터 뭘 어떻게 해야 할 것인가에 대해 심각하게 고민했다.

그때, 수현이 예고도 없이 갑자기 액셀을 세게 밟았다.

"꺄악!"

아무리 텅 빈 도로라 해도 그렇지, 이 무슨 위험한 행동이란 말인가!

노아는 난폭한 수현의 운전에 연신 비명을 내지르며 수현의 팔을 꼭 붙잡고, 울 것 같은 목소리로 급하게 소리쳤다.

"너무 빨라요!"

"……."

"이러다 사고 난다고요!"

겁에 질린 노아가 두 눈을 질끈 감으려는데, 갑자기 달칵하는 소리가 들렸다. 조심스럽게 소리가 들린 쪽으로 시선을 옮기자 자동차 지붕이 열리고 있었다.

쏴아아.

날개 뼈를 훌쩍 넘기는 노아의 긴 머리카락이 바람을 타고 강물처럼 굽이쳤다.

잠시 차가운 바람에 몸을 움츠리던 노아는 문득 까만 밤하늘이 눈에 들어오자 그대로 넋을 놓고 하늘을 바라봤다.

'그러고 보니 하늘…… 정말 오랜만에 보는 것 같아.'

노아는 한 학년에 학생이 10명도 채 되지 않는 작은 시골 마을에서 자랐다. 어렸을 때는 밤이면 마당에 있는 정자에 누워 별 구경을 하다 풀벌레 소리를 들으며 잠이 드는 게 일상이었는데, 대학을 위해 상경하면서부터는 하늘을 본 기억이 거의 없었다.

그런 생각이 들자 노아는 괜히 감성에 젖어 들고, 요 몇 년 동안 자신을 지독히도 괴롭혔던 이유 없이 답답한 가슴이 조금 뚫리는 기분도 들었다.

방금 전까지만 해도 그렇게 불안에 떨었던 주제에 하늘을 보며 온화한 미소를 짓는 노아를, 수현은 아무런 말 없이 바라봤다. 편안해진 노아의 얼굴을 한참이나 바라보던 수현의 표정이 갑자기 진지해졌다. 그리고 천천히 흐르는 바람 위로 매력적인 허스키한 목소리를 흘렸다.

"많이 답답했지?"

노아는 갑작스러운 수현의 질문에 놀란 눈으로 수현을 쳐다봤다. 그리고 수현의 말뜻을 알아듣지 못했다는 표정을 짓자 수현이 노아와 눈을 마주치며 다시 말을 이어 갔다.

"너 숨기고 사는 거."

노아는 수현의 말의 의미를 이제야 비로소 알 수 있었다.

그녀는 얼떨결에 유명해져서, 다른 방법으로는 살아갈 자신이 없어서 팔자에도 없던 연기를 하며 살아가고 있었다. 말할 곳도 딱히 없던 탓에 사실 그동안 혼자 괴로워하며 울기도 많이 울었다.

근데 아무도 알아주지 않았던 자신의 마음을 수현이 단번에 알아차려 주자 노아는 괜히 울컥, 눈물이 쏟아질 것 같은 기분이었다.

노아가 눈물 맺힌 눈으로 수현을 바라보자, 수현이 도롯가에 차를 세웠다. 그리고 노아의 눈가를 커다란 손으로 조심스럽게 닦아 주더니 노아와 눈을 마주치며 말을 이어 갔다.

"난 힘들었거든."

노아에게 있어서 위로보다 좋은 건 공감이었다. '너 힘들지?', '힘 내.'라는 말은 누구에게나 들을 수 있는 거였지만, '나도 너랑 같아.'라는 말은 쉽게 들을 수 없기 때문이다.

그래서 결국 참지 못하고 눈가에 맺혀 있던 눈물을 쏟아 내자 수현이 노아를 넓은 품에 안아 줬다.

"널 만나서 다행이야. 아니었으면 평생 외로웠을 거야."

노아는 여전히 아무런 대답도 하지 못했다. 목 끝까지 '나도 한수현 씨를 만나서 다행이에요.'라는 말이 차올랐지만, 터져 나오는 울음 때문에 입도 달싹할 수 없었다.

오늘 노아는 그에게서 동질감을 느꼈다. 그건 지금껏 그를 향해 가지고 있던 경계심을 마법처럼 사라지게 만들었다.

그렇게 노아는 자신과 너무도 닮은 듯 보이는 수현에게 조금 마음을 열어 보기로 했다.

◆ ◆ ◆

"픕. 진짜요?"

노아는 의자에 몸을 기대며 입가에 미소를 지었다. 얼마 전까지만 해도 무섭기만 하고 어려웠던 수현과의 통화가 이제는 제법 자연스럽고 재밌어졌다. 그건 아마도 절대로 사라지지 않을 것 같던 두 사람 사이의 벽이 동질감 하나로 거짓말처럼 허물어졌기 때문일 거다.

수현도 바쁘고 노아도 서연에게 수현과의 관계를 들키지 않기 위해 자주 만나지는 못하지만, 두 사람은 요즘 연인 사이라도 된 것처럼 이렇게 종종 통화를 주고받았다.

노아는 난생처음 느껴 보는 감정과 한 남자와의 잦은 만남, 그리고 공감과 위로 속에서 어느새 자신도 모르게 수현에게 점점 빠져들고 있었다.

덕분에 어색했던 그와의 통화가 너무 즐거워 서연이 방에 들어온 것도 모르고 정신없이 떠들다가 그녀와 눈이 마주쳤다. 노아는 서연을 발견하자마자 화들짝 놀라며 바로 통화 종료 버튼을 눌렀다.

망했다.

지금껏 서연은 노아가 남자를 만나려고 하는 것을 칼같이 반대했다. 노아가 이상한 남자에게 속거나, 사실은 연애며 남자에 대해 잘 모르는 그녀의 정체가 들통날까 걱정됐기 때문이다.

게다가 다른 남자도 아니고, 서연이 조심하라고 몇 번이나 강조했던 수현과 노아가 지금 썸 아닌 썸을 타고 있는 걸 알아챈다면 절대 그냥 넘어갈 리가 없었다.

잔뜩 얼어붙어 있는 노아를 잠시 말없이 바라보던 서연은 노아의 예상과는 다르게 화를 내기는커녕 음흉한 표정을 지으며 천천히 다가왔다. 노아는 상대가 염라대왕 같은 최서연이라는 이유로 발자국 소리를 듣자마자 겁에 질렸다.

하지만 노아의 앞에 다다른 서연의 입에서는 아주 의외의 말이 나왔다.

"더 하지, 왜 끊어?"

응? 이건 무슨 소리?

방금 전까지 노아가 통화하던 상대가 남자라는 건 정말 눈치 없는 사람이라도 알아챘을 것이다. 그런데 눈치 백 단 최서연이 혼을 내기는커녕 더 하지 왜 끊냐니…….

이게 대체 무슨 상황인가 좀처럼 판단이 서지 않아 노아가 서연의 눈치만 슬금슬금 보고 있자 서연이 눈빛을 빛내며 물었다.

"연애해?"

"아, 아냐, 그런 거!"

노아는 자리에서 벌떡 일어나며 서연을 향해 소리쳤다. 평소라면 '어디 감히 서노아 주제에 소리를 질러!'라며 면박을 줘야 할 서연은 담담한 얼굴로 말했다.

"그래, 너도 이제 연애 좀 해야지."

노아를 보는 서연의 두 눈에 미안함이 가득 어렸다. 노아가 고개를 갸우뚱거리자 서연이 다시 입을 열었다.

"……널 위해서라는 핑계로 내가 네 청춘 다 버리게 했잖아."

서연의 말에 노아도 표정이 슬프게 변했다.

노아는 맹세코 지금까지 단 한 번도 그렇게 생각해 본 적이 없었다. 노아가 사회생활이 불가능할 정도로 소심하다는 건 서연이 가장 잘 알고 있었다. 그래서 나쁜 사람이 되더라도 노아의 곁에 남아 노아를 잡아 주는 걸 택해 준 사람이다. 그런 사람이 자신에게 죄책감을 느끼고 있었다니, 노아는 코끝이 찡해졌다.

아니라고, 그렇게 생각하지 않는다고 말하려는데 이어지는 서연의 한마디에 노아는 슬픔이 단번에 사그라졌다.

"그러니까 이상한 놈만 만나지 마."

방금 전까지만 해도 서연을 향해 아련한 눈빛을 보내고 있던 노아의 표정이 순식간에 굳어졌다. 순간적으로 양심이 몹시 찔렸기 때문이다.

노아가 입도 달싹하지 못하고 가만히 서연을 바라보는데, 평소엔 눈치 백 단인 서연은 노아의 표정을 보지 못한 건지, 보지 못한 척을 하는 건지 연속으로 노아의 양심을 찔렀다.

"나쁜 놈만 아니면 돼."

'어쩌지 서연아. 나쁜 놈은 아닌 것 같은데…… 소문이 나빠.'

"너무 센 놈도 만나지 말고."

'너보다 센 놈인데?'

"특히 한수현, 그 자식 같은 놈."

"……."

"그런 것만 아니면 내가 어느 정도 커버 쳐 줄 수 있으니까. 알 았지?"

노아는 어쩜 찍어도 이렇게 정확하게 상대를 집어내느냐며 서 연의 귀신같음에 할 말이 없어졌다.

노아가 무슨 일이 있어도 절대 들키면 안 되겠다는 생각을 하 는 동안 서연은 노아의 표정이 굳어진 이유가 슬픈 분위기 때문 일 거라고 착각했는지 분위기 전환을 하기 위해 이번엔 장난스러 운 말투로 말했다.

"그나저나 소심쟁이 서노아가 연애라니, 많이 발전했네."

"아, 아니야!"

노아는 서연의 입에서 나온 연애라는 단어에 화들짝 놀라며 소 리쳤다.

수현과는 친구지 연인 관계가 될 거라고는 절대, 맹세코, 단 한 번도 생각해 본 적 없다. 하지만 이런 노아의 마음을 모르는 서연 은 음흉한 표정을 지으며 여유 있는 목소리로 말했다.

"아니긴 뭐가 아니야. 그럼 이 언니는 너 연애 방해되지 않게 나가 준다."

"정말 아니야!"

"휘둘리지 말고 휘둘러라, 서노아. 하긴…… 네가 휘둘러 봤자 퍽이나 잘 휘두르겠냐만."

서연은 그 말을 끝으로 부정하고 있는 노아를 말끔히 무시하며 방을 빠져나갔다. 노아는 멍한 표정으로 허공을 바라보다 뭐에 홀린 사람처럼 작게 중얼거렸다.

"연애……."

처음으로 머릿속에 친구가 아닌, 애인이 된 수현을 그려 봤다. 그러자 순진하게도 금세 얼굴이 달아올랐다. 수현을 떠올렸을 뿐인데 왜 이렇게 설레는 건지.

노아는 이 감정이 뭔지 이때까지만 해도 전혀 알지 못했다.

"오늘은 어디 가요?"

노아는 자연스럽게 수현의 차에 올라타며 물었다. 수현은 "글쎄?" 하고 또 궁금증만 자극시킨 채 차를 출발시켰다. 퇴근길에 이렇게 수현의 차를 얻어 타는 게 어느새 익숙해졌다.

그날 이후로도 두 사람은 종종 만났다. 무슨 꿍꿍이 때문인지 지난번 통화 사건 이후로 묘하게 자유 시간을 늘려 준 서연 덕분에 노아는 그녀의 감시에서 벗어나게 됐다.

덕분에 수현의 스케줄이 없는 날이면 함께 드라이브를 가거나 커피를 마시면서 대화를 하고, 가끔씩은 전화 통화로 밤을 지새우며 마치 연인이라도 된 것처럼 지내 왔다.

오늘도 마침 수현의 스케줄이 비는 날이어서 그를 만날 수 있다는 생각에 아침부터 들떠 있던 노아는, 기대감에 가득 찬 표정으로 수현이 운전하는 모습을 지켜봤다.

오늘은 드라이브를 할까, 카페를 갈까. 항상 혼자서만 지내 와 외로웠기에 노아는 수현과 함께하는 시간을 상상하는 것만으로도 즐거웠다.

잠시 후, 그녀의 예상과는 다르게 수현은 얼마 가지 않아 갑자기 외진 곳에 주차를 했다. 보통 드라이브를 할 땐 서울 근교까지 갔으니 드라이브는 아닌 것 같고, 주변을 보니 딱히 카페가 있을 만한 곳도 아니라 노아는 의아한 표정으로 수현을 쳐다봤다.

노아가 그러든가 말든가, 오늘도 역시나 아무런 설명 없이 안전벨트를 풀던 수현은 멍하니 자신만 보고 있는 노아를 힐끔 쳐다보며 담담하게 물었다.

"뭐 해, 안 내려?"

"네? 아, 네……."

노아는 약간 의문을 가졌지만, 지난번 모텔촌에 있던 카페처럼 외지고 독특한 곳으로 자신을 데려가려는 게 아닐까 하는 생각에 일단 수현을 따라 차에서 내렸다. 그리고 앞장서서 빠르게 걷는 수현의 뒤를 종종걸음으로 따라가는데, 얼마 지나지 않아 수현의 발걸음이 멈췄다.

주변을 둘러보니 어두운 하늘 아래 밝은 빛들로 가득 찬 오락실 앞이었다.

노아는 멍하니 오락실을 바라봤다. 그러자 수현이 얼굴을 숨기기 위해 쓰고 온 모자를 더 푹 눌러쓰며 노아의 손목을 끌고 오락실 안으로 들어갔다.

노아가 태어나서 처음 입성한 오락실 안에는 교복을 입은 학생들부터 퇴근을 한 직장인들까지 다양한 사람들이 게임기 앞에 앉아 게임을 즐기고 있었다.

컴퓨터조차 간단한 문서 작업이나 웹 서핑 말고는 할 줄 아는 게 없는 노아는 난생처음 와 본 오락실에 좀처럼 적응할 수 없었지만, 금세 가슴 깊은 곳에서부터 묘한 설렘이 올라오기 시작했다.

수현은 노아의 손목을 더욱 꽉 붙잡으며 주변을 탐색했다. 그러다 문득 뭔가를 발견했는지 그곳으로 가 멈추어 섰다.

달그락. 달그락.

수현은 그 어떤 설명도 없이 게임기에 동전을 넣었다. 노아는 졸지에 수현의 손에 이끌려 게임기 앞에 섰다. 그리고 그 게임이 총으로 좀비를 쏴서 죽이는 징그러운 게임이라는 걸 알기까진 얼마 걸리지 않았다.

화면에서 좀비가 갑자기 달려들자 노아는 화들짝 놀라며 뒤로 물러섰다.

하지만 도망을 갈 수는 없었다. 노아의 등 뒤를 이미 수현이 막아서고 있었고, 그것도 모자라서 갑자기 예고도 없이 노아를 뒤에서 안았기 때문이다.

갑작스러운 수현의 스킨십에 노아는 자신도 모르게 그 자리에 돌처럼 굳었다. 노아가 이러지도 저러지도 못하는 사이, 수현은 여전히 담담한 표정으로 노아의 손에 총을 쥐어 준 뒤 자신의 손을 노아의 손 위에 포갰다.

"지, 지금 뭐 하는 거예요!"

잔뜩 당황한 노아는 버럭 소리쳤다. 그러나 수현은 노아에게 시선조차 주지 않고 게임 화면에 온 신경을 집중했다.

"이렇게 방아쇠를 당기면⋯⋯."

"꺄악!"

수현이 노아의 손에 있는 총의 방아쇠를 당기자 화면 속에서 좀비가 쓰러졌다. 공포 영화도 제대로 못 보는 노아가 비명을 지르며 뒷걸음질을 쳤지만 화면과 멀어지기는커녕 등 뒤에 있는 수현과 더욱 밀착될 뿐이었다. 등 뒤로 수현의 온기가 고스란히 느껴져 노아는 민망함에 얼굴이 달아올랐다.

수현은 그저 노아를 꼭 안은 채 진지한 자세로 게임에 임했다. 다른 사람들은 그냥 나란히 서서 게임을 즐기는데, 수현은 무슨 생각인 건지 진득한 스킨십을 유도하며 게임을 이어 갔다.

노아는 처음엔 수현도 신경 쓰이고 게임도 무서워 비명만 지르다가 조금 적응이 되자 점점 올라가는 점수를 보며 묘한 쾌감을 느꼈다. 결국 나중엔 뒤에 있는 수현을 신경 쓰지 못할 만큼 집중해 혼자서 신나게 총을 쏘아 댔다.

그런 노아를 바라보는 수현의 입가에 알 수 없는 미소가 번졌다.

태어나서 처음 해 본 경험에 흥분을 감추지 못한 노아는 솔직히 조금 더 놀고 싶었다. 하지만 내일의 출근을 위해, 수현의 스케줄을 위해 아쉬운 표정으로 오락실에서 빠져나왔다.

수현은 근처에 주차해 둔 차에 도착하자마자 답답했는지 모자부터 벗었다. 나름대로 열심히 노아와 놀았기 때문인지 수현의 머리카락은 땀으로 흠뻑 젖어 있었다.

잔뜩 헝클어진 그의 모습이 묘하게 섹시하게 느껴져 노아는 자신도 모르게 침을 한 번 꼴깍 삼켰다.

수현은 열을 식히기 위해 에어컨을 틀다 문득 부끄러워하고 있는 노아의 모습을 발견하곤 아무런 말 없이 손을 뻗었다.

가느다랗고 긴 손가락이 촉촉하게 젖은 그녀의 머리카락 사이를 파고들어 쓸어 주었다. 수현은 노아에게서 시선을 떼지 않은 채 허스키한 목소리로 중얼거리듯 말했다.

"땀…… 많이 나네……."

노아는 자신도 모르게 심장이 쿵 하고 내려앉았다.

이 남자, 오늘따라 왜 이렇게 야하게 느껴지는 걸까.

이 감정이 정확히 뭔지 모르는 순진한 노아는 자신이 수현의 강한 기에 눌려 겁에 질렸다 생각하며 두 손으로 수현의 넓은 가슴팍을 밀어 냈다.

팍!

순간적으로 저지른 행동에 자신도 모르게 손에 힘이 들어가 버렸다. 스스로 한 행동에 더 깜짝 놀란 노아는 얼굴이 사과처럼 붉게 익어 어쩔 줄 몰라 하더니 급하게 차 문을 열고 밖으로 뛰쳐나갔다.

"까, 까먹고 안 하고 온 일이 있어서 전 이만!"

노아는 걸음아 나 살려라 서둘러 도망을 가 버렸다.

허둥지둥 점점 시야에서 멀어져 가는 노아의 뒷모습, 수현은 아무런 말 없이 가만히 지켜보았다. 잠시 깊은 생각에 잠겼던 그는 이내 턱을 괴며 작게 중얼거렸다.

"……생각보다 시간이 많이 걸리겠어."

다음 날, 노아는 자신의 앞에서 뚱한 표정으로 물이 담긴 와인 잔을 기울이는 수현을 보며 조심스럽게 물었다.

"……화났어요?"

퇴근 후 수현의 차를 타고 아무런 의심 없이 그를 따라온 노아는 차에서 내리자마자 눈앞에 보이는 호텔에 수현을 오해해 또 잔뜩 경계했다.

하지만 막상 들어와 보니 정말 순수한 의도로 밥만 먹으러 온 것을 알게 되었다. 수현을 또 믿지 못하고 오해한 것이 너무나 미안해 노아는 최고급 호텔 레스토랑에 와서도 주변을 구경하지 못하고 지금까지 조용히 고개만 숙이고 있었다.

그렇게 한참을 망설이다 용기 내 물은 말인데, 그는 인상을 쓰며 까칠하게 답했다.

"어. 화났어."

수현은 무섭도록 단호했다. 노아의 고개는 점점 더 숙여졌지만 수현은 그런 노아를 봐주지 않겠다는 듯 목소리를 낮게 깔며 말했다.

"전에도 말했지만 나 진짜 너한테 이상한 짓 안 해."

"미안해요……."

"미안하면 그만 경계 좀 풀어. 나 너 안 잡아먹어."

"네……."

노아의 목소리가 점점 기어들어 갔다. 수현과 알고 지낸 지 벌써 한 달이 지났고, 이 사람이 나쁜 사람이 아니란 것도 이제 아는데 걸핏하면 의심부터 튀어나와 수현에게 미안한 짓만 하고 있다.

　자신의 죄를 알기에 노아가 한숨을 내쉬는 그때, 두 사람의 분위기를 전환해 주듯 수현이 예약을 해 뒀던 음식들이 차례대로 나오기 시작했다.

　한눈에 보기에도 맛있을 것 같은 음식에 노아는 언제 풀이 죽었냐는 듯 두 눈을 빛내며 소리쳤다.

　"예쁘다!"

　"먹어 봐. 맛도 나쁘지 않아."

　"음, 맛있어요!"

　"그래, 많이 먹어."

　밝게 웃는 노아의 모습이 마치 어린아이를 보는 것 같아 수현의 입가에 웃음이 번졌다. 어떻게 아직도 이런 여자가 있나 싶어 음식엔 손도 대지 않은 채 신기하단 눈빛으로 노아를 바라보는데, 그때 어디선가 여자의 목소리가 들려왔다.

　"……한수현?"

　수현과 노아가 동시에 고개를 돌려 상대를 쳐다봤다. 목소리가 들려온 곳에는 콜라병 같은 몸매에 높은 구두를 신고 딱 달라붙는 까만 원피스를 입은 아주 섹시한 여자가 서 있었다.

　여자는 붉은빛이 감도는 웨이브 진 머리를 쓸어 올리며 두 사람을 쳐다봤다. 수현은 순식간에 표정이 굳어지며 말을 잃었다.

뭔가 이상하게 돌아가는 분위기에 노아는 입을 꾹 다문 채 조용히 여자를 응시했다.

'어디서 봤는데…….'

눈에 띌 정도로 아주 아름다운 외모, 이런 얼굴을 한 번이라도 봤다면 절대 잊을 리가 없었다. 한참을 심각한 표정으로 기억을 더듬다 문득 무언가 떠오른 노아는 조심스럽게 그녀의 이름을 입에 담았다.

"……최지현 씨?"

최지현은 한때 엄청 잘나가던 톱 여배우였다. 섹시한 외모와 뛰어난 연기력으로 안방극장은 물론, 스크린까지 장악하며 한창 주가를 올리던 중 수현과 스캔들이 터졌다.

호텔에서 나오는 두 사람의 사진이 언론에 밝혀지면서 '비디오가 있다.', '사진이 있다.' 등 엄청난 유언비어가 쏟아졌다. 그 때문에 순식간에 이미지가 추락해 한동안 방송에서 그녀를 볼 수 없었다. 그러다 얼마 전부터 복귀해 종종 조연으로 드라마에 출연하기 시작한 걸로 알고 있다.

노아는 그제야 정신이 번쩍 들었다. 요즘 수현과 함께 지내면서 생전 없던 친구가 생긴 게 너무 즐거워 잊고 있었는데, 한수현이라는 남자는 소문이 살벌한 남자였다.

그걸 그의 전 여자를 만나고 나서야 뒤늦게 깨닫다니……. 왜 그렇게 서연이 자신을 수현에게서 과잉보호하려 드는 건지 새삼 이해가 됐다.

모든 것을 깨달은 노아는 수현이 자신도 함정에 빠트려 다시는 사회에 나오지 못하게 만들까 봐 두려워졌다. 그래서 떨리는 눈동자로 수현을 바라보는데, 지금껏 아무런 말 없이 두 사람을 지켜보기만 하던 지현이 높은 구두로 또각또각, 두 사람 앞에 다가와 섰다.

지현은 차가운 시선으로 수현을 내려다보더니 이내 입가에 조소를 띠며 비꼬듯 말했다.

"남의 인생 조져 놓고선 행복하게 잘 살고 있네. 한수현."

지현의 가시 돋은 말에도 수현은 아무런 대답도 하지 않았다. 두 사람 사이에 숨넘어갈 것 같은 긴장감이 흐르고, 노아는 숨을 죽인 채 그들을 지켜봤다.

지현은 마치 죽일 수 있으면 죽이겠다는 기세로 수현을 노려보고 있었다. 그녀의 두 눈에 분노가 어찌나 가득한지 옆에서 지켜보는 사람조차 소름이 돋을 정도였다.

그렇게 얼마쯤 시간이 흐른 걸까. 수현을 노려보던 지현이 시선을 돌려 노아를 위아래로 훑어봤다. 그리고 이내 닫혀 있던 입술을 다시금 천천히 움직였다.

"이 새끼가 진심인 것 같죠?"

"……."

"속지 마요. 나처럼 되고 싶지 않으면."

어금니를 꽉 깨문 채 가시 돋은 경고를 뱉어 내던 지현의 두 눈가에 금방이라도 터져 나올 듯한 분노의 눈물이 맺히기 시작했다.

하지만 수현 앞에선 눈물을 보이고 싶지 않았는지 서둘러 등을 보이고 천천히 멀어져 갔다.

지현의 뒷모습을 지켜보는 노아의 두 눈에 혼란이 가득 어리기 시작했다.

화기애애했던 분위기가 찬물을 끼얹은 듯 순식간에 조용해졌다. 지현이 완전히 시야에서 사라질 때쯤, 지금까지 아무런 말이 없던 수현의 목소리가 들려왔다.

"우리…… 잘 만나고 있었어."

노아는 수현의 목소리에 화들짝 놀라며 그를 쳐다봤다. 수현은 어울리지 않게 눈가가 촉촉해져서는 떨리는 눈으로 노아를 바라보고 있었다. 긴장을 한 듯 손등에 땀이 맺히기 시작한 그는 주먹을 꼭 쥐며 말을 이어 갔다.

"바보같이 몰랐어. 거기까지 기자들이 찾아올 거라는 걸……."

"……."

"내가 사랑하는 여자니까 더 조심했어야 했는데, 정신이 들었을 땐 우린 이미 스캔들이 터진 상태였어."

"……."

"해명해 봤지만 지현인 소문이 사실이었다면서 날 믿지 않았고, 우린…… 그렇게 헤어졌어."

수현은 입가에 억지로나마 미소를 띠었지만, 눈은 금방이라도 눈물을 쏟을 것만 같았다.

진심 어린 그의 눈동자에 그를 의심하던 노아의 마음은 다시 흔들렸다.

자신도 겉모습에 대한 오해로 힘들어했으면서, 똑같이 겉모습만 보고 수현을 판단해 버렸다는 생각에 스스로가 부끄러웠다. 서서히 수현을 바라보는 노아의 눈빛이 변해 가다 이내 두 눈 가득 결심이 어렸다.

노아는 항상 의심하고 경계했던 남자 한수현을 비로소 믿어 보기로 했다.

2. 그 녀석의 비밀

"큼…… 크음……."

노아는 어색한 헛기침을 하며 수현의 눈치를 봤다.

보통 수현과 만나면 드라이브를 가거나 식사를 하니까 오늘도 그럴 줄 알고 마음 놓고 수현의 차를 탔다. 그런데 막상 도착하고 보니 차가 선 곳은 웬 외진 곳에 위치한 자동차 극장이었다.

의자 등받이에 몸을 기댄 채 눈앞에 펼쳐진 영화 속에 빠져 있는 수현을 보며 노아는 좀처럼 경계심을 놓지 않았다.

며칠 전, 수현에 대한 모든 경계심을 버린 것은 그가 친구였을 때 이야기다. 그런데 이런 연인들끼리 올 법한 장소에 미리 말도 없이 자신을 데리고 올 줄은 전혀 예상하지 못했다.

노아가 잔뜩 겁을 집어먹고 최대한 문 쪽에 몸을 밀착한 채 수현을 경계하고 있는데, 갑자기 수현이 노아를 쳐다봤다. 오늘따라 느끼하게 느껴지는 그의 눈빛에 노아의 머릿속에 위험을 알리는 경보음이 울렸다.

그런 노아의 마음을 아는지 모르는지, 한참을 지그시 노아를 바라보던 수현이 점점 그녀에게로 다가왔다.

노아는 속으로 역시 서연이의 말은 틀리는 법이 없다느니, 이건 배신이라느니 열심히 수현을 욕했다.

그가 점점 더 가까이 다가올수록 그를 피해 뒤로 물러섰지만 금세 더 이상 갈 곳이 없어졌다. 그녀는 어쩔 줄 몰라 하면서도 이상하게 눈이 감겼다.

'이러면 내가 뭘 바라는 거 같잖아!'

그런 생각을 하면서도 노아는 눈을 뜨지는 않았다. 그 순간 그녀는 깨달았다. 지금 자신이 이다음 상황을 묘하게 기대하고 있다는 것을……

근데 이게 무슨 일이란 말인가. 아무리 시간이 흘러도 아무런 촉감이 느껴지지 않았다.

뭔가 이상함을 눈치챈 노아는 살짝 눈을 뜨고 수현을 쳐다봤다. 수현은 여전히 스크린에 시선을 고정한 채 무언가를 오물오물 씹고 있었다.

노아는 바보 같은 표정을 짓고 말았다. 수현의 손에 들려 있는 통은 어디서 많이 본 듯 익숙했다. 그건 방금 전까지만 해도 자신의 앞에 있었던 껌 통이었다.

'나한테 무슨 짓을 하려고 했던 게 아니라, 그냥 내 앞에 있던

껌 통을 집으려 한 거야?'

노아의 얼굴이 순식간에 새빨갛게 달아올랐다. 사람들이 '민망해 죽겠다.'라는 말을 쓸 때마다 '아무리 민망해도 그렇지, 어떻게 죽고 싶은 마음이 들 수 있냐.'고 생각했었는데, 오늘부로 그 생각은 접기로 했다.

노아는 수현을 향한 미안함과 민망함에 살짝 고개를 숙였다가 이내 다시 들어 수현을 힐끔 쳐다봤다.

수현은 촬영 때는 머리를 올려 이마를 드러내지만, 평소에는 앞머리로 이마를 가리고 다녔다. 물론 시원하게 드러난 이마도 멋지지만, 지금처럼 앞머리 아래로 오뚝하게 솟아 있는 코는 정말 조각 같아서 감탄만 나왔다.

수현의 눈은 선이 진한 날카로운 눈이었다. 평소엔 그 눈이 카리스마 있어 보이다가도 가끔 슬픈 표정을 지으면 노아는 그의 마음속의 고독이 느껴지는 것 같아 가슴이 아파 오곤 했다.

솔직히 공감대 형성과 새로운 경험을 시켜 주는 사람이라는 것을 빼고도 수현은 충분히 매력적인 사람이었고 경계심만 조금 적었다면 그의 외모만으로도 그에게 푹 빠져 버렸을 것 같다고 노아는 확신했다.

노아가 수현의 얼굴을 보며 별의별 생각을 다 하는데, 문득 노아의 시선이 느껴졌는지 수현이 고개를 돌렸다. 그렇게 두 사람의 시선이 맞부딪쳤다.

두근두근.

그와 눈을 마주치기 무섭게 노아의 심장이 요란한 소리를 내며 빠른 템포로 뛰기 시작했다. 그 소리가 수현에게까지 들릴까 봐 노아는 몸을 웅크렸다. 수현은 그런 노아를 한참 동안 아무런 말 없이 보다가 이내 아무것도 묻지 않고 고개를 돌려 다시 스크린 으로 시선을 고정했다.

하지만 노아는 그 후로도 한참 동안이나 다시 수현을 쳐다보지 못했다. 그저 여전히 쿵쾅거리며 빠르게 뛰는 가슴 위에 두 손을 살포시 올려놓으며 혼란스러워할 뿐이었다.

'이게 뭐지……?'

노아는 도무지 지금 자신의 감정이 이해가 되지 않아 스스로에 게 물었다. 하지만 역시나 그에 대한 해답은 돌아오지 않았다.

그렇게 첫사랑조차 앓아 본 적 없는 노아는 생전 처음 느껴 보 는 생소한 감정에 혼란스러워했다.

"서노아."

허공을 보며 곰곰이 생각에 잠겨 있던 노아는 누군가 자신을 부르자 화들짝 놀라며 고개를 들었다. 눈앞에는 오늘도 어김없 이 퇴근 시간에 맞춰 노아를 데리러 온 수현이 그녀를 보고 있 었다.

노아는 잠시 말을 잃고 수현을 바라봤다. 오늘 하루 종일 그 누 구에게도 아무런 반응이 없던 심장이 수현을 보자 갑자기 빠르게 뛰기 시작했다.

그 때문에 정신을 못 차리고 멍하니 있는 노아를 기다리던 수현의 진한 눈썹이 꿈틀거렸다.

"뭐 해, 안 타고."

노아는 수현의 말에 뒤늦게 차에 올라탔다. 그렇게 오늘도 두 사람의 한밤중 드라이브가 시작됐다.

수현은 한 손으로 가볍게 핸들을 돌리며 속력을 점점 높여 갔고, 항상 그래 왔듯이 사람이 없는 한산한 도로에서 자동차 지붕을 열고 바람을 쐈다. 시원한 바람이 노아의 머릿결을 쓸어 줬다. 평소라면 혼자 신나서 기뻐해야 할 노아가 심각한 표정으로 여전히 허공만 바라보고 있었다.

수현은 그런 노아를 말없이 쳐다봤다. 요즘 노아는 뭐랄까. 평소답지 않은 행동만 골라서 했다. 그 이유가 뭔지 사실은 알고 있지만, 수현은 노아에게 모른 척 일부러 물었다.

"요즘 무슨 일 있어?"

질문은 했지만 수현의 눈빛과 말투에는 아주 조금의 궁금증도 담겨 있지 않았다. 분명 뭔가 다 알고 있는 느낌인데도 그걸 파악하지 못한 노아는 수현의 질문에 당황한 듯 그대로 말을 잃었다.

그도 그럴 것이 노아의 무슨 일은 '요즘 그쪽만 보면 가슴이 뛰어요.', '수현 씨의 사소한 행동에 자꾸 설레요.', '꿈에서도 한수현 씨가 나와요.' 등 누가 봐도 수현을 좋아한다 싶은 것이었다.

거기까지 생각이 미치자 혼자 깊은 생각에 잠겼던 노아의 두 눈이 순간 커다랗게 변했다. 자신은 분명 수현을 좋아하고 있다. 곰곰이 생각해 보면 지금까지 느꼈던 자신의 감정은 누가 봐도 뻔한 거였다.

가뜩이나 빨리 뛰고 있던 심장이 생각 끝에 깨달음을 얻자 더욱 빠른 속도를 내며 뛰기 시작했다. 이러다 정말 심장이 터져 버릴까 봐 덜컥 겁이 난 노아가 서둘러 가슴을 움켜쥐었다. 그때, 수현이 갑자기 차를 멈췄다.

끼이익!

갑작스럽게 벌어진 일에 노아는 놀란 눈으로 수현을 올려다봤다. 그러자 진지한 표정으로 허공만 바라보던 수현이 갑자기 목소리를 깔며 노아에게 물었다.

"넌 어떤 남자가 좋냐."

"네?"

"네가 좋아하는 남자는 어떤 남자냐고."

노아는 수현의 갑작스러운 물음에 어찌할 바를 모르고 다시 말을 잃었다. 평소 노아가 대답이 없으면 먼저 분위기 전환을 해 주던 수현이 어째서인지 오늘은 입을 꾹 다문 채 노아를 기다리기만 했다.

그렇게 두 사람 사이에 침묵이 흘렀다. 그 침묵 끝에 노아가 먼저 조심스럽게 입을 열었다.

"전…… 따뜻한 남자가 좋아요……. 서툴러도 알고 보면 좋은 사람이요."

"……."

"외로운 사람이면 더 좋을 것 같아요. 저도 많이 외로웠으니까 같이 행복해지면 좋을 거예요."

어째 이야기를 하면 할수록 그 남자가 수현과 너무 비슷한 것 같아 노아는 괜히 얼굴이 뜨거워졌다. 그 때문에 노아가 더 말을 잇지 못하고 망설이자 지금껏 말이 없던 수현의 입을 열었다.

"그거, 내가 하면 안 되냐."

'심장이 쿵 하고 떨어진다.', '시간이 멈춰 버린 것 같은 기분이다.' 이런 말은 이럴 때 쓰는 걸까?

노아는 지금 이 순간이 꿈인지 현실인지조차 구별이 가지 않아 멍하니 수현을 바라봤다. 좋아한다는 감정을 깨달은 지 채 한 시간도 되지 않아 갑작스럽게 받은 고백 아닌 고백에 그녀는 정신이 혼미해지는 것 같았다.

'잠깐, 고백?'

갑작스럽게 훅 들어온 수현의 고백에 순간 심장이 멎어 버릴 것 같은 느낌을 받은 노아는 '이러다 죽는 거 아닐까.' 하고 심각하게 고민했다.

이런저런 생각에 노아가 계속 말이 없자 지금껏 뚫어져라 노아를 바라보던 수현이 다시 입을 열었다.

"어때……?"

"네?"

"네가 바라는 남자, 그거 내가 해도 되냐고."

수현 특유의 낮은 목소리가 차가운 공기 위로 천천히 울려 퍼졌다. 노아는 입을 꾹 다문 채 수현을 바라보고, 수현 역시 묵묵히 노아의 대답을 기다렸다.

이 남자, 진심이다.

노아는 흔들림 없이 자신만을 보고 있는 수현의 새까만 눈동자를 보며 문득 그런 생각이 들었다. 그러자 왠지 더욱 긴장이 되고 떨려 수현의 시선을 피해 버렸다.

누가 봐도 '나 고민하고 있어요.' 라고 말하고 있는 노아의 눈을 가만히 바라보던 수현의 얼굴에 갑자기 씁쓸함이 피어올랐다.

수현은 시선을 바닥으로 떨어트렸다. 고개를 숙인 수현의 표정이 너무나 슬퍼 보여 노아는 당황한 티를 숨기지도 못하고 수현의 눈치만 살폈다.

이런 상황에서는 뭘 어떻게 해야 하는 건지 몰라 안절부절못하고 있는 노아의 모습을 보며 수현은 고개를 숙인 채 한숨을 내쉬곤 중얼거렸다.

"그래…… . 나 같은 놈 따위."

"무, 무슨 말을 하는 거예요!"

"아니야. 못 들은 걸로 해 줘. 나 같은 놈은 누굴 좋아할 자격조차 없……."

"좋아해요!"

끝없는 자기 비하 속으로 빠져드는 수현을 보며 노아는 자신도 모르게 소리쳤다. 수현은 그런 노아를 놀란 눈으로 쳐다봤고, 노아는 부끄러움도 잊은 채 슬픈 목소리로 마저 말을 이어 갔다.

"왜 그런 생각을 해요. 내가 수현 씨를 얼마나 많이 좋아하는데."

"……."

"날 좋아해 줘요. 나한테 그런 남자가 되어 줘요."

수현은 노아의 말에 믿을 수 없다는 듯 놀란 표정을 지었다. 노아는 가슴이 아려 왔다. 이렇게 잘난 남자가 잘못된 소문 때문에 얼마나 외롭게 지냈으면 이 정도로 자괴감에 빠져 사는 걸까…….

노아는 안쓰러운 눈으로 수현을 바라보며 마치 자기 일이라도 되는 양 더 괴로워했다.

수현은 그런 노아를 떨리는 눈동자로 바라보다 예고도 없이 자신의 넓은 품에 안아 버렸다.

갑작스러운 수현의 행동에 노아는 많이 놀랐고, 또 당황스러웠다. 하지만 그녀는 수현을 밀어 내진 않았다. 그의 몸이 미세하게 떨리고 있는 거 같아서, 혹시 그가 울고 있는 걸까 봐 아무런 말 없이 그의 등을 부드럽게 쓸어 줬다. 그게 노아가 할 수 있는 유일한 위로였다.

수현은 노아를 더욱 강하게 안으며 그녀가 자신의 얼굴을 보지 못하게 입술을 노아의 머리 위에 파묻었다. 노아는 그런 그를 쉬지 않고 다독여 줬다.

애틋한 상황 속에서 수현의 입가에는 결국 참지 못한, 의미를 알 수 없는 미소가 번졌다.

그는 입에서 바람 빠지는 소리가 새어 나올까 봐 애써 입술을 깨물었다. 그리고 노아가 고개를 들지 못하게 그녀를 꼭 껴안았다.

'생각보다 시간이 오래 걸렸군. 이렇게 빈틈이 많은 여잔데 지금까지 들키지 않은 게 의문이야.'

원래부터 짙은 색을 띠고 있던 수현의 새까만 눈동자가 점점 더 사악한 빛으로 물들기 시작했다.

그는 싸늘한 시선으로 노아를 내려다보더니 콧노래라도 부를 기세로 여유로운 표정을 지었다. 그에게 안겨 있는 노아는 당연히, 그의 얼굴을 보지 못했다.

수현의 속마음을 알아차리지 못하는 노아는 앞으로 자신에게 벌어질 끔찍한 미래를 전혀 예상하지 못한 채 그저 수현이 자신을 사랑한다는 순진하고 바보 같은 착각에 빠져 그에게 한참을 안겨 있었다.

"여기 분위기 진짜 좋아요!"

수현이 저녁을 먹자며 노아를 데리고 온 곳은 룸으로 되어 있는 고급 일식집이었다.

정치인들이나 기업인들이 접대를 할 때 오거나, 재벌집의 상견례 혹은 S급 연예인들의 비밀 연애 장소로 많이 활용하는 곳이이기도 했다. 100% 예약제에 신분 확인 후에만 입장이 가능한 곳이어서 수현처럼 얼굴이 많이 알려진 사람들이 편안하게 식사를 하기에는 최적의 장소였다.

딱 봐도 '절대 스캔들이 터지지 않도록 만들겠어.' 라는 의지가 담겨 있는 수현의 장소 선택에 노아는 한 번 더 '역시 소문은 거 짓이었어.'를 곱씹으며 수현을 믿음직스럽다는 눈빛으로 쳐다봤 다.

"인테리어가 정말 예뻐요. 다음엔 서연이랑 같이 와야겠어요."

눈을 동그랗게 뜨고 경계를 할 땐 언제고 막상 사귀기 시작하 니 어찌나 단순하고 순진한지. 노아는 제 마음을 숨기지 못하고 눈빛, 표정, 말투에 온갖 애정을 가득 담아 수현을 대했다.

그냥 수현과 함께 있는 것만으로 세상을 다 가진 듯 행복해하 고, 이미 오래전부터 점차 희미해지던 경계심은 이제 눈을 씻고 찾아도 보기 힘들었다.

수현은 그런 노아를 보며 자신도 모르게 지어지는 사악한 미 소를 애써 삼키며 아이같이 웃고 있는 노아를 다정한 척 바라봤 다.

"네가 좋다니 정말 다행이네."

노아는 귓가에 울리는 낮고 매력적인 수현의 목소리에 잠시 할 말을 잃었다.

'사귀기 전에는 까칠하다고만 생각했는데, 이런 말도 할 줄 아 네.'

평소답지 않은 수현의 모습에 노아는 자신이 사랑받고 있다는 게 느껴져서 부끄러움에 두 뺨을 붉게 물들였다.

그 모습을 보며 수현은 결국 참지 못하고 입가에 조소를 띠었 다가 금세 웃음을 지우며 다시 뻔뻔한 행동을 했다.

"자."

"네?"

"먹어. 아."

원래 이런 남자였나? 그녀는 자신에게 음식을 내미는 수현의 갑작스러운 행동을 보며 순간 나사가 빠진 사람처럼 멍한 표정을 지었다. 그도 그럴 것이, 수현은 그 흔한 차 문 열어 주기조차 해 주지 않았던 남자였다. 그런데 이런 닭살 돋는 행동이라니.

노아는 익숙하지 않은 그의 모습에 잠시 혼란스러웠지만, 금세 '이 남자가 정말 나를 사랑하고 있구나.' 하고 단순하게 생각하며 그가 내민 음식을 받아먹었다.

그렇게 차가운 회를 먹으면서도 자꾸만 얼굴이 달아오르는 노아와 음식엔 손도 대지 않은 채 최대한 다정한 척 노아를 보는 수현이 즐거운 식사를 즐기고 있을 때쯤이었다.

갑자기 예고도 없이 요란한 소리를 내며 문이 벌컥 열렸다.

드르륵. 쾅!

비밀스러운 고객들이 많아 사소한 것 하나에도 꼭 노크를 하던 곳이다. 그 때문에 이런 갑작스러운 소리가 낯선 두 사람이 동시에 문 쪽을 바라보았다.

문 앞에 서 있는 사람의 얼굴을 확인하자 수현의 표정이 싸늘하게 굳어 버렸다.

노아는 갑작스럽게 변한 수현의 표정이 의아하기만 했다. 혹시 수현이 아는 사람인가 싶어 다시 문을 열고 들어온 사람을 제대로 응시하는데, 이상하게도 그의 얼굴이 제법 익숙하게 느껴졌다.

'어디서 많이 본 얼굴인데······.'

노아는 평소에 남자와 눈을 제대로 마주치는 일이 없기 때문에 이렇게 기억에 선명하게 남는 남자는 드문 편이었다. 그래서 남자의 정체를 알아내려고 온 정신을 집중한 채 남자를 바라보았다. 그런데 자세히 살펴보니 그 남자의 외모는 수현과 정말 똑닮아 있었다.

190cm 가까이 되어 보이는 큰 키에 짙은 눈매 등, 얼핏 보면 수현과 일란성 쌍둥이라고 해도 믿을 정도였다. 하지만 수현과는 달리 그 남자에게서만 느껴지는 묘한 성숙함에 노아는 그가 수현의 형일 거라고 추측했다.

남자는 단정한 슈트 차림을 하고 있었다. 그냥 회사원일까? 노아는 그저 평범한 회사원으로 살아가기에는 남자의 얼굴이 너무나 아깝다고 생각했다.

그렇게 얼마쯤 시간이 흘렀을까. 기나긴 정적 끝에 드디어 남자가 입을 열었다.

"또 무슨 짓을 하고 다니는 거냐."

겉으로 보기엔 누구든 단번에 형제라고 인지할 만큼 두 사람은 닮아 있었는데, 어째 분위기는 원수라고 봐도 이상하지 않을 정도로 싸늘했다.

자신을 차갑게 바라보는 남자를 수현도 못지않게 분노에 가득 찬 눈동자로 무섭게 노려보고, 가뜩이나 낮은 목소리를 더 낮게 깔며 으르렁거렸다.

"내 일에 사사건건 관섭하지 말라고 했을 텐데. 한승현."

"사고 치고 다니지 말라고 분명히 말했어. 한수현."

쿵!

승현의 가시 돋은 말투에 수현이 갑자기 자리를 박차고 일어나 승현에게로 달려들었다. 그리고 잘 정돈되어 있는 그의 넥타이를 신경질적으로 움켜쥐며 죽일 듯이 승현을 노려봤다.

하지만 승현은 눈 하나 깜짝하지 않았다. 오히려 코웃음이라도 칠 기세로 가소롭다는 듯 수현을 바라보고 있을 뿐이었다.

수현은 그런 승현을 보고 피가 솟구치는 기분이 들어 어금니를 꽉 깨물었고, 분노를 주체하지 못해 온몸을 심하게 떨며 다시금 그를 향해 낮게 말했다.

"네가 뭔 상관이야."

수현의 한마디에 승현의 두 눈동자에는 그를 향한 한심함이 묻어나기 시작했다. 귀신같이 승현의 속내를 읽어 낸 수현은 더욱 분노했지만 승현은 네 살 어린 동생의 어리광을 받아 줄 생각이 없는 듯 가볍게 수현을 밀어 냈다.

방심하고 있다가 승현에게 밀려난 수현은 죽일 것처럼 승현을 노려봤다. 그러자 잠시 말이 없던 승현이 입을 열었다.

"네가 어떤 인생을 어떻게 살든 난 상관한 적 없어."

"……"

"근데 이거 하난 인지해야지. 집안엔 해 입히지 않기로 한 아버지와의 약속, 벌써 잊은 건 아니겠지?"

방금 전까지만 해도 죽일 기세로 승현에게로 달려들던 수현은 승현의 입에서 나온 아버지라는 단어에 순식간에 말문이 막혔다. 그럼에도 승현은 눈 하나 깜빡하지 않았고, 여전히 차가운 시선으로 동생을 바라보며 아무렇지 않게 말을 이어 갔다.

"가뜩이나 너 딴따라 짓 하는 거 반가워하는 사람 아무도 없는 데, 모델 일 계속하고 싶으면 더 이상 사고는 치지 마라."

승현은 그 말을 끝으로 수현을 지나쳐 방을 빠져나갔다.

수현은 점점 멀어져 가는 승현의 뒷모습을 아무런 말 없이 바라보다가 결국 고개를 바닥으로 떨어트렸다.

수현의 어깨가 안쓰러울 정도로 떨려 왔다. 노아는 혹시 마음약한 그가 울고 있는 게 아닐까 하는 생각에 위로해 주려 손을 뻗었다. 하지만 수현은 노아의 손이 자신에게 닿기도 전에 쳐 냈다.

"건드리지 마."

수현의 과격한 행동에 노아는 놀란 눈으로 수현을 바라봤다. 우는 줄 알았던 그의 두 눈엔 눈물이 아닌 분노가 가득 맺혀 있었다. 그냥 바라보기만 했을 뿐인데도 뭔가 오싹해지는 그 눈빛에 노아는 겁에 질려 뒷걸음질을 쳤다.

그러자 수현이 지금까지 꽉 깨물고 있던 입술을 살며시 열며 노아에게 위협적으로 말했다.

"꺼져."

"……."

"꺼지란 말 안 들려?"

노아는 수현의 고함에도 그저 멍한 표정으로 그를 바라보기만 했다. 그도 그럴 것이, 지금껏 수현은 노아의 앞에서 이미지 관리를 위해 단 한 번도 이런 모습을 보인 적이 없었다.

다 된 밥이었던 노아의 앞에서 이렇게 이성을 잃고 재를 뿌린다는 것은, 그만큼 그에게 형인 승현의 의미가 보통이 아니라는 걸 뜻했다.

이게 원래 그의 모습임을 알 리 없는 노아는 수현의 행동에 잔뜩 겁을 먹어 놓고도 그를 어떻게 위로해 줘야 할지 고민했다.

이런 노아의 행동이 마음에 안 들었던 건지, 아니면 그저 화풀이 대상이 필요했던 건지, 수현이 갑자기 옆에 장식되어 있던 화병을 바닥으로 내던졌다.

쨍그랑!

요란한 소리와 함께 유리 파편들이 바닥 위로 흩어졌다.

들어올 때부터 참 예쁘다고 생각했던 새빨간 꽃들이 보기 좋게 뭉개지고, 산산조각 난 화병 조각들이 발 디딜 틈도 없이 바닥에 흐트러졌다. 노아가 당황하고 놀라 어찌할 바를 몰라 하는데, 수현은 닥치는 대로 방 안에 있는 모든 물건들을 망가트리기 시작했다.

와장창.

마치 한 마리의 짐승과도 같은 그를 보며 노아는 아무런 행동도 하지 못했다. 두렵기도 하고, 당황스럽기도 해서 솔직히 제정신을 유지하는 것조차 힘들었다.

다행인 건 소리를 듣고 식당 점원들이 달려와 수현을 말리기 시작했다는 것이고, 불행인 건 수현이 그들의 말을 전혀 듣지 않고 미친 사람처럼 날뛰었다는 거였다.

수현은 한참 동안이나 난동을 부렸다. 그 모습을 지켜보는 노아의 두 눈에는 두려움도, 당혹감도 아닌 측은함이 어렸다.

노아는 괴로운 눈을 하고 있는 그를 보며 자신이 더 아프다는 듯, 눈물 한 방울을 떨어트렸다.

◆ ◆ ◆

툭.

노아는 심각한 표정으로 책상 위에 머리를 떨어트렸다. 그녀의 얼굴엔 근심이 가득했다.

그날, 수현은 주변 사람들의 만류에도 불구하고 한참을 멈추지 않고 난동을 부렸다. 불행 중 다행인 건 워낙 비밀스러운 공간인지라 가게 측에서도 내부에서 소동이 났음을 알려지는 걸 원치 않아 기자나 경찰을 부르지 않았다는 거다.

한참의 난동 끝에 수현이 조금 진정될 때쯤 가게의 연락을 받고 소속사 직원들이 도착했다. 그들은 익숙한 듯 능숙하게 뒷처리를 하고 변상을 해 준 후에 수현을 데리고 갔다. 그것으로 사건은 일단락됐다.

하지만 문제는 바로 그 후부터였다. 무슨 이유에선지 그날 이후로 수현은 노아에게 단 한 번의 연락도 하지 않았다.

노아는 수현이 자신의 가장 아픈 곳을 노아에게 들켜 버렸다는 생각에 연락을 하지도, 받지도 않는다고 추측했다. 하지만 이렇게 냉정하게 생각해 봤자 머릿속과 마음속은 달라서 하루가 다르게 노아의 속은 새까맣게 타들어 가고 있었다.

노아는 혼자 놔두면 정말 살인이든, 자살이든 좋지 못한 행동을 할 것 같았던 그날의 수현이 자꾸만 떠올랐다.

"하아……."

노아는 한숨을 내쉬었다. 하필이면 왜 그런 표정이 마지막이어서 이렇게 가슴을 아프게 하는 건지. 그녀는 지금 자신의 처지도 잊은 채 내내 수현이 안타깝다는 생각만 했다.

"기분 전환을 해야겠어."

끝없는 우울함을 향해 달려가고 있던 노아는 더 이상 이러고 있으면 정말 큰일이 날 것만 같아서 급하게 지갑을 들고 자리에서 몸을 일으켰다.

긴 복도를 지나 엘리베이터를 기다리며 지금부터 뭘 해야 할지 고민하는데, 어디선가 향기로운 꽃향기가 느껴졌다. 주변을 둘러보니 살짝 열린 비상구 문 틈새로 꽃잎들이 바람을 타고 날아오고 있었다.

"뭐지?"

노아는 고개를 갸우뚱거렸다. 비상구에서 날아오는 꽃잎이라니. 아무리 봐도 이상했다.

노아는 묘한 기분을 느끼며 비상구 쪽으로 조심스럽게 다가갔다. 하지만 비상구 앞에 다다라서도 선뜻 문을 열진 못했다. 그저 문손잡이를 향해 손을 내밀고 멍하니 서 있는데, 갑자기 예고도 없이 문이 벌컥 열리며 익숙한 얼굴이 눈에 들어왔다.

노아는 놀란 표정으로 상대를 쳐다봤다. 품에 커다란 꽃다발을 안은 수현이었다.

노아는 수현을 보자 연락이 왜 안 됐는지, 무슨 일은 없었는지, 지금까지 궁금했던 모든 것들이 머릿속에서 새하얗게 사라졌다. 그래서 아무런 말도 하지 못하고 멍하니 그를 바라보기만 했다. 두 사람의 시선이 맞닿고 잔뜩 야윈 수현이 망설임 없이 제 품에 노아를 감싸 안았다.

단단하고 넓은 그의 가슴에선 품에 안고 있는 꽃다발 때문인지 향긋한 향기가 났다. 그 향기에 잠시 정신이 몽롱해진 노아는 멍한 표정으로 수현을 올려다봤다. 수현은 노아를 제 품에 더욱 꽉 껴안으며 특유의 낮은 목소리로 작게 말했다.

"보고 싶었어. 서노아."

아무런 말도 없이 수현에게 얼마간 안겨 있었던 걸까. 노아가 수현의 품에 있던 꽃다발과 함께 안겨 있는 탓에 슬슬 불편하다고 느낄 때쯤, 수현이 드디어 제 품에서 노아를 놓아주었다. 그러자 노아는 기다렸다는 듯 수현에게 물었다.

"무슨 일 있었던 거 아니죠?"

수현은 노아의 질문에 아무런 대답도 하지 않았다. 그저 가만히 노아를 바라보다가 살며시 고개를 숙일 뿐이었다.

노아는 그런 수현의 모습에 더욱 불안해지기 시작했다. 마지막으로 본 수현의 모습은 꽤나 불안정해 보였다. 뿐만 아니라 오랜만에 만난 그의 가뜩이나 마른 볼이 더욱 야위었기 때문에 혹시 그동안 그에게 무슨 나쁜 일이라도 있었던 게 아닐까 싶어 노아는 덜컥 겁이 났다.

수현은 아무런 대답 없이 걱정이 가득한 노아의 얼굴만 바라봤다.

수현의 눈에 들어온 노아의 모습은 너무도 순진해 보였다. 수현은 입가에서 비웃음을 새어 나올까 봐 살며시 입술을 깨물었다. 그리고 천연덕스럽게 아련한 눈빛으로 금방이라도 울 것 같은 얼굴을 해 보였다.

노아는 수현의 표정에 놀란 듯 두 눈이 커졌다. 두 눈에서 안쓰러움을 숨기지 못한 노아가 그를 달래 주려 손을 내밀자 수현이 그녀를 다시 제 품에 안아 버렸다.

툭.

수현이 노아를 안음과 동시에 수현의 품에 있던 꽃다발이 떨어져 바닥에 나뒹굴었다. 수현은 지금까지 꾹 닫혀 있던 입술을 천천히 움직이기 시작했다.

"그때 그 사람, 내 형이야."

낮게 가라앉은 수현의 목소리가 꺼내기 어려운 이야기를 해 주려는 듯 촉촉하게 젖어 있었다. 그 모습이 안쓰럽게 느껴져 노아는 수현을 꼭 안아 주며 그의 이야기에 귀를 기울였다.

"자세히 말할 수는 없지만 우리 집에 비밀이 하나 있어. 그래서 내가 형이랑 사이가 좋지 못해."

"……."

"봤다시피 가족들이 나 모델 일 하는 것도 별로 안 좋아하고."

'가뜩이나 너 딴따라 짓 하는 거 반가워하는 사람 아무도 없는데, 모델 일 계속하고 싶으면 더 이상 사고는 치지 마라.'

그때 얼핏 들은 이야기로 사연 있는 집안일 거란 생각은 했다. 그런데 이렇게 수현의 입으로 직접 들으니 노아는 굳이 캐묻지 않아도 대충 그 숨겨진 이야기가 어렴풋이 예상이 되는 듯했다.

노아는 수현이 너무 안쓰럽게 느껴졌다. 그래서 위로하고 싶은 마음에 수현의 등을 부드럽게 쓰다듬어 주자 수현이 작은 목소리로 물었다.

"이런 재벌가 이야기, 시시하지?"

수현의 한마디에 노아는 그의 품에서 나와 놀란 눈으로 수현을 쳐다봤다. 수현 특유의 날카로운 눈이 금방이라도 눈물을 쏟을 듯 슬프게 젖어 있었다. 노아는 더욱 가슴이 아파졌다.

자세히는 물을 수 없었지만 그의 슬픈 표정과 떨리는 목소리, 그리고 수현의 입에서 나온 '재벌가'라는 말에 노아는 별의별 추측을 다 하며 측은한 눈빛으로 수현을 바라봤다.

수현은 그런 노아의 눈을 보며 싫어하거나 자존심 상해 하지 않고, 오히려 더욱 동정심을 유발할 수 있게 슬픈 표정으로 노아를 다시 품에 안았다.

노아는 이번에도 수현을 밀어 내지 않고 오히려 더욱 꼭 껴안아 주며 그의 등을 조심스럽게 다독여 줬다.

"많이 힘들었죠?"

노아의 물음에 수현은 아무런 대답이 없었다. 지금껏 연기로 떨리던 수현의 눈동자가 잠시나마 진심으로 떨려 왔다. 하지만 애써 약해지려는 마음을 다잡으며 그는 아까보다 더 슬픈 목소리로 답했다.

"……응. 힘들었어."

노아는 힘들었다는 그의 한마디에 또 제 일처럼 가슴 아파하며 두 눈을 꼭 감았다.

가슴 깊은 곳에서부터 올라오는 이상한 감정에 수현은 애써 제 감정을 억누르려 입술을 깨물었다.

♦ ♦ ♦

"대표님 메이크업 들어가실게요."

오랜만에 화보 촬영을 위해 스튜디오에 온 노아는 수현과의 톡에 정신을 놓고 있다 자신을 부르는 목소리에 화들짝 놀라며 고개를 들었다.

노아는 어색하게 웃어 주곤 이내 메이크업을 받기 시작했다. 하지만 그녀는 그 순간에도 좀처럼 참지 못하고 정신없이 휴대폰을 두드렸다. 메이크업이 거의 끝나 갈 때쯤, 갑자기 주변이 소란스러워졌다.

메이크업을 마무리 짓고 소란의 근원지를 찾아 천막 밖으로 나가자 노아와 똑같이 휴대폰에 온 정신을 집중하고 있는 수현이 보였다.

"수현 씨?"

노아는 작게 수현의 이름을 불렀다. 방금 막 촬영을 마치고 온 듯 진한 메이크업을 한 수현이 놀란 듯 노아를 쳐다보았다가 금세 표정을 굳히며 성의 없이 고개만 까딱거렸다.

노아는 평소와 다른 차가운 그의 모습이 의아하기만 했다. 하지만 그것도 잠시, 그저 촬영이 순조롭지 않아 기분이 좋지 않은가 보다, 하고 별로 대수롭지 않게 여기며 수현에게 다가가 웃으며 말을 건넸다.

"오늘 촬영한다는 곳이 여기였어요?"

"네."

수현은 이번에도 노아의 물음에 쌀쌀맞게 답했다. 노아는 고개를 갸우뚱거렸다. 게다가 어울리지도 않게 존댓말이라니. 도대체 이 사람, 왜 이러는 걸까?

노아는 아무리 봐도 이상한 수현의 행동에 심각한 표정으로 그를 바라봤다. 그러자 옆에 있던 스태프가 노아에게 물었다.

"두 분, 아시는 사이예요?"

스태프의 물음에 노아는 화들짝 놀라며 스태프를 쳐다봤다.

'미쳤다, 서노아. 이렇게 사람 많은 곳에서 톱모델 남자 친구한테 알은척을 하다니!'

그녀는 속으로 자책하면서도 가장 자신 있는 까칠한 여자 연기를 하며 스태프에게 도도하게 말했다.

"아뇨. 같이 한 번 촬영한 적이 있죠."

"그러셨구나. 그럼 두 분 친하신 거예요?"

"그런 건 아니고요."

노아는 스태프의 물음에 시종일관 쌀쌀맞은 말투로 답하며 이야기가 마무리되기 무섭게 다른 곳으로 도망을 쳤다.

노아는 촬영 감독과 오늘 할 촬영에 대해 이야기를 나누면서도 힐끔 열린 천막 사이로 보이는 수현을 쳐다보았다. 그러나 수현은 노아에게 단 한 번의 시선도 주지 않은 채 메이크업 아티스트와의 대화에 열중했다.

그 모습을 보고 노아는 자기도 모르게 울컥하는 마음이 들었다. 그래서 촬영을 시작하고도 좀처럼 표정 관리를 하지 못하자 오늘 노아와 커플 화보를 찍는 신인 남자 모델이 보다 못해 그녀를 달래듯 먼저 말도 걸어 주고, 분위기를 풀어 보려 생글생글 웃어 주기도 했다.

저도 어색할 텐데 어떻게든 분위기를 바꿔 주려 노력하는 모습이 조금 딱하기도 하고, 일을 하러 온 자리기도 해서 노아는 뒤늦게 표정을 풀며 진지하게 촬영에 임했다.

노아는 안절부절못했던 수현과의 촬영 때완 달리 아무렇지 않게 처음 보는 남자와 껴안고 손을 잡는 등 농도 짙은 스킨십을 하며 익숙하게 촬영을 이어 갔다. 그렇게 서로의 몸을 밀착시키며 카메라를 보는데, 문득 스태프들 사이에 서 있는 수현과 눈이 마주쳤다.

'수현 씨가 여기 왜 있지? 이 촬영이랑 전혀 상관없는 사람이 잖아.'

노아가 고개를 갸우뚱거리는데, 남자 모델이 그녀의 귀에 대고 속삭이듯 말했다.

"수현 선배 좋아해요?"

"네?"

"같은 소속사 선배님이시거든요. 아마 저 대신 모니터링해 주시는 걸 거예요. 이따 사인 받아다 드릴까요?"

"……."

노아는 신인 모델의 물음에 아무런 대답도 하지 않았다. 갑자기 이유 모를 실망감이 몰려왔다. 이상하게도 몹시 기분이 찝찝했지만 노아는 금세 표정 관리를 하며 다시 촬영을 이어 갔다.

촬영이 끝나기 무섭게 노아는 바로 수현을 찾았다. 마지막 컷을 찍을 때까지만 해도 지켜보고 있었으니, 함께 퇴근을 할 생각이었다. 그런데 수현은 이미 흔적도 없이 사라져 있었다.

노아는 실망한 표정으로 짐을 가지러 천막 안으로 들어갔다. 그때 마침 핸드백에서 '띠링' 하고 휴대폰 울리는 소리가 들렸다.

혹시나 수현이 아닐까 하는 마음에 노아가 서둘러 휴대폰을 확인했다. 아니나 다를까 휴대폰 액정에는 수현의 이름이 떠 있고 '지하 주차장.' 이라는 아주 심플한 톡이 와 있었다.

노아는 언제 실망했냐는 듯 표정이 밝아져선 서둘러 짐을 챙겨 지하 주차장으로 달려갔다. 그리고 수현의 차를 발견하자마자 망설임 없이 올라타며 말했다.

"많이 기다렸어요?"

들뜬 노아의 목소리에도 수현은 노아에게 전혀 시선을 주지 않고 허공만 바라봤다. 노아는 이제 주변에 스태프들도 없는데 이 남자가 왜 이러는 걸까 싶어 의아했다. 하지만 수현은 아무런 설명도 없이 조용히 차를 출발시켰다.

노아의 집으로 가는 길 내내 그는 자신에게 말을 거는 노아에게 '어.', '아니.', '그래.' 같은 단답만을 반복하고 별다른 말이 없었다.

결국 집에 도착했을 때쯤에 입이 산만큼 나온 노아가 투덜거리는 목소리로 수현에게 물었다.

"오늘 무슨 기분 나쁜 일 있었어요?"

"어."

수현의 단호한 대답에 노아는 더욱 기분이 상했다. '기분 나쁜 일이 있으면 있는 거지 왜 나한테 화풀이를 하냐.'며 괜히 서러운 마음까지 들었다. 그래서 인사도 없이 수현의 차에서 내리려고 하는데, 갑자기 수현이 예고도 없이 노아의 손목을 잡아 끌어당기곤 자신의 품에 노아를 가뒀다.

그는 말없이 노아를 응시하더니 이내 그녀의 귓가에 대고 작게 속삭였다.

"……나 지금 질투하는 거야."

달그락.

유리잔에 담긴 얼음이 녹아 움직이는 소리에 노아는 그제야 눈앞에 있는 커피를 쳐다봤다.

주문한 커피를 받은 지 족히 한 시간은 지난 것 같은데, 커피에는 단 한 번도 손을 대지 않았다. 스스로가 봐도 바보 같은 자신의 모습에 노아는 입가에 미소를 지으며 바쁘게 두드리던 휴대폰을 탁자 위에 내려놓고는 아메리카노를 한 모금 들이켰다.

그때, 다시 탁자 위에 올려 두었던 휴대폰에서 진동이 울렸다.

[서노아 보고 싶다.]

이모티콘 하나 없는 딱딱한 톡이었지만, 내용만큼은 여느 커플들처럼 간지러운 이야기들로 가득 차 있었다. 노아는 그런 수현과의 대화방이 참 수현 같다는 생각을 하며 혼자 배시시 웃어 버렸다.

사귀고 난 후 처음으로 해외 일정이 생긴 수현은 하필이면 일정이 2주 이상 길게 이어질 것 같다는 청천벽력 같은 소식을 들려줬다. 그 이야기를 들은 순간부터 수현이 출국하는 날 아침까지 노아는 내내 우울하게 보냈는데, 그 잔인한 남자는 아주 담담하게 한국을 떠나 버렸다.

서운한 마음에 처음으로 수현에게 삐쳐 있는데, 웬걸. 해외에 도착한 직후부터 일주일이 지난 지금까지 수현은 단 하루도 빠지지 않고 하루에도 수십 번씩 노아에게 톡을 보내왔다.

분명 시차 때문에 피곤할 텐데, 노아가 깨어 있을 시간에만 연락을 하는 수현의 세심한 배려에 노아는 수현에게 사랑받는다는 느낌에 행복해했다.

하지만 행복한 건 행복한 거고, 보고 싶은 건 보고 싶은 거다. 아무리 연락을 많이 해도 채워지지 않는 수현을 향한 그리움에 노아는 그와 종종 함께 왔던 카페로 요즘 출근 도장을 찍고 있었다.

눈앞에 있는 커피 잔의 끝을 매만지며 노아는 입가에 미소를 지었다. 원래는 달콤한 맛을 좋아해서 카페에 오면 주메뉴가 단 음료였는데, 수현과 데이트를 하며 그가 좋아하는 음료를 따라 시키는 게 버릇이 된 건지 어느새 수현 없이도 이 씁쓸한 아메리카노를 즐기게 됐다.

'그만큼 내가 그 사람과 함께 보내는 시간이 많아 이러는 거겠지.'

수현이 좋아하는 아메리카노를 마시니 수현이 더 보고 싶어진 노아는 살며시 두 눈을 꼭 감았다. 그러자 캄캄한 눈앞에 수현이 아른거렸다.

노아는 이렇게라도 수현을 보고 싶어서 한참 뒤에야 살며시 두 눈을 떴다. 그러자 잔상인 건지 착각인 건지 외국에 있을 수현이 눈앞에 보였다.

"난 정말 팔불출인가 봐."

노아는 혼자 중얼거리며 턱을 괬다. 그리고 눈앞에 남은 수현의 잔상을 바라보는데, 아무리 시간이 흘러도 수현의 잔상이 사라지지 않았다. 거기다 그 잔상은 평소 수현이 입지 않는 단정한 슈트 차림까지 하고 있었다.

"어?"

노아는 그제야 뭔가가 잘못됐음을 인식하며 두 눈을 비볐다. 자세히 보니 지금껏 그 앞에 있던 건 수현의 잔상이 아니라 지난번 일식집에서 수현과 한바탕했던 남자, 바로 수현의 형 승현이었다.

그때 보여 줬던 분위기와 수현에게 들은 이야기를 떠올려 봤을 때, 한승현이라는 사람은 노아에게 엮여 봤자 득이 될 게 없는 사람이었다. 노아는 자리를 피하는 게 좋겠다고 판단이 되어 얼른 자리에서 몸을 일으켰다.

그때 지금까지 말없이 노아를 보고 있던 승현이 입을 열었다.

"서노아 씨."

자신을 부르는 승현의 목소리에 노아는 자리에 우뚝 섰다. 커다랗게 변한 노아의 눈과 마주한 승현이 마저 말을 이어 갔다.

"……우리, 잠시 얘기 좀 하죠."

눈앞에 커피를 놓고 두 사람은 아무런 말이 없었다.

노아는 분명 말끔히 거절하고 도망가야겠다고 생각했다. 그러나 어느새 정신을 차려 보니 승현의 앞에 앉아 있었다.

그래, 앉은 것까지는 어떻게든 포장해서 잘했다 칠 수 있었다. 수현에 대해 하고 싶은 얘기도 없지 않았다. 그런데 뭐라고 말을 꺼내기도 힘들게 승현은 사람을 앞에 두고도 아무 말이 없었다.

노아는 소심한 성격 탓에 잘 알지도 못하는 외간 남자와 마주 보고 앉아 있는 것부터가 매우 불편했다. 더군다나 상대는 입을 꾹 다문 채 분위기만 험악하게 만들고 있으니…….. 그렇다고 먼저 말을 걸 용기는 없어서 노아는 계속 안절부절못하며 승현의 눈치만 봤다.

승현은 바쁜지 계속 손목시계를 확인하며 한숨을 내쉬었다. 그러면서도 선뜻 노아에게 먼저 말을 걸지는 못했다.

그렇게 어색하면서도 지루한 침묵이 흐르고, 아무래도 다른 생각이라도 하는 게 좋겠다고 판단한 노아는 눈앞에 있는 승현을 천천히 감상했다.

노아가 정신을 놓고 승현을 보는데, 갑자기 승현이 입을 열었다.

"……서노아 씨."

갑작스러운 승현의 부름에 노아는 화들짝 놀라며 몸을 움츠렸다. 그러나 승현은 개의치 않으며 다시 말을 이었다.

"일단 미안합니다."

"네?"

뜬금없는 승현의 사과에 노아는 미간을 구겼다. 지금 이 상황에서 사과는 좀 이상했다. 노아가 사과의 의미를 헤아리려 생각하는 동안 승현이 마저 말을 이어 갔다.

"서노아 씨 뒷조사 좀 했습니다."

"무슨……."

"서노아 씨를 위해서 하는 말입니다. 수현이랑 헤어지세요."

'뒷조사를 했다.', '헤어져라.' 무슨 드라마, 그것도 막장 드라마에서나 나올 법한 사모님들의 단골 대사가 형의 입에서 나올 줄은 꿈에도 상상하지 못했다. 노아는 어안이 벙벙해져 멍한 표정으로 승현을 쳐다봤다.

가뜩이나 승현이 제 눈앞에 나타난 것부터가 꿈인지 현실인지 구별이 안 됐다. 그런데 하는 말들까지 전부 파격적이니 정신이 혼미할 지경이었다. 그 때문에 잔뜩 얼어붙어 아무런 말도 하지 못하고 있는데, 승현은 마치 확인 사살이라도 하듯 거침없이 말을 내뱉었다.

"서노아 씨가 보는 한수현은 어떤 사람인지 잘 모르겠지만, 그 녀석을 믿지 않는 편이 서노아 씨한테 좋을 겁니다."

"……."

"그 아이와 함께 있으면 분명 언젠가는 다치게 될 겁니다. 그러니까 그 전에……."

지금까지 혼이 나간 얼굴로 승현의 말을 듣고 있던 노아는 그의 말이 이어질수록 서서히 표정이 굳어지더니 급기야 그의 말을 끊고 자리를 박차고 일어났다.

노아의 갑작스러운 행동에 승현은 말을 멈추고 노아를 올려다보았다. 그러자 어디 가서 싫은 소리 한 번 못 했던 노아가 목소리를 낮게 깔며 말했다.

"당신이 그러고도 형이야?"

이게 웬 쌍팔 년도 드라마에서나 나올 법한 대산가 하겠지만, 노아의 표정만큼은 진지하다 못해 무서웠다.

뭔가 상황이 이상하게 흘러가자 승현은 다시 한번 한숨을 내쉬고는 이내 차분하게 말했다.

"서노아 씨가 이러시는 게 이해가 가지 않는 것은 아닙니다. 하지만……."

"잘 알겠네요."

"……."

"그쪽 하는 짓 보니까 수현 씨가 지금까지 얼마나 힘들게 살았는지 잘 알겠어요."

노아의 비아냥거림에 승현의 얼굴에 피곤함이 묻어나기 시작했다. 가슴이 답답한지 승현이 잘 정돈되어 있는 타이를 풀어 헤쳤다. 그의 표정은 딱딱하게 굳어 있었지만 노아는 눈 하나 깜빡하지 않고 경고하는 말투로 말했다.

"다신 그 사람 힘들게 하지 마세요."

"이봐요, 서노아 씨……."

"전 이만 가 보겠습니다."

노아는 짜증 섞인 승현의 말을 끊으며 말했다. 그리고 더 이상 들을 말도, 그럴 가치도 없다는 생각이 들어 자리에서 일어나 빠르게 걷기 시작했다.

그렇게 얼마쯤 걸었을까. 카페에서 멀리 떨어진 곳에 도착하자 노아는 다리에 힘이 풀려 쓰러지듯 근처 건물 벽에 몸을 기댔다.

"하아……."

그녀의 입에서 한숨이 새어 나왔다. 한평생 가까운 사람에게도 제 속마음 한 번 제대로 말해 본 적 없었다. 그런 그녀가 낯선 남자에게 강하게 나오기까지, 정말 많은 용기가 필요했다.

아깐 너무 화가 많이 나서 충동적으로 일을 저질렀지만, 긴장이 풀리고 나니 온몸에 힘이 다 빠지는 기분이었다.

"흐읍."

후들거리는 다리로 한참을 멍하니 서 있던 노아는 급기야 눈물을 흘리기 시작했다. 그녀의 머릿속에 계모와 형에게 핍박받으며 아무에게도 의지하지 못한 수현의 어린 시절이 그려졌다.

혼자 얼마나 괴로웠을까…… 얼마나 아팠을까…….

평소엔 남을 많이 의식했던 노아지만 지금은 지나가는 사람들이 아무리 자신을 쳐다봐도 시선이 느껴지지 않았다.

자신과 스캔들이 났던 여자들을 모두 사랑했다는 수현의 말도, 가끔씩 보이던 날카로운 눈동자 속에 비친 슬픔들도, 형을 지독히도 싫어하는 모습도 비로소 이해가 됐다.

그는 너무 외로워서 모두를 믿었고, 그 때문에 상처받았을 거다. 노아는 미치도록 수현이 보고 싶었다. 하루라도 빨리 그를 만나서 안아 주며 위로해 주고 싶다고, 노아는 그렇게 생각하며 자리에 주저앉아 눈물을 흘렸다.

◆ ◆ ◆

수현은 귀국을 하자마자 지친 몸을 이끌고 노아를 만나러 왔다. 촬영이 많이 힘들었는지 그의 얼굴은 잔뜩 야위어 있었는데, 노아와 마주하자마자 순식간에 피곤한 기색이 사라지며 입가에 미소가 번졌다.

그 모습에 괜히 더 울컥한 노아는 서둘러 수현에게 달려가 그의 품에 꼭 안겼다. 수현은 웃으며 노아의 머리를 쓰다듬어 줬다.

"내가 그렇게 보고 싶었어?"

장난스러운 그의 말에도 노아는 주르륵 눈물을 쏟아 냈다. 노아의 과한 반응에 수현이 당황한 얼굴을 하는데, 노아가 수현을 더욱 꼭 껴안으며 작게 말했다.

"수현 씨 형을 만났어요."

다짜고짜 들려온 노아의 폭탄 발언에 수현의 표정이 순식간에 굳어졌다.

방금 전 장난기 가득했던 사람은 어디로 갔는지, 수현은 험상 궂은 얼굴로 서둘러 품에 있는 노아를 억지로 떼어 내더니 그녀의 양어깨를 움켜쥔 채 윽박을 질렀다.

"그 새끼가 너한테 뭐라고 했어!"

승현의 이야기만 나오면 필요 이상으로 흥분하는 수현의 모습이 노아는 이젠 무섭기보다는 안타까웠다. 그래서 슬픈 얼굴로 수현을 바라보다 그의 품에 다시 안기며 소리쳤다.

"제가 지켜 줄게요!"

노아답지 않은 큰 목소리가 허공에 울려 퍼졌다. 분노로 가득 차 있던 수현의 눈동자가 무엇인지 알 수 없는 감정으로 떨렸다. 노아는 그런 수현의 품에서 마저 말을 이어 갔다.

"다신 외롭지 않게 제가 지켜 줄게요. 수현 씨 곁을……."

수현은 노아의 말에 아무런 대답이 없었다. 노아가 보지 못하는 그의 얼굴은 복잡한 마음에 뒤덮여 있었다.

이게 무슨 상황인지, 왜 이 여자가 이런 말을 하는 건지 수현은 자세히는 알 수 없었지만, 확실한 것은 노아는 지금껏 만났던 다른 여자들과는 다르다는 사실이었다.

수현의 머릿속이 혼란스러워지기 시작했다. 그는 '도대체 왜?' 하고 스스로에게 같은 질문만 반복했다.

하지만 끝내 답은 나오지 않았고, 수현은 더 이상 깊게 생각하지 않기로 했다. 그저 노아를 꼭 안은 채 작게 중얼거렸다.

"응, 네가 날 지켜 줘……."

물론 이 말은 수현의 진심이 아니었다. 그저 여자들을 가지고 놀 때마다 문득 죄책감이라도 들면 그걸 억누르기 위해 속으로 '약해지지 말자'고 다짐하며 했던 연기일 뿐이었다.

그런데 이상하게도 다른 여자들 앞에선 아무렇지 않았던 연기를 노아 앞에서 할 때는 자꾸만 묘한 기분이 들었다. 노아가 너무 순수해서 다른 사람들에게 느꼈던 것보다 큰 죄책감을 느끼는 걸까?

수현의 새까만 눈동자가 혼란스러움으로 인해 일렁였다.

노아는 그런 그의 모습이 자신을 속이는 것에 대한 죄책감인지도 모르고 옛날을 회상한 그가 괴로워하고 있다고 생각하며 자신이 더 괴로운 얼굴을 했다.

그렇게 노아는 한참을 그에게 안겨서 '절대 그 어떤 말에도 흔들리지 않으며, 그 어떤 순간까지도 그의 곁을 떠나지 않겠다.'는 순진하고도 멍청한 다짐을 했다.

♦ ♦ ♦

"픕."

수현은 옆에서 들리는 웃음소리에 자신도 모르게 움찔하며 고개를 돌렸다. 노아는 뭐가 그리 재밌는지 영화 속에 빨려 들어갈 기세로 스크린에 시선을 고정하고 있었다.

"왜요?"

한참을 영화에 집중을 하고 있던 노아가 수현의 시선을 느꼈는지 고개를 돌려 그에게 물었다. 수현은 아무런 말 없이 노아를 바라보고, 금세 스크린 쪽으로 고개를 돌렸다.

톱모델인 수현과 나름 유명인인 노아는 종종 사람들의 눈을 피해 자동차 극장에서 데이트를 했다. 하지만 지금처럼 영화관에 온 것은 처음이었다. 남에게 얼굴이 알려진 사람들이 이렇게 오픈된 공간에서 다른 사람들에게 둘러싸여 데이트를 즐기는 건 흔한 상황은 아니었다.

그렇기 때문인지 묘한 긴장감이 생겨 노아는 평소보다 더 빠르게 가슴이 뛰는 것 같았다.

영화에 노아가 다시 빠져들고 있을 때쯤, 갑자기 노아의 앞을 무언가가 가로막았다. 노아가 놀란 듯 뒤로 물러났다 앞을 보자, 수현이 팝콘을 노아에게 내밀고 있었다.

노아의 두 눈이 동그랗게 변했다. 체중 관리 때문에 이런 거 못 먹는 거 뻔히 아는데 노아를 위해 산 것도 모자라서 먹여 주기까지 하다니……. 수현은 믹스로 사 온 팝콘을 이 어두운 영화관에서 노아가 좋아하는 캐러멜 팝콘만 쏙쏙 골라서 내밀고 있었다.

노아는 별거 아닌 수현의 사소한 배려에 가슴이 뭉클해져 가만히 수현을 쳐다봤다. 그러자 수현이 노아의 입가로 팝콘을 가져다 대며 퉁명스럽게 말했다.

"팔 떨어진다."

툴툴거리는 수현의 말투에 노아는 입가에 미소를 지었다. 부끄러워 이러는 거라는 걸 이젠 알아서 비록 저보다 한 살이 많았지만, 노아는 수현이 귀엽게 느껴졌다.

노아는 혼자 쿡쿡거리며 웃다가 수현의 미간이 살짝 구겨지고, 삐칠 것 같은 표정을 짓자 서둘러 팝콘을 받아먹었다.

수현은 그런 노아를 의미를 알 수 없는 표정으로 말없이 쳐다봤다. 노아가 고개를 갸우뚱거리자 수현이 예고도 없이 갑자기 노아의 손을 덥석 잡았다.

노아는 갑작스러운 수현의 스킨십에 잠시 놀란 듯했지만 금세 웃으며 수현이 잡아 준 손에 깍지를 꼈다. 두 사람은 유치원생처럼 손을 꼭 잡은 채 다시금 영화에 집중을 하기 시작했다.

그렇게 시간이 얼마쯤 지났을까. 노아의 손에 들어간 힘이 점점 빠지고, 급기야 노아의 머리가 수현의 품으로 떨어졌다.

노아는 먼저 이런 스킨십을 할 사람이 아니었다. 수현이 힐끔 노아를 쳐다보자 아까까지만 해도 영화에 빠져 있던 노아가 이번엔 달콤한 단잠에 빠져 있었다.

수현은 잠이 든 노아의 얼굴을 잠시 말없이 가만히 바라봤다.

아이같이 잠든 노아를 보자 죄책감이 다시금 수현을 덮치기 시작했다.

수현은 잠결에도 아직 자신의 손을 잡고 있는 노아의 작은 손을 쳐다봤다. 조금만 덜 순진하고 조금만 독했어도 이렇게 죄책감이 들지는 않았을 것 같다. 하지만 그녀는 한없이 아이 같고 순수했다.

"미친놈."

속으로만 생각해야 할 욕설이 입 밖으로 나와 수현은 제 입술을 깨물었다.

여자를 가지고 놀 때 죄책감을 전혀 느끼지 않았다면 거짓말이겠지만, 이렇게 시도 때도 없이 마음이 이상해진 적은 없었다.

생각하면 할수록 머릿속이 복잡해지는 것 같아 수현은 서둘러 자리에서 몸을 일으켰다. 그리고 잠에서 깬 노아가 저를 쳐다보는 걸 알면서도 뒤를 돌아보지 않고 서둘러 상영관을 빠져나갔다.

수현은 근처에 있는 화장실로 들어가서 바로 찬물로 세수부터 하기 시작했다. 시원한 물이 얼굴에 닿자 그제야 머리가 좀 냉정해지는 기분이었다.

수현은 신경질적으로 물을 끄며 거울을 쳐다봤다. 물에 젖은 자신의 눈동자가 오늘따라 왠지 슬퍼 보였다.

거울 속 제 얼굴을 보고 있으니 불현듯 절대 기억하고 싶지 않은 게 떠올라 수현은 정신을 차리려 제 뺨을 아프게 때렸다.

짝.

볼에 얼얼한 고통이 전해지고, 잠시 깊은 고민에 잠겼던 수현은 낮아진 목소리로 작게 중얼거렸다.

"시간을 너무 끌었어. 계획을 앞당겨야겠어."

◆ ◆ ◆

"와아아!"

사람들의 함성 소리가 하늘 위로 울려 퍼졌다. 갑작스러운 큰 소리에 놀란 듯 노아가 몸을 움츠리자 수현이 어깨를 감싸 줬다.

"놀랐어?"

목소리가 낮은 데다가 말투도 딱딱한 편이라 약간은 차갑게 느껴지지만, 노아는 이 남자가 자신에게 해 주는 행동 하나하나에 애정이 가득 담겨 있음을 알고 있었다. 노아는 그 애정에 보답하듯 밝게 웃으며 고개를 저었다.

지금 두 사람이 있는 곳은 야구장이었다. 종종 얼굴을 가리고 사람들 많은 거리를 걷거나 영화관에 간 적은 있지만, 이렇게까지 사람이 많은 곳에 온 건 이번이 처음이었다.

노아는 아무리 모자와 마스크로 완전 무장을 했어도 톱모델인 수현을 누군가 알아보기라도 할까 봐 걱정했다. 하지만 '꼭 너랑 가고 싶다.'는 수현의 한마디에 결국 이곳까지 함께 올 수밖에 없었다.

원래부터 사람 많은 곳은 질색인 데다가 스포츠에 '스' 자도 모르는 노아가 보기에 야구는 지루한 종목이었기 때문에 그녀는 야구장엔 오늘 처음 와 봤다.

종종 서연이 집에서 보는 걸 옆에서 곁눈질을 했을 때만 해도 야구장이 이렇게 큰 규모를 가진 곳인 줄 몰랐다. 그리고 크기도 크기지만 야구를 보는 사람이 이렇게 많다는 사실에 노아는 놀라워했다.

수현은 어벙한 표정으로 바쁘게 주변을 둘러보는 노아를 이끌어 자리를 잡고 앉았다. 노아는 여전히 주변 구경에 바빴다. 그러다 문득 한 가족이 노아의 시야에 들어왔다. 노아는 행복해 보이는 그들을 보며 수현과 함께 그와 똑 닮은 아이를 데리고 이곳에 오는 것을 상상했다.

'미쳤어, 미쳤어. 무슨 생각을 하는 거야, 서노아!'

사귄 지 얼마나 됐다고 벌써 결혼에 아이까지 생각하는지. 노아는 벌게진 얼굴로 자책을 하며 고개를 절레절레 흔들었다. 그리고 힐끔 수현을 쳐다보았다. 그의 표정은 전에 없이 심각해 보였다.

노아는 고개를 갸우뚱거리다 이내 그에게 조심스럽게 물었다.

"수현 씨, 어디 불편해요?"

노아의 물음에 수현은 그답지 않게 화들짝 놀랐다. 그는 당황한 듯 눈동자가 떨리더니 금세 평소처럼 담담한 얼굴로 노아에게 되물었다.

"아니, 그렇게 보여?"

노아는 수현의 물음에 고개를 끄덕였다. 그러자 수현은 이유를 모르겠다는 듯 어깨를 으쓱이고, 그라운드 쪽으로 시선을 옮겼다.

때마침 경기가 시작되어 사람들의 함성 소리가 야구장을 가득 메우고 있었다.

경기가 진행되면 될수록 경기장을 향한 사람들의 응원과 야유가 쏟아졌다. 노아도 점점 경기에 빠져드는데, 갑자기 야릇한 노래와 함께 전광판에 수현과 노아의 모습이 비쳤다.

흔히 TV 프로그램의 키스 신에나 나오던 음악이 들리자 노아는 토끼 눈을 하고 수현을 쳐다봤다. 그러자 수현이 모자와 마스크를 벗고 노아의 양 볼을 움켜쥐었다.

"가만히 있어."

수현은 마치 협박이라도 하듯 낮은 목소리로 말했다. 그리고 예고도 없이 노아의 입술 위에 제 입술을 포겠다.

갑작스러운 수현의 행동에 노아는 그를 밀어 내려 안간힘을 썼다. 하지만 끝내 수현에게 양 손목을 붙잡혀 아무런 반항도 하지 못했다.

당황한 노아가 뒤로 물러나면 날수록 수현은 점점 더 노골적으로 노아의 입 안으로 파고들었다. 노아는 자꾸만 온몸에 힘이 풀려 반항을 멈추었고, 수현은 본격적으로 입맞춤을 이어 갔다.

어디서 듣기로는 첫 키스는 달콤하다던데, 수현과의 첫 키스는 전혀 달콤하지 않았다. 오히려 그가 항상 입에 달고 사는 담배와 아메리카노 때문에 씁쓸하기까지 했다.

하지만 첫 키스의 상대가 수현이라는 이유만으로 이상하게도 자꾸만 기분이 좋아지는 것 같았다. 노아는 자신도 모르게 두 눈을 꼭 감으며 그의 입맞춤을 느꼈다.

쪼옥.

곧이어 야하게 느껴지는 소리와 함께 입술이 떨어졌다. 수현은 진득한 눈빛으로 노아를 바라보더니 자신의 넓은 품에 꼭 안아 줬다.

두근거리는 가슴 때문에 멍한 표정만 짓고 있던 노아가 뒤늦게 상황 판단이 되어 살며시 자신의 입술을 매만졌다. 그곳엔 아직도 수현의 온기가 남아 있었다.

'키스했다……'

자각을 하기 무섭게 노아의 얼굴이 순식간에 달아올랐다.

수현과 키스를 했다. 그것도 인생의 첫 키스를……. 사랑하는 사람과의 입맞춤이 이렇게 떨리는 거라는 걸 난생처음 깨달은 노아는 두근거리는 가슴 위에 두 손을 살포시 올려놨다.

그리고 앞으로 자신에게 어떤 무서운 일들이 일어날지 전혀 예상하지 못한 채 순진하게도 행복하다는 듯 밝은 미소를 지었다.

노아는 콧노래까지 흥얼거리며 바쁘게 책상을 정리했다. 그녀는 청소를 하고 있는 사람이라고 믿기 힘들 정도로 즐거워 보였다.

청소를 끝마치고 노아는 살며시 의자에 앉아 휴대폰을 확인했다. 오늘 스케줄이 있다더니, 평소라면 하루에도 수십 번씩 왔을 수현의 연락이 단 한 통도 없었다.

원래 스케줄이 있어도 쉬는 시간 틈틈이 연락을 했던지라 좀 의아했지만, 오늘 촬영이 좀 타이트한가 보다며 노아는 별로 대수롭지 않게 여겼다.

달칵.

노아는 따뜻한 커피 한 잔을 책상 위에 올려놓고 느긋하게 티 타임을 즐기기 위해 책장에서 책을 찾았다. 그런데 갑자기 뒤에서 쨍그랑하고 유리 깨지는 소리가 들렸다.

난데없이 들려온 굉음에 노아가 놀라 뒤를 돌아보자 방금 전 책상 위에 올려놨던 커피 잔이 바닥으로 떨어져 산산조각이 나 있었다.

노아는 서둘러 컵이 깨진 곳으로 달려가 책상 위에 있는 서류를 확인하고 안도의 한숨을 내쉬었다. 그리고 바닥에 웅크려 앉아 깨진 컵을 물끄러미 바라보곤 울상을 지으며 중얼거렸다.

"아끼는 거였는데……."

노아는 깨진 컵을 정리하기 위해 유리 파편으로 손을 뻗었다. 그때, 책상 위에 올려 둔 휴대폰이 요란한 소리를 내며 울리기 시작했다. 순간 놀란 노아가 깨진 유리 조각에 손을 찔렸다. 새빨간 피가 손끝에서 배어 나오자 노아는 입에 손가락을 문 채 자리에서 일어나 휴대폰을 찾았다.

수현일 줄 알고 확인해 본 휴대폰 액정에는 기대와 달리 서연의 이름이 떠 있었다.

아까 방문 상담을 나갔기 때문에 이 시간엔 딱히 서연이 노아에게 전화를 할 이유가 없었다. 노아는 고개를 갸우뚱거리더니 끝내 전화를 받았다.

"어. 서연……."

— 네가 만나고 있는 사람이 한수현이었어?

갑자기 날아온 서연의 돌직구에 노아는 두 눈이 휘둥그렇게 변했다. '자나 깨나 남자 조심'을 외치고 다니던 서연이 연애하라고 허락은 해 줬지만, 그 상대가 소문이 살벌한 한수현이라면 불같이 화를 낼 게 뻔했다.

노아는 어떤 대답을 해야 할지 잠시 머뭇거리다 '어떻게 알게 된 건지는 모르겠지만, 이렇게 된 거 그냥 인정하고 나쁜 사람이 아니었다고 설득해 보자.'라는 순진한 생각을 했다.

"서연아 그게……."

— 내 잘못이다.

자신의 말을 끊고 들려오는 서연의 한숨 섞인 목소리에 순간 노아의 온몸에 오한이 돌았다. 이상하게도 서연의 짧은 한마디에서 무언가가 잘못된 것 같다는 생각이 본능적으로 들었다.

노아가 그 자리에 그대로 굳어 무슨 일인지 묻지도 못하고 있는데, 수화기 저편에서 자책하는 서연의 목소리가 들려왔다.

— 진작 확인했어야 했어.

"……서연아."

— 잘 들어, 서노아. 지금 당장 휴대폰 배터리 분리하고 집에 들어가서 나오지 마. 인터넷도 들어가지 말고.

"그게 무슨……."

— 자세한 설명은 나중에 할게. 일단 휴대폰부터 꺼.

서연은 그 말을 끝으로 전화를 끊어 버렸다. 노아는 상황 판단이 되지 않아 멍하니 휴대폰을 바라봤다. 얼마 되지 않아 다시금 휴대폰이 울리기 시작했다. 발신인은 종종 노아와 인터뷰를 했었던 모 방송국 기자였다.

한동안 연락이 없던 사람인지라 노아가 얼떨떨한 표정을 지으며 조심스럽게 전화를 받자 바로 저편에서 기자의 공격적인 목소리가 들려왔다.

— 한수현 씨랑은 언제부터 만나셨습니까.

안타깝게도 불길한 예감은 전혀 틀리지 않았나 보다. 기자의 한마디에 이제야 상황 판단이 된 노아의 얼굴이 새파랗게 질렸다.

기자가 당황해 아무런 대답이 없는 노아에게 보채듯 몇 번의 질문을 반복했지만 입술만 달싹이고 있던 노아는 결국 참지 못하고 전화를 끊어 버렸다.

전화가 끊김과 동시에 기다리고 있었다는 듯 다시 휴대폰이 울렸다. 액정 속에는 방금 전 통화를 했던 기자가 아닌, 다른 기자의 이름이 떠 있었다.

노아는 떨리는 손으로 휴대폰 배터리를 분리하고 노트북 앞으로 다가가 인터넷을 켰다. 아니나 다를까, 실시간 인기 검색어 꼭대기에는 수현의 이름이 있었고 바로 밑에 노아의 이름이 자리해 있었다.

노아는 순간 눈앞이 아찔했다.

머리가 핑 도는 기분에 책상에 손을 짚으며 검색어에 있는 수현의 이름을 클릭했다. 그의 프로필 사진 밑으로 오늘 자의 수많은 기사가 나열됐다.

노아는 당장이라도 쓰러질 듯 핏기가 가신 얼굴로 천천히 기사를 읽기 시작했다.

「톱모델 한수현의 열 번째 여자?

'연애 정보 회사'의 CEO 겸 각종 연애 지침서의 작가 서노아(27) 씨가 모델 한수현(28) 씨와 데이트를 하는 장면이 포착됐다. 두 사람은 밤늦은 시간 드라이브를 즐겼으며, 모자와 마스크로 얼굴을 가린 채 거리 데이트를 하는 등 연인다운 모습을 보여 줬다.

특히 어제 열린 A리그전에서 얼굴을 다 드러낸 채 입맞춤을 나누는 대담한 모습을 보여…….」

툭.

노아는 결국 기사를 끝까지 읽지 못하고 노트북을 덮었다. 그러곤 어지러운 머리를 움켜쥐고 두 눈을 꼭 감았다. 도저히 이 상황을 믿고 싶지가 않았다.

노아는 인상을 찡그렸다가 살며시 두 눈을 뜨고 자리에서 일어났다. 그녀는 지금 당장 수현을 만나야겠다는 바보 같은 생각을 했다.

노아는 서둘러 수현과의 톡 내용을 살펴 오늘 그의 스케줄을 확인했다. 그리고 어리석게도 집에 들어가서 나오지 말라는 서연의 말을 잊고, 수현이 있는 곳으로 향했다.

◆ ◆ ◆

노아는 여기까지 어떤 정신으로 온 건지 전혀 기억이 나지 않았다. 그냥 무작정 택시에 올랐고, 사람들의 시선을 무시하며 그렇게 온 것 같았다.

스튜디오로 향하는 복도에서 마주친 사람들은 모두 노아를 향해 수군거리고 있었다. 평소였다면 아무렇지 않은 척 도도하게 걸어가면서도 속으론 겁에 질려 사람들의 눈치를 살폈을 노아였지만, 오늘만큼은 굳어진 얼굴로 앞만 보며 걸었다.

수현의 촬영 장소는 아직 촬영이 시작되지 않은 건지 스태프들이 바쁘게 장비를 체크하고 있었다. 반쯤 혼이 나간 표정으로 멍하니 서 있던 노아는 스튜디오 한편에 작게 만들어진 간이 천막을 보고, 자신도 모르게 그곳으로 이끌리듯 걸어갔다.

간이 천막 안에서 수현이 메이크업을 받고 있었다. 갑자기 들이닥친 노아의 등장에 스태프들은 놀란 듯 그녀를 쳐다보았다. 수현은 여전히 덤덤하게 메이크업을 기다리다 얼굴에 닿는 모든 감각이 사라지고 나서야 힐끔 노아를 쳐다봤다.

수현을 보면 하고 싶은 말이 많을 거라고 생각했는데, 노아는 순식간에 머릿속이 새하얗게 변해 아무런 말도 하지 못했다. 그래서 한참을 멍하니 수현을 보기만 했다.

약간의 정적 끝에 노아가 그에게 다가가며 떨리는 목소리로 물었다.

"우리…… 이제 어떡해요?"

수현은 노아의 물음에 대답하지 않고 스태프들에게 나가 달라는 눈빛을 보냈다. 스태프들은 두 사람의 눈치를 보다가 이내 천막을 빠져나갔다.

그렇게 이 작은 천막 안에는 수현과 노아, 단둘만 남게 되었다.

수현은 그제야 의자에서 몸을 일으켜 노아의 앞으로 다가갔다. 노아는 차가운 시선으로 자신을 내려다보는 수현에게서 평소와는 다른 위압감이 느껴졌다. 그래서 자신도 모르게 겁에 질린 표정으로 그를 바라보았다.

노아를 한참 내려다보던 수현이 평소에 보이지 않았던 낯선 눈빛과 목소리로 말했다.

"뭘 어떡하긴 어떡해. 끝난 거지."

노아는 수현의 말에 아무런 대답도 하지 않았다. 마치 지금 이 상황이 이해가 가지 않는다는 눈빛이었다.

수현은 그런 노아를 귀찮다는 듯 바라봤다. 그리고 삐딱한 자세를 취하며 말을 이어 갔다.

"멍청한 게 여기까지 찾아올 줄은 몰랐다. 끝까지 귀찮게."

"……"

"표정 보니 상황 파악이 안 된 모양인데, 아직도 모르겠어?"

수현은 허리를 굽혀 그녀와 시선을 마주쳤다. 냉기가 가득 담

긴 새까만 눈동자에서 묘한 살기가 느껴져 노아는 그 자리에 그
대로 굳어 버렸다.

그런 노아를 보며 수현은 재미있다는 듯 웃었다.

그의 얼굴을 보고 온몸에 소름이 돋아 노아가 수현에게서 물러
서려고 했지만 수현은 노아의 양어깨를 아플 정도로 꽉 잡아 그
녀를 움직이지 못하게 만든 뒤 노아의 귀에 대고 낮게 말했다.

"나 너 가지고 논 거야."

"……."

"그래도 나름 재밌었잖아?"

'재미? 재미라고 했니?' 아마 보통 여자였다면 이렇게 따지고
도 남았을 텐데, 노아는 바보같이 입도 달싹하지 못했다.

수현은 그런 노아를 비웃음이 가득 담긴 눈으로 훑어보더니 그
녀를 지나쳐 천막을 빠져나갔다.

느리고 낮은 발걸음 소리가 점점 노아의 귓가에서 멀어지다가
아예 들리지 않게 됐을 때, 노아는 그대로 자리에 주저앉았다.

"거짓말."

그녀의 중얼거림이 혼자 남은 천막 위로 천천히 울려 퍼졌다.
고개를 떨어트린 노아의 얼굴은 세상을 잃은 듯했다.

3. 형제와 나

삐비비빅. 삐비비빅.

머리맡에서 정신없이 울려 대는 알람을 끄고 서연은 침대에서 몸을 일으켜 욕실로 향했다. 한숨도 자지 못해 퀭해진 두 눈을 보자 한숨이 나왔다. 나름 노아의 보호자인데도 이런 일이 벌어질 때까지 노아를 내버려 뒀다는 죄책감에 도저히 잠을 이룰 수 없었다.

서연은 화장을 하고 옷을 갈아입는 순간까지도 노아를 향한 미안한 마음을 지우지 못했다.

지금 노아의 곁을 지켜 줘야 한다는 걸 서연도 분명히 잘 알지만, 당분간은 노아의 바깥출입이 불가능할 테니 혼자 일을 도맡아야만 한다. 그래서 어쩔 수 없이 울며 겨자 먹기로 출근 준비를 했다. 어찌 되었든, 둘 중 하나는 돈을 벌어야 먹고살지 않겠는가.

준비를 마친 서연은 밤새 울다 지쳐 잠이 들었을 노아가 깰까 봐 조심조심 노아의 방을 지나쳤다. 그리고 물이라도 마실까 해서 들른 주방의 광경에 인상을 찡그렸다.

"너 지금 뭐 하는 거야?"

서연의 목소리가 낮게 깔렸다. 바쁘게 아침을 먹던 노아는 서연의 물음에 음식을 먹던 행동을 멈추며 서연을 쳐다봤다. 노아는 평소와 별반 다름없이 아침 식사를 하고 있었던 것 같았다. 하지만 밤새 운 탓인지 눈가는 붉게 물들어 있었다.

노아는 커다란 눈을 동그랗게 뜨더니 의아한 표정으로 말했다.

"뭐 하긴, 밥 먹지?"

노아의 말에 서연은 지금 그걸 말이라고 하냐며, 당장이라도 쏘아붙일 기세로 노아를 째려보다가 결국엔 한숨을 내쉬었다.

서연은 노아에게 다가가 손에 들려 있는 빵을 빼앗더니 슬픈 목소리로 말했다.

"울어, 바보야."

"……."

노아는 오히려 자신이 울 것 같은 표정인 서연을 보며 아무런 말이 없었다. 항상 다혈질에다가 불같은 모습만 보이던 서연의 평소답지 않은 행동에 노아는 '나 때문에 괜히 너까지 우울해졌구나.' 하는 생각이 들어 서연을 위해 억지로 웃었다.

그런 노아를 보며 서연은 다시 한번 한숨을 내쉬었다. 억장이 무너지는 기분이었다. 차라리 울거나 밥도 안 먹고 방에만 틀어박혀 있으면 조금 지나면 괜찮아질 거라고 생각하겠는데, 노아는 생애 처음으로 남자에게 속아 호되게 당한 여자라고 보기엔 너무도 담담해 보였다.

노아는 이런 분위기가 싫은지 오히려 서연을 달래듯 예쁜 미소를 지으며 그녀의 등을 토닥여 줬다.

"내 몫까지 일 다 하려면 힘들겠네, 최 대표."

"……."

"돈 많이 벌어 와. 저녁에 맛있는 거 먹자."

노아의 웃는 얼굴에는 힘이 없었다. 서연은 그런 노아가 안쓰러워 주먹을 쥐었다가 이내 그녀를 위해 툴툴거리는 말투로 말했다.

"누가 들으면 일 좀 하는 사람인 줄 알겠네. 원래 너 하는 일 하나도 없었거든? 난 간다. TV는 DVD만, 컴퓨터는 문서 작업만, 휴대폰은 꺼 놔. OK?"

"네, 네. 알겠습니다. 잘 다녀와."

노아는 웃으며 서연을 향해 손을 흔들어 주었다. 그 모습을 보며 마지막까지 한숨만 푹푹 내쉬던 서연은 차마 떨어지지 않는 발걸음을 바삐 옮기며 긴 복도를 지나 집을 나갔다.

도어 록 잠기는 소리가 들려오자 노아는 서연이 나갔음을 확신하고는 손에 들고 있던 식빵을 내려놓았다. 그리고 멍한 표정으로 잠시 허공을 바라보더니 오늘따라 무겁게 느껴지는 몸을 자리에서 일으켜 거실로 향했다.

혼자 있기엔 너무도 넓고 외로운 거실 소파에 조심스럽게 몸을 누이며 노아는 서연의 말을 어기고 TV를 틀었다.

TV 속에는 수현과 노아의 스캔들에 관한 이야기나, 욕만 먹고 있는 노아와는 다르게 온갖 CF를 섭렵하며 잘 살고 있는 수현의 모습이 가득했다. 기자들과 사람들의 손가락질을 피해 한동안 집에서 은둔 생활을 해야 하는 노아와는 천지 차이였다.

그 모습을 지켜보는 게 충분히 괴로울 법도 한데 노아는 오늘도 TV를 틀었다. 이리저리 채널을 돌리던 손이 어느 순간 움직임을 멈췄다. 노아는 지금까지의 지루한 표정과는 다른 얼굴로 TV 화면을 뚫어져라 쳐다보았다.

새까만 정장을 입은 수현이 분위기 있게 맥주를 마시는 장면이 담긴 CF가 화면에 나오고 있었다.

노아는 멍하니 화면 속 여전히 멋진 그의 얼굴을 바라보았다. 웃기게도 눈물은 나오지 않았다.

"서연이 말 들을걸."

노아는 자책하듯 작게 중얼거렸다. 혼자여도 즐거웠던 자신의 집이 오늘따라 너무도 크게 느껴졌다.

그녀는 지독한 고독 속에 빠져들었다. 마음속에서 느껴지는 공허함에 노아는 혼자 거실에 있는 게 두려워 자리에서 일어나 자신의 방으로 향했다.

그리고 그 짧은 순간에도 '그래도 당신이라도 잘 살고 있어서 다행이네요.' 라는 생각을 했던 바보 같은 자신을 욕하며 침대에 몸을 누였다.

◆　◆　◆

"나 안 깨우고 뭐 했어!"

노아는 분주하게 움직이는 서연을 보며 대답 없이 씨리얼만 씹었다. 오늘 VIP와의 미팅이 있다며 일찍 깨워 달라고 했던 서연은 노아가 그 어떤 짓을 해도 끝까지 일어나지 못했다. 결국 목표했던 시간을 훌쩍 넘기고 일어나 약속 시간에 늦을 것 같다며 아침부터 부산스럽게 움직이고 있었다.

정신없이 준비를 하면서도 계속 투덜거리는 서연을 지켜보던 노아는 이내 담담한 목소리로 말했다.

"몇 번이나 깨웠어. 근데 네가 안 일어났어."

"그럼 때려서라도 깨워야지!"

"너한테 나중에 맞을 텐데 어떻게 때려……."

노아의 중얼거림에 서연이 노아를 노려봤다. 예전엔 어떤 말을 해도 찍소리도 못 하던 애가 한수현과 만나고부터 소심한 척 할 말 다 한다. 한수현이 애를 망쳐 놨다며 한 소리 하려고 했는데, 그 말을 하면 노아가 상처를 받을 게 뻔해 서연은 그것만큼은 참기로 했다.

서연은 준비를 마치고 미팅 자료와 가는 길에 틈틈이 해야 할 메이크업 도구들을 양손에 가득 쥔 채 낑낑거리며 현관으로 향했다. 아침 식사를 잠시 멈추고 그 뒤를 따르던 노아가 손이 없는 서연을 대신해 현관문을 열어 주었다.

"오늘도 수고해."

"너 나중에 출근할 땐 죽었어. 아주 빡세게 굴려 줄 테다."

서연이 이를 갈며 말해도 노아는 그저 웃기만 했다. 그런 노아의 모습에 서연은 괜히 기운이 빠지는지 한숨을 내쉬며 현관문 밖으로 나갔다.

서연이 나가고 난 후, 노아는 언제 웃었냐는 듯 얼굴 표정을 굳히며 집 안으로 들어왔다. 무슨 다중인격도 아니고, 하루에도 수십 번씩 변하는 자신의 표정에 노아는 이젠 서연의 앞에서도 연기를 해야만 한다는 사실에 작게 한숨을 쉬었다.

거실로 돌아온 그녀는 항상 그래 왔듯이 넓은 소파 위에 몸을 누이며 무표정한 얼굴로 TV를 켰다.

처음에는 수현을 보는 것 자체가 너무 아파서 꺼려졌었는데, 이젠 TV가 그를 볼 수 있는 유일한 방법이 되니 이러면 안 된다고 생각하면서도 자꾸만 TV를 보게 됐다.

심지어는 수현이 나오는 CF를 찾으려고 하루 종일 의미 없이 채널만 돌리니…… 노아는 자신의 모습이 어이가 없어 웃음이 나올 지경이었다.

TV 속 그는 자신과는 다르게 너무도 행복해 보였다. 노아는 그 모습이 밉기보단 고맙기도 하고, 다행이라는 생각이 들었다.

"그쪽은 나 안 보고 싶겠죠."

수현을 보며 괜히 감성에 젖어 혼자 중얼거리는데, '딩동' 하고 초인종 소리가 들렸다. 갑작스러운 소리에 놀란 노아가 현관문 쪽을 바라보았지만 언제 초인종이 울렸냐는 듯 고요하기만 했다.

잘못 들은 건가 싶어 노아가 TV 쪽으로 시선을 돌리려 할 때

다시금 '딩동' 하는 소리가 들려왔다.

'서연이가 뭘 두고 갔나? 그냥 도어 록 누르고 들어오지.'

노아는 그렇게 생각하다가 나가기 전 양손에 짐이 가득했던 서연을 떠올리며 소리쳤다.

"나 나가!"

노아는 서둘러 현관을 향해 달려갔다. 어차피 서연 말고는 올 사람도 없을 거란 생각에 확인도 하지 않고 현관문을 벌컥 열었다. 하지만 노아의 눈앞엔 서연이 아닌, 다른 사람이 서 있었다. 상대를 확인한 노아의 얼굴이 순식간에 굳어졌다.

두 사람은 마치 시간이 멈춘 것처럼 미동도 없이 서로를 바라봤다. 꿈을 꾸고 있는 것 같은 기분에 노아가 두 눈을 비벼 봤지만, 여전히 그녀의 앞에는 '그 사람'이 있었다. 노아는 혼이 나간 얼굴로 자신을 찾아올 거라 상상조차 한 적 없던 의외의 인물을 바라보았다.

"한승현 씨?"

노아는 지난번 얼핏 들었던 그의 이름을 떠올리며 조심스럽게 불렀다. 그러자 승현이 고개를 살짝 까딱이더니 작게 답했다.

"네."

참 심플한 대답이었다. '안녕하세요.'나 '잘 지냈어요?'도 아닌 '네.'라니.

저번부터 생각했지만, 한승현이라는 남자는 무뚝뚝해도 보통 무뚝뚝한 게 아닌 것 같았다.

'아, 지금 중요한 건 이게 아니지.'

노아는 미간을 구긴 채 승현을 바라보았다. 이 사람이 왜, 어떻게 여기에 찾아왔는지 의문이 들었다. 여자 둘이 사는 집이기에 혹시 몰라 보안을 철저히 하고 알려지는 일도 없게끔 조심했다. 그런데 어떻게…….

하지만 노아는 의문에 대한 답을 금세 찾을 수 있었다.

'서노아 씨 뒷조사 좀 했습니다.'

'이름도 알아냈는데 집 주소 알아내는 것쯤 어렵지 않았겠지.'

노아는 확인도 하지 않고 아무한테나 문을 벌컥 열어 준 자신의 멍청함을 자책했다. 헛똑똑이나 다름없었다.

노아는 그에게서 한 발자국 물러서며 경계하는 기색을 숨기지도 않고 그를 바라보았다. 노아의 의심 어린 눈빛에 승현은 버릇처럼 손목시계를 힐끔 쳐다보더니 한숨을 내쉬며 말했다.

"사과하러 왔습니다."

"네?"

주어도 뭣도 없는 승현의 말에 노아의 미간이 미세하게 구겨졌다.

가뜩이나 달갑지 않은 사인데, 이렇게 좋지 않은 방법으로 예고도 없이 찾아와서는 다짜고짜 사과하러 왔다니. 지금까지 보여 준 행동으로 봐서 한승현이라는 사람은 이상한 사람임이 틀림없었다.

노아가 여전히 경계를 늦추지 않고 의아한 듯 그를 쳐다보는 동안 승현의 말이 이어졌다.

"죄송합니다."

낮게 울리는 승현의 목소리에 노아는 아무런 대답도 하지 못했다. 이유를 알 수 없는 사과를 알려 주지도 않은 집까지 찾아와 하고, 하필 이런 최악의 상태에서 받다니. 노아는 뭘 어떻게 해야 할지 몰라 혼란스러웠다.

게다가, 이 남자는 도대체 뭐가 그렇게 미안해서 직접 찾아와 사과까지 하는 걸까?

마주친 거라곤 수현과 함께 일식집에서 밥을 먹을 때, 혼자 카페에서 커피를 마시고 있을 때, 딱 두 번뿐이었다. 승현과 만났던 기억을 차츰 더듬어 보던 노아는 카페에서 승현이 했던 말을 떠올렸다. 그러자 그가 제게 사과할 일이라곤 수현과 헤어지라고 말한 것밖엔 없단 생각이 들었다.

하지만 그런 거라면 사과를 할 필요가 없지 않은가. 노아의 기분이야 어찌 되었던 수현과 함께 있으면 다치게 될 거라고 했던 그의 말은 틀리지 않았으니까.

생각이 끝난 노아는 그제야 승현을 향해 입을 열었다.

"아뇨. 저번 일은 사과하실 거 없습니다."

"저번 일을 사과하는 것이 아닙니다."

"네?"

"제 동생이 저지른 일, 대신 사과하러 왔습니다."

이건 또 무슨 소리지? 노아는 도무지 승현의 말이 이해가 되지 않아 얼떨떨한 표정으로 그를 쳐다봤다. 수현에게는 가족이라고 믿기 힘들 만큼 차갑게 대하면서, 다칠 테니 수현과 헤어지라고 했으면서, 이제 와 동생이 저지른 일을 대신 사과하러 왔다니.

뭔가 앞뒤가 맞지 않는 상황이라 노아는 형제가 저를 가지고 노는 건 아닐까 하는 생각까지 들었다. 그래서 좀처럼 굳어진 얼굴을 풀지 못하고 승현을 노려봤다.

근데 뜻밖에도 노아의 얼굴을 마주한 승현이 놀란 눈으로 그녀를 쳐다봤다.

"서노아 씨?"

이해할 수 없는 승현의 반응에 노아가 고개를 갸우뚱거리자 승현이 손수건을 꺼내 노아에게 내밀었다.

"닦아야 할 것 같은데요."

"네?"

"눈물."

승현은 가늘고 기다란 손가락으로 노아의 얼굴을 가리켰다. 노아는 화들짝 놀라 제 얼굴을 매만졌다. 손끝에 눈물로 흥건히 젖은 얼굴이 느껴졌다. 대체 언제부터 울고 있었던 걸까.

노아는 자신도 이유를 알 수 없는 눈물에 당혹감을 감추지 못하며 계속 눈물을 닦아 냈다. 하지만 눈물은 도무지 멈출 생각을 하지 않았다.

그 모습을 당황스러운 듯한 표정으로 보던 승현은 한참을 머뭇거리다가, 이내 아이 달래듯 노아를 살며시 안아 주며 등을 토닥여 주었다.

새하얀 뺨을 타고 흐르는 눈물을 급하게 닦아 내던 노아는 승현의 갑작스러운 행동에 조금 놀란 듯 그를 올려다봤다. 그리고 그의 얼굴을 보자 깨달았다.

'아, 나는 이 사람에게서 수현 씨를 보고 이렇게 울고 있는 거구나.'

해답을 얻고 나니 어쩐지 더 눈물이 났다. 그렇게 노아는 잘 알지도 못 하는 남자의 품에서 어렸을 때 이후 처음으로 큰 소리로 울며 한참 눈물을 쏟아 냈다.

"이제 좀 진정이 되셨습니까?"

노아는 승현의 물음에 부은 눈으로 승현을 쳐다봤다. 얼떨결에 친하기는커녕 적대적인 감정까지 가지고 있던 남자에게 안겨 시원하게 울어 버리고, 심지어 그 남자를 집에 들이기까지 했다. 아이처럼 엉엉 울던 제 모습이 떠오르자 노아는 민망함에 고개가 숙여졌다.

승현은 노골적으로 자신을 불편해하는 듯한 노아의 행동에 잠시 말이 없더니 이내 조심스럽게 입을 열었다.

"전 이만 가 보겠습니다."

"……왜 한승현 씨가 사과를 하는 거죠?"

갑작스러운 노아의 질문에 승현은 자리에서 일어나다 말고 노아를 쳐다봤다. 그러자 노아가 울음 섞인 목소리로 다시 물었다.

"두 분, 사이가 나쁘신 거 아니었나요?"

싸늘하게 식은 그의 눈동자를 보며 노아는 제 입을 틀어막고 싶었다. 아무리 궁금했어도 물어도 될 게 있고, 안 될 게 있는 거지. 마음 같아서는 혀를 깨물고 싶은 심정이었다.

하지만 차가운 눈빛과는 달리 승현은 딱히 별다른 반응 없이 노아를 응시하기만 했다. 그 강렬하고 부담스러운 시선에 노아가 승현을 피하자 그때서야 승현이 굳어진 표정과는 어울리지 않는 말을 뱉어 냈다.

"나쁘진 않습니다."

"……."

"이제 지쳤을 뿐."

노아는 그의 말뜻을 이해할 수 없었다. 그게 무슨 뜻이냐고 묻고 싶었지만 혹시라도 또 실수를 할까 봐 서둘러 제 입을 틀어막았다.

승현은 그런 노아를 보다 갑자기 무슨 생각이라도 떠올랐는지 말을 이어 갔다.

"말씀드리지 못하고 갈 뻔했습니다. 언론은 걱정하지 않으셔도 됩니다."

"네?"

"언론사들과는 이미 이야기가 끝난 상태입니다. 서노아 씨 이미지가 더 망가지지 않는 선에서 잘 합의를 봐 뒀습니다."

"……."

"원하신다면 악플러들을 고소하십시오. 변호사는 저희가 유명 로펌을 통해 고용해 드리겠습니다."

승현은 마치 법정에 앉아 있는 판사처럼 무표정을 유지하며 바쁘게 떠들었다. 이제 보니 제법 수다스러운 사람이구나. 그것도 이런 일적인 것에서만.

승현은 수현과 외모는 같은 사람이 아닌가 하고 착각이 들 만큼 닮았는데, 분위기는 전혀 닮지 않았다.

한집에서 자란 형제의 분위기가 어떻게 이렇게 다르지? 배다른 형제라서 그런가? 노아는 잡다한 생각에 잠겨 승현의 말은 한 귀로 듣고 한 귀로 흘려버리다가, 문득 승현과 눈이 마주쳤다.

그제서야 노아는 자신이 사람을 앞에 두고 딴생각을 하는 큰 잘못을 저질렀다는 걸 깨달았다. 승현은 미안한 마음에 서둘러 시선을 피하는 노아를 가만히 보더니 갑자기 무언가를 내밀었다. 승현의 명함이었다.

"변호사 필요하실 때 연락 주십시오."

그 말을 끝으로 승현은 노아가 자신을 부담스러워한다는 것을 눈치챘는지 잠을 새도 없이 그대로 집을 빠져나갔다.

노아는 승현이 나간 현관문을 멍하니 바라봤다. 정말 등장부터 퇴장까지 참 귀신에 홀린 것 같은 느낌을 주는 사람이었다.

손에 쥐어진 승현의 명함을 말없이 바라보던 노아는 그걸 구겨 그대로 쓰레기통에 던졌다. 한승현이라는 남자는 그리 나쁜 사람 같지는 않았지만, 어찌 되었든 노아는 수현과 관련된 모든 것과 엮이고 싶지 않았다.

비록 오늘 하루 못 볼 꼴을 많이 보여 준 것 같지만, 다시 안 보면 되는 거니까.

노아는 심란한 얼굴로 쓰레기통을 잠시 쳐다보다 팅팅 부은 눈을 가는 팔로 가리며 소파 뒤로 고개를 젖혔다.

"엮이지 않는 게 좋겠어."

♦ ♦ ♦

스캔들이 나고 한 달 뒤, 노아는 드디어 바깥공기를 맡을 수 있게 되었다.

그녀는 아끼던 화장품을 맘껏 써 화장한 것은 물론이고 구두와 가방, 사소한 액세서리까지 뭐 하나 빠지지 않고 모두 '한정판' 혹은 '최고급'이라는 단어가 붙은 것들로 온몸을 휘감고 거리로 나섰다.

난 괜찮다, 잘 살고 있다, 겨우 그런 일로 쉽게 꺾이지 않는다고 남에게 보여 주어야만 했다.

세련되고 강한 이미지로 먹고사는 노아는 이렇게 해서라도 이미지 유지에 힘을 쓸 수밖에 없었다.

지나가는 사람들은 잘나 보이는 노아를 한 번씩 쳐다보기도 하고 혹시 연예인인가 하는 의문을 갖기도 했다. 이런 시선은 매번 어색하기만 하고 좋아지지도 않았지만 노아는 괜히 시선을 즐기는 척 새까만 선글라스를 치켜올리며 집 근처에 있는 스테이크로 유명한 레스토랑으로 들어갔다.

노아는 일부러 지나다니는 사람들이 자신을 볼 수 있도록 야외 테이블에 자리를 잡고 앉아 주문을 한 뒤 여유 있는 표정으로 다리를 꼬았다. 그리고 도도함이 물씬 묻어나는 눈으로 지나가는 사람들을 구경하는데, 등 뒤에서 자신의 이름이 들려왔다.

"쟤 서노아 아니야?"

와인 잔에 담긴 물을 마시던 노아는 여자의 목소리에 아주 약간 몸을 움츠렸다. 하지만 금세 담담한 척 표정을 관리하며 그곳으론 시선조차 주지 않았다.

'괜찮아. 아무 일도 없을 거야.'

노아는 불안한 마음을 잠재우려 노력하며 심호흡을 내쉬었다.

승현이 집에 다녀간 후 정말로 수현과의 스캔들 기사는 전부 내려졌고, 두 사람의 관계는 '친구 사이', '단순한 해프닝' 등으로 마무리되었다.

여전히 SNS에는 노아와 수현의 키스 장면이 담긴 사진들이 떠돌긴 하지만, 뜨면 삭제되고 또 뜨면 또 삭제되기를 반복하고 있어서 분명 언젠가는 묻히게 될 거라고 노아는 믿고 있다.

그래서 방심하고 있었는데, 이렇게 대놓고 수군거리는 사람들을 만나다니. 노아는 솔직히 당황스러웠지만, 내색하지 않으며 휴대폰을 매만지는 척했다. 하지만 여자들은 용감한 건지, 개념이 없는 건지, 점점 더 노골적인 목소리로 수군거렸다.

"진짜 뻔뻔하네."

"그러니까. 원래 저런 것들이 얼굴이 두꺼워요."

휴대폰을 들고 있는 노아의 손이 벌벌 떨려 왔다. 그때 마침 음식을 들고 나온 직원이 어쩐지 불편해 보이는 노아를 보며 걱정스러운 듯 그녀의 안색을 살폈다. 노아는 직원에게 제발 그냥 가 달라는 눈빛을 보냈다. 직원은 의아해했지만 이내 노아의 뜻에 따

라 조용히 스테이크만 테이블 위에 내려 두고 가게 안으로 들어
갔다.

직원이 사라진 뒤 노아는 작게 심호흡을 하며 포크와 나이프를
잡았다. 아무렇지 않은 척 스테이크를 썰려는데, 여자들이 더 큰
소리로 노아를 욕하기 시작했다.

"뭐 끼리끼리 잘 만났지. 한수현이나 쟤나 거기서 거기 아냐?"

"야, 한수현이 아깝지. 걘 잘생기기라도 했잖아. 쟨 뭔데, 성형
괴물 주제에……."

그런 헛소문이 돌고 있다고 얼핏 듣긴 했는데…… 건너들었을
때와 직접 들었을 때 노아가 느끼는 상처는 하늘과 땅 차이였다.

분명 피해자는 노아인데 소문 때문인지 어느새 욕이란 욕은 노
아가 다 먹고 있었다.

노아는 서러운 마음에 눈물이 날 것만 같아 벗어 놓은 선글라
스 다시 쓰려고 했다. 그때, 어디선가 익숙한 목소리가 들려왔다.

"서노아 씨?"

오늘 아주 날이구나. 노아는 정말 눈물이라도 흘릴 것처럼 그
렁그렁한 눈으로 고개를 돌렸다. 뜻밖에도 그날 이후로 다시 만날
일이 없을 줄 알았던 승현이 노아의 앞에 서 있었다. 예상 못 한
등장에 노아는 토끼 눈을 하고 승현을 바라봤다.

그는 화가 난 것 같았다. 가뜩이나 인상이 무서운 편인데 표정
까지 저렇게 험악하게 구기고 있어 노아는 그가 두렵기만 했다.
승현의 시선을 피해 살짝 고개를 떨어트리는데, 갑자기 앞에서 드
르륵하고 의자 움직이는 소리가 들려왔다.

노아는 서둘러 소리를 따라 시선을 옮겼다. 승현이 여전히 차가운 표정으로 노아의 앞에 앉아 있었다.

"같은 걸로 주십시오."

상황 설명도 하지 않고, 아무렇지도 않게 주문이나 하고 있는 승현을 보며 노아는 잠시 멍한 표정을 지었다. 하지만 금세 정신이 돌아왔는지 미간을 구겼다. 대체 왜 이러는지 알 수도 없고 이상하기만 했다.

그러자 승현이 웨이터가 가져다준 물을 한 모금 마시며 오히려 제가 더 의아한 듯 노아에게 물었다.

"왜 그러시죠?"

"아니, 왜 저랑 밥을……."

"빚 갚는 겁니다. 혼자 먹는 거 싫어하시는 것 같아서요."

노아는 승현의 대답에 그대로 할 말을 잃고 뭐 보듯 승현을 쳐다봤다.

좀 특이한 사람이라는 건 알고 있었지만, 그건 그가 지나치게 FM적이고 딱딱한 사람처럼 보였기 때문이었지 이렇게 어이없는 돌발 행동을 하기 때문은 아니었다.

가뜩이나 엮이고 싶지 않았던 상대인 승현이 이상한 사람이 틀림없다고 판단되자 노아는 잠시도 그와 함께 있고 싶지 않아졌다. 어떻게 이 상황에서 도망을 갈까 고민하는데, 문득 노아와 눈이 마주친 승현이 싸늘한 목소리로 말했다.

"잘 지내시진 못한 것 같군요."

'이 남자 도대체 정체가 뭐야!'

노아는 점점 더 혼란스러워졌다. 승현이 상대방에게 안부를 물을 정도로 싹싹한 사람이 아니라는 건 진작 알고 있었다. 하지만 상대방한테 '잘 지내셨어요?' 라는 물음도 아닌, '잘 지내시진 못한 거 같군요.' 하고 대신 대답을 해 주는 이상한 사람일 줄은 정말 몰랐다. 노아는 두 눈을 가늘게 뜨고 승현을 경계하듯 쳐다봤다.

하지만 승현은 노아가 자신을 어떤 얼굴로 쳐다보든 개의치 않고 노아의 뒤에 있는 사람들을 잠시 살폈다. 그리고 그는 아주 낮게 깔린 목소리로 말했다.

"언론을 막아도 사람들은 식지 않군요."

뒤에서 노아에 대해 험담을 하던 여자들은 무서운 얼굴로 자신들을 노려보는 승현과 눈이 마주치자 부랴부랴 짐을 챙겨서 자리에서 일어났다. 노아는 그런 여자들의 모습을 멍하니 바라보다 힐끔 승현을 쳐다봤다.

지금 보니 이 사람은 이상한 게 아니라, 자신의 동생 때문에 난처해진 사람을 도와주고 있는 거구나. 그런 생각이 들자 노아는 눈앞에 있는 남자가 조금은 편하게 느껴졌다. 게다가 다시 만날 일 없는 이 사람이랑 굳이 얼굴을 붉히면서 밥을 먹을 이유가 없다는 생각이 들기도 해, 도망치고 싶은 마음까지 사라졌다.

서연과 수현 외에 다른 사람과의 식사가 얼마 만인지. 그마저도 수현과 그렇게 되고 나서는 수현은 만날 일이 없고 서연까지 일이 바빠져 늘 혼자 밥을 먹곤 했다. 다른 사람과의 식사가 오랜

만인 노아는 괜히 들뜨는 기분에 스테이크를 썰며 승현에게 조용히 물었다.

"회사 안 가세요?"

승현은 갑작스러운 노아의 질문에 잠시 멈칫하더니 항상 그래 왔듯이 딱딱하게 굳은 표정으로 답했다.

"네. 한 달에 한 번은 월차를 내고 한가하게 식사를 즐깁니다."

참 그다운 취미라고 생각했다. 승현은 차갑고 딱딱해 보이지만 알고 보면 괜찮은 사람인 것 같았다. 노아는 더 이상 그를 보내려 하거나 자신이 먼저 일어나려 하지 않고 가만히 승현을 바라보았다. 마침 승현이 주문한 음식이 나왔다.

승현은 아무런 말 없이 조용히 식사를 하기 시작했다. 두 사람 사이에 침묵이 흐르고, 뭔가 체할 것 같은 기분에 노아는 생각이라는 필터링을 거치지 않고 일단 말들을 막 뱉어 냈다.

"……수현 씨는 잘 지내요?"

자신도 모르게 튀어나온 한마디에 노아는 순간 제 입을 틀어막고 싶었다. 생각지도 못했던 제 말에 놀란 것도 놀란 것이지만 차갑게 굳은 승현의 표정을 보니 자신이 단단히 실수한 것 같았다.

뱉은 말을 주워 담을 수 없어 노아가 어쩔 줄 몰라 하는데, 그때 갑자기 등 뒤로 그리웠던 목소리가 들려왔다.

"내 얘기가 거기서 왜 나오는 거지?"

노아는 서둘러 뒤를 돌아봤다. 등 뒤에는 모자를 푹 눌러썼어도 노아만큼은 확실하게 알아볼 수 있는, 아주 오랜만에 보는 수현이 서 있었다.

노아는 귀신이라도 본 것처럼 놀란 눈으로 수현을 바라봤다. 마치 꿈을 꾸고 있는 것만 같았다. 이게 현실이라는 걸 도무지 믿을 수가 없어서 두 눈을 꼭 감았다 다시 떠 보았지만, 여전히 눈앞에 있는 사람은 수현이 맞았다.

노아는 여전히 멋진 그를 보며 바보처럼 가슴이 뛰기 시작했다. 그런 자신의 모습이 스스로도 너무 어이가 없어서 입가에 씁쓸한 미소가 번졌다.

수현은 서늘한 시선으로 노아와 승현을 살펴보았다. 두 사람은 같이 식사를 하며 이야기를 나누고 있었나 보다. 먹음직스러운 스테이크와 마주 앉은 두 사람. 수현의 미간이 구겨졌다. 언제부터 이렇게 사적으로 만날 만한 사이가 된 걸까.

심각한 표정으로 두 사람을 지켜보던 수현의 시선이 자신 못지않게 싸늘한 얼굴로 자신을 바라보고 있는 승현에게로 고정됐다. 수현의 눈빛은 점점 더 차가워졌다.

"이 상황에서도 꽤나 당당하네?"

"당당하지 못할 건 뭐지?"

승현의 대답에 수현은 할 말을 잃었다. 이윽고 입가에 비릿한 미소가 번지더니 승현에게로 조금 더 가까이 다가가 그를 내려다보며 말했다.

"아, 한 번도 했는데 두 번이 어렵겠냐, 이 말인가?"

수현의 한마디에 순간 노아의 두 눈동자가 커졌다. 한 번과 두 번. 확실한 건 알 수 없지만 두 사람 사이에 무슨 일이 있었던 건 분명했다. 노아가 예상했던 집안 문제와는 또 다른 일이.

노아는 아무것도 하지 못하고 가만히 두 사람을 지켜보다가 사람들의 이목이 집중되기 시작해, 일단 말려야 할 것 같아 자리에서 몸을 일으키려 했다. 하지만 그 전에 먼저 수현이 승현의 멱살을 잡아 일으켰다.

"일어나, 새끼야."

수현은 도무지 형에게 하는 거라곤 생각할 수 없는 말과 행동으로 승현을 대하고 있었다. 그럼에도 승현은 여전히 냉정함을 유지하며 수현에게 말했다.

"네가 무슨 허무맹랑한 상상을 하고 있는지는 모르겠지만 놔라, 한수현."

"닥쳐……."

"정신 차려라. 도대체 언제까지 정신 못 차리고……."

"닥치라고 했어!"

결국 수현은 참지 못하고 형 승현에게 주먹을 날렸다. 수현의 주먹을 맞고 휘청거리던 커다란 몸이 둔탁한 소리를 내며 바닥으로 넘어졌다.

그 순간 노아의 머릿속에서 위험을 알리는 경보음이 울렸다.

'말려야 해.'

수현 혼자 화가 나 있는 상태라면 그나마 다행이지만 냉정해 보이는 승현마저 화가 난 상태라면 문제가 커질 것이다. 노아는 쓰러진 승현의 멱살을 다시 잡는 수현에게 달려가 더 이상 일을 크게 벌이지 못하도록 그를 말리기 시작했다.

"수, 수현 씨. 일단 진정하시고……."

수현은 노아가 자신을 말리려 몸에 손을 대자마자 표정이 더욱 험악해지더니 두 눈에 살기를 띠며 무서운 얼굴로 노아를 쳐다봤다.

순간 온몸에 한기가 든 노아가 살짝 주춤하며 뒤로 물러나려고 하자 수현은 승현의 멱살을 놓으며 이번엔 노아의 양어깨를 움켜쥐었다.

"아!"

노아는 제 어깨를 잡고 있는 수현의 손에서 전해지는 악력에 비명을 내질렀다. 고통스러워할 새도 없이 겁에 질린 눈으로 수현을 올려다보았지만 수현은 여전히 차가운 얼굴로 노아를 바라보며 미치광이처럼 입꼬리를 올렸다.

"언제부터야? 첫 만남부터?"

"수, 수현 씨……."

"밥까지 먹는 사이라면 보통 사이는 아닐 테고."

"이, 이것 좀. 아!"

퍽!

순식간에 일어난 일이었다. 바닥에 누워 있던 승현이 자리에서 일어나 망설임 없이 수현을 밀쳐 버렸다. 평소엔 자신이 그 어떤 짓을 해도 절대 몸을 쓰지 않았던 형이 몸까지 써 가며 자신을 막았다. 그 사실에 수현은 더욱 화가 나는지 더 살벌한 눈빛으로 그를 쏘아보았다.

수현이 화풀이 상대를 바꿔 승현에게 달려드는데, 승현은 그런 수현을 막으며 노아에게 낮은 목소리로 말했다.

"빨리 가십시오."

"······."

"빨리 가!"

승현의 고함이 거리 위로 울려 퍼졌다. 그러자 지금껏 벌벌 떨고 있던 노아가 허둥지둥 도망을 가기 시작했다. 자꾸만 다리에 힘이 풀려 주저앉으려고 하면서도 젖 먹던 힘까지 다해 점점 멀어지는 노아의 뒷모습을 보며, 승현은 안심한 듯 작게 웃었다.

하지만 승현은 금세 다시 눈빛이 서늘해지더니 날뛰고 있는 수현의 모자를 더욱 푹 눌러 주며 그의 손목을 잡아끌었다.

"따라와."

그날 사건 이후, 승현은 노아가 걱정되어 결국 참지 못하고 그녀의 사무실을 찾았다. 잠시 외출했다던 노아를 기다리고 있는데, 갑자기 등 뒤에서 비아냥거리는 목소리가 들려왔다.

"아닌 것처럼 굴더니 아주 필사적이네."

승현은 뒤를 돌았다. 수현이 승현을 무서운 눈으로 바라보며 서 있었다. 승현의 눈빛 또한 순식간에 싸늘해졌다.

그날, 얼굴로 먹고사는 동생을 형 된 도리로 차마 때릴 수는 없었다. 결국 수현의 소속사에서 나온 직원들이 수현을 말려 줄 때까지 맞아 주기만 했던 승현의 입가에는 아직도 상처가 있었다.

그게 마치 훈장이라도 되는 양 흐뭇하게 바라보는 철없는 동생 수현은 승현의 앞에서 얄밉게 웃으며 그를 자극했다.

"무섭기는 했나 봐? 바쁜 양반이 여기까지 온 걸 보니?"

"서노아 씨 언제 들어옵니까."

승현은 수현의 자극에도 전혀 동요하지 않고 제게 차를 대접하러 온 비서에게 물었다. 비서가 답을 하려 입술을 달싹이자 채 대답을 하기도 전에 수현이 먼저 말했다.

"네가 모르는 게 하나 있는데, 걘 나밖에 없어."

수현은 자신감에 가득 찬 목소리로 말했다. 자신에 대한 무한한 믿음과 사랑. 수현은 노아의 눈에서 줄곧 그런 것들을 봐 왔기 때문에 이렇게 당당할 수 있었다.

수현이 그렇게 자신만만한 표정으로 승현에게 비아냥거리고 있을 때였다. 갑자기 두 남자의 뒤에서 목소리가 들려왔다.

"두 분이 왜 여길……?"

승현과 수현은 익숙한 목소리에 동시에 뒤를 돌아 상대를 확인했다. 그곳에는 잠깐 바깥바람을 쐬고 돌아온 노아가 서 있었다.

예상치 못했던 두 남자의 등장에 그녀의 눈가에는 혼란스러움이 잔뜩 어렸다. 그 모습을 보던 승현은 수현보다 먼저 노아에게 다가가 말했다.

"할 말이 있습니다. 잠시 시간 좀 내 주시죠."

"네?"

"나야말로 할 말 있는데, 우리 잠깐 얘기 좀 하지?"

수현의 목소리에 노아의 두 눈이 떨렸다. 그리고 한심하게도 왠지 모를 기대감이 그녀의 눈에 피어오르기 시작했다.

승현은 금방이라도 다시 수현에게 넘어갈 것만 같은 노아의 눈을 보며 서둘러 노아를 수현에게서 떼어 냈다. 그러자 수현이 승현을 밀치며 으르렁거렸다.

"아직도 있었나? 이제 꺼져야 할 거 같은데."

"한수현……."

"저……."

수현의 이름을 낮게 부르는 승현의 말을 끊고 노아가 조심스럽게 입을 열었다. 무섭도록 서로를 노려보던 두 남자가 그제야 노아를 보고, 두 사람의 시선을 피하던 노아가 조심스럽게 한 사람의 옷자락을 잡았다.

"……저, 잠시 나갔다 오겠습니다."

노아는 승현의 옷자락을 더욱 꽉 움켜쥐며 기어들어 가는 목소리로 말했다.

그 모습을 보며 한 대 얻어맞은 사람처럼 멍한 표정만 짓고 있던 수현은, 잠시 후 상황 판단이 됐는지 입가에 냉소를 띠었다.

결국 너도 그런 여자였구나.

굳이 말로 표현하지 않아도 노아를 바라보는 그의 눈빛이 이렇게 말하고 있었다.

노아는 애써 그의 시선을 피한 채 서둘러 사무실을 빠져나갔다.

두 사람이 한참을 걸어 도착한 곳은 근처 공원이었다. 공원에 도착하자마자 다리에 힘이 풀려 주저앉으려는 노아를 승현은 재빠르게 잡아 줬다. 노아는 승현을 텅 빈 눈동자로 올려다봤다. 그리고 서서히 정신이 돌아와 뭔가가 잘못되었음을 깨달았다.

사실 노아는 그 누구와도 함께 있고 싶지 않았다. 하지만 순간 승현에게서 벗어나야 한다는 생각이 앞서 충동적으로 일을 저질러 버렸다. 정신이 돌아오고 나니 자신이 한 짓에 대한 후회가 밀려왔다.

뒤늦게 모든 상황을 인지한 노아의 두 눈동자가 흔들리기 시작했다. 그리고 자신을 붙잡아 준 승현을 밀어 냈다.

"다, 다신 찾아오지 마세요."

기껏 도와준 사람한테 하는 행동이라 보기 힘든 태도였다. 하지만 노아의 이런 행동에도 승현은 화를 내기는커녕 여전히 무표정한 얼굴로 노아를 바라보더니 이내 단호한 목소리로 답했다.

"그럴 수는 없습니다."

노아는 승현의 말에 놀란 듯 그를 쳐다봤다. 애초에 사무실로 찾아온 것부터가 이해가 되지 않았는데, 우리가 무슨 사이였다고 찾아오지 말라는 말에 그럴 수 없다고 단호하게 말하는 걸까.

노아가 혼란스러워하는데, 승현의 말이 이어졌다.

"자세한 내막까진 말씀드릴 수 없지만, 수현이가 저렇게 된 건 모두 제 책임입니다. 그리고 수현이가 지금 오해하고 있는 게 있어 앞으로 서노아 씨를 더 힘들게 할 겁니다."

"……."

"전 그걸 그냥 지켜볼 수가 없습니다. 저 때문에 그 녀석이 다른 사람에게 상처 주고, 그 일로 수현이가 미움받는 걸 말입니다."

승현의 눈빛은 진지했다. 그 눈빛을 보고 있자니 노아는 문득 승현이 지난번에 했던 말이 떠올랐다.

'나쁘진 않습니다. 이제 지쳤을 뿐.'

형제 사이에 뭔가 큰 사건이 있었고, 그 일로 인해 수현이 변하기 시작했으며, 승현은 그것 때문에 죄책감을 가지고 동생이 사람들에게 덜 미움받도록 노력하고 있는 게 아닐까? 문득 그런 생각이 순간 노아의 머리를 스쳤다.

노아가 멍하니 승현을 바라보자 승현이 노아와 눈을 똑바로 마주쳤다. 두 사람 사이엔 정적이 흘렀다. 한참 동안 두 사람은 서로 아무런 말도 하지 않았다.

그 후 승현은 종종 노아의 사무실에 찾아왔다. 노아는 승현과 엮이는 게 힘들어 그를 매번 밀어냈지만, 승현은 미안해하면서도 노아의 말을 들어주지 않았다.

그렇게 두 사람은 교류 아닌 교류를 하며 인연을 이어 가고 있었다.

가뜩이나 요즘은 수현을 보는 게 힘들어서 TV도 멀리하는 마당인데 그와 똑 닮은 승현과 자꾸만 마주쳐야 하니 노아는 고문이라도 당하고 있는 기분이었다. 그 덕에 노아의 얼굴은 눈에 띄게 야위어져 버렸고, 그 모습을 안쓰럽게 보던 서연은 바람이라도 쐬고 오는 게 좋겠다며 노아를 사무실에서 내쫓았다.

그렇게 강제 외출을 하고 들어온 노아는 자신의 방 앞에 서 있는 익숙한 얼굴을 보고 순식간에 표정이 굳어졌다.

"이제 왔어?"

수현은 마치 어제 만난 친구를 대하듯 아무렇지 않게 노아를 향해 웃어 주었다. 그 웃음에는 여전히 수현 특유의 장난기가 가득 묻어났다.

그런 수현을 보며 노아는 상황 파악이 되지 않아 혼이 나간 표정이었지만, 수현은 아무렇지 않게 노아의 손을 잡으며 다정한 목소리로 물었다.

"밥 아직 안 먹었지? 같이 밥 먹으러 가자."

노아는 수현의 뻔뻔함에 말을 잃고 말았다. 그를 보자마자 뛰는 가슴도 이해가 가지 않았지만, 아무 일도 없었다는 듯 태연한 그의 행동은 더욱 이해가 가지 않았다.

혹시 이 상황이 꿈이 아닐까 싶어 눈을 감았다 떠 보았지만, 여전히 노아의 눈앞에는 예전과 다를 바 없이 웃고 있는 수현의 얼굴이 보였다.

노아는 순식간에 얼굴에 핏기가 가셨다. 그리고 수현의 손을 뿌리치며 그를 경멸의 시선으로 바라봤다.

"……지금 이게 무슨 짓이에요?"

예상치 못했던 노아의 반응에 수현의 표정이 순간 굳어졌다. 하지만 금세 그의 눈빛은 애절하게 변했다. 노아가 아무리 눈치가 없다지만, 방금 수현의 얼굴은 어린아이가 보기에도 속내를 알아차릴 수 있을 정도였다.

수현의 연기를 눈앞에서 본 노아는 소름이 돋는다는 듯 온몸을 떨었다. 그 모습을 보고도 수현은 최대한 불쌍한 표정으로 노아에게 말했다.

"사정이 있었어."

"……."

"그때는 그럴 수밖에 없었던 사정……."

수현은 말끝을 흐렸다. 저 입술에서 또 어떤 달콤한 말들이 쏟아져 나올까. 자신은 그 말에 또 바보같이 넘어가는 게 아닐까. 노아는 상상하는 것만으로도 두려웠다.

그래서 겁에 질린 얼굴로 수현을 보는데, 수현이 노아의 볼을 쓰다듬으며 말을 이어 갔다.

"……난 이미 너무 많은 스캔들이 터져 있는 상태였어. 당연히 소속사에서 경고도 많이 받았고, 이미지도 많이 안 좋아."

"……."

"그 상태에서 또 스캔들이 터졌고, 회사 측이랑은 부인하는 걸로 얘기가 끝났는데 네가 촬영장에 찾아와 버린 거야."

수현은 말을 잃고 자신을 보는 노아를 품에 안아 줬다. 그녀의 작은 몸에서 두근두근하고 가슴 뛰는 소리가 느껴지자 그는 노아를 조금 더 꽉 안아 주며 애절한 목소리로 말했다.

"널 지킬 수 있는 유일한 방법이었어."

"……."

"다신 사랑하는 사람을 잃고 싶지 않았으니까."

수현은 말끝을 흐린 뒤 살며시 노아에게서 몸을 떨어트렸다. 그는 금방이라도 울듯 촉촉한 눈동자로 노아를 내려다보더니 이내 애써 웃었다.

"난 네가 날 믿고 기다려 줄 거라고 생각했는데, 나 혼자만의 착각인 거야?"

수현의 마지막 말에 지금까지 흔들리고 있던 노아의 눈동자가 그녀가 무너졌다고 말해 주듯 멈추었다. 그 모습에 확신을 얻은 수현은 노아의 이름을 애타게 불렀다.

"서노아……."

언제 들어도 매력적인 그의 목소리가 사무실에 울려 퍼졌다. 순간 노아는 온몸에서 힘이 빠지는 기분이었다. 결국 몸을 지탱하지 못한 노아가 바닥에 주저앉으려고 하자 수현이 그녀를 서둘러 잡아 줬다.

노아는 뭐에 홀린 사람처럼 풀린 눈으로 수현을 올려다봤다. 그의 눈동자가 한참 노아를 응시하더니 점점 더 그녀의 얼굴에 가까워졌다.

탁!

두 사람의 입술 사이가 불과 10cm도 남지 않았을 때쯤, 노아가 고개를 돌리며 수현을 밀어 냈다.

수현은 예상치 못한 갑작스러운 충격에 가볍게 밀려났고, 놀란 듯 노아를 보았다. 노아는 여전히 떨고 있으면서도 침착하게 낮은 목소리로 말했다.

"……이젠 속지 않아요."

눈동자는 흔들리고 있었지만, 말투만큼은 노아답지 않게 아주 단호했다.

수현은 예상하지 못했던 반응에 그대로 얼어 버렸고, 노아는 자신에게 걱정 가득한 눈빛을 보내고 있는 비서에게 또박또박 말했다.

"김 비서님, 앞으로 회사에 아무나 들이지 마세요."

"……."

"한수현 씨 가십니다. 경비원들한테 안내해 달라고 하세요."

노아는 그 말을 끝으로 말없이 자신을 바라보고 있는 수현을 외면하며 사장실 안으로 들어갔다.

문을 닫자마자 바로 후들거리는 다리 때문에 노아는 그대로 자리에 주저앉았다. 그러곤 이내 무릎에 얼굴을 파묻었다.

"하아…… 잘한 거야. 잘한 거야, 서노아."

노아는 떨리는 목소리로 작게 중얼거렸다.

사실은 전혀 괜찮지 않은데, 잘하고 있는 건지 확신도 서지 않는데, 노아는 스스로에게 감정을 억누르는 주문을 걸었다.

마지막 서류의 정리를 마친 노아는 혼자 남은 사무실 안에서 멍하니 허공만 바라봤다. 요즘 같은 때는 정말 혼자 있기 싫은데, 서연이 일이 생겨 나가는 바람에 혼자 퇴근을 하고, 그것도 모자라서 집에 가서도 계속 혼자 있어야 했다.

노아는 그 생각을 하니 벌써부터 우울해졌다. 집에 가기 싫어 한참을 방에 우두커니 앉아 있는데, 갑자기 노크 소리가 들리며 문이 열렸다.

"대표님. 전 이만 들어가 보겠습니다."

비서는 허리를 숙여 인사를 하고는 노아에게서 등을 보였다. 점점 멀어지는 비서의 뒷모습을 보며 노아는 자신도 모르게 한숨이 나왔다.

"스물일곱 살이나 먹고 함께 있어 줄 친구 하나, 직장 동료 하나 없다니…… 정말 잘못 살았구나."

노아는 소심한 성격 탓에 다른 사람과 친해지는 게 힘이 들어 지금까지 살아오면서 이런 생각을 해 본 적이 없었다. 그런데 수현으로 인해 사람의 온기를 알고 나니 혼자라는 게 한없이 외롭기만 했다.

노아는 이대로 더 있다가는 수현 생각만 나고 계속 우울하기만 할 것 같아서 서둘러 사무실을 빠져나왔다.

오늘은 서연이 차를 가지고 나가서 꼼짝없이 택시 신세를 져야 하기 때문에 노아는 건물을 빠져나오자마자 휑한 도로를 쳐다봤다. 보통 때는 택시가 많은 편이었는데, 오늘따라 이상하게 택시는커녕 그냥 지나가는 차조차 거의 보이지 않았다.

한참을 멀뚱히 서 있던 노아가 택시가 잡히지 않아 콜택시라도 불러야겠다는 생각에 휴대폰을 꺼내 드는데, 그때 갑자기 어디선가 자동차 클랙슨 소리가 들려왔다.

빵. 빵.

노아는 서연이 상담이 빨리 끝나 돌아온 게 아닐까 하는 생각에 들뜬 표정으로 주변을 둘러봤다. 하지만 서연의 차는 보이지 않고, 도롯가에 익숙하지 않은 차 한 대만 서 있었다.

"뭐지?"

노아는 의아한 표정으로 멀뚱히 차를 바라봤다. 그러자 까맣게 선팅이 되어 있는 창문이 열리며 익숙한 얼굴이 눈에 들어왔다.

"……한승현 씨?"

노아는 미간을 구기며 조심스럽게 그의 이름을 불렀다. 상대는 요즘 계속 노아를 찾아오던 재앙 같은 남자, 승현이었다.

노아는 승현을 보자마자 피곤하다는 듯 작게 한숨을 쉬었지만, 승현은 그녀의 마음을 모르는 척 말했다.

"난처한 상황인 거 같은데요."

"네?"

노아는 승현의 말에 고개를 갸우뚱거렸다. 그리고 금세 택시를 잡지 못해 도롯가에 서 있던 자신의 신세를 떠올렸다. 괜히 민망해져 얼굴이 화끈거렸지만, 노아는 금세 허리를 꼿꼿이 세우고 최대한 도도한 표정으로 말했다.

"아뇨. 하나도 난처하지 않습니……."

꼬르륵.

더 이상 승현과 엮이고 싶지 않아 까칠한 척이라는 척은 다 했는데, 하필이면 이럴 때 이 망할 배가 도움을 주질 않는다.

생각해 보니 요즘 가끔씩 이렇게 들이닥치는 승현과 경비원들에게 제지당하면서도 종종 노아를 찾아오는 수현으로 인한 스트레스 때문에 노아는 습관적으로 식사를 거르고 있었다. 오늘도 먹은 거라고는 서연 때문에 억지로 한 아침 식사 정도뿐이었다. 그러니 배가 안 고플 리가 없었다.

그런데 왜 하필이면 많고 많은 타이밍 중에 승현 앞에서 배꼽시계가 울리는 건지. 노아는 민망해서 허공을 바라보며 헛기침을 하고, 승현은 여전히 딱딱하게 굳은 표정으로 노아에게 말했다.

"타시죠."

노아는 승현을 이상하다는 눈으로 바라봤다. 평소에 승현이 이런 사람이 아니라는 걸 뻔히 아는데 차에 타라니.

물론 지난번에도 뜬금없이 같이 식사를 하자고 하긴 했지만, 그건 어디까지나 노아가 수현 때문에 욕을 먹고 있어서 그런 거고, 지금은 전혀 수현과 상관없는 상황이었다. 그런데 그걸 알면서도 이렇게 아무런 이유 없이 권유를 하다니, 설령 이유가 있다고 해도 승현의 차를 탄다는 것은 생각만 해도 어색했다. 노아는 고개를 저으며 단호하게 말했다.

"아니에요. 택시 잡으면……."

꼬르륵.

'너 나한테 왜 그러니!'

자꾸만 눈치 없이 울어 대는 배꼽시계 때문에 자신도 울고 싶어졌다. 민망해서 그런지 노아의 새하얀 목이 점점 붉게 물들었다.

하지만 승현은 노아를 배려하는 건지, 아니면 원래 웃음이 없는 사람인 건지 전혀 웃지 않고 딱딱한 말투로 말했다.

"가는 길에 태워다 드리는 거니 얼른 타십시오."

노아는 더 이상 거절하지 않기로 했다. 괜히 여기서 거절했는데 또 배꼽시계가 울린다면, 정말 쥐구멍에 숨고 싶어질 것 같았다. 그렇게 노아는 함께 있다는 생각만으로도 어색해지는 남자, 한승현의 차에 군말 없이 올라탔다.

승현이 차를 출발시키기 무섭게 두 사람 사이에 어색한 공기가 흘렀다. 조용한 차 안에 울리는 엔진 소리가 사실은 이렇게나 크다는 걸, 노아는 오늘 처음으로 깨달았다.

어찌나 무뚝뚝한지, 이렇게 어색한 분위기에도 말 한 번 건네지 않는 승현에게 먼저 말을 꺼낼 용기가 없는 노아는 1분이라도 빨리 집에 도착하기를 기도했다.

그리고 그때 또다시 배에서 배꼽시계가 울릴 낌새가 느껴졌다. 노아는 서둘러 무표정한 얼굴로 운전을 하고 있는 승현에게 급하게 질문을 던졌다.

"여, 여긴 어쩐 일로……."

노아의 물음과 동시에 갑자기 차가 멈추어 섰다. 왜 하필 이럴 때 신호가 걸릴 게 뭐냐며 노아가 두 눈을 질끈 감는데, 귓가에 낮은 승현의 목소리가 들려왔다.

"이쪽 길이 회사에서 집으로 가는 방향입니다."

승현은 잠시 고민한 듯, 한 박자 느리게 짧은 대답을 했다. 마땅히 대꾸할 말을 찾지 못한 노아가 민망한 듯 고개를 돌려 창밖을 바라보고, 그런 노아를 굳은 얼굴로 보던 승현이 신호가 바뀌자 다시 액셀을 밟았다.

1초가 1년같이 어색한 시간이 흘렀다. 괜히 목이 답답해지는 기분에 노아가 헛기침을 하자 굳게 닫혀 있던 승현의 입술이 살며시 열렸다.

"……미안합니다."

노아는 갑작스러운 승현의 사과에 놀란 눈으로 그를 바라봤다. 여전히 노아와 시선을 마주치지 못한 채 앞만 보고 운전을 하고 있는 승현이 핸들을 움켜쥐며 말을 이어 갔다.

"긴장이 돼서요. 여성분들 앞에서는."

어느새 그의 옆선을 타고 투명한 땀이 배어 나오고 있었다.

'그러니까 지금 이 남자, 무뚝뚝한 게 아니라 긴장하고 있는 거야?'

노아의 두 눈이 커졌다. 저 날카롭고 잘생긴 얼굴에 어느 곳 하나 빠질 것 없이 매력적인 남자가 여자 앞에서 긴장이라니, 좀처럼 믿을 수가 없었다. 하지만 노아는 자꾸 땀이 나는지 주먹을 쥐었다 폈다 하며 핸들을 놓치지 않게 꽉 움켜쥐고 있는 승현의 손을 보며 그게 거짓이 아님을 깨달았다.

두 사람은 다시금 말이 없었다. 그리고 노아의 집 앞에 도착하고 나서야 노아의 입이 열렸다.

"……저도 그래요."

"……."

"저도 생긴 거랑 다르게 사람들 앞에 서면 자꾸 긴장이 돼요."

승현은 노아의 말에 아무런 대답이 없었다. 그저 멍한 눈으로 한참 노아를 바라볼 뿐이었다. 아주 오랜 시간이 흐르자 그의 눈가에 미세하게 웃음이 피어올랐다.

보통 사람이라면 잘 보이지 않을 정도로 작은 웃음이었지만, 노아는 단번에 알아차렸다. 노아도 그를 따라 입가에 잔잔한 미소를 지어 보였다.

이상하게도 이제는 그가 수현과 닮아 보이지 않았다.

'널 지킬 수 있는 유일한 방법이었어.'

침대에 누운 채 한참을 뒤척이던 노아는, 겨우 잠이 들 때쯤 떠오르는 수현의 목소리에 결국 자리에서 몸을 일으켰다.

방을 빠져나와 주방에서 컵에 물을 가득 따라 숨도 쉬지 않고 단번에 마셨다.

"하아."

노아는 찬물이 들어갔음에도 불구하고 여전히 속이 답답해 깊이 한숨을 내쉬었다. 그리고 아무도 없는 어두운 주방에 혼자 앉아 멍하니 허공을 바라보며 생각에 잠겼다.

요즘 그녀는 승현과 많이 가까워졌다. 예전의 승현은 노아를 찾아와도 한참 동안 그녀를 지켜보기만 하다 가곤 했었는데, 이젠 그답지 않게 안부를 묻기도 하고, 서툴게 이야기를 건네기도 했다.

그러다 보니 수현과 똑같다고 생각했던 그의 얼굴이 그제야 한승현이라는 사람으로 보이기 시작했다. 그는 외모는 물론 성격까지도 수현과 전혀 달랐다.

그럼에도 노아는 승현을 보며 계속 수현을 떠올렸다.

몇 번 경비원들에게 쫓겨난 후부터는 더 이상 찾아오지도 않는 수현인데, 멀리하려 노력하면 노력할수록 수현은 더욱더 머릿속에서 짙어져 갔다.

그 때문에 노아는 요즘 편히 잠에 든 적이 없었다. 몸은 분명 죽을 것처럼 피곤한데, 도저히 잠이 오질 않았다. 어쩌다 운 좋게 잠이 들면 수현의 달콤한 말과 애절한 눈빛을 꿈속에서 보고 금세 깨어났다.

노아는 지끈거리는 관자놀이를 살며시 눌렀다. 스트레스를 많이 받아서 그런지, 아님 잠을 못 자서 그런지 요즘 부쩍 두통이 심해졌다.

그녀는 한참을 혼자 끙끙거리다가 결국엔 한숨을 내쉬며 몸을 일으켰다.

방으로 돌아온 노아는 침대에 몸을 누이며 천장을 바라봤다. 새까만 천장 위에 수현의 얼굴이 떠오르는 것만 같아 그녀는 서둘러 눈을 감아 버렸다. 수현은 노아에게 있어서 나쁜 걸 알면서도 절대 끊을 수 없는 마약 같은 존재였다.

심해지는 불면증처럼 수현의 대한 생각이 노아의 머릿속을 점점 더 가득 채우고 있었다. 노아는 괴로운 표정으로 두 눈을 꼭 감았다.

오늘도 수현 때문에 잠들지 못할 것 같았다.

"그럼 대학 졸업하시고 바로 귀국하신 거예요?"

노아는 그새 많이 밝아진 목소리로 승현에게 물었다. 그러자 그녀의 앞에서 제법 편안한 표정을 짓고 있는 승현이 입가에 미소를 띠며 고개를 끄덕였다. 두 사람은 사람이 많은 저녁 시간 레스토랑에서 마주 앉아 마치 연인처럼 식사를 나눴다.

바빠진 서연 때문에 혼자 있어야 하는 노아는 결국 외로움을 이기지 못하고 승현에게 조금씩 마음을 열었다. 수현과 관련된 사람이니 엮이지 말아야겠다고 생각했는데, 지내보니 자신과 비슷한 점도 많고 사람이 순수해 보여 더 이상 그를 밀어내지 않았다.

수현에게서 이 여자를 지켜야만 한다는 생각으로 그녀의 곁을 맴돌던 승현 역시 노아와 이야기를 나누는 게 즐거워져 그녀를 더 자주 찾아왔다.

그렇게 서로에게 마음을 연 두 사람은 급속도로 사이가 좋아지더니 호칭이 한승현 씨, 서노아 씨에서 승현 씨, 노아 씨로 변할 정도로 가까워졌다.

승현은 수현보다는 네 살, 노아보다는 다섯 살이 많은 서른두 살의 대기업 부장이었다.

초등학교를 들어감과 동시에 아직 어린 수현과 유학길에 올랐고, 수현이 열여덟 살에 모델 데뷔로 귀국하고 나서도 그는 그곳에 혼자 남아 대학까지 졸업하고 한국으로 돌아왔다. 그 후 기업 임원이신 아버지의 뜻을 따라 아버지가 일하고 있는 회사에 취업을 해 착실하게 일하며 이른 나이에 승진을 했다.

승현은 수현과는 다르게 어릴 적부터 숫기가 없는 데다가 여자만 보면 얼어 버리는 탓에 놀랍게도 평생을 연애 한 번 해 보지 못하며 자라 왔다. 다행히도 그런 그의 모습이 아버지 눈에는 착실한 아들로 보여 수현과는 다르게 줄곧 아버지의 사랑을 독차지해 왔다.

겉모습은 '어디서 좀 놀아 본 사람'인데 사실은 숙맥에 이성 앞에서는 한없이 작아진다는 공통점이 있다 보니, 두 사람은 마치 또 다른 자신을 만난 것 같아서 함께 있을 때면 한없이 마음이 편해졌다.

그래서 종종 승현이 노아를 찾아올 때면 함께 식사나 티타임을 즐기며 이야기를 나눴다.

하지만 오늘, 노아를 집에 데려다주는 그의 분위기가 평소와 달랐다.

"여기서 내려 주세요."

아까부터 내내 어색하게만 구는 승현 때문에 노아는 집에 도착하기도 전에 그렇게 말했다. 그러자 긴장해 노아와 눈도 마주치지 못하고 앞만 보던 승현이 이제야 노아를 쳐다봤다.

기껏 고개를 돌리고도 그는 노아와 눈이 마주치자 화들짝 놀라며 시선을 피했다. 생긴 거랑 안 어울리는 그의 모습이 웃겨서 노아는 답답했던 마음이 조금 나아졌다.

자신을 부담스러워하거나 싫어하는 건 잘도 읽어 내더니, 노아의 기분이 나아진 건 전혀 읽어 내지 못한 승현은 마냥 노아가 화가 난 줄 알고 새까만 눈동자를 바쁘게 굴렸다. 그는 한참의 생각 끝에 노아의 기분을 풀어 주려는 듯 굳게 닫혀 있던 입술을 바쁘게 움직였다.

"……밤길은 위험합니다."

"이 동네 엄청 안전해요."

"……."

"걷고 싶어서 그래요. 좀 답답해서."

답답하다는 노아의 말에 승현은 어쩔 줄 몰라 했다. 노아는 그가 당혹스러워하는 모습이, 긴장하며 떨고 있는 모습이, 마치 수현이 자신에게서 봤던 모습인 것 같아 씁쓸해져 자리에서 벗어나고 싶었다.

하지만 이 고집 있는 남자는 어두운 밤길을 노아 혼자 걷게 하는 것이 불안했는지 결국엔 근처에 차를 세우며 진지한 얼굴로 말했다.

"……걷죠. 같이."

그는 그 말을 끝으로 먼저 차에서 내렸다. 노아는 잠시 멍하니 허공을 바라보곤 금세 그를 따라 차에서 내렸다.

밤공기는 꽤나 쌀쌀했다. 갑자기 어색한 사이가 된 승현과 걷는 밤거리는 그 싸늘한 분위기 덕에 더욱 춥게만 느껴졌다. 노아는 아무래도 빨리 이 상황을 벗어나는 게 좋겠단 생각이 들어 집으로 향하는 발걸음을 재촉했다.

그런데 어쩐 일인지 노아보다 훨씬 다리가 긴 승현이 자꾸만 뒤처졌다. 결국 노아는 얼마 가지 못하고 걸음을 멈추었다. 그리고 느릿하게 제 뒤를 따라 걷는 남자를 쳐다봤다.

승현은 노아가 걸음을 멈춤과 동시에 멈추어 섰다. 그는 머뭇거리는 듯 미묘한 얼굴로 노아를 바라보고만 있었다. 영문을 몰라 노아가 의아한 표정을 짓자 내내 다물려 있던 승현의 입이 드디어 열렸다.

"……우리 만나 볼래요?"

노아는 놀란 눈으로 승현을 쳐다봤다. 혹시 자신이 뭔가를 잘못 들은 게 아닐까 현실을 부정해 봤지만, 승현의 표정은 진지했다.

애초에 장난으로 할 말도 아니었고, 승현은 이런 말로 장난칠 만큼 유머 감각이 있는 사람도 아니었다. 게다가 긴장하고 있는 그의 모습이 방금 전 그가 했던 말이 진심이라고 말해 주는 것 같았다.

"하아……."

고백을 받고 상대방 앞에서 한숨을 내쉬는 게 실례가 되는 행동이라는 것 정도는 노아도 잘 알고 있었다. 하지만 자신도 모르게 새어 나오는 한숨을 막을 수가 없었다.

전혀 예상하지 못했다. 승현이 노아의 곁에 있어 준 것은 어디까지나 수현이 한 짓에 대한 미안함과, 사랑하는 동생을 미워하지 말아 달라는 뜻이라고 생각했다. 친구로 지내는 것도 가끔 부담스러운데, 연인이라니. 이런 상황은 정말 상상도 못 했고, 하고 싶지도 않았다.

노아가 표정을 굳히며 단호하게 거절을 하려고 하는데, 그걸 바로 알아챘는지 승현이 먼저 선수를 쳤다.

"연애를 하자는 뜻은 아닙니다."

이건 또 무슨 앞뒤 안 맞는 소리지? 노아는 승현의 말에 인상을 찡그렸다. 그러자 승현이 한숨 섞인 목소리로 말을 이어 갔다.

"노아 씨는 모르실 수도 있겠지만 저는 제 동생 수현이를 아주 많이 사랑합니다."

이번에도 역시나 대화의 맥락과는 맞지 않는 말이었다. 외국에 오래 살다 와서 그런지 승현은 가끔은 정말 이해를 할 수 없는 말을 하곤 했다. 노아는 혼란스러운 표정으로 그를 바라보았다.

한참을 망설인 승현은 심호흡을 하더니 무언가 결심한 듯 흔들림도 없는 눈으로 노아를 보며 말했다.

"처음이었습니다."

"……."

"제가 수현이가 아닌 다른 사람을 생각하며 행동을 한 것은요."

승현의 말에 노아는 다시 의아한 표정을 지었다. 도대체 이 남자, 무슨 말을 하고 싶은 걸까. 들으면 들을수록 점점 더 미궁 속으로 빠지는 것 같은 그의 말뜻을 알고 싶어서 노아는 숨을 죽인 채 귀를 기울였다.

승현이 긴장한 듯 마른침을 삼키더니 다시금 말을 이어 갔다.

"며칠 동안 고민해 봤습니다. 그리고 얻은 해답이 노아 씨입니다."

"……저요?"

노아는 인상을 찡그리며 되물었다. 그러자 승현이 흔들림 없는 눈으로 고개를 끄덕였다.

"수현이와 관련 없는 일에도 노아 씨가 슬퍼할 것을 생각하면 그 상상만으로도 괴로웠습니다."

"……."

"그래서 문득 이런 생각이 들었습니다. 내가 혹시 노아 씨를 마음에 두고 있는 게 아닐까?"

한참을 돌고 돌아 드디어 승현의 진심이 내뱉어졌다. 승현은 긴장을 해서 손에 땀이 나는지 주먹을 꽉 쥐고는 말을 이어 갔다.

"이런 말을 하는 것 자체가 노아 씨에게 염치없는 짓인 거 잘 알고 있습니다."

"……."

"그러니 당장 만나 달라고 말하진 않겠습니다. 다만……."

"……."

"마냥 친구가 아닌 연인으로 발전할 수 있는 관계로 노아 씨를 만나 보고 싶습니다."

노아는 승현의 진심이 담긴 말에 선뜻 긍정의 대답을 하거나, 화를 낼 수가 없었다. 그저 당혹스러운 표정으로 입술을 물었다.

승현은 긴장을 한 얼굴로 아주 천천히 노아에게로 다가섰다.

노아는 그대로 얼어서 물러서지도 못하고 떨리는 눈동자로 승현을 바라봤다. 그러자 어느새 노아와 거리가 가까워진 승현이 걸음을 멈추며 말했다.

"딱 여기까지만 가겠습니다. 노아 씨가 원하실 때까지 다가가지 않겠습니다."

"……."

"그러니 도망가지 마십시오."

노아는 아무런 대답도 할 수가 없었다.

그동안 혼자 외롭게 했을 자신과의 싸움과 용기를 내서 한 첫 고백. 이렇게 긴장하고 있으면서, 잘못한 것도 없으면서 미안해 죽겠다는 표정.

승현은 정말 어디 하나 못난 곳 없이 너무도 좋은 사람이어서, 노아는 대답 없이 슬픈 표정만 지었다.

오랜만에 외부 업무를 보고 돌아가는 길, 노아는 그간 스트레스가 너무 쌓였던 것인지 갑자기 가슴이 답답하고 숨쉬기가 힘들었다. 결국 그녀는 비틀거리며 길가에 있는 전봇대에 몸을 기댔다. 속도 매슥거리고, 머리도 아파 오는 탓에 식은땀을 흘리며 두 눈을 꼭 감았다.

아무래도 이렇게 있음 안 되겠다는 생각이 들어 사무실로 돌아갈 택시라도 잡으려 전봇대에서 몸을 떼는데, 그 순간 눈앞이 아찔해지며 몸이 크게 휘청였다. 손가락 하나에도 제대로 힘이 들어가지 않았다. 그냥 이대로 넘어지겠다는 생각에 노아는 그대로 두 눈을 감았다.

그리고 그때, 누군가가 노아를 잡아 줬다.

노아는 살며시 두 눈을 뜨고 상대를 쳐다봤다. 자신을 잡아 준 사람과 마주한 그녀의 얼굴이 순식간에 새하얗게 질렸다. 노아는 자신의 눈을 의심하고 말았다.

그녀는 입도 뻥끗하지 못하고 멍하니, 한 달이나 넘게 보지 못했던 수현을 바라봤다. 모자를 푹 눌러쓰고 있어도 여전히 빛이 나는 그가 마치 꿈만 같아서, 믿을 수 없어 두 눈을 비벼 보지만, 여전히 자신의 눈앞에 있는 사람은 수현이 맞았다.

갑자기 불어온 바람에 수현이 쓰고 있던 모자가 하늘 위로 날아갔다. 흩날리는 바람 속에서 짙은 눈동자로 자신을 바라보는 수현을 보며 노아는 그대로 얼어 버렸다.

수현은 노아를 한참 진지한 표정으로 바라보더니 이내 아주 낮은 목소리로 말했다.

"……나, 보고 싶었지?"

아니라고, 마음과 다른 거짓을 말을 해야 하는데, 좀처럼 입술이 떨어지지 않았다. 노아의 마음을 아는지 모르는지, 수현이 바람에 흩날리는 노아의 머리카락을 다정한 손길로 쓸어 줬다.

"난 보고 싶었어. 서노아."

노아는 순간 생각했다. 이 남자에게서 빨리 벗어나야 한다고. 최대한 먼 곳으로 도망가서 그가 자신을 찾을 수 없게 꽁꽁 숨어 버려야 한다고. 하지만 생각과는 다르게 몸은 돌처럼 굳어서 단한 발자국도 뗄 수 없었다.

수현은 제 품에 안긴 채 불안한 듯 떨고 있는 노아를 보며 작게 한숨을 쉬었다. 그의 두 눈동자엔 슬픔이 어려 있었다. 그는한동안 아무런 말 없이 노아를 바라만 보다가 이내 조심스러운말투로 말했다.

"……나한테 잠깐만 시간을 줘."

낮지만 부드럽게 들려오는 수현의 목소리에 노아는 뭐에 홀린듯 그를 밀어 내지 못했다. 수현은 노아의 손을 살며시 잡고 어디론가 노아를 이끌기 시작했다.

노아는 수현에게 끌려가는 내내 지금 자신이 제대로 걷고 있는지, 자신을 이끄는 이 사람이 수현은 맞는 건지, 좀처럼 지금 상황을 제대로 인식하지 못했다.

문득 정신을 차렸을 때는 근처 인적이 드문 공원 벤치에 수현과 함께 나란히 앉아 있었다.

"얼굴이 많이 안 좋네."

노아는 걱정이 가득 담긴 수현의 낮은 목소리에 몸을 살짝 움츠리곤 고개를 돌려 그를 쳐다봤다. 그의 얼굴을 보자 이제야 정신이 좀 돌아오는 것 같았다. 함께 있으면 안 된다는 생각에 도망가듯 자리에서 일어나려는데, 수현이 다시 입을 열었다.

"……내가 유학 생활을 오래 했는데, 거기서 만났어. 내 첫사랑."

노아는 수현의 말에 행동을 멈추었다. 승현에게 직접적으로는 아니더라도 돌려서 두 사람의 유학 시절 얘기는 종종 들었지만 수현의 첫사랑에 관한 이야기는 금시초문이었다. 게다가 지금 이 상황에서 나올 이야기는 더더욱 아니었다.

노아는 의미를 알 수 없는 수현의 이야기에 얼떨떨한 표정으로 그를 바라봤다. 그러자 죄인처럼 고개를 숙이고 있는 수현이 입을 열었다.

"외교관이신 아버지를 따라 전 세계를 돌아다니던 한국인이었는데, 하루라도 남을 돕지 않으면 입 안에 가시가 돋는 특이한 애였지."

그의 웃음은 아주 쓸쓸하면서도 다정해 노아의 가슴을 아프게 만들었다. 도대체 어떤 여자였기에 그에게 저런 표정을 짓게 할 수 있는 걸까. 노아는 이젠 그의 그 무엇도 아닌데, 얼굴도 보지 못한 상대에게 질투가 느껴져 다시 한번 스스로가 우스워졌다.

그런 노아의 앞에서 슬픈 표정만 짓고 있던 수현은, 잠시 괴로운 듯 인상을 찌푸렸다가 애써 감정을 억누르며 다시 이야기를 이어 갔다.

"그때 난 열일곱 살이었어. 세상의 모든 것이 불만스러운 사춘기였는데, 그 애는 특히나 마음에 들지 않았어."

"……."

"자기 코도 석 자인 주제에 온 동네를 돌아다니며 노숙자에, 따돌림을 당하는 친구들까지 누구 하나 그냥 두지 않고 도와주러 다니기 바빴거든."

"……."

"하는 짓이랑 똑같이 생긴 것도 천사 같았어. 그래서 더욱 마음에 들지 않았어. 그런데…… 정신을 차려 보니 어느새 난 그 애한테 온 시선을 빼앗겨 있더라."

수현은 자조적으로 웃었다. 그 얼굴에서 이유 모를 상처가 느껴져 노아는 가슴이 아파 왔다. 이야기의 끝은 베드 엔딩일 거라고, 어쩐지 수현이 말해 주지 않아도 알 수 있었다.

수현은 안쓰러운 눈으로 자신을 지켜보는 노아의 시선을 느끼며 괴로운 듯한 얼굴로 계속해서 한 글자씩 아픈 이야기들을 힘겹게 뱉어 냈다.

"우린 마치 원래부터 예정되어 있던 운명처럼 서로에게 급속도로 빠져들었어. 그 앤 내 모든 것의 처음이었고, 난 그 나이에 진심으로 그 아이와 결혼까지 생각했었는데, 반년쯤 뒤에 우린 완벽하게 끝나 버렸지."

"……."

"그게 다 한승현 때문이야."

노아는 갑자기 튀어나온 승현의 이름에 약간 놀랐다. 두 형제와 관련된 일이라는 걸 알게 되자 더 이상 들으면 안 될 이야기를 듣고 있는 느낌이 들었다. 마치 판도라의 상자를 손에 들고 있는 기분이라 불안하기만 했다.

그러나 이야기는 계속 이어졌다.

"가장 사랑했던 가족이 사랑하는 여자랑 키스하는 모습을 지켜보는 기분, 아주 끔찍했어."

"……."

"한승현은 오해라고 말했어. 그런데 그 아이는 아무런 변명도 하지 않았어."

"……."

"벌써 10년은 된 이야기지만 난 아직도 생생하게 기억해. 그 애가 한승현을 바라보던 애정 어린 시선을……."

수현은 다시 한번 자조적으로 웃었다. 가장 사랑했던 가족이라는 말에서 느껴지는 떨림과 웃고 있음에도 불구하고 씁쓸해 보이는 그의 표정이, 그 당시 수현이 얼마나 큰 상처를 받았는지 말해 줬다.

노아는 그 모습이 안쓰러워 언제 그를 경멸했냐는 듯 다정한 손길로 괴로워 보이는 그의 등을 살며시 쓸어 줬다. 그러자 수현이 슬픈 눈으로 노아를 보다 품에 그녀를 안았다.

"……내가 너무 어렸나 봐. 사랑하는 사람한테 배신당하는 게 얼마나 괴로운지 잘 알면서 날 사랑하는 여자들한테 상처를 주고 다녔어……. 그러면서도 미안해하지 않았어."

"……."

"근데 너는 달라……. 하루라도 널 보지 못하면 미칠 것만 같아. 죽어 버릴 것 같다고."

"……."

"내가 미안해, 내가 다 미안하니까 제발…… 제발 넌 날 버리지 마."

수현은 노아에게 애원하듯 말했다. 그 애원 앞에 다시는 그의 말에 휘둘리지도, 그를 용서하지도 않을 거라 다짐했던 노아의 마음이 무너져 내리며 흔들리고 있었다.

♦ ♦ ♦

노아에게 받을 서류가 있어서 사장실로 들어온 서연은, 노아가 보이지 않아 책상 위를 살피고 있었다. 그때, 책상 위에 있던 노아의 휴대폰이 울리기 시작했다.

우우우웅.

수현의 사건 이후로 예민해진 서연은 이러면 안 된다는 걸 잘 알면서도 혹시나 하는 마음에 휴대폰 액정을 힐끔 쳐다봤다. 액정 위에는 한수현이라는 세 글자가 똑똑히 떠 있었다. 이름을 확인한 순간 서연의 표정이 순식간에 굳어졌다. 그녀는 망설일 것도 없이 휴대폰을 들어 톡을 확인했다. 그때 문이 덜컥 열리며 노아가 들어왔다.

노아는 서연의 손에 들려 있는 자신의 휴대폰을 보고는 화들짝 놀라더니 서둘러 폰을 빼앗으며 소리쳤다.

"왜, 왜 남의 휴대폰을 네 맘대로 봐!"

서연은 노아의 반응에 어이없다는 듯 웃었다. 노아도 민망하긴 매한가지였다. 뭐 뀐 놈이 성낸다고, 잘한 것도 없으면서 저를 걱정해 주는 서연에게 화를 내다니……. 노아는 괜스레 서연의 시선을 피했다.

그날 이후, 수현은 단 하루도 빠지지 않고 노아에게 연락을 했다. 아직 마음에 상처가 그대로라 노아는 지금까지 답장을 한 적은 없지만, 절절한 메시지에 하루하루 마음이 약해지고 있었다.

그가 정말 미웠지만, 실상을 알고 나니 수현이 불쌍해지기 시작했다. 애초에 자신과 비슷한 점이 많아 보이고, 수현의 강한 모습 뒤에 숨겨진 약한 모습에 끌렸던 노아였기에 더욱 흔들릴 수밖에 없었다.

그렇다고 선뜻 다가가기엔 당한 게 있어 두렵기도 했고, 자신의 실질적 보호자인 서연이 납득할 만한 상황이 아니라 조심스러웠다. 그런데 하필이면 서연에게 들키고 말다니…….

일단 당황해서 소리는 쳐 놨지만 자꾸만 서연의 눈치를 살피는 노아를 보며 서연이 소리쳤다.

"도대체 얼마나 더 휘둘릴 건데? 얼마나 더 바보같이 당할 거냐고!"

머리가 아플 정도로 큰 서연의 목소리가 넓은 사장실 천장 위로 울려 퍼졌다. 흥분한 서연이 노아를 노려보자 노아가 고개를 숙이며 말했다.

"……모르겠어."

"……."

"……모르겠어. 서연아."

노아는 그렇게 중얼거리다 이내 천천히 고개를 들었다. 그녀의 커다란 눈동자가 당장이라도 눈물을 쏟을 듯 떨리고 있었다.

어느새 표정을 푼 서연이 안쓰럽다는 듯 노아를 바라보자 슬픈 표정의 노아가 계속 말을 이었다.

"……나도 내가 왜 이러는지, 나조차도 정말 모르겠어."

노아조차도 자신의 감정이 너무도 어려웠다. 노아에게 있어서 수현은 미우면서도 너무도 사랑하는, 그런 사람이었다.

◆　◆　◆

탁. 덜컹덜컹. 쿵.

사장실에 있는 노아는 단 한 순간도 가만히 있지를 못했다. 앉았다 일어나기를 반복하는 건 고사하고, 휴대폰을 들었다 놨다 하는가 하며 한숨을 내쉬었다가 웃었다가 하기도 했다. 그녀는 마치 미친 사람처럼 삽시간에 수십 번도 더 태도가 돌변했다.

누군가 지금 노아의 모습을 목격했다면 걱정을 떠나서 오싹함을 느낄 정도로 그녀의 상태는 매우 심각했다.

"……그래, 하는 거야."

한참을 정신 나간 사람처럼 행동하던 노아는 무언가 결심한 듯 손에 휴대폰을 꼭 쥐었다. 그리고 떨리는 손으로 여전히 연락처에 저장되어 있는 수현의 번호를 눌렀다. 이것만으로도 긴장이 돼 심장이 터져 버릴 것만 같았다.

그렇게 통화 버튼을 누르고 귓가에 질리도록 들었던 컬러링이 울려 퍼지자 잠시 후 수현이 평소보다 조금 느린 속도로 전화를 받았다.

— ……어, 서노아.

밤샘 촬영을 하고 늦잠을 자고 있던 건지 수현의 목소리는 피곤에 절어 있었다. 원래부터 허스키한 목소리가 쉿소리까지 나니 더욱 섹시하게 느껴졌다. 그런 목소리로 자신의 이름을 불러서인지 노아는 잠시 상황도 잊고 황홀한 기분이 들었다.

하지만 그 순간은 그리 오래가지 못했다. 곧이어 노아의 정신을 돌아오게 할 수현의 목소리가 다시금 들려왔기 때문이다.

— ⋯⋯무슨 할 말 있어?

갑자기 날아온 수현의 질문에 노아는 정신이 번쩍 들었다. 노아는 긴장해 떨리는 목소리를 들키지 않도록 최대한 낮게 깔며 침착한 척 말했다.

"⋯⋯와요. 사무실."

— ⋯⋯어?

"지금 당장⋯⋯."

노아는 그 말을 끝으로 간 크게도 수현의 전화를 먼저 끊었다. 왠지 수현이 지금 굉장히 어이없다는 표정으로 휴대폰을 노려보고 있을 것 같았지만, 노아는 그걸 신경 쓸 수 없을 만큼 이미 머릿속이 다른 것들로 가득 차 있었다.

노아가 손톱을 잘근잘근 씹으며 다시 고민에 잠기고 얼마쯤 시간이 흘렀을까. 한 시간도 채 되지 않아 문이 열리며 수현이 등장했다.

수현은 어찌나 급하게 왔는지 평소와는 다르게 잔뜩 흐트러진 모습이었다. 노아는 수현을 마주하곤 긴장한 것을 들키지 않으려고 심호흡을 했다. 수현은 긴 다리로 노아에게 터벅터벅 걸어와 의아하다는 듯한 얼굴로 말했다.

"무슨 일이야?"

노아는 수현의 말에 아무런 대답도 하지 않았다. 순간 머릿속이 새하얗게 변해서 지금까지 생각해 뒀던 말들이 전혀 기억나지 않아 어떤 말을 해야 할지 몰랐다. 노아가 바보 같은 표정으로 멍하니 수현을 보고 있자 고개를 갸우뚱거리던 수현의 얼굴이 서서히 심각해졌다.

그는 노아의 얼굴을 뚫어져라 쳐다봤다. 그리고 금세 걱정 가득한 눈을 하더니 조심스럽게 노아에게 물었다.

"얼굴이 왜 이렇게 하얘? 어디 안 좋아?"

"……."

"안 되겠다. 병원 가자."

수현은 그 말을 끝으로 노아의 손목을 잡았다. 하지만 발걸음을 내딛기도 전에 지금까지 내내 말이 없던 노아의 입술이 열렸다.

"딱 한 번이에요……."

"어?"

"제가 한수현 씨 용서하는 거……."

수현은 노아의 말뜻을 이해하지 못한 건지 멍한 표정을 지었다. 겉으로는 아무렇지 않은 척하고 있지만, 사실 긴장된 노아는 그 모습을 보며 속으로 연신 '침착해.'만 외쳤다.

그렇게 두 사람 사이에 잠시 정적이 흐르고, 잠시 후 혼이 나간 표정을 짓고 있던 수현이 예고도 없이 덥석 노아를 제 품에 안았다.

갑작스러운 스킨십에 놀란 노아는 수현을 밀어 내려고 했다. 하지만 그럴수록 수현은 노아를 더욱 꼭 껴안으며 큰 소리로 외쳤다.

"내가 진짜 잘할게!"

수현의 고함에 노아는 수현을 밀어 내려던 행동을 멈췄다. 물끄러미 수현을 올려다보자, 그가 촉촉하게 젖은 눈으로 자신을 바라보고 있었다. 그 순간, 노아는 이번에는 그의 마음이 진심일 거라는 확신이 들었다. 그 생각을 하니 갑자기 마음이 울컥해 서둘러 수현의 품으로 제 얼굴을 숨겼다.

수현은 자신의 품에 안긴 노아를 한참 아무런 말도 하지 않고 바라봤다. 눈물로 빛나던 눈동자가 점점 본래의 짙은 검은색을 띠더니 금세 입가에 미소가 번졌다.

노아는 바보처럼 몰랐다.

지금의 결정으로 훗날 자신에게 엄청난 후회와 상처를 안겨 주게 될 거란 걸…….

◆ ◆ ◆

수현과 오랜만에 하는 데이트에 노아는 꽃단장을 하느라 약속했던 시간보다 늦게 약속 장소에 도착했다. 노아가 다급하게 수현의 앞에 다다르자, 모자로 얼굴을 가린 채 수많은 사람들 사이에 서 있던 수현이 노아를 향해 미소 지었다.

"왔어?"

수현이 그냥 하얀 이를 드러내며 웃은 것뿐인데, 노아는 이상하게도 그의 등 뒤로 후광이 비치는 것 같았다. 그 빛이 너무 눈부시게 느껴져 노아가 수현에게로 향하던 발걸음을 살짝 주춤하자 수현이 먼저 노아에게로 달려와 그녀의 손을 살포시 잡아 줬다.

"더워서 껴안지는 못하지만 손 정도는 괜찮지?"

노아는 수현의 물음에 두 사람이 마주 잡고 있는 손을 쳐다봤다. 그러자 수현이 노아를 향해 다시 한번 웃고, 입가에 미소를 유지한 채 노아의 귀에 대고 작게 물었다.

"왜? 떨려?"

노아는 짓궂은 그의 말에 화들짝 놀라며 수현을 올려다봤다. 그러자 수현은 뭐가 그렇게 재밌는지 장난스럽게 웃으며 반대쪽 손으로 노아의 머리를 쓰다듬어 줬다.

수현은 눈에 띌 정도로 많이 다정해졌다. 그런 수현을 보며 노아도 점점 긴장을 풀었고, 어느새 정신을 차려 보니 두 사람은 예전과 별반 다를 바 없는 관계로 돌아가 있었다.

두 사람은 오늘도 예전처럼 많은 사람들 틈에 섞여 손을 잡은 채 거리를 걸었다. 노아보다 훨씬 키가 큰 수현이 그녀의 보폭에 맞춰 느리게 발걸음을 내디디면, 노아는 수현의 배려를 눈치채고 입가에 미소를 지었다.

학습 효과가 없는 건지, 노아는 수현에게 호되게 당한 사람치고는 너무도 쉽게 수현을 향한 경계심을 풀었다.

그렇다고 수현이 노아에게 엄청나게 특별한 행동을 해 준 건 아니었다. 그저 자신과 노아는 비슷한 사람이라는 걸 강조하며 노아의 모든 것에 공감을 해 주고, 가끔 약한 모습을 보여 줘 노아에게 동정심을 유발하는 정도였다.

전과 별반 다를 바 없는 방법을 사용하고 있음에도 불구하고 노아는 어느새 괴로웠던 시간이 무색할 정도로 순식간에 수현에게 마음의 문을 열었다.

노아의 순진함이 한없이 웃긴 수현은 입가에 살짝 비릿한 미소를 띠더니 갑자기 허공을 향해 긴 손가락을 뻗었다.

"어? 저게 뭐야?"

"뭐요?"

노아는 수현의 손가락을 따라 시선을 옮겼다. 수현이 가리킨 곳에는 아무것도 없었다. 노아가 의아한 표정으로 고개를 돌리자 그녀를 기다리고 있던 수현과 입술이 스쳤다. 예상치 못한 스킨십에 잠시 멍하니 있던 노아는 곧 얼굴이 잘 익은 사과 꼴로 점점 달아오르기 시작했다.

그 모습을 수현은 사랑스러운 척 바라보고, 노아와 마주 잡은 손을 조금 더 꽉 잡으며 가증스럽게 마음에도 없는 말을 했다.

"아쉽지만 이만 갈까?"

"벌써요?"

"너 내일 출근해야지. 난 틈틈이 자면 되는데 넌 안 되잖아."

사실 회사에 출근해 봤자 하루 종일 노는 것과 마찬가지인 노아와는 다르게 수현은 일을 하는 날엔 단 1초도 제대로 쉬지 못하고 내내 바쁘다는 걸 잘 알고 있었다. 그런데 이렇게 자신을 먼저 배려해 주다니……. 노아는 그 한마디에 감동받아 수현의 손을 꼭 쥐었다.

마음 같아서는 괜찮다고 말하며 수현의 곁에 조금 더 있고 싶었지만, 바쁠 그를 생각하며 조르지 않고 고개를 끄덕였다.

수현은 노아를 향해 살짝 웃더니 그녀와 함께 차를 주차해 둔 곳으로 향했다. 그리고 차 근처에 다다르자 노아를 옆자리에 태운 뒤 안전벨트를 매 준 후에 차를 출발시켰다.

노아는 승현과 있을 때는 과묵해도 그렇게 과묵할 수가 없었는데, 수현과 함께 있자 쉬지 않고 바쁘게 떠들어 댔다. 수현 역시 그런 노아를 전혀 귀찮아하지 않고 노아의 이야기 하나하나에 집중을 하며 큰 리액션을 보여 줬다.

어느새 영영 도착하지 않았으면 좋겠다고 생각했던 노아의 집 근처에 도착했다.

노아는 수현과 헤어지고 싶지 않다는 마음을 숨기지 못하고 애처로운 얼굴로 수현을 쳐다봤다. 그러다 내일 수현의 스케줄이 생각나 어쩔 수 없다는 듯 차 문을 열며 말했다.

"그럼 전 이만 가 볼게요."

노아는 아쉬움이 묻어나는 목소리로 중얼거렸다. 수현은 그런 노아의 손목을 서둘러 붙잡았다. 노아가 놀란 눈으로 수현을 쳐다보자 수현이 진지한 목소리로 말했다.

"그거 알아?"

"네?"

"난 너 보내고 싶지 않다는 거."

수현의 한마디에 노아가 아무런 말도 하지 못하고 입술만 뻐끔거리고 있자 수현이 노아를 놓아주며 살짝 웃었다.

"잘 가. 서노아."

"수현 씨도 잘 가요······."

노아는 여전히 얼떨떨한 표정으로 수현을 보며 조심스럽게 차에서 내렸다. 그리고 자꾸만 뒤를 돌아보고 머뭇거리며 느리게 집 안으로 들어갔다.

수현은 노아의 뒷모습을 가만히 지켜봤다. 이내 노아가 시야에서 사라지자 그는 순식간에 표정을 굳히며 거칠게 차를 몰았다.

4. 사랑은 자각하는 순간 시작된다

달그락, 달그락. 식탁에는 식기 부딪히는 소리만이 자리했다. 오랜만에 만나 식사하는 가족이라기엔 분위기가 너무도 살벌했다.

승현과 수현의 집은 한 달에 한 번, 매달 첫째 주 금요일에 가족끼리 저녁 식사 시간을 가졌다. 집을 나가 혼자 사는 막내아들이 보고 싶고 신경 쓰인 어머니가 제안한 자리였다.

그래서 이날만큼은 평소 몸매 관리에 끔찍하게 신경을 써 방울토마토와 닭가슴살, 혹은 고구마만 먹는 수현도 가족들과 함께 일반식을 먹으며 식사에 참여했다.

이렇게 수현이 파격적인 식사를 감행하는데도 불구하고, 안타깝게도 식사 분위기는 매번 그다지 좋지만은 않았다. 밥이 코로 넘어가는지 입으로 넘어가는지 좀처럼 판단이 서지 않는 살벌하고 어색한 식사였다.

평소에도 좋지 않은 분위기가 오늘따라 더욱 좋지 않았다. 승현과 수현 때문이었다.

생선 가시를 발라 수현의 밥 위에 얹어 주던 어머니는 평소보다 더 살벌하게 느껴지는 형제의 분위기에 두 사람을 번갈아 봤다. 아주 어렸을 때는 죽고 못 사는 사이였는데 함께 유학을 다녀온 이후부터 급격히 사이가 나빠져 어머니는 항상 안타까워했다.

그런데 가뜩이나 안 좋은 사이가 오늘은 더 안 좋아 보였다. 둘 사이에 무슨 일이 있는 게 분명하다고 직감한 어머니는 생선을 발라 주던 행동을 멈추며 두 형제에게 물었다.

"승현이, 수현이. 또 싸웠니?"

마치 유치원생들에게 묻는 듯한 말투였다. 그런 어머니의 말에도 형제는 인상 한 번 찡그리지 않고 침묵을 유지했고, 한참의 정적 끝에 결국 수현이 먼저 져 주듯 입을 열었다.

"내가 쟤랑 사이 안 좋은 게 어디 하루 이틀이야?"

"수현아……."

모델 데뷔와 동시에 승현보다 먼저 유학을 마치고 한국으로 돌아온 수현은, 귀국을 하는 순간부터 승현에게 형이라는 호칭을 단한 번도 쓰지 않았다. 이왕이면 사랑하는 아들 둘이 죽고 못 사는 사이기를 바라는 어머니는 오늘도 서로를 죽일 듯 노려보는 형제를 보며 안타까운 듯 한숨을 내쉬었다.

그때, 그 분위기 속에서도 담담하게 식사를 하던 아버지가 입을 열었다.

"사내 녀석들이 좀 싸울 수도 있지."

"여보……."

"그래도 수현이 네 녀석은 항상 너무 지나쳐. 너도 이제 곧 서른인데 언제까지 그렇게 버릇없이 굴 게냐."

"……."

"형 좀 보고 배워라. 네 형은……."

"밥맛 떨어지게 진짜……."

수현은 아버지가 승현을 언급하기 무섭게 짜증스럽다는 표정으로 자리에서 일어났다. 그 모습을 보며 어머니가 수현을 달래려는데, 아버지는 작정을 한 사람처럼 수현을 거슬리게 할 말들만 뱉어 냈다.

"언제까지 딴따라 짓 할 거냐."

"……."

"난 너 그런 짓이나 하라고 유학 보낸 적 없다."

"……."

"정리하고 회사 들어오거라. 너도 네 형처럼……."

"그놈의 형 소리 그만 좀 해!"

결국 수현은 더 이상 참지 못하고 아버지에게 소리를 질렀다. 아버지는 이런 상황이 익숙하다는 듯 차가운 눈으로 아들을 바라보았다. 그 싸늘한 시선에 수현은 더 소리를 지르려다 참으며 낮게 말했다.

"앞으로 이딴 식으로 할 거면 애초에 부르지를 마."

"……."

"나도 아버지 같은 사람 없다고 생각하고 살 테니까. 아버지도 한승현만 아버지 아들이라고 생각하고 살라고!"

지금껏 제 화를 억누르고 있던 수현의 언성이 결국 다시 높아졌다.

어렸을 때부터 형에게 묘한 열등감을 가지고 있어서 그런지는 몰라도, 수현은 유독 형과의 문제 앞에선 이렇게 이성을 잃고 날뛰곤 했다. 특히 형보다 먼저 귀국을 한 10년 전부터는 더욱 심해졌다.

아버지는 이런 아들의 모습이 탐탁치 않아 인상을 찡그렸다. 수현은 아버지가 뭔가를 말하려 입을 달싹이자 듣기 싫다는 듯 먼저 주방을 빠져나갔다.

아들의 뒷모습을 보며 어머니는 한숨을 내쉬었다. 그리고 아버지를 노려보았지만 아버지는 어머니의 시선을 못 본 척하며 다시 식사에 집중했다. 평생을 제 아버지의 개처럼 살아온 승현도 아무렇지 않은 듯 식사에 집중하는 건 마찬가지였다.

어머니는 닮아도 너무 닮은 부자를 보며 한숨을 내쉬곤 자리에서 일어나 주방을 나갔다.

그렇게 누가 체해도 이상하지 않을 것 같은 어색한 식사가 이어지고, 결국 밥 한 그릇을 완벽하게 비운 승현은 남은 업무가 있다는 핑계를 대며 자리에서 일어났다.

제 방으로 가기 위해 위층으로 올라가는 계단 앞에서 승현은 담배 냄새에 절은 수현과 딱 마주쳤다. 그는 말을 섞어 봐야 결론은 싸움뿐이라는 걸 알아 수현을 마치 투명인간 취급 하듯 못 본 척 걸음을 옮겼다.

걸음을 멈추고 계단에 서서 형의 모습을 삐딱하게 지켜보던 수현의 입가에 갑자기 의미 모를 묘한 미소가 번졌다. 승현이 수현을 신경 쓰지 않고 계단에 발을 내디뎠을 때, 승현을 내려다보고 있던 수현이 입을 열었다.

"……서노아 말이야."

노아의 이름이 나온 것뿐인데 지금껏 수현의 그 어떤 행동에도 반응이 없던 승현이 바로 걸음을 멈췄다. 그런 승현의 모습이 웃긴지 수현은 입가에 조소를 띠었고, 승현과 눈을 마주치며 마저 말을 이어 나갔다.

"조만간 기사 하나 또 터질 거야."

"……."

"그럼 그때도 백마 탄 왕자님처럼 나타나서 기사 지우러 다니시려나?"

누가 들어도 잔뜩 비꼬는 말투였다. 평소라면 이런 수현의 비아냥거림에도 눈 하나 깜빡하지 않았을 승현이 오늘은 조금 다른 반응을 보였다. 그저 서노아, 그녀의 이름이 나왔을 뿐인데 그답지 않게 동요한 모습이었다.

수현은 그런 승현의 모습을 흥미롭다는 듯 바라보며 그를 더욱 자극했다.

"와, 너 진짜 서노아 좋아해?"

"한수현."

"잘됐네. 안 그래도 귀찮은 계집애 시간 들여 가며 만나는 보람이 있어."

수현의 말에 승현의 눈빛이 서늘하게 식었다. 그 모습에 수현은 어쩐지 흥분되는 것 같았다. 승현이 더 괴로워했으면, 더 화가 났으면, 자신보다 더 힘들어했으면. 수현은 그렇게 끝도 없이 승현을 저주했다.

수현은 승현에게로 터벅터벅 걸어가 그의 앞에 서더니 이내 승현의 어깨를 다독이며 장난스럽게 말했다.

"너 줄게. 내가 가지고 놀다 버리면 네가 가져."

"……."

"근데 아마 한국에서는 못 지낼 거야. 내가 걔 매장시킬 거……."

퍽!

순식간에 일어난 일이었다. 예고도 없이 승현이 수현의 얼굴에 주먹을 날렸다. 전혀 예상치 못한 공격에 방심하고 있던 수현은 휘청거리며 벽에 몸을 부딪혔고, 아픈 걸 떠나서 평소답지 않은 승현의 행동에 당황해 눈을 크게 떴다.

승현은 평소에 수현이 그 어떤 자극을 해도 무서우리만큼 냉정한 사람이었다. 그런데 이렇게 앞뒤 생각 안 하고 얼굴로 먹고사는 동생의 입술에 상처를 내다니…….

수현은 갑자기 피가 끓는 기분에 입가 상처에 맺힌 피를 엄지로 닦아 내며 비웃음이 가득 담긴 눈으로 승현을 쳐다봤다. 승현은 수현이 무슨 말을 꺼내기도 전에 먼저 다가가 그의 멱살을 잡고 벽 쪽으로 밀어붙이며 낮게 말했다.

"봐줄 만큼 봐줬어. 이제 그만해라, 한수현."

"무섭다 한승현? 천하의 한승현도 여자 하나한테 도니까 아무 것도 안 보이……."

"복수를 할 거였음 나한테 했어야 했어."

수현의 말을 끊고 나온 승현의 한마디에 수현이 지금껏 짓고 있던 장난스러운 표정이 순식간에 굳어졌다. '그 사건'을 간접적으로나마 승현이 먼저 언급한 것은 이번이 처음이었다.

수현은 떨리는 눈동자로 승현을 바라봤다. 그러자 승현이 여전히 차가운 표정으로 계속해서 말을 이어 나갔다.

"아무런 상관도 없는 여자들한테 상처 주고 다니는 행동, 이제 그만해."

"네가 나한테 그런 말을 할 자격이 있다고 생각해?"

승현은 수현의 질문에 아무런 대답도 하지 못했다. 수현의 입꼬리가 살며시 올라가고, 그는 당연하다는 듯 비소를 지으며 승현을 쳐다봤다.

그럼에도 승현은 한참을 아무런 말이 없었다. 그리고 점점 두 눈동자에 냉정함이 돌아오더니 수현을 사납게 바라보며 목소리를 더욱 낮게 깔았다.

"다른 사람은 몰라도 노아 씨는 절대 건드리지 마."

"……."

"그땐, 나도 더 이상 안 봐줄 거니까."

수현은 승현의 위협적인 말에도 입가에 비웃음을 띠었다. 동생의 표정을 보면서도 승현은 눈 하나 깜빡하지 않았다. 수현은 그런 승현을 조금 더 자극하고 싶어졌다.

수현은 장난스러운 표정으로 승현을 이리저리 살펴보더니 입가에 바람 빠지는 소리를 내다 금세 표정을 굳혔다.

"기대해, 한승현."

"……."

"네 덕분에 제대로 하고 싶어졌어."

"한수현……."

"지켜봐, 그 여자가 어떻게 망가지는지."

　승현은 수현의 말에 아무런 대답도 하지 못했다. 그런 형의 모습이 재밌는지 수현은 미친 사람처럼 웃더니 이내 격려하듯 승현의 어깨를 다독여 주며 그대로 계단을 내려갔다.

　승현은 수현의 뒷모습을 초점이 없는 눈동자로 지켜봤다. 승현의 눈에 서서히 불꽃이 일어났다. 지금껏 수현을 향해 단 한 번도 보인 적 없는 분노였다.

　자신이 지은 죄가 있으니, 항상 수현에게 져 주던 형 승현은 그곳에 없었다.

　다만, 32년 만에 처음으로 사랑이라는 감정을 느끼게 해 준 여자를 지켜 주겠다는 의지를 가진 남자만 남아 있을 뿐이었다.

　노아는 스케줄이 없는 날에 항상 노아의 퇴근 시간에 맞춰 회사 앞으로 찾아오는 수현을 오늘도 들뜬 마음으로 기다렸다. 수현과 노아가 다시 만나고 있다는 걸 서연이 알아챈 듯싶어 회사 앞에서 기다리기가 굉장히 눈치 보였지만, 노아는 그렇게 무서워하던 서연이 신경 쓰이지 않을 만큼 수현에게 다시 푹 빠져 있었다.

노아는 수현을 기다리는 시간마저 즐거워 콧노래를 흥얼거렸다. 그때, 어디선가 빵, 빵 하고 자동차 클랙슨 소리가 들려왔다.

노아는 서둘러 주변을 둘러봤다. 그러자 이제 자신의 차보다 더 익숙해진 수현의 차가 보였다. 노아는 망설임 없이 그 차로 다가가 자연스럽게 보조석에 자리를 잡고 앉았다.

오늘은 그와 어떤 곳에 갈까. 혹은 그와 어떤 이야기를 하게 될까. 노아는 상상만으로도 벌써 신이 나 웃는 얼굴로 수현을 바라봤다. 하지만 그 표정은 순식간에 굳어졌다. 수현의 입가에 난 상처를 발견했기 때문이다.

노아는 굳은 얼굴로 수현을 보다 조심스럽게 손을 뻗어 그의 상처를 매만졌다. 그러곤 마치 자신이 더 아프다는 표정을 짓더니 걱정이 가득 담긴 목소리로 물었다.

"어쩌다가 이렇게 됐어요?"

"……."

"모델이라는 사람이 얼굴에 신경 써야죠……."

사실 수현은 걱정이 낯선 사람이었다. 28년을 살아오면서 어머니 외의 누군가에게 걱정 어린 시선을 받아 본 게 손에 꼽힐 정도로 없었으니까. 수현은 괜스레 마음이 이상해 자신의 입술을 매만지고 있는 노아의 손목을 움켜쥐며 굳은 표정으로 말했다.

"네가 키스해 주면 다 나을 거 같은데."

"네?"

수현의 한마디에 노아의 얼굴엔 금세 당혹감이 묻어났다. 수현은 그 모습이 귀엽게 느껴진다는 듯 입꼬리를 올리며 제 입술을 가리켰다. 노아가 당황할수록 수현은 더욱 능글맞게 굴었다.

"여기, 네가 키스해 주면 다 나을 거 같다고."

수현의 폭탄 발언에 노아는 순간 말문이 막혔다. 그리고 얼굴이 하얗게 변했다가 빨갛게 변하기를 반복했다. 노아의 모습을 보며 수현이 혼자 쿡쿡거리자 노아는 수현의 행동에 당황해서 버벅거리며 소리쳤다.

"여, 연고 발라요!"

"연고는 무슨 연고야. 키스면 다 낫는다니까."

"자, 자꾸 왜 그래요!"

결국 얼굴이 사과 꼴이 된 노아는 울 것 같은 목소리로 수현을 향해 소리쳤다. 노아의 행동에 웃음이 터진 수현이 크게 웃다가 금세 입가에 아픔이 전해져 오는지 웃음을 멈추며 입술을 매만졌다.

"······아."

"그, 그러니까 왜 우, 웃고 그래요. 가, 가만히 있어요. 약 사 올게요."

방금 전까지만 해도 벌건 얼굴로 그렇게 화를 냈던 주제에, 노아는 수현의 신음 소리 한 번에 다시 걱정스러운 말투로 그에게 말했다. 노아가 서둘러 차 문을 열려고 하자 수현이 노아의 손목을 잡아끌어 그대로 자신의 품에 가뒀다.

두근두근.

그녀의 가녀린 몸을 타고 심장 소리가 들려왔다. 꼭 노아가 지금 수현을 얼마나 사랑하는지 알려 주는 것 같았다. 그 떨림이 나쁘지만은 않아 수현은 입가에 미소를 지으며 말했다.

"됐어. 그냥 네가 곁에 있어 주는 것만으로도 다 나아."

스스로가 생각해도 참 느끼한 말이었다. 아무리 노아를 자신에게 더 빠져들게 만들 생각이라지만, 그래도 이건 너무했다 싶기도 했다.

하지만 노아는 전혀 그렇게 생각하지 않는지, 새하얀 얼굴을 온통 붉게 물들이며 수현의 가슴에 얼굴을 묻었다. 수현은 노아를 품에 안으며 잠시 생각에 잠겼다.

참 촌스러운 여자다. 외모는 세련되게 예쁜데, 행동 하나하나는 시골 아가씨처럼 순진하다. 이런 모습이 예전처럼 귀찮거나 싫기보단 이젠 제법 귀여워 보인다면 미친 걸까?

수현은 갑자기 기분이 이상해져 노아를 제 품에서 떼어 놓고는 운전대를 잡았다. 노아는 수현의 행동에 아쉬워하는 듯하면서도 딱히 수현을 조르진 않았다. 그런 노아의 모습에 다시 한번 역시 이 여자는 참 촌스럽다고 되뇌던 수현은 거칠게 차를 몰기 시작했다.

문득 정신을 차리자 어느새 제집처럼 찾아오는 노아의 집 앞에 도착해 있었다. 노아는 여전히 아쉽다는 듯 수현을 바라보다 끝내 문고리를 잡았다.

"그럼 전 이만 들어가 볼게요. 조심히 들어가요. 수현 씨."

수현은 노아의 말에 아무런 대답도 하지 않았다. 노아가 머쓱하게 웃으며 차에서 내리려고 할 때 수현은 그녀의 손목을 붙잡았다.

노아는 놀란 눈으로 수현을 바라봤다. 그러자 수현이 입술에 있는 상처를 톡톡 두드리며 진지한 얼굴로 말했다.

"진짜 안 해 줄 거야? 키스."

수현의 말에 노아의 얼굴이 다시 새빨갛게 달아올랐다. 그 모습을 보며 입가에 미소를 짓던 수현이 노아에게 얼굴을 들이대는데, 갑자기 노아가 먼저 눈을 감고 수현에게 다가왔다. 노아의 입술이 수현의 입술 위에 맞닿았다. 노아가 처음으로 먼저 시도한 입맞춤이었다.

수현은 이 여자가 웬일인가 싶어 잠시 당황했지만, 금세 아무렇지 않게 깊은 입맞춤을 이어 갔다. 그렇게 짧지만 짙은 키스가 오가고, 입술이 떨어지자 노아가 촉촉하게 젖은 눈으로 수현에게 작별을 고했다.

수현은 웃으며 노아를 향해 손을 흔들어 주었다. 떨어지지 않는 발걸음을 억지로 재촉하면서도 계속 수현이 타고 있는 차를 바라보던 노아가 완전히 사라질 때쯤, 그가 의자 등받이에 몸을 기댔다.

수현은 노아와 입맞춤을 나눴던 입술을 매만졌다. 따뜻하고 서툰 입맞춤이 싫지만은 않은 기분이었다.

"……즐기는 것도 나쁘진 않겠지."

수현의 입가에 묘한 미소가 번졌다. 그는 자신이 느끼고 있는 감정의 의미를 깨닫지 못한 채, 콧노래를 흥얼거리며 운전대를 잡았다.

◆ ◆ ◆

"그래. 요즘 잠은 잘 자니?"

수현은 새하얀 가운을 입고 자신의 앞에 앉아 있는 나이 든 의사를 뚱한 표정으로 쳐다봤다. 그리고 곧이어 그 표정과 어울리는 까칠한 말투로 따분하다는 듯 말했다.

"닥터 리, 너무 식상해. 다른 질문 좀 해 봐."

수현의 말에 닥터 리는 미소를 지었다. 깊게 파인 주름이 가득한 눈가에서 느껴지는 수현을 향한 애정이, 두 사람의 사이가 얼마나 가까운지 알려 주었다.

올해로 딱 10년. 두 사람이 인연을 이어 간 시간이었다.

마치 제 손자를 보듯 애틋하게 수현을 바라보는 닥터 리는 수현이 첫사랑의 상처로 괴로워할 때 어머니가 소개해 준 정신과 의사였다.

허락도 없이 한국으로 돌아와 모델 일을 시작한 수현에게 화가난 아버지 때문에라도 수현의 곁에 있어 줄 수 없었던 어머니가 할 수 있었던 유일한 일이었다.

당시 이유도 말해 주지 않고, 잠도 안 자며, 식음도 전폐해 어머니의 속깨나 썩였던 수현에게 때론 가족이 되어 주고, 때론 친구가 되어 준 유일한 사람이 바로 닥터 리였다. 처음에는 수현에게 이유 없이 미움도 많이 받았지만, 지금은 둘도 없는 친구 사이가 되었다.

때문에 두 사람은 그 후로 10년이라는 세월이 흘렀음에도 지금도 이렇게 종종 만나 이야기를 나누곤 했다.

아직도 얼굴에 장난기가 가득한 소년 같은 모습의 수현을 닥터 리는 흐뭇한 표정으로 바라보았다. 그리고 항상 그래 왔듯이 웃음이 가득한 얼굴로 그에게 말을 건넸다.

"얼굴이 많이 좋아졌구나."

"연예계 물 먹어서 그렇지 뭐. 피부 관리 협찬도 많이 들어오고."

"그뿐만이 아닌 거 같은데?"

"뭐야, 또. 닥터 리, 나 오늘 환자로 온 거 아니거든?"

수현은 다른 사람들 앞에선 좀처럼 보이지 않는 어린애처럼 투덜거리는 말투로 말했다. 그러자 닥터 리가 얼굴을 굳히고 수현을 뚫어져라 바라보았다.

수현은 닥터 리가 저런 얼굴로 저를 바라볼 때마다 겁이 났다. 저러고 나면 꼭 저도 몰랐던 속마음을 일깨워 줬기 때문이다.

수현은 오늘은 또 무슨 말을 할 거냐고 묻듯 닥터 리를 바라봤다. 그때, 한참 말이 없던 닥터 리가 심각한 얼굴로 입을 열었다.

"……사랑, 하고 있구나?"

닥터 리의 말에 수현은 코웃음을 쳤다. 마치 '사랑? 내가?' 하고 묻고 있는 것 같았다. 수현은 한참을 웃더니 이내 닥터 리를 보며 다시 장난스럽게 말했다.

"닥터 리도 늙으니까 감 떨어지네. 사랑 같은 거 안 할 거란 거, 닥터 리가 더 잘 알잖아."

장난스럽게 웃던 수현은 말을 마치고 순식간에 정색을 하며 으르렁거렸다. 다른 말을 다 봐줘도 그 말만큼은 납득할 수 없다는 뜻이었다.

닥터 리는 한숨을 내쉬었다. 그리고 금세 진지한 얼굴로 마저 말을 이어 갔다.

"수현아. 내가 널 본 지 벌써 10년이 넘었구나."

"자꾸 꼰대 같은 소리 할래?"

"난 네 눈만 봐도 네 마음을 알아."

"……."

"수현이 넌 지금 사랑을 하고 있는 눈을 하고 있단다."

수현은 닥터 리의 입에서 말도 안 되는 말이 나왔음에도 불구하고 바로 부정하지 못해 당황했다. 그뿐 아니라 그 말을 듣는 순간, 머릿속에 노아의 웃는 얼굴이 스쳐 지나가 더욱 당혹스러웠다.

수현의 표정이 점점 굳어지자 닥터 리가 자리에서 일어나 수현에게 다가갔다. 그리고 오랜 친구의 어깨를 다독이더니 진지한 목소리로 말했다.

"누군지는 모르겠지만 후회하기 전에 잡거라."

닥터 리는 그 말을 끝으로 수현에게 생각할 시간을 주고 싶다는 듯 방을 빠져나갔다.

수현은 머릿속에 자꾸만 떠오르는 노아 때문에 두 눈을 꼭 감아 버렸다. 그리고 스스로를 다그치듯 작게 중얼거렸다.

"……미친놈, 무슨 생각 하냐? 너."

수현의 얼굴에 심란함이 묻어났다.

사랑은 자각에서부터 시작되는 것이라는 걸, 수현은 이때까지만 해도 전혀 모르고 있었다.

♦ ♦ ♦

정말로 사랑은 어쩌면 아주 작은 자각에서부터 시작되는 것일지도 모른다.

피곤한 표정으로 머리를 쓸어 올리는 노아의 모습을 수현은 자신도 모르게 넋을 놓고 바라봤다. 노아는 누가 봐도 부정할 수 없을 정도로 섹시한 얼굴이었는데도 꼭 이렇게 수현과 눈이 마주치면 아이처럼 순수한 얼굴로 웃었다.

"왜요?"

고개를 갸우뚱거리며 물어 오는 목소리가 예뻤다. 얇지만 나긋나긋한 말투라 전혀 거부감이 들지 않는 좋은 목소리였다. 날카로운 눈매는 자칫 잘못 보면 그녀를 기 센 여자라고 오해하게 만들지만, 자세히 보면 눈동자가 맑고 커서 누구나 이 여자가 순진한 사람임을 눈치챌 수 있을 정도였다.

수현은 지금까지 미처 몰랐다. 예쁜 눈, 코, 입은 물론이거니와 섹시하지만 우아해 보이는 몸매, 나긋나긋한 목소리와 착한 성격까지도. 세상에 이보다 완벽한 여자는 있을 수 없었다.

"수현 씨, 어디 안 좋아요?"

수현이 한참 대답도 하지 못하고 멍하니 노아만 바라보고 있자 노아가 예고도 없이 얼굴을 수현에게 들이댔다. 수현은 화들짝 놀라며 순간 터져 나올 뻔한 비명을 삼킨 채 노아에게서 물러났다.

"정말 많이 안 좋은가 보네. 땀이……."

노아가 걱정 어린 시선으로 수현을 바라보며 손을 뻗어 조심스럽게 수현의 이마를 매만졌다. 부드럽고 따뜻한 그녀의 손끝이 피부에 맞닿자 수현은 기분이 너무나 이상해 이번엔 비명을 삼키지 못하고 그만 내질러 버렸다.

"으, 으아악!"

평소 수현답지 않은 행동에 놀랐는지 노아는 동그랗게 커진 눈으로 수현을 올려다봤다. 그 모습이 너무 사랑스러워 수현은 정말 심장이 터질 것 같았다.

붉게 상기된 얼굴로 자신을 보고 있는 수현을, 노아는 의아한 듯 쳐다봤다. 그에게 무슨 일이 있었음을 눈치채고 입을 열려는데, 뭐라 말을 하기도 전에 수현이 자리를 박차고 일어났다.

"……담배 좀 피우고 올게."

수현은 그 말을 끝으로 노아의 대답도 듣지 않고 서둘러 카페를 뛰쳐나갔다. 그리고 주머니에서 급하게 담배를 찾아 입에 무는데, 라이터를 켜기 힘들 정도로 손이 벌벌 떨리고 있었다.

"……미친놈, 미친놈."

마치 정신이 나간 사람처럼 혼자 욕지거리를 뱉어 내던 수현은 힘겹게 새하얀 담배 끝에 불을 붙이는 것에 성공했다. 숨 쉴 곳이 필요해 담배 연기를 들이마신 건데, 이상하게도 도리어 타들어 가는 담배처럼 속도 하얗게 타들어 갔다.

노아의 앞에서 마치 정신 나간 사람처럼 과한 반응을 보인 건 닥터 리와의 상담을 마치고 집에 돌아오던 길부터였다.

심란한 마음을 안고 불안하게 운전을 하던 수현은 때마침 걸려 온 노아의 전화를 받았다. 어디냐고 묻는 그녀의 목소리에는 굳이 말로 표현하지 않아도 수현이 보고 싶다는 뜻이 담겨 있어 수현은 괜히 우쭐한 마음이 들었다.

수현은 내가 널 좋아하지 않는다는 사실을 증명해 보이겠다는 생각 하나로 그 늦은 시간에 당장 만나자는 제안을 했다. 그때까지만 해도 수현의 입매엔 승리의 미소가 걸려 있었다.

노아는 기다렸다는 듯 흔쾌히 수락했다. 수현은 노아를 만나러 가는 내내 상담을 막 마치고 나왔을 때와는 달리 편안한 마음으로 차를 몰았다.

하지만 본격적인 문제는 그때부터 시작되었다

'서노아가 원래부터 이렇게 예뻤나?' 로 시작된 의문은 금세 '무슨 향수를 쓰기에 이렇게 좋은 냄새가 나지?' 까지 도달했다. 수현은 자신도 모르게 노아에 관해 궁금해하고, 그녀의 모든 것에 호감을 느끼는 자신을 발견했다.

뒤늦게 지금 자신이 뭐 하는 것인가 의문을 가져 봤지만, 그때는 이미 늦어 있었다. 그 후부터는 억지로 저지하지 않는 이상 머릿속에 노아에 대한 생각들만 떠올랐다.

"나 최면 걸린 거 아니야?"

수현은 말도 안 되는 소리를 제법 심각한 얼굴로 중얼거렸다. 그 생각이 확신으로 변하기라도 할까 봐 수현은 어떻게든 노아를 향한 자신의 감정을 부정하려 했다.

그는 지금 자신이 노아를, 아니 상대가 누구든 간에 사랑을 하고 있다는 걸 절대로 인정하고 싶지 않았다.

"다시 사랑 안 한다며. 게다가 쟤는……."

수현은 귀신에 홀린 사람처럼 혼자 중얼거리다 끝내 말끝을 흐렸다. 문득 머문 수현의 시선 끝에는 턱을 괸 채 멍한 표정으로 허공을 바라보는 노아가 있었다.

수현은 심란한 표정으로 노아를 응시하다 시선을 느꼈는지 고개를 돌린 그녀와 눈이 마주쳤다. 노아는 수현을 애정 어린 시선으로 바라보며 해맑게 웃더니 손까지 흔들어 주었다.

그 순간, 가슴이 다시 빠른 템포로 뛰기 시작하며 얼굴이 달아올랐다. 하지만 수현은 그 사실을 절대 인정하고 싶지 않아서 괜히 툴툴거리는 말투로 중얼거렸다.

"초딩도 저러진 않겠다."

말은 이렇게 했지만 사실은 그녀가 몹시 귀엽게 느껴졌다. 수현은 스스로 생각해도 소름 돋는 자신의 마음에 온몸을 부르르 떨었다. 그리고 이 세상에 존재하는 온갖 욕이라는 욕은 다 끌어와 자기 자신을 욕했다.

"미친놈, 미친 새끼."

"수현 씨!"

갑작스러운 목소리에 수현이 주변을 둘러봤다. 방금 전까지만 해도 카페 안에 있던 노아가 어느새 수현의 바로 앞에 웃는 얼굴로 서 있었다.

"으억!"

수현은 화들짝 놀라 이상한 소리까지 냈다. 그러자 노아가 두 눈을 동그랗게 뜨고 물었다.

"많이 놀랐어요?"

"여, 여긴 왜……."

"수현 씨가 많이 안 좋아 보여서요. 우리 이만 들어가 봐요."

'그래, 네 말이 옳다. 나 지금 많이 안 좋아.'

수현은 노아의 말에 금세 수긍해 버렸다. 아니, 이렇게라도 하지 않으면 그녀를 향한 감정을 부정할 수 없게 될 것만 같아 그렇게 생각하기로 했다.

수현은 고개를 작게 끄덕이고는 고장 난 로봇처럼 뻣뻣하게 걷기 시작했다. 그 모습을 의아한 듯 바라보던 노아가 수현의 팔을 예고도 없이 잡자 수현이 다시 한번 화들짝 놀라며 노아의 손을 뿌리쳤다.

탁!

제가 생각해도 너무 강하게 뿌리친 것 같아 그녀가 혹시라도 상처받았을까 봐 수현이 어울리지 않게 노아의 눈치를 보았다. 하지만 걱정했던 것과는 달리 노아는 담담한 얼굴로 수현이 걷던 방향의 반대쪽을 가리켰다.

"수현 씨. 차 이쪽에 세웠는데요?"

수현은 대답 없이 노아가 가리킨 방향 쪽을 향해 걸었다. 노아는 오늘따라 걸음마저 어색해 보이는 수현의 뒷모습을 유심히 바라봤다. 그리고 걱정 어린 시선을 그에게 보내며 작게 중얼거렸다.

"정말 많이 안 좋은가 봐⋯⋯."

노아는 그가 자신에게 더욱더 깊게 빠져 헤어 나오지 못하는 지경에 이르게 될 거란 걸, 이때까지도 전혀 모르고 있었다.

우우웅.

햇빛 한 점 들지 않는 어두운 침실, 침대를 놔두고 바닥에서 잠에 빠져 있던 수현은 제 머리맡에서 느껴지는 진동 소리에 느릿하게 몸을 일으켰다. 눈도 제대로 뜨지 못한 채 바닥을 더듬어 휴대폰을 찾아 액정을 확인한 순간, 수현은 갑자기 잠과 함께 새벽까지 퍼부어 댔던 술이 모두 깨는 기분이었다.

액정에 떠 있는 이름은 요즘 수현이 가장 두려워하는 상대인 노아였다.

아무리 정신없이 진동이 울려도 수현은 차마 통화 버튼을 누르지 못하고 전화가 끊기기만을 기다렸다. 끝내 진동이 멈추고 나서야 수현은 비로소 안도의 한숨을 내쉬었다.

"이게 뭐 하는 짓인지."

수현은 피곤해 갈라진 목소리로 중얼거리며 자리에서 일어나 암막 커튼을 걷었다. 그 순간, 밝은 빛이 들어오며 어둠에 싸여 있던 방 안이 드러났다. 방바닥은 온통 빈 맥주 캔들로 가득 차 있었다.

"미친……. 모델이라는 새끼가……."

수현은 모델이 된 이후부터 단 하루도 몸매 관리에 소홀했던 적이 없었다. 모델 생활 10년 동안 규칙적인 생활을 유지하며 운동을 했고, 담배는 피웠지만 혹시라도 배가 나올까 봐 술은 멀리하며 철저히 자기 관리를 해 왔다.

그런데 요즘은 저놈의 술 때문에 모두 엉망이 되어 버렸다. 그걸 알면서도 멈출 수가 없는 건, 술이라도 마시지 않으면 정말 미쳐 버릴 것 같았기 때문이다. 그나마 다행인 건 스스로가 제정신이 아니라는 걸 진작 인지해서 스케줄을 잡아 놓지 않아 펑크는 면했다는 것 정도뿐이었다.

수현은 자신이 노아 앞에서 컨트롤이 불가능한 놈이라는 걸 확실하게 깨달았다.

그는 지금까지 애써 부정해 왔던 마음을 이제 그만 인정하기로 했다. 노아를 만난 건 형에 대한 복수심 때문이 아니라, 진심으로 그녀를 사랑하기 때문이었다.

그런데 결론이 났는데도 행복해지기는커녕 더욱 답답한 기분이었다. 그도 그럴 것이, 지금까지 제가 노아에게 한 짓이 있지 않은가.

"……난 사람 새끼가 아니었어."

스스로 생각해도 어이가 없고 화가 나는 행동들에 수현은 노아를 좋아한다는 걸 깨닫고도 그녀의 앞에 얼굴을 보일 수 없었다.

그뿐 아니라 시간이 지나면서 자연스럽게 잊게 된 자신이 상처 준 여자들까지 떠올라 새삼스럽게 사과하고 싶다는 생각까지 들 정도였다.

"미친 거 아니야?"

천하의 한수현이 자신이 상처를 준 여자들에게 사과를 한다? 이건 정말 말도 안 되는 일이었다. 도대체 서노아라는 여자의 정체가 뭐기에 사람을 이렇게 변화시키는 거냐며 놀라워하다가도 노아에게 생각이 미치면 미친 듯이 그녀가 보고 싶었다.

하지만 뻔뻔하게 별짓을 다 해 놓고서는 이제 와서 진심으로 좋아져 버렸고, 진심으로 연애라도 해 보자고 고백하는 건 염치가 없는 짓이었다. 심지어 지금도 사실은 형에게 복수하려고 접근한 것일 뿐인데…….

태어날 때부터 얼굴에 철판이 백만 개쯤 깔려 있던 사람처럼 행동했었는데, 수현은 노아에 대한 감정을 깨닫기 무섭게 지난 10년 동안 잊고 살았던 양심 때문에 괴로워했다.

"젠장."

그는 낮게 욕설을 뱉어 내곤 바로 휴대폰을 들더니 어디론가 바쁘게 전화를 걸었다. 오늘따라 길게만 느껴지는 신호음을 들으며 수현은 불안한 마음에 어울리지 않게 손톱까지 물어뜯었다.

드디어 연결음이 끊어지고 누군가 전화를 받자 수현은 상대가 입을 열기도 전에 먼저 다급하게 소리쳤다.

"닥터 리, 용서는 어떻게 빌어?"

다짜고짜 날아온 수현의 질문에 닥터 리는 잠시 말이 없었다.

그리고 한참의 정적 끝에 닥터 리가 던진 말은 수현을 **열받게** 만들었다.

— ……술 마셨니?

수현은 정말 미치고 팔짝 뛰고 싶은 기분이었다. 남은 진지한데, '술 마셨니?' 라니! 평소 같으면 무슨 말을 그렇게 하냐고 따졌겠지만, 지금 그럴 기운 따위는 없었다. 수현은 한숨을 내쉬며 작게 말했다.

"……인정할게."

— 무얼.

"최면 따위가 아니었어. 나 개 좋아해."

다시는 사랑하지 않겠다고 떠들고 다니던 그 고집불통 한수현의 입에서 드디어 10년 만에 누군가를 좋아한다는 말이 나왔다. 그런데도 닥터 리는 놀라워하거나 응원해 주지는 못할망정 큰 소리로 웃었다.

마음 같아서는 뭐가 그렇게 웃기냐고 따지고 싶었지만, 수현은 목적 달성을 위해 일단 한 템포 참으며 다시 질문을 던졌다.

"때리라고 할까? 맞아 줘?"

— 그것도 괜찮아 보이는구나. 넌 좀 맞아야 해.

"장난하지 말고!"

결국 수현은 참지 못하고 소리를 질렀다. 다시 닥터 리의 웃음 소리가 들려오고, 웃음의 끝에서 드디어 해답이 돌아왔다.

— 최고의 사과는 진심이지.

"진심?"

수현은 이해할 수 없는 닥터 리의 말에 인상을 찡그렸다. 더 물어보려고 했지만 그걸 예상했는지 닥터 리가 말을 이어 갔다.

— 더도 말고 덜도 말고 진심만 전하거라. 네가 사랑하는 사람도 그걸 바라고 있을 거야.

"……."

— 혹시 또 힘든 일 있으면 전화하렴. 기다리마.

닥터 리는 그 말을 끝으로 전화를 끊었다. 그 후로도 수현은 한참을 멍하니 휴대폰만 바라봤다. 그리고 이내 뭐에 홀린 사람처럼 작게 중얼거렸다.

"……진심."

첫사랑에게 처절하게 배신당한 이후 다신 사랑 따위 하지 않을 거라 다짐한 지 어느덧 10년. 계획에도 없던 사랑하는 사람이 생겼지만, 수현은 여전히 열여덟 살 소년처럼 사랑이 어렵기만 했다.

쿵.

노아는 책상 위에 머리를 떨어트리며 눈을 꼭 감았다. 마지막으로 만났던 날 이후 수현은 마치 처음부터 노아의 곁에 없던 사람인 것처럼 자취를 감춰 버렸다.

처음엔 스케줄이 많은 거라 생각했지만, 평소 그는 아무리 바빠도 노아의 톡에는 꼬박꼬박 답장을 해 주었다. 그런데 이렇게 전화 한 통, 톡 한 통 없는 걸 보니 분명 그에게 무슨 일이 생겼거나, 마음에 변화가 생긴 거라 노아는 확신했다. 꼭, 예전 그때처럼.

노아가 땅이 꺼져라 한숨만 푹푹 내쉬는데, 갑자기 노크 소리가 들려왔다. 노아는 표정을 얼른 진지하게 바꾸며 자세를 바르게 고쳤다. 그리고 목소리를 깔며 도도하게 답했다.

"네."

"대표님. 손님이 오셨습니다."

"누구…… 아! 드, 들어오시라고 해요!"

잠시 상대를 추측하던 노아는 금세 상대가 수현이라고 확신하며 밝아진 목소리로 소리쳤다.

무슨 말부터 해야 할까 긴장 가득한 표정으로 문 쪽을 바라보는데, 문이 열리며 들어온 사람은 노아의 예상과는 다르게 수현이 아닌 승현이었다. 노아는 그의 얼굴을 보자마자 순식간에 표정이 굳어졌다.

가뜩이나 껄끄러운 사이였다. 심지어 수현과 다시 만나기로 한 후부터는 더 껄끄러워졌는데, 이게 무슨 갑작스러운 등장이란 말인가.

노아가 할 말을 잃은 채 승현을 보는데, 승현이 낮은 목소리로 말했다.

"잠깐 얘기 좀 하죠."

노아는 앞뒤 설명도 하지 않고 본론만 말하는 승현을 멍하니 바라보았다. 거절 의사를 밝히려 했지만 배려 많던 한승현은 어디로 갔는지, 노아의 허락이 떨어지지 않았음에도 불구하고 자기 이야기를 시작했다.

"수현이랑 만나고 계시죠?"

예고도 없이 날아온 승현의 말에 노아는 말문이 막혀 버리고 말았다.

수현에게 버려졌을 때, 노아는 승현에게 의지했었다. 그때 두 사람은 연인이라 해도 이상하지 않을 사이처럼 만났었다. 그런데 갑자기 수현이 다시 그녀의 앞에 나타나고, 흔들리지 않겠다던 노아는 결국 그에게 넘어가 승현의 만류에도 수현에게로 가 버렸다.

형제 사이에 껴서 이리저리 갈피를 못 잡다가 승현에게 상처만 남기고 발을 빼 버린 꼴이나 마찬가지였다.

노아는 미안하고 민망해 차마 그의 얼굴을 볼 수가 없었다. 그 때문에 어쩔 줄 몰라 하는데, 그녀와는 다르게 승현은 담담해 보였다. 원래부터 좀처럼 속을 알 수 없는 사람이라서 무표정한 얼굴로 또 무슨 깊은 생각을 하고 있는 걸까 긴장이 됐다.

그때, 한참을 생각에 잠겨 있던 승현이 다시금 입을 열었다.

"노아 씨께 해 드릴 이야기가 있어요."

"네?"

"유학 시절 이야기, 그 아이에게는 어떻게 들었을지는 모르겠지만 제가 진실을 알려 드리겠습니다."

승현의 말을 듣는 순간, 노아는 자신이 들어선 안 될 이야기를 듣게 될지도 모른다는 생각이 불현듯 들었다. 떨리는 눈으로 승현을 보던 노아가 그를 말리기도 전에 승현은 이야기를 시작했다.

"……어렸을 때부터 수현이는 저에게 열등감을 가지고 있었습니다. 자기 생각이 확고하고 노는 걸 좋아했던 수현이에 비해 저는 내성적이고 아버지의 말씀을 법처럼 따르던 아이여서 아버지의 사랑을 독차지했으니까요."

"……."

"그래도 사이가 나쁘진 않았습니다. 저는 수현이를 누구보다 아꼈고, 수현이도 저를 유독 따랐거든요. 그 일이 일어나기 전까지는 말이죠……."

승현은 말끝을 흐리며 마치 눈앞에 옛날 일이 떠오른다는 듯 슬픈 표정을 지었다.

분명 처음엔 그의 이야기를 듣는 게 두려웠는데 노아는 어느새 승현의 말에 집중하고 있었다. 승현도 그걸 알아챘는지 계속해서 말을 이어 갔다.

"유학 시절, 어느 날부턴가 수현이가 항상 들떠 있었습니다. 그 아이가 그렇게 행복해하는 모습은 처음이어서 전 이유도 모르고 생각 없이 그저 좋아했었습니다. 그리고 얼마 지나지 않아 행복의 원인을 알게 됐죠. 수현이가 집에 여자 친구를 데리고 왔거든요."

노아는 순간 예전에 수현이 해 줬던 말이 머릿속에 떠올랐다.

'가장 사랑했던 가족이 사랑하는 여자랑 키스하는 모습을 지켜보는 기분, 아주 끔찍했어.'

노아는 그 말을 듣고 한참 시간이 지난 뒤에 마음 한편에 작은

195

의문을 가졌었다. 승현은 지나치다고 느껴질 정도로 꽉 막힌 사람이었다. 게다가 서른 넘게 연애도 해 본 적 없을 정도로 숫기 없는 사람이 동생 여자 친구와 바람을 정말 피웠을까?

혹시 오해가 있었던 게 아닐까 생각했었는데, 아니나 다를까 그녀의 예상은 틀리지 않은 듯했다.

"수현이 여자 친구는 착한 사람이었습니다. 게다가 제 동생을 행복하게 만들어 준 아이니까 저도 그냥 여동생이 생겼다고 생각하며 잘해 줬죠. 저희 세 사람은 친구처럼, 남매처럼 가깝게 지냈습니다."

"……."

"근데 언제부턴가 그 아이의 시선이 평소와 다르게 느껴지기 시작했습니다. 그 눈에 어떤 뜻이 담긴 건지, 그 아이가 나를 향해 어떤 생각을 하고 있는 건지 그때는 어려서 알지 못했습니다."

"……."

"어느 날 갑자기 수현이 여자 친구가 곧 있을 수현이 생일 문제로 할 얘기가 있다고 절 불러냈습니다. 전 깜짝 파티쯤으로 생각하고 아무런 의심 없이 그 아이가 말한 장소로 나갔죠. 그리고 그날……."

승현은 말하기 힘들다는 듯 말끝을 흐렸다. 그는 죄책감이 가득 어린 얼굴로 괴로운 듯 입술을 물었다가 결국엔 바닥에 고개를 떨어트렸다.

"갑자기 그 아이가 저에게 키스를 했습니다."

노아는 놀란 표정으로 승현을 쳐다봤다. 불길함을 느낀 그녀의 눈동자가 떨려 오고 있었다. 승현은 노아의 마음을 읽었는지 고개를 끄덕이며 말했다.

"뒤늦게 정신을 차리고 그 아이를 밀어 냈을 땐, 그 아이의 등 뒤에 절 경멸의 눈으로 바라보고 있는 수현이가 있었습니다."

"……."

"해명해 봐야 소용없었죠. 수현이 귀엔 이미 아무것도 들리지 않았으니까요."

승현은 평소처럼 냉정하고 담담한 얼굴로 말했지만, 그의 눈에는 씁쓸함이 묻어나 있었다.

그제야 지금까지 형제는커녕 남보다 못한 사이라고 보기에도 충분했던 두 사람의 관계가 이해가 되기 시작했다.

사랑받고 싶었던 상대인 아버지의 사랑을 독차지했던 형. 그럼에도 가장 믿고 의지했던 형에게 첫사랑을 빼앗겼다. 고작 열여덟 살밖에 되지 않았던 수현에게는 엄청난 충격이었을 게 분명했다.

가족과 사랑을 동시에 잃게 된 수현은 어린 마음에 아무런 상관도 없던 사람들에게 화풀이를 했던 거다.

모든 걸 알게 된 노아는 혼란스러운 얼굴이었다. 그런 노아를 잠시 말없이 바라보던 승현이 다시 입을 열었다.

"노아 씨, 믿기 싫으시다는 거 압니다. 하지만 지금 수현이가 노아 씨에게 하는 행동은 모두 거짓입니다."

"……."

"수현이는 그 이후부터 그 아이처럼 착하고 예쁜 여자들의 인생을 망치겠다는 목표만으로 살아온 아이입니다."

"그만……."

"거기다 노아 씨를 향한 제 마음을 알아 버려서 다시 노아 씨를 이용하려……."

"그만해요!"

노아는 자신을 설득하려는 죄 없는 승현에게 그만 소리를 지르고 말았다. 하지만 승현은 화를 내지도, 노아를 원망하지도 않고 그저 가만히 노아를 응시했다. 노아는 머리가 아프다는 듯 인상을 찡그리며 말했다.

"그만해요, 제발……."

마치 애원이라도 하는 말투였다. 노아는 더 이상 승현의 말을 듣고 싶지 않았다. 마음이 너무나 아팠다. 지금까지 노아와 수현 사이에 있던 일들을 떠올려 봤을 때, 지금 승현이 노아에게 해 주고 있는 이야기들은 어디 하나 이상한 곳 없이 맞아떨어졌다.

하지만 이미 수현에게 마음을 준 노아는 바보 같게도 그 사실을 인정하고 싶지 않았다.

"이제 시간이 많이 흘렀으니까……."

노아는 금방이라도 눈물이 터져 나올 것 같은 눈으로 승현을 바라보며 매달리듯 운을 뗐다. 하지만 승현은 냉정한 눈으로 노아를 보며 낮은 목소리로 다시 한번 확인시켜 주듯 말했다.

"잘 생각해 보십시오. 수현이가 언제부터 다시 노아 씨에게 접근했는지."

"……."

"노아 씨와 제가 함께 있는 걸 본 순간, 그때부터 아닙니까?"

노아는 반박할 수 없는 승현의 말에 그대로 말문이 막혀 버렸다. 형인 승현에게 여자 친구를 빼앗겼다는 이야기를 수현에게 들었던 것과, 정확한 실상을 알고 지금 자신이 이용당하고 있음을 듣는 것은 천지차이였다.

노아는 이젠 수현도 분명 진심으로 자신을 대할 거라 생각했다. 수현에게 다시 손을 내민 순간부터 한 번 더 수현을 믿어 보자고 다짐했었는데, 다짐이 무색하게도 노아는 어느새 승현의 말에 동요하고 있었다.

노아가 그저 고개를 푹 숙인 채 말없이 혼자 생각에 잠겨 있자 그녀를 잠시 지켜보던 승현이 다시 입을 열었다.

"일단 수현이와 거리를 두시고……."

"승현 씨, 저는 항상 외로웠어요."

노아는 승현이 운을 떼기 무섭게 그의 말을 끊었다. 승현은 대답 없이 노아를 바라보고, 노아는 입술을 파르르 떨며 말을 이어 갔다.

"성격도 이 모양인 데다가 얼떨결에 엄청난 오해까지 받아서 항상 절 숨기고 살았거든요. 그래서 친구는커녕 주변에 아무도 없었어요."

"노아 씨……."

"수현 씨가 처음이었어요."

"……."

"전 수현 씨랑 함께 있으면 행복해요. 살아 있는 것 같고, 절 숨기지 않아도 돼요."

"아까 말씀드리지 않았습니까. 그건 다······."

"이번엔 아닐 수도 있잖아요!"

노아는 승현의 말을 끊고 다시 소리를 질렀다. 그러곤 고개를
숙이며 울먹거리는 목소리로 말했다.

"······이번엔 진짜일 수도 있는 거잖아요."

승현은 노아를 아무런 말도 하지 않고 가만히 바라봤다. 노아
는 지푸라기라도 붙잡듯이 애절한 목소리로 말했다.

"저 수현 씨 믿을래요. 믿고 싶어요."

"그러다간 노아 씨가 또 다치게 될 겁니다."

"그래도 좋아요. 또 상처받아도 좋아요, 전."

승현은 노아의 대답에 세상이 무너져 내린 듯한 표정을 지었
다.

결국 노아는 그 길을 택했다. 다시 버려지고, 상처받을지도 모
르는 이 상황에서도 끝까지 수현을 믿고, 사랑하며, 그의 곁에 남
기로.

승현은 더 이상 그녀를 설득하려 들지도, 매달리지도 않고 그
저 말없이 그녀를 바라보기만 했다. 노아를 사랑하지만, 그냥 지
켜보는 것밖에는 방법이 없었다.

◆ ◆ ◆

어딜 가나 사람들로 가득한 점심시간. 노아는 밥 생각이 나지
않아 회사 근처 카페의 야외 테라스에 앉은 채 멍하니 허공만 바

라보고 있었다.

'잘 생각해 보십시오. 수현이가 언제부터 다시 노아 씨에게
접근했는지.'

잊을 만하면 한 번씩 떠오르는 승현의 말에 노아는 하루에도
수십 번씩 지옥 끝까지 처박히는 기분이었다.

그날 그렇게 승현이 돌아가고 나서 노아는 한동안 잠을 잘 수
가 없었다. 눈만 감으면 노아에게 널 가지고 논 거라며, 재밌었다
며 장난스럽게 말하던 수현의 모습이 떠올랐다. 애써 그 생각을
떨치려고 하면 승현이 했던 말들이 떠올라 노아는 금방이라도 미
쳐 버릴 것만 같았다.

이번엔 아닐 거다, 괜찮을 거다, 애써 자신을 진정시키다가도
한 번 배신을 당했던 경험 탓에 다시 불안해하기를 반복했다.

"……전화라도 좀 받아요."

노아는 손에 휴대폰을 꼭 쥔 채 중얼거렸다. 차라리 수현과 연
락이라도 닿으면, 그가 예전처럼 노아의 곁에 있어 준다면, 궁금
한 걸 묻든가 따지기라도 할 텐데, 수현을 만날 수조차 없으니 더
욱 불안하기만 했다.

어깨가 축 처진 노아는 끝도 없는 우울한 생각에 빠져 한숨과
함께 자리에서 몸을 일으켰다.

"에휴, 이만 들어가야지."

그때 갑자기 등 뒤로 새빨간 장미 꽃잎이 바람을 따라 날아왔

다. 노아는 놀란 얼굴로 움직임을 멈췄다.

예전에 승현을 만나 난동을 부렸던 수현이 연락도 없이 사라졌다가 다시 나타났을 때, 그는 꽃다발을 들고 노아의 앞에 나타났었다.

이번에도 혹시나 하는 마음에 노아가 가슴 두근거려 하며 서둘러 뒤를 돌아보았지만 그곳에는 수현이 아닌, 꽃다발을 팔고 있는 노점상들이 있었다.

기대한 만큼 실망도 크다고, 노아는 시무룩한 얼굴로 다시 회사를 향해 몸을 돌렸다.

그 순간, 그녀는 그대로 얼어 버렸다. 바로 노아의 눈앞에 그토록 노아가 만나고 싶어 했던 수현이 있었기 때문이다.

수현은 꽃을 한 아름 안고 있었다. 거기다 이제 제법 더운 날씨임에도 불구하고 슈트를 깔끔하게 차려입고 있었다. 수현은 주로 캐주얼한 코디를 즐겼기에, 혹시 또 승현을 보고 착각한 게 아닐까 노아가 두 눈을 비벼 보았지만, 눈앞에 있는 사람은 확실히 수현이 맞았다.

노아는 꿈을 꾸고 있는 기분에 멍하니 수현을 바라봤다. 그렇게 보고 싶을 때는 보이지 않더니, 이 무슨 예고도 없이 갑작스러운 등장이란 말인가.

실존하는 건 맞는 건지, 환상은 아닌지 노아가 진지하게 고민하는 동안 수현이 긴 다리로 노아에게 걸어왔다.

가뜩이나 눈에 띄는 외모를 가진 사람이 이 날씨에 슈트까지 입고, 거기다 딱 봐도 백 송이는 더 되어 보이는 커다란 꽃다발까지 안고 있으니 주변 사람들의 시선이 집중됐다. 그러다 하나둘 수현의 정체를 알아차렸는지 웅성거리기 시작했다.

퍼뜩 정신이 든 노아는 사람이 없는 곳으로 수현을 데려가야겠다고 생각했다. 노아가 서둘러 그에게 다가가자 노아와 거리가 가까워지기 무섭게 수현이 한쪽 무릎을 굽혀 바닥에 대며 노아에게 꽃다발을 내밀었다.

"수, 수현 씨!"

노아는 화들짝 놀라 수현의 이름을 불렀다. 사진이라도 찍힐까 얼른 얼굴을 숨겨야 할 사람이 사진 찍기 딱 좋은 포즈까지 취해 줬다. 가뜩이나 노아와 열애설이 났던 전적이 있지 않은가. 기껏 친구였다고 잘 마무리를 지었더니 한낮에 거리에서 꽃다발을 내밀다니.

수현답지 않은 행동도 행동이었지만, 노아는 오늘 또 SNS에 불이 날까 봐 두려워졌다. 수현이 여자 앞에서 이런 자세를 하는 건 스캔들 기사는 물론이고 잡지에서도 본 적이 없었다. 그러니 더 빨리 퍼질지도 모른다.

설명이라도 좀 해 주면 좋으련만, 그런 것마저 없으니 노아는 도대체 이 상황을 어떻게 받아들여야 할지 감이 잡히지 않았다.

아니나 다를까, 노아가 당황하고 있는 사이에 주변에서 요란한 카메라 셔터 소리가 들려왔다. 노아는 서둘러 정신을 차리며 수현의 어깨를 붙잡고, 일단 그를 일으키려고 했다.

"이, 일단 일어나요. 일어나서……."

"서노아."

상황을 수습하려고 노아는 허둥지둥하는데 수현은 그저 담담할 뿐이었다. 속이 새까맣게 타들어 가는 노아는 수현의 부름에도 여전히 주변만 둘러보며 그를 설득하는 데에 집중했다.

"나중에 다 들어 줄 테니까 일단 사람 없는 곳으로 가서⋯⋯."

"우리 연애할까?"

"네?"

"나랑 연애하자. 서노아."

갑자기 튀어나온 수현의 폭탄 발언에 노아는 수현을 말려야 한다는 것도 잊은 채 멍한 얼굴로 그를 바라봤다. 노아의 눈이 대체 그게 무슨 말이냐고 같은 질문을 몇 번씩 반복하는 것처럼 보였다.

그런 노아를 보고 있던 수현이 조심스럽게 그녀의 손을 잡았다.

"⋯⋯내가 참 나쁜 놈이었더라. 날 믿어 주고 진심으로 대해 주던 너한테 참 쓰레기같이 굴었어."

"수현 씨⋯⋯."

"그래서 이런 감정이 드는 것조차 말도 안 된다고 생각했는데, 어떻게 해도 안 돼."

"⋯⋯."

"나 평생 네 옆에서 사죄하면서 살면 안 되냐? 그냥 너 여왕님처럼 모시면서 너랑 함께 있으면 안 되냐고."

수현은 담담하게 말했지만 이런 말은 처음 해 보는지 어느새 귓가가 붉게 물들어 있었다.

그 모습을 보며 노아는 지금까지 힘들었던 모든 것들이 머릿속에서 사라지는 기분이었다. 노아의 입가에 미소가 피어오르고 수현은 노아를 긴장한 얼굴로 바라보며 대답을 기다렸다.

노아는 손을 뻗어 수현의 볼을 조심스럽게 쓰다듬었다. 그러자 갑자기 가슴 깊은 곳에서부터 뭔가 울컥하는 감정이 올라왔다.

노아의 두 눈가가 촉촉해지자 그걸 본 수현이 놀란 눈으로 물었다.

"너 울어?"

"……."

"왜 울고 그래……."

수현은 말끝을 흐리며 자리에서 몸을 일으켰다. 그가 노아의 눈가를 다정한 손길로 닦아 주자 노아가 순식간에 수현의 단단한 품에 안겼다.

수현은 노아의 갑작스러운 행동에 놀랐지만 당황해하는 것도 잠시, 금세 노아의 등을 다독여 줬다. 다정한 손길을 느꼈기 때문인지 노아의 어깨가 더욱 가냘프게 떨리기 시작했다. 수현은 노아가 울음을 멈출 때까지 가만히 기다려 주었다.

잠시 후, 소리 없이 울던 노아가 말했다.

"……다시는 나 힘들게 하지 않을 거죠?"

노아의 질문에 수현은 그녀를 다독이던 손을 멈췄다. 그리고 흔들림 없는 눈동자로 노아를 바라보며 고개를 끄덕였다.

"응. 다시는 힘들게 하지 않을게."

"다시는 상처 주면 안 돼요."

"약속할게. 다시는 상처 주지 않을 거야."

"평생 나만 바라봐 줄 수 있어요?"

노아는 그제야 수현의 품에서 떨어져 얼굴을 보이며 물었다. 마치 지금 당장 결혼을 약속받는 것만 같은, 어찌 보면 부담스러운 말.

하지만 수현은 망설이지 않았다.

"평생 너만 바라볼게."

그 말을 끝으로 수현은 예고도 없이 노아의 입술을 훔쳤다. 노아는 당황하지도, 피하지도 않고, 그가 리드하는 대로 입맞춤을 나눴다.

주변에서 뜨거운 시선이 느껴지고, 요란한 카메라 소리가 들려왔다. 아마 또 각종 언론에서 기사들이 보도되고, SNS가 두 사람의 이야기들로 가득 장식될 것이다.

하지만 노아도 수현도 그런 것 따위는 전혀 두렵지 않았다. 이 순간엔 오직 서로만이 중요할 뿐이었다.

그렇게 두 사람은 수많은 사람들이 지켜보는 가운데 이제야 진짜 연인이 되었다.

5. 전해지지 않는 진심

"이번 스캔들 기사 괜찮은 거예요?"

노아는 앞에서 턱을 괸 채 꿀 떨어질 것 같은 눈으로 자신을
보고 있는 수현에게 조심스럽게 물었다.

졸지에 공개 고백을 하고, 거기다 톱모델이라는 사람이 그렇게
인파가 많은 곳에서 얼굴을 다 드러내고 키스까지 했으니 언론이
다시 한번 떠들썩해진 건 당연한 일이었다.

인터넷 뉴스 연예란은 두 사람의 재결합 기사부터 결혼 기사까
지 온통 두 사람의 이름으로 장식되었다. 잦은 스캔들로 이미지가
나빴던 수현은 그다지 이미지가 좋지 않은 노아와 두 번이나 스
캔들이 터져 이미지가 더욱 추락하고 있었다.

하루하루 늘어 가는 악플을 보며 노아는 생각보다 사태가 심각
하다고 생각해 진지하게 물었는데, 이 남자는 생각이 없는 건지,

당당한 건지. 전혀 신경 쓰지 않는다는 듯 말했다.

"욕먹는 게 하루 이틀인가."

"끼리끼리 잘 만난대요."

"우리 둘이 선남선녀긴 하지."

"이제 수현 씨가 광고하는 제품 안 쓰겠대요."

"나도 안 써. 내가 광고하는 거."

단 1초도 고민하지 않고 거침없이 답하는 수현을 보며 노아는 그대로 할 말을 잃었다.

자신이야 이미지가 추락했다고 해서 서연이 저를 회사에서 내쫓을 건 아니었지만, 수현은 말 그대로 이미지로 먹고사는 사람이었다. 괜히 소문 나쁜 여자인 자신과의 스캔들로 일거리가 끊길까 봐 노아는 걱정이 됐다.

이 사태를 어떻게 해결해야 할까 고민이 되어 노아가 온 신경을 그쪽에 쏟아붓고 있는데, 수현이 손을 뻗어 노아의 볼을 쓰다듬었다.

"수현 씨?"

"난 오히려 네가 더 걱정이야."

"제가요?"

"응. 괜히 나 같은 놈 만나서 네가 욕먹는 거 같아서."

세상에, 천하의 한수현이 남 생각을 할 수 있는 사람이었다니. 항상 자기 생각밖에 하지 못하는 이기적인 사람에게도 사랑의 힘은 대단했던 건지 수현은 진심이 담긴 말투로 말했다.

노아는 괜히 마음이 찡해지는 기분이었다. 그래서 자신의 얼굴을 쓰다듬고 있는 수현의 손을 잡으며 부끄러운 것도 모르고 냅다 소리쳤다.

"전 수현 씨와 함께라면 불구덩이도 들어갈 수 있어요!"

"일단 그 남자랑 함께 있는 거 자체가 불구덩이다."

노아의 귓가로 갑자기 비아냥거리는 목소리가 들렸다. 노아는 화들짝 놀라 소리가 들린 쪽으로 시선을 옮겼다. 그곳엔 서연이 불만 가득한 표정으로 두 사람을 바라보고 있었다. 아무래도 노아와 수현이 다시 만나는 게 영 탐탁지 않은 모양이었다.

노아는 서연의 눈치를 보다가 그녀가 수현에게 나쁜 말이라도 할까 봐 소심하게 말했다.

"왜 노크도 없이 들어와……."

"난 분명 노크했다. 둘이 닭살 떠느라 못 들은 거지."

서연의 말에 할 말이 없어진 노아는 고개를 숙이며 반성하는 자세를 취했다.

노아가 그러든가 말든가, 서연은 두 사람에게로 다가가 책상 위에 서류를 내려놓고, 수현과 눈이 마주치기 무섭게 두 눈을 부릅뜨며 노골적으로 비꼬았다.

"참 반갑네요."

"별로 반가워하는 표정은 아닌 거 같은데?"

"처음 보는 사람한테 반말이 습관이신가 봐요?"

"처음인가? 흔한 얼굴이라서 헷갈렸어."

어디 가서 말싸움은 절대 밀려 본 적 없는 서연이 수현에게 한 방에 KO패를 당해 버렸다. 그 놀라운 광경에 친구의 편을 들어 주지는 못할망정, 수현에게 감탄만 하고 있는 노아를 보며 서연은 이 바퀴벌레들을 회사에서 쫓아내고 싶은 충동을 느꼈다.

그녀는 부들부들 떨며 수현을 노려보았지만 금세 자신이 이길 수 있는 상대가 아니라는 생각이 들어 노아에게로 시선을 옮기며 퉁명스럽게 말했다.

"회사 인테리어 다시 할 거야."

"어? 왜? 지금도 괜찮은데?"

"너무 오래되기도 했고, 누구 덕분에 인지도가 팍팍 올라가서 사업도 확장해야 하니까."

서연은 '누구' 라는 단어를 말할 때 수현을 노려보며 이를 악물었다. 하지만 여전히 수현은 서연을 무시한 채 노아만 바라보았고, 서연은 한숨을 내쉬며 다시 노아에게 말했다.

"인테리어 디자이너는 내가 알아보고 있으니까 일단 그렇게 알고 있으라고. 놀지 말고 서류 날짜 체크 잘하고, 그럼 난 연애 방해 그만하고 갈게."

서연은 뼈가 느껴지는 말을 툭툭 내뱉다가 마지막까지 수현을 노려보곤 이내 노아의 방을 나갔다.

문 닫히는 소리가 꽤 컸던 걸 보니 화가 많이 난 것 같았다. 노아는 집에 가서 서연의 기분을 풀어 줘야겠다는 생각을 하며 방금 전 그녀가 준 서류들을 살펴봤다. 그때, 수현이 갑자기 노아의 손을 잡더니 툴툴거리는 말투로 말했다.

"서노아, 너 변했다?"

"네, 네? 뭐, 뭐가요?"

"난 네가 앞에만 있어도 설레 죽겠는데. 너는 감히 날 두고 일을 해?"

절대 수현의 입에서 나왔다고는 상상할 수 없는 말에 노아의 두 눈이 동그랗게 변했다. 혹시 잘못 들은 건 아닐까 귀를 의심해 보았지만 수현은 여전히 할 말이 남은 듯했다. 이 남자, 원래 연애할 땐 이런 사람이 되는 건가? 노아는 당황스러웠지만 한편으론 가슴이 설레기도 했다.

"서노아."

"네, 네?"

노아는 자신에게 얼굴을 가까이 하며 제 이름을 부르는 수현을 긴장한 표정으로 쳐다봤다. 그는 날카로운 눈으로 노아를 뚫어져라 쳐다보다가 이내 입가에 미소를 지으며 말했다.

"사랑한다."

노아는 잠시 말이 없었다. 그에게 사랑한다는 말을 들은 게 이번이 처음은 아니었음에도 불구하고 그 말을 듣자 갑자기 기분이 이상해지는 느낌이었다. 그래서 아무런 대답도 하지 못하고 그저 멍하니 수현을 바라볼 수밖에 없었다.

노아를 한참 마주 보던 수현이 넌 할 말 없냐고 묻는 듯 눈짓으로 노아를 재촉했다. 그때서야 노아가 웃으며 말했다.

"저도 사랑해요, 수현 씨."

수현은 대답이 만족스러웠는지 가볍게 노아의 입에 베이비 키스를 해 줬다. 그리고 한참을 애정 어린 시선으로 그녀를 바라봤다.

◆ ◆ ◆

마치 저승사자처럼 어디 하나 빠짐없이 온통 검은색으로 치장한 노아는, 마지막으로 검은 모자까지 푹 눌러쓰며 비장한 표정을 지었다. 이렇게 노아가 평소와는 전혀 다른 모습을 하고 있는 이유는 수현 몰래 그의 촬영장에 숨어들 예정이었기 때문이다.

노아와 스캔들이 터지고 나서 잠시 주춤한 듯 보이던 수현의 일거리는 금세 다시 늘었고, 덕분에 얼굴도 보기 힘들 정도로 바빠져 버렸다.

물론 노아가 보고 싶다고 한마디만 하면 수현은 무슨 수를 써서라도 달려오고도 남을 사람이었다. 게다가 내심 그 말이 노아의 입에서 나오기를 바라는 눈치기도 했다.

하지만 노아는 가뜩이나 바쁜 사람한테 괜히 찡찡거려서 그를 힘들게 만들고 싶진 않았다. 그래서 항상 먼저 찾아오는 수현처럼 이번엔 자신이 먼저 수현을 찾아온 거였다.

까칠한 성격 때문에 버티는 매니저가 없어, 늘 혼자 다니는 수현을 안전히 귀가시켜 줄 계획까지 세워 도착한 촬영지. 다행히 입구에서 노아를 알아보는 사람을 만나 어떻게 건물 안까지 들어오는 건 성공했는데, 문제는 수현이 오늘 촬영을 하는 스튜디오를 찾아내는 거였다.

수현에게 전화를 걸어 어디냐고 물어보는 게 가장 쉬운 방법이긴 했지만, 오늘은 어디까지나 수현 몰래 이곳에 온 거라서 노아는 그냥 온 건물을 다 휘젓고 다니기로 했다.

여기저기 헤매느라 점점 체력이 바닥을 보이기 시작하고, 한계가 올 때쯤 드디어 노아는 그렇게 찾던 수현의 촬영장 앞에 도착했다. 문 앞에서 심호흡을 한 번 내쉬고 스튜디오 안으로 들어서는데, 그 순간 노아는 그대로 발걸음을 멈출 수밖에 없었다.

찰칵, 찰칵.

카메라 셔터 소리가 허공으로 울려 퍼졌다. 전에 수현과 함께 촬영을 한 적은 있었지만 이렇게 단독으로 촬영에 임하는 모습을 본 건 처음이었다. 많은 사람들에게 둘러싸인 채 스포트라이트를 받고 있는 수현의 모습은 생각했던 것보다 훨씬 멋졌다.

그때 프로답게 노아를 잘 리드했고, 평소 생활할 때도 모델다운 분위기를 풍겨 분명 촬영하는 모습도 멋질 거라고 생각하고 있었는데, 그냥 멋진 수준이 아니다. 이건 분명 반칙이다. 매일매일 얼굴을 마주해도 그의 외모에 좀처럼 적응할 수 없는데, 날이 지날수록 더 잘생겨지는지 오늘은 더 멋있었다.

"수현 씨, 고개 오른쪽으로!"

카메라 감독의 말에 수현은 무심한 표정으로 가볍게 고개를 돌렸다. 그러자 그 특유의 날카로운 턱 선이 드러나고, 주변 여자 스태프들의 입에선 참지 못한 비명이 터져 나왔다.

"역시 한수현……. 한수현의 비주얼은 감히 사진 따위가 잡아낼 수 없지!"

여자 스태프의 말에 노아는 공감하듯 거세게 고개를 끄덕였다. 사람이라면 저럴 수가 없다. SNS에 떠도는 말처럼 수현은 CG가 틀림없었다.

노아는 자주 보는 얼굴임에도 불구하고 말도 안 되게 멋진 그의 모습에 자신이 이곳에 온 이유도 잊은 채 여자 스태프들 사이에 껴서 넋을 놓고 수현을 감상했다.

　하나를 가르치면 열을 안다는 말을 이럴 때 쓰는 걸까. 수현은 촬영 감독이 요구를 한 번 할 때마다 다양한 포즈를 취해 사람들의 입에서 감탄이 멈추지 않았다.

　물론 노아도 물개 박수를 쳐 가며 여느 팬 못지않게 수현의 촬영에 집중했다.

　그렇게 시간이 얼마쯤 흐른 걸까. 촬영장 한편에서 잠시 쉬었다 가겠다는 스태프의 목소리가 들렸다. 메이크업 아티스트들이 기다렸다는 듯 수현에게로 달려가 메이크업을 고쳐 주는데, 노아는 그 순간 직업을 바꿔야 하나 심각하게 고민했다.

　그렇게 수현에게 푹 빠져 정신을 놓고 있는데, 갑자기 수현이 스튜디오에서 내려와 노아 쪽으로 다가왔다. 노아는 들킨 줄 알고 화들짝 놀라서 서둘러 고갤 돌렸는데, 다행히 아무 일도 일어나지 않았다.

　노아는 힐끔 수현을 쳐다봤다. 수현은 방금 전 찍은 촬영본을 확인하고 있었다. 촬영을 하면서 목이 많이 말랐는지 벌컥벌컥 물을 마시는데, 그 순간 수현의 긴 목을 타고 물이 흘러내렸다. 지금까지 소란스러웠던 여자 스태프들은 약속이라도 한 듯 모두 침을 꿀꺽 삼켰다. 그중엔 노아도 껴 있었다.

　여자 스태프들과 함께 숨까지 죽여 가며 수현을 감상한 지 어언 몇 분. 다시 촬영을 알리는 소리가 들렸다. 노아가 본격적으로 수현을 감상하려 눈을 빛내는데, 그때 어디선가 여리여리한 여자 한 명이 걸어 나왔다.

"커플 화보였어?"

방금 전까지만 해도 기대감에 가득 차 있던 노아의 표정이 순식간에 굳어 버렸다. 오늘 수현에게 촬영이 있다는 소린 들었어도, 그게 커플 화보일 줄은 몰랐다.

물론 일이니 여자와 하는 촬영을 전부 거절할 수도 없는 건 알지만, 다른 여자와 스킨십을 하고 다정한 모습을 보일 수현을 상상하니 노아는 벌써부터 입 안이 쓴 기분이었다.

노아는 표정 관리를 하지 못하고 여자를 노려보았다. 여자는 어디서 많이 본 사람이었다.

"누구지?"

노아는 잠시 고민에 잠겼다. 여자의 정체를 알아내는 데엔 그리 많은 시간이 걸리지 않았다. 그녀는 요즘 한창 인기를 끌고 있는 아이돌 그룹의 비주얼 멤버였다.

여자는 스무 살 남짓해 보이는 앳된 얼굴에 청순하고 귀여운 스타일이었다. 그런 여자가 수현을 보며 생글생글 웃으니 노아는 자꾸만 열이 받았다.

당장이라도 달려가 두 사람의 사이를 갈라놓고 싶은 마음은 굴뚝같은데, 그런 짓을 할 수 있을 리가 없었다. 수현의 촬영을 망치고 싶지도 않을뿐더러, 노아는 그만큼 용기 있는 사람도 아니었다.

때문에 아무런 말도 하지 못하고 속으로 피눈물을 흘리며 촬영을 지켜보았다. 여자는 신인답게 어색한 포즈와 표정으로 연신 NG를 냈다.

수현은 그런 여자를 피곤하다는 듯한 표정으로 바라봤다. 그리고 이내 와이셔츠를 풀어 헤치고 여자의 허리를 껴안아 단단한 자신의 품으로 당겼다.

"어머!"

여자는 놀란 듯 비명을 질렀다. 하지만 얼굴은 달아올라 좋아하는 표정을 숨기지는 못했다. 노아의 속이 부글부글 끓었다. 결국 노아는 참지 못하고 소리쳤다.

"아무한테나 하는 거였어!"

생각해 보니, 수현과 노아의 촬영 날에도 그는 긴장한 탓에 제대로 촬영을 이어 나가지 못하는 노아를 저런 식으로 안아 줬다. 노아는 그게 나름 자신을 특별하게 생각했기에 한 행동이라고 여겼는데, 이제 보니 아무한테나 하는 거였다.

노아는 배신감이 들어 수현에게 버려졌을 때도 생각해 본 적 없던 복수를 다짐했다. 그때, 수현과 눈이 마주쳤다.

"헉!"

노아는 화들짝 놀라며 단번에 수현의 시선을 피했다. 물론 남자 친구 촬영 현장에 구경 온 게 잘못은 아니었지만, 문득 괜히 집착하는 여자로 보일 것도 같고, 말없이 찾아온 걸 수현이 기분 나빠 할 수도 있겠다는 생각이 들었다.

그 때문에 날 본 게 확실한 건 아니니까 지금이라도 이만 가는 게 낫지 않을까 하고 고민하는데, 어느새 주변에서 촬영을 끝마치는 소리가 들렸다. 이미 도망갈 타이밍은 놓쳤고, 뭘 어떻게 해야할지 몰라 노아가 난처한 표정으로 수현 쪽을 바라보니, 방금 전까지 수현의 품에 안겨 있던 아이돌이 그에게 뭐라고 말하고 있었다.

노아는 자신도 모르게 그 소리에 집중했다. 그런데 저 꼬리 아홉 개 달린 여자가 수현에게 같이 저녁을 먹자고 하고 있는 게 아닌가. 저렇게 예쁜 여자가 생글생글 웃으며 물으니 노아는 내심 수현이 넘어갈까 봐 걱정이 됐다.

하지만 노아의 걱정과는 다르게 수현은 특유의 차가운 눈으로 여자를 내려다보며 쌀쌀맞게 말했다.

"여자 친구가 와 있어서."

수현은 그 말을 끝으로 빠르게 노아에게로 다가가 그녀의 손을 잡았다. 그리고 다른 사람에게는 낯설게만 느껴질 다정한 목소리로 물었다.

"언제 왔어?"

평소와는 달리 다정한 수현의 모습에 스튜디오 안 모든 시선들이 그에게 집중됐다. 노아가 살짝 주변의 눈치를 보자 수현이 노아와 마주 잡은 손을 더욱 꼭 잡으며 부드럽게 물었다.

"밥은 먹었어?"

물론 표적이 된 여자와 단둘이 있을 때는 다정했지만, 평소에는 그 누구의 앞에서도 까칠하기로 소문난 수현이었다. 수현답지 않은 행동 때문에 시선은 점점 더 모였다. 하지만 노아는 이상하게도 그 시선이 부담스럽게 느껴지기보다는 어깨에 힘이 들어갔다.

"그만 가자. 둘이 있고 싶어."

수현은 사람들의 시선은 개의치 않고 느끼하게 느껴질 수도 있는 말을 덤덤히 내뱉으며 노아의 어깨를 감쌌다. 두 사람이 발걸음을 내딛기가 무섭게 등 뒤에서 사람들이 웅성거리는 소리가 들려왔다.

평소 사람들의 시선을 두려워하던 노아는 어쩐지 오늘따라 그 웅성거림이 기분 좋게 느껴졌다.

◆　◆　◆

빵빵.

촬영을 마치고 주차장으로 내려온 수현은 갑작스러운 자동차 클랙슨 소리에 걸음을 멈췄다. 주변을 둘러보자 수현의 앞으로 익숙한 차 한 대가 다가왔고, 창문이 열리며 아니나 다를까 노아의 얼굴이 보였다.

"타요. 데려다줄게요."

수현은 항상 자신이 하던 말을 똑같이 따라하는 노아의 모습이 마냥 귀엽게만 느껴져 미소를 지었다. 누구 명령인데 감히 거역하겠냐는 듯 수현은 자신의 차는 그대로 내버려 둔 채 바로 보조석에 올라타더니 노아에게 물었다.

"정말 매니저 해 주게?"

"그럼요. 맡겨만 주세요!"

말투부터 장난스러운 수현과는 다르게 노아는 꽤나 진지해 보였다. 수현은 그런 노아의 모습을 보며 또다시 입가에 미소가 번졌다.

촬영장에 찾아왔던 날 이후로 노아는 가끔씩 자신이 수현의 매니저가 되어 주면 어떻겠냐는 말을 했다. 그 말은 빈말이 아니었던 건지 진짜 이렇게 찾아와 기다려 주니, 수현은 노아가 너무 예뻐 죽을 것 같은 심정이었다.

수현은 그 때문에 좀처럼 웃음을 멈추지 못했다. 그러자 진지한 표정으로 운전을 하고 있던 노아가 수현을 힐끔 쳐다보며 의아한 듯 물었다.

"왜 웃어요?"

"누구 씨가 너무 귀여워서."

"그 누구 씨가 누군데요?"

"서노아, 너."

혹시 '누구 씨'가 다른 여자일까 봐 정색을 하며 물어 오는 노아를 수현은 가느다랗고 긴 손가락으로 가리키며 웃었다.

가뜩이나 잘생긴 남자가 생글생글 웃으며 저를 바라보니, 노아는 괜히 또 부끄러워져서 서둘러 수현의 눈을 피하며 앞을 바라보았다. 그래도 여전히 수현의 시선은 노아에게로 집중됐다. 노아는 그 시선이 싫지 않으면서도 얼굴이 달아오른 걸 들킬까 봐 얼른 대화 화제를 바꾸었다.

"수, 수현 씨는 왜 방송 출연 안 해요?"

갑자기 튀어나온 것치고는 노아의 사심이 듬뿍 담겨 있는 질문이었다. 사실 전부터 궁금했었다. 왜, 요즘은 모델 출신 배우들도 많지 않은가. 좀 씁쓸한 생각이지만, 노아를 속일 때 보니 연기력도 장난 아니고 얼굴은 배우상은 무슨, 웬만한 톱스타들 뺨 때릴 만큼 잘생겼다.

거기다 무슨 모델이 이렇게 인지도가 높은지, 방송 출연 한 번 안 하고도 굵직한 CF를 줄줄이 찍고 있으니……. 분명 방송에 나오겠다고 하면 대본을 들고 기다릴 감독들이 넘쳐 날 터였다.

정 대본 외우는 게 귀찮으면 하다못해 예능이라도 나오면 될 텐데. 노아는 수현이 정말 순수하게 모델 일에만 열중하는 이유를 항상 궁금했었다.

수현은 어울리지 않게 머뭇거리다 이내 조심스럽게 말했다.

"……했었어. 예능."

"네?"

노아는 수현의 대답에 놀랄 수밖에 없었다. 그도 그럴 것이, 노아는 수현과 연애를 시작하고부터 수현이 나온다면 뭐든 빼놓지 않고 챙겨 봤다. 그런데도 예능은 무슨, 잡지는 몰라도 영상으로는 제대로 된 인터뷰조차 본 적이 없었다.

노아는 영문을 몰라 고개만 갸우뚱거렸다. 그러자 잠시 말이 없던 수현의 얼굴에 민망함이 피어오르기 시작하더니 그가 다시 입을 열었다.

"10년 전인가, 한국에 막 건너왔을 때 한 번 했었어. 그리고 그 뒤로 안 했지."

"아니, 왜요?"

"생방송 중에 MC랑 싸웠어."

오 마이 갓.

노아는 수현의 대답에 말을 잃었다. 무슨 일이 있었는지 굳이 설명을 듣지 않아도 평소 그의 성격을 잘 알고 있기에 쉽게 예상이 할 수 있었다.

서른을 앞두고 있는 지금 나이에도 컨트롤이 불가능할 정도로 불같은 성질을 가지고 있는데, 10년 전 고작 열여덟 살짜리 고등학생에겐 더 힘든 일이었을 거다. 절대 더하면 더했지 덜하진 않았을 것 같았다.

괜한 걸 물어본 게 아닐까 싶어 노아가 살짝 수현의 눈치를 보는데, 수현은 의자에 몸을 기댄 채 묻지도 않은 이야기를 술술 뱉어 냈다.

"아마 아직도 인터넷 찾아보면 나올 거야. 그거 때문에 한때 유명해지기도 했고, 또 가뜩이나 아버지가 안 좋아하던 일인데 그거 보고 당장 때려치우라고 했었지."

담담한 목소리로 말하는 수현의 마지막 말에 노아는 화들짝 놀라 그를 쳐다봤다. 그 순간, 승현을 처음 만났던 날 그가 수현에게 했던 말이 머릿속을 스쳐 지나갔다.

'가뜩이나 너 딴따라 짓 하는 거 반가워하는 사람 하나도 없는데.'

노아는 그 말이 떠오르자 도무지 표정 관리를 할 수가 없었다.

수현 역시 그때의 일을 떠올린 건지 애써 웃으며 말했다.

"……어쨌든 지금은 이렇게 잘살고 있으니까 됐지, 뭐. 그리고 그런 거 안 해도 지금도 나 부르는 데 많아. 그래서 말인데 서노아, 너 그만할래?"

"……뭘요?"

"지금 연기하는 거."

끼이익.

수현이 대답을 하기 무섭게 노아는 그만 브레이크를 밟아 버렸다. 수현과 노아의 몸이 반동으로 앞뒤로 흔들리고, 뒤쪽에서는 요란한 클랙슨 소리가 들렸다. 급정거에 놀란 운전자들의 욕설도 간간이 이어졌다.

하지만 노아에겐 지금 아무것도 들리지 않았다. 그저 방금 전 자신이 수현에게서 무슨 말을 들은 건지, 제대로 들은 건 맞는지 인식이 되지 않아서 멍하니 수현을 바라볼 뿐이었다.

자칫하면 큰일이 날 뻔했던 위험한 상황이 벌어졌음에도 불구하고 수현은 놀란 얼굴로 자신을 보고 있는 노아에게 전혀 화를 내지 않았다. 오히려 아주 침착한 목소리로 말했다.

"근처에 차 세워."

노아는 퍼뜩 정신을 차리고 차를 돌려 근처에 세웠다. 두 사람 사이에는 잠시 침묵이 흘렀다. 누가 먼저 무슨 말을 꺼내야 할지, 서로 눈치 싸움이라도 하듯 아무런 말도 하지 않았다.

얼마쯤 흘렀을까. 허공만 보고 있던 노아가 드디어 긴 침묵 끝에 천천히 입술을 움직였다.

"아까 그 말 무슨 뜻이에요?"

"말 그대로야. 너 사람들 속이고 사는 거 힘들잖아. 그만하고 싶으면 이제 그만해."

노아는 처음 연기를 시작했을 때부터 누군가 이 말을 제게 해 주기를 줄곧 바래 왔을지도 모른다는 생각이 들었다. 하지만 정말로 이 말을 듣게 되자 선뜻 긍정할 수가 없었다.

수현을 믿을 수 없다거나 다른 사람에게 의지하며 살아가기 싫기 때문이라는, 그런 문제는 아니었다.

노아는 혼란스러운 표정으로 시선을 피했다. 그런 노아를 말없이 보던 수현은 조심스럽게 노아의 손을 잡아 주며 진지한 목소리로 말했다.

"만난 지 얼마나 됐다고 이런 말 하는 거, 미친놈처럼 보인다는 거 알아."

"……."

"너한테 믿음직하지 못한 놈이고, 못난 놈이라는 것도 다 아는데, 너 억지로 하루하루 살고 있는 거 못 보겠다."

"……."

"부담 갖지 말고 잘 생각해 봐. 저번에 평생 네 옆에서 사죄하면서 살고 싶다고 한 말, 그거 진심이었으니까."

수현은 사실 노아와 진심으로 연애를 시작하고 난 뒤부터 줄곧 이 생각을 해 왔다. 잘 웃고 있다가도 우울한 표정을 짓고, 수현의 기사를 모니터링을 하다가 자신의 악플을 보는 날엔 다음 날 밤새 잠을 설친 얼굴이었다.

그만큼 노아는 마음이 약한 여자고, 사람들을 속이고 사는 것에 많이 지친 것 같았다. 그런 노아의 모습을 볼 때마다 수현은 이 불행에서 노아를 꺼내 주고 싶었다.

모든 사실을 밝히고 지금 당장은 사람들에게 더 큰 미움을 받게 된다고 해도 하루하루 불안감에 떨지 않고 잠이라도 편히 자게 만들고 싶었다.

수현은 원래 남의 감정에 무감각한 편이라 이런 생각을 하는 자신의 모습이 놀랍기만 했다. 자신이 이렇게 바뀔 만큼 노아를 많이 사랑하고 있다는 걸 부정하지도 않았다. 그래서 고민 끝에 한 말이었다. 노아가 쉽게 수락할 거라 생각하진 않았지만, 생각보다도 많이 혼란스러워 보였다.

수현은 노아가 이런 반응을 보이는 이유가 자신이 믿음을 주지 못했기 때문이라고 생각하며 어떻게 그녀에게 믿음을 줄 수 있을까 고민에 잠겼다.

그때, 한동안 말이 없던 노아의 입술이 드디어 열렸다.

"전 진짜 못난 딸이었어요."

갑자기 노아의 입에서 생각지도 못한 말이 튀어나와 수현은 의아한 표정으로 노아를 쳐다봤다. 노아의 얼굴에는 그늘이 가득했다.

"사람들이랑 어울리는 게 싫고, 무서워서 항상 부모님 뒤에 숨어 살았어요. 그래서 전 그 흔한 친구도 없고, 당연히 연애도 못해 봤어요. 아마 서연이마저 없었다면 전 평생 혼자였겠죠."

노아는 그 말을 끝으로 자조적으로 웃었다. 뜬금없는 말이었다.

하지만 뭔가 범상치 않은 예감이 들어, 수현은 숨을 죽인 채 노아를 지켜봤다.

"그런데도 최소한의 노력도 하지 않았어요. 사랑하는 부모님이랑 서연이만 있으면 된다고, 그걸로 충분하다고. 그렇게 이기적으로 생각했어요."

"……."

"그런데 부모님은 아니셨나 봐요. 한밤중에 자다 일어나서 거실로 나오면요, 엄마 아빠는 항상 제 걱정들로 잠을 못 이루시고 이야기를 나누고 계셨어요."

"……."

"괜찮다고 생각했던 건 저뿐이었어요. 결국 이렇게 집밖에 안 되는 딸이면서……."

사실 처음엔 사회생활이 힘들다는 이유로 이 길을 택했다. 하지만 어느 순간부터는 금전적인 이유뿐만 아니라 부모님 때문에라도 이 일을 이어 갔다.

그들의 한숨이 되고 싶지 않아서, 걱정거리가 되고 싶지 않아서, 들키지 않으려고 하루하루 전전긍긍하며 자신을 숨기고 살았다.

부모님은 노아가 유명해진 이후로 딸이 변한 줄만 알고 계시니까. 노아는 그렇게라도 부모님을 안심을 시켜 드리고 싶었다.

그래서 수현을 믿고 있으면서도, 그에게 기대고 싶으면서도 그의 제안을 쉽게 받아들일 수 없었다.

수현은 지친 얼굴의 노아를 아무런 말 없이 품에 안았다. 노아는 수현을 밀어 내지 않고 가만히 품에 안겨 있었다. 수현이 노아의 등을 다독여 주며 말했다.

"난 네가 어떤 사람이라도 괜찮아."

수현의 한마디에 지금까지 참고 있던 눈물이 노아의 볼을 타고 흘러내렸다.

이 말이 얼마나 듣고 싶었던가. 가족에게도 듣지 못했던 말을 사랑하는 남자에게 듣게 되자 노아는 결국 무너져 내렸다.

노아가 주체하지 못하고 눈물을 쏟아 내자 수현은 그녀의 눈가를 닦아 주며 다정한 목소리로 말했다.

"언제까지나 기다릴게. 잘 생각해 봐."

수현의 말에 노아는 조심스럽게 고개를 끄덕였다. 어쩌면 평생을 함께하자고 말하는 청혼이나 다를 바 없는 말이라는 걸 알면서도 그의 말에 긍정했다.

두 사람은 어느 순간부터 단순한 만남이 아닌 깊은 감정을 갖고 서로를 만나고 있었다.

하지만 얼마 지나지 않아 두 사람의 행복한 나날이 부서지게 될 거라는 걸, 전혀 예상하지 못하고 있었다.

수현은 규모가 엄청나게 큰 드레스 룸 안에서 계속 옷을 입었다 벗기를 반복하며 거울 속 자신을 쳐다봤다. 수현의 주변에는 벗어 둔 옷들이 점점 산을 이뤘다. 수현이 고르는 옷 스타일도 가지각색으로 변해 가는데, 누군가 봤다면 이곳이 집인지, 패션쇼장인지 헷갈려 할 정도였다.

그렇게 옷을 입었다 벗기를 몇 번 더 반복하던 수현은 결국 맨 처음 입었던 블랙 슈트를 입으며 넥타이를 맸다.

그는 평소에 단추가 많은 셔츠나 답답한 넥타이를 싫어해서 주로 캐주얼한 옷차림을 즐겼다. 그러나 요즘에는 노아에게 어른스러운 남자로 보이고 싶어 이런 종류의 옷을 고집했다.

상대가 자신에게 매력을 느끼게 하기 위해 상대가 좋아하는 스타일에 맞추는 게 아니라, 조금이라도 더 멋져 보이고 싶어서 노력하는 건 수현에게 어울리지 않는 행동이었다. 그러나 수현은 노아와 정식으로 만나기 시작한 후부터는 예전의 모습은 전부 사라진 지 오래였다.

아직 약속 시간이 한참 남았음에도 불구하고 모든 준비가 끝난 수현은 약속 장소로 향하는 길에 작은 선물이라도 하나 사서 노아를 놀라게 만들어 줄까 하고 행복한 고민에 잠겼다.

그녀의 예쁜 미소를 상상하며 혼자 흐뭇해하는데, 그때 갑자기 휴대폰 진동이 울렸다.

수현은 이 시간에 딱히 전화 올 곳이 없어, 상대가 노아인 줄만 알고 확인도 안 하고 서둘러 전화를 받았다. 그러나 그는 상대가 말을 하기 무섭게 표정을 굳혔다.

— 잘 지냈니?

"뭐야, 닥터 리였어?"

노골적으로 실망이 묻어나는 수현의 목소리 탓인지 닥터 리는 말이 없었다.

이 세상 많고 많은 사람 중 수현이 좋은 감정을 갖고 있는 건 자신의 엄마와 유일한 친구인 닥터 리밖에 없었다. 그런 특별한 존재인 닥터 리의 전화를 받고 이렇게 실망을 하다니, 수현은 새삼 자신의 변화에 또 한 번 놀랐다. 닥터 리 역시 그걸 알고 서운했는지 삐친 말투로 물었다.

— 별로 반갑지 않은 모양이구나.

"나 지금 바쁘거든. 데이트 가야 해."

팔불출 같은 말투 때문인지 닥터 리는 작게 웃음소리를 냈다. 예전 같으면 뭐가 웃기냐고 따졌을 수현이 오늘은 그냥 입을 다물었다. 닥터 리는 항상 그래 왔듯 버릇처럼 같은 질문을 했다.

그 목소리엔 여전히 웃음기가 섞여 있어 수현은 제 사소한 모습에서 자신이 변했음을 닥터 리가 알아챘을 거라 생각했다.

— 그래, 요즘은 잘 자니?

"응. 아주 잘 자."

— 행복해 보이는구나.

"이보다 더 행복할 수 없어."

닥터 리가 무슨 질문을 하든 망설이지 않고 답을 하는 수현의 목소리에는 생기가 가득했다. 닥터 리는 대답을 듣고도 잠시 말이 없었다. 보지 않아도 닥터 리가 사랑의 아픔에 10년 동안이나 괴로워하던 제 모습을 떠올리고 있다는 걸 알 수 있어, 수현은 굳이 말을 재촉하지 않았다.

그렇게 두 사람 사이에 잠시 침묵이 흐르고, 그 침묵 끝에 먼저 입을 연 건 이번에도 닥터 리였다.

— 많이 힘들게 했으니 잘해 주렴.

수현은 닥터 리에게 노아와 자신 사이에 있었던 일들을 전부 말하지 않았다. 그럼에도 전부 알고 있다는 듯 말하는 닥터 리 때문에 수현은 잠시 할 말을 잃었다. 그리고 순간적으로 눈앞에 파노라마처럼 자신이 노아에게 한 못된 짓과, 그 일로 노아가 괴로워했던 모습이 스쳐 지나갔다.

수현은 가슴이 아려 왔다. 언제 들떴었냐는 듯 그의 표정이 어두워졌다. 그는 이번엔 낮게 가라앉은 목소리로 늦은 답을 했다.

"그렇게 말 안 해도 잘해 줄 거야. 끊어. 나 지금 꽃 사러 가야 해. 나중에 갈게."

수현은 그 말을 끝으로 도망치듯 닥터 리의 전화를 끊었다. 그리고 한참을 멍하니 서서 허공만 바라보더니 뭐에 홀린 사람처럼 혼자 중얼거렸다.

"가는 길에 꽃도 사고 선물도 사자. 앞으로 더 잘해 주면 되잖아."

물론 잘해 준다고 해서 과거에 준 상처가 사라지는 건 아니라는 것은 사랑하는 사람의 배신으로 10년간 괴로워했던 수현이 더 잘 알고 있었다.

그래도 수현은 그녀의 곁을 떠나고 싶지 않았다. 이제 헤어 나올 수 없을 정도로 노아에게 빠져 있었고, 노아 없이는 단 하루도 살 수 없을 만큼 그녀를 사랑하니까. 이렇게라도 노아의 곁에 남고 싶다고 이기적인 생각을 했다.

하지만 수현이 노아를 진심으로 사랑하기 시작했을 때, 두 사람의 끝은 이미 코앞까지 다가와 있었다.

원수는 외나무 아니, 여자 친구 사무실에서 만난다.

처음 계획했던 대로 꽃집에 들러 꽃다발을 사고, 근처 백화점에서 액세서리까지 구매해 들어선 노아의 사무실. 수현은 우연히 마주친 한 남자를 보자마자 순식간에 표정이 굳어졌다. 그곳엔 수현의 형이자 연적이기도 한 승현이 서 있었다.

노아의 물러 터진 성격상 일부러 안 만나 주는 건 아닌 것 같고, 지금 노아가 외출 중이라 기다리고 있는 것 같았다. 하지만 수현은 노아가 승현을 받아 주든 안 받아 주든, 그런 걸 다 떠나서 이곳에 그가 있는 게 싫었다.

그건 승현도 마찬가지였는지 승현은 수현을 보자마자 얼굴을 잔뜩 찡그리며 말 섞고 싶지 않다는 듯 수현의 눈을 피했다.

그러나 수현은 그냥 넘어가고 싶지 않았다. 가뜩이나 마음에 안 드는 놈이 내 여자를 좋아한다는데, 그놈이 심지어 내 여자의 구역에 있다.

당연히 절대 용납할 수 없는 일이었다.

생각이 끝난 수현은 바로 승현에게 다가가 그의 앞에 똑바로 섰다. 그리고 눈에 최대한 힘을 주며 위협적으로 말했다.

"한승현, 네가 여길 왜 와."

역시나 형이라는 호칭은 생략한 지 오래인 수현은 오늘도 일단 으르렁거리기부터 했다. 그러자 평소였다면 동요하지 않았을 승현이 웬일로 수현에게 화가 난 듯 인상을 찌푸리며 맞섰다.

"너야말로 여긴 웬일이지? 헤어진 거 아니었나?"

"누구 마음대로 헤어져. 그리고 우리가 헤어지든 말든 네가 무슨 상관인데."

"이미 몇 번이나 언급했을 텐데, 내가 노아 씨를 어떻게 생각하는지."

"닥쳐."

수현은 애초에 승현의 입에서 나오는 말이라면 모두 마음에 안 들었지만, 그게 노아와 관련된 것이라면 더욱 마음에 안 들었다. 그 때문에 감정이 실려 위협적으로 뱉어 낸 수현의 욕설에도 승현은 콧방귀도 안 뀌고 덤덤하게 서 있었다. 수현은 그 모습에 더욱 열이 받아 승현의 어깨를 밀쳤다.

"꺼져라. 네가 낄 자리 없어."

"낄 자리가 있는지 없는지는 내가 판단해."

"너 진짜 정신병 있는 거 아니냐?"

"뭐?"

"왜 이렇게 남의 거를 다 빼앗으려 드는 건데."

지금까지 그 어떤 말에도 담담하게 받아치던 승현의 표정이 순식간에 굳어졌다. 그가 말을 잃은 채 슬픈 눈으로 수현을 보자 수현이 비릿한 웃음을 흘리며 말했다.

"내가 행복해 보이면 배알이 꼴려?"

자신을 비꼬는 게 분명한 수현의 말에도 승현은 여전히 아무런 말도 하지 못했다.

물론 승현의 의사와는 전혀 상관이 없었고, 수현이 승현의 말을 들어 주지 않아 오해가 생겼다지만, 어찌 되었든 승현은 동생에게 씻을 수 없는 상처를 안겨 줬다.

심지어 그 일로 말짱했던 동생이 망가져 가는 모습을 10년 동안이나 지켜봤으니, 승현이 그간 느꼈던 죄책감은 말로 다 할 수 없었다.

그래서 지금껏 수현이 자신에게 무슨 짓을 해도 그냥 넘어가 준 건데, 이번엔 달랐다.

사랑 앞에서 사람이 이렇게 변할 수 있다는 것도, 소중한 가족도 미워할 수 있을 정도로 누군가를 사랑할 수 있다는 것도, 승현은 32년 만에 처음으로 깨달았다. 그 정도로 승현에게 있어 노아의 존재는 그저 단순한 감정을 느끼는 상대가 아니었다.

승현은 잠시 피했던 수현의 눈을 똑바로 쳐다봤다. 흔들리던 승현의 눈동자에 냉정함이 어리기 시작했다. 그는 천천히 입을 열었다.

"노아 씨는 건드리지 마."

"그런 거 아니니까 제발 신경 끄고 꺼져."

"기억력이 엉망이군. 네 입으로 한 말이 기억 안 나나? 나한테 복수한다고, 망가지는 거 보여 준다고……."

"그런 거 아니라고!"

수현은 결국 참지 못하고 언성을 높였다. 그가 분노로 가득 찬 눈으로 승현을 노려보자 승현이 수현에게 더 가까이 다가섰다. 승현은 한동안 동생을 말없이 쳐다보더니 딱하다는 말투로 말했다.

"내 그림자 그만 쫓아다녀라. 안쓰럽다."

승현의 눈에는 진심이 담겨 있었다. 어렸을 때부터 자신에게 열등감을 가지고 있던 동생인데, 첫사랑마저 빼앗겼으니 얼마든지 제 사랑을 탐내고 엉망으로 만들고 싶어 할 수 있다는 게 승현의 생각이었다.

하지만 수현은 전혀 아니었다. 물론 처음엔 그런 생각으로 그녀에게 다가갔지만, 이젠 노아를 볼 때 승현이 생각나기는커녕 그렇게 아팠던 첫사랑의 모습까지 흐릿했다. 그걸 증명이라도 하고 싶어 수현은 승현의 말을 부정했다.

"······아니야."

"아니가 뭐가 아니······."

"이번엔 진짜 아니야!"

수현은 당장이라도 터져 버릴 시한폭탄처럼 불안정한 모습을 보였다. 그런 수현의 앞에서 승현은 잠시 말이 없더니 이내 차가운 시선으로 그를 바라보며 입을 열었다.

"······단 한 순간도 그런 생각을 해 본 적 없다고 자신할 수 있냐?"

수현은 승현의 말에 아무런 대답도 할 수가 없었다. 처음엔 그런 이유로 노아에게 다시 접근한 게 맞았으니까.

그래도 그냥 아니라고 하면 될 걸, 수현은 노아와 관련된 일에는 더 이상 거짓말쟁이가 되고 싶지 않았다. 그래서 바보 같은 실수를 해 버리고 말았다.

"그래, 너한테 복수하려고 서노아 만난 거 맞아. 하지만······."

툭.

수현이 말을 덧붙이려는 순간, 등 뒤에서 무언가 떨어지는 소리가 들렸다. 갑자기 등골이 오싹해지고 불길한 예감이 들어 수현은 조금 느리게 뒤를 돌아봤다.

그곳엔 가방을 바닥에 떨어트린 채 떨리는 눈으로 두 사람을 보고 있는 노아가 있었다.

노아는 잠시 아무런 말도 하지 않고 가만히 수현을 쳐다봤다. 그리고 시선이 맞닿자 정신을 차렸는지 허리를 숙여 허둥지둥 클러치 백을 주우려 하는데, 그녀의 손끝이 심하게 떨리고 있었다.

수현은 서둘러 노아에게 해명을 하려고 했다. 그러나 선뜻 입이 열리지 않았다. 어찌 되었든 완벽한 오해는 아니었다.

그는 노아를 배신한 전적이 있는 주제에 복수에 눈이 멀어 한 번 더 노아를 속였다. 그 사실마저 그녀가 알아 버렸다. 그런데 이제 와서 네가 좋아졌다, 이번엔 진심이라고 말한다? 스스로가 생각해도 어이가 없고 웃음만 나오는 말이었다.

수현은 진심조차 전하지 못하고 노아의 앞에 서서 그녀를 바라봤다. 그러자 노아가 가만히 수현을 올려다봤다. 노아의 눈에는 지금까지 단 한 번도 볼 수 없었던 분노와 경멸이 맺혀 있었다.

처음 수현에게 배신당했을 때, 노아는 분노보다는 슬픔으로 가득 찬 눈으로 수현을 바라봤다. 이런 노아의 눈빛을 보는 건 처음이었다. 하지만 그는 노아의 마음을 백 번도 더 이해할 수 있었다.

수현은 미안한 마음에 차마 고개를 들 수가 없었다.

말없이 수현을 바라보던 노아가 차갑게 뒤돌아선 순간, 지금까지 가만히 있던 수현이 얼른 그녀에게 달려가 서둘러 손목을 붙잡았다. 그러나 노아는 망설임 없이 수현의 손을 뿌리쳤다.

탁!

수현은 노아가 울거나 화를 내거나 자신에게 욕을 한 게 아니어도 낯선 노아의 행동에서 두 사람의 관계에 금이 갔음을 깨달았다. 그러나 이대로 노아를 보내기 싫었다. 아니, 그럴 수 없었다. 수현은 염치 불고하고 노아에게 매달리듯 말했다.

"서노아, 일단……."

"내가 당신한테 무슨 잘못을 한 거죠?"

눈에는 눈물이 그렁그렁했는데도 노아는 수현 앞에서 눈물을 보이고 싶지 않았는지 이를 악물며 말했다. 수현이 대답을 없자, 노아의 원망 섞인 질문이 이어졌다.

"……왜 하필 나예요?"

"……서노아."

"당신을 믿은 대가가 이건가요?"

쏘아붙이듯 물어 오는 노아의 질문에도 수현은 아무런 말도 하지 못했다.

그녀의 말대로 자신을 한 번 배신했음에도 불구하고 노아는 수현을 믿어 주고, 사랑해 줬다. 그런 사람을 또 배신한 거나 마찬가지였다. 수현은 노아를 볼 면목조차 없었다. 하지만 이대로 그녀를 보낼 수 없어서 다시 한번 노아에게 매달렸다.

"일단 내 말 좀……."

"듣고 싶지 않아요."

노아는 수현의 말을 끊으며 그녀답지 않게 단호하게 말했다. 그리고 분노로 가득 찬 시선으로 수현을 보더니 두 사람의 마지막을 선언했다.

"다신, 내 눈앞에 나타나지 마요."

노아는 그 말을 끝으로 망설임 없이 수현에게서 다시 등을 보였다. 수현 역시 노아를 잡지 못했다. 이런 상황에서도 그녀는 제 뺨 한 번 때리지 못했다.

다리에 힘이 풀린 듯 비틀거리며 걷던 노아는 결국 눈물이 터졌는지 작은 어깨를 가냘프게 떨었다. 수현은 당장이라도 달려가서 그 안쓰러운 어깨를 안아 주고 싶었다.

하지만 과연 자신에게 그럴 자격이 있을까? 답은 부정이었다.

수현은 눈앞에서 노아가 완전히 사라진 후에도 아무런 미동도 하지 못했다. 그저 우두커니 서 있을 뿐이었다.

지금껏 말이 없던 승현이 그에게로 다가와 가만히 바라보았다. 수현의 눈에는 미안함과 더 이상 노아가 상처받지 않을 거라는 안도가 공존했다. 그렇게 한동안 수현을 바라보던 그는, 천천히 입을 열었다.

"이번에도 내 탓 할 거냐."

평생 나쁜 짓이라고 해 본 적 없는 승현은 세상이 무너져 내린 것 같은 얼굴로 서 있는 동생에게 낮게 물었다. 이건 한 여자를 같이 사랑하는 연적으로서, 한편으로는 지금까지 자신이 상처받았다는 이유로 죄 없는 여자들을 아프게 한 동생을 지켜본 형으로서 하는 말이었다.

그는 이번엔 수현의 마음이 진심이라는 걸 생각지도 못한 채 수현에게 상처가 될 말들만 이어 갔다.

"……난 아무것도 하지 않았다. 다 네가 만든 상황이지."

"……."

"더 이상 어린아이처럼 남 탓 하는 거 그만해. 그리고 네 행동에 책임져라."

수현은 승현의 말에 예전처럼 분노하지도, 달려들지도 못하고 가만히 승현을 보기만 했다. 승현이 수현을 지나쳐 노아를 뒤따라 나가고, 그 모습을 지켜보던 수현은 고개를 떨어트렸다.

급하게 택시에서 내려 바라본 하늘은 노아의 마음처럼 우중충했다. 여유가 없어서 아침에 일기예보를 보지 못하고 나왔는데, 금방이라도 비가 쏟아질 것 같았다.

노아는 새벽까지 잠을 이루지 못했다. 운 것도 아니었고, 수현을 실컷 욕한 것도 아니었고, 그냥 아무 생각도 나지 않았다. 생각이 많아서도 아니고 없어서 잠에 들지 못했다니, 참 아이러니한 상황이었다.

그렇게 밤을 꼬박 새우고 잠깐 잠이 들었다가 노아가 눈을 떴을 때는 모든 상황을 지켜본 비서에게서 말을 전해 들은 서연이 노아를 깨우지도 않고 소리 없이 출근한 뒤였다.

분명 혼자서 생각도 좀 정리하고 쉬라는 의도였겠지만, 노아는 우울할수록 혼자 있는 것이 무서워 늦게나마 준비를 하고 출근을 강행했다. 거기까진 좋았다.

노아는 회사 앞에서 우뚝 멈춰 섰다. 수현이 이미 서연에게 쫓겨난 건지 안으로 들어가지 못하고 회사 건물 앞에 떡하니 서 있었다.

"……서노아."

노아는 항상 수현이 이름을 불러 줄 때마다 자신의 이름이 참 좋다고 생각했다. 부모님께서 참 예쁜 이름을 지어 주셨다고, 이름만 들어도 사랑받는 기분이 든다고, 그렇게 바보 같은 착각에 빠져 있었다.

하지만 이제는 자신의 이름을 부르는 수현의 목소리가 더 이상 다정하게 들리지 않았다. 그저 또 어떤 달콤한 말들로 자신을 속일까, 얼마나 더 자신에게 많은 상처를 줘야 저 남자는 성이 차는 걸까. 그런 생각뿐이었다.

자신을 애틋하게 바라보는 저 눈동자도 다 연기라고 생각하며 수현을 지나치려는데, 그가 노아를 붙잡았다.

"10분, 아니 5분이라도 좋으니까 얘기 좀 해."

"난 당신이랑 할 얘기 없어요."

노아는 수현의 말에 망설임 없이 답했다. 그녀의 목소리는 차가웠다. 수현이 떨리는 눈으로 노아를 보았지만 노아는 아무렇지 않은 듯 수현을 지나치려고 했다. 그러자 그가 급하게 노아를 향해 소리쳤다.

"변명하지 않을게. 진실만 말할게. 들어 주기만 해. 듣고 나서 날 밀어 내도 좋으니까, 응?"

애원하듯 매달리는 그의 목소리에 잠시 마음이 흔들렸다면 자신이 미친 걸까.

이미 그에게 같은 방법으로 속아 놓고선 노아는 또다시 흔들릴 것만 같았다. 하지만 이번엔 넘어가지 않고 수현을 밀어냈다. 노아는 그렇게 수현을 지나쳐 건물 안으로 들어섰다.

노아를 뒤따라가던 수현은 건물 안으로 들어서기도 전에 경비원들에게 제지를 당했다. 그러면서도 애타게 노아의 이름을 불렀다.

"서노아…… 서노아!"

수현이 불러 줄 때마다 참 예쁘다고 느꼈던 자신의 이름. 오늘따라 그 이름이 아프게 느껴졌다.

노아는 무거운 발걸음을 억지로 옮겨 사무실에 들어섰다. 노아를 발견한다면 잔소리를 하든 걱정스러운 눈으로 바라보든 둘 중하나는 했을 서연은 다행히 상담 중인지 보이지 않았다.

노아는 안도의 한숨을 내쉬며 사장실로 향했다. 그러다 놀란 눈으로 자신을 보는 비서와 눈이 마주쳤다.

"대표님……."

"서연이 나오면 저 온 거 일단 얘기하지 말아 줘요."

노아는 그 말을 끝으로 사장실로 들어갔다. 그녀는 사장실에 들어선 후에도 한참을 멍하니 서서 생각에 잠기며 한숨을 내쉬었다.

"어제 입은 옷을 그대로 입고 있었어. 그렇다고 술 냄새가 나는 것도 아니었고, 그냥 여기서 밤새 나를 기다린 거야."

수현이 어제 어떤 옷을 입고 있었는지, 오늘 그에게서 술 냄새가 났는지 나지 않았는지, 노아는 그와 마주친 그 잠깐 사이에도 그에 대한 생각만 잔뜩 했다. 겉으로는 애를 써서 독하게 굴었지만 서노아는 여전히 서노아였다.

이번에는 다시 넘어가서는 안 된다 굳게 마음먹으며 노아는 책상 앞에 앉았다. 하지만 할 수 있는 건 아무것도 없었다. 생각하지 않겠다고 해도 계속 수현의 생각만 났다.

결국 노아는 자리에서 일어나 창 앞에 서서 1층을 내려다봤다.

"갔을까. 가지 않았을까."

갔어도, 가지 않았어도 상관없는 사람이다. 어차피 다신 받아주지 않을 사람인데, 노아는 괜히 마음을 졸였다. 건물 앞에서는 여전히 수현이 노아를 기다리고 있었다.

때마침 우려했던 비가 한두 방울씩 떨어지기 시작했다. 비는 한두 방울로 시작해 굵어지더니 곧이어 무서운 기세로 쏟아졌다. 하지만 수현은 아무런 미동도 하지 않고 노아를 기다렸다. 노아는 당장이라도 뛰쳐나가고 싶었지만, 애써 제 마음을 모른 척하며 커튼을 쳤다.

노아는 창문에서 몸을 떨어트리고 다시 의자에 앉았다. 그리고 얼굴을 두 손으로 가리며 자기 최면을 걸었다.

"……다신 용서하지 않을 거야."

"저녁 맛있는 거 먹으러 갈까?"

서연은 그녀답지 않게 노아의 눈치를 봤다. 애써 덤덤한 척은 하고 있지만 얼굴에 생기가 없어 보여 자꾸만 걱정이 되었다. 멍한 표정으로 창밖만 바라보고 있던 노아가 고개를 끄덕였다. 신경이 온통 다른 곳에 가 있는 노아의 모습을 본 서연은 한숨을 쉬며 운전에 집중했다.

노아는 오늘 하루를 어떤 정신으로 보냈는지 전혀 기억이 나지 않았다. 창밖을 보지 않으려고 노력하기만 했다. 결국 오후부터는 신경이 쓰여 일부러 사장실 밖으로 나와 있었다. 절대 신경 쓰지 않기로 했는데 왜 자꾸 신경이 쓰이는 건지……. 노아는 이쯤 되니 자기 자신이 미웠다.

"어?"

지하 주차장을 막 벗어날 때쯤 들려온 서연의 목소리에 노아는 서연의 시선을 따라 고개를 돌렸다.

그곳에는 쏟아지는 빗속에 덩그러니 서서 여전히 노아를 기다리고 있는 수현이 있었다.

"말도 안 돼."

노아는 믿을 수 없다는 표정으로 중얼거렸다.

노아가 출근했을 때부터 지금까지 수현은 족히 다섯 시간 이상 비를 맞은 거였다. 아니, 정말 노아의 예상대로 어제 노아가 퇴근할 때쯤부터 이곳에서 노아를 기다렸다면 거의 스물네 시간을 저렇게 서 있는 거나 다름없었다.

서연도 대충 수현이 노아를 기다린 시간이 추측되어 노아의 눈치를 봤다. 혹시나 노아가 마음이 약해져 차에서 뛰쳐나가 또 바보같이 저 남자를 용서할까 봐 걱정을 하는데, 말없이 수현을 보고 있던 노아가 고개를 돌렸다.

"집에 빨리 가자. 피곤해."

서연은 담담한 목소리로 수현을 외면하는 노아의 모습에 놀랐다. 하지만 그것도 잠시, 금세 고개를 끄덕이며 액셀을 밟았다.

하지만 사실 노아의 마음은 서연의 생각대로 이미 수현의 곁에 있었다. 여전히 저 못된 남자에게 감정이 남아 있었지만, 이렇게 계속 부정하다 보면 언젠가 이 마음도 자신의 뜻대로 움직일 날이 올 거라고 생각했다.

그렇게 노아는 수현과의 이별을 꿈꾸며, 머리로나마 그를 정리해 나가고 있었다.

수현과 잠정적으로 헤어진 지 어느덧 3일이라는 시간이 흘렀다.

그동안 수현은 단 하루도 빠짐없이 노아를 찾아왔다. 가뜩이나 새하얀 얼굴이 비를 맞았던 날 이후 더 새하얗게 질려 있었다. 누군가 살짝 건드리기만 해도 픽 쓰러질 것만 같은 모습이었지만 그 꼴로도 수현은 좀처럼 노아를 찾아오는 일을 멈추지 않았다.

하지만 노아는 두 번이나 속고 나니 도저히 그를 믿을 수가 없었다. 이렇게 자신을 찾아오는 것도 여전히 자신을 속이기 위해서인 것만 같았다. 이번엔 예전처럼 쉽게 그를 용서할 마음이 아예 없었다.

물론 그렇게 찾아오는 수현을 보며 조금이라도 안쓰럽게 생각하지 않았다면 거짓말이었다. 그의 얼굴을 볼 때마다 약해지는 마음을 숨길 수가 없었다. 하지만 노아는 하루하루 그를 더 미워할 수 있도록 옛날 일까지 곱씹으며 최대한 노력하고 있었다.

그녀는 수현의 마음이 이번엔 정말 진심이라는 건 꿈에도 상상하지 못한 채 수현을 상처 주고 홀로 아파하고 있었다.

졸지에 양치기 소년 신세가 된 수현은 평소답지 않게 냉정한 노아의 행동 앞에서도 절대 굴하지 않았다. 그건 오늘도 마찬가지라 수현은 노아의 사무실이 있는 건물 앞에 우두커니 서서 노아를 기다리고 있었다. 노아는 그 모습을 무표정한 얼굴로 내려다봤다.

노아의 사무실이 있는 건물은 각 층마다, 또 각 호수마다 다양한 회사들이 입주해 있었다. 그만큼 많은 사람들이 건물에 드나들고 있단 뜻인데, 얼굴도 많이 알려진 사람이 저렇게 매일매일 찾아와 미련한 행동을 하고 있으니……. 가뜩이나 안 좋은 수현의 이미지가 더 안 좋아질 것은 뻔했다.

분명 예전의 서노아였다면 수현이 걱정되어 당장이라도 뛰쳐나갔을 것이다. 하지만 노아는 수현의 모습을 보기 싫다는 듯 바로 커튼을 쳤다.

"저거 다 연기야. 많이 속아 봤잖아, 너."

노아는 마치 뭐에 홀리기라도 한 사람처럼 허공을 보며 작게 중얼거렸다.

그를 믿어 주고 진심으로 대해 줘도 결국 노아에게 돌아온 건 수현의 거짓말에 속아 상처받은 자신뿐이었다. 그러니 이번에는 정말로 다시는 그를 받아 주지 않겠다고, 수현 때문에 더 이상 아파하지 않겠다고 마음을 독하게 먹었다.

하지만 사람 감정은 정말 무서운 거라서 노아의 눈은 생각과는 다르게 자신을 기다리는 수현을 볼 수 있는 창 쪽으로 돌아가고 싶어 했다. 노아는 창문에서 애써 고개를 돌렸다.

"이번엔 용서하지 않을 거야. 다시는 속지 않을 거야."

노아는 자기 자신에게 마법이라도 걸듯 몇 번이고 중얼거리며 그렇게 수현을 밀어내고 있었다.

서연은 수현과 그 사건이 있고부터 한시도 노아의 곁에서 떠나지 않았다. 하지만 오늘은 간만에 서연에게 급한 일이 생겨 하는 수 없이 노아 먼저 퇴근을 하기로 했다. 차를 가지고 가도 된단 서연의 얘기에 노아는 일단 지하 주차장으로 내려왔다.

집에 가서도 수현에 대한 생각을 하지 말자, 하게 되더라도 안 좋은 생각만 하자. 그렇게 다짐하며 노아가 막 차 문을 열려고 할 때쯤이었다. 어두운 주차장 한편에서 한동안 듣지 못했던 익숙한 목소리가 들려왔다.

"서노아."

아주 낮고 매력적인 목소리에 노아는 차 문을 열려던 행동을 멈췄다. 그리고 떨리는 눈으로 허공을 바라보았다. 등 뒤로 발자국 소리가 들렸다.

터벅터벅.

무겁고 느릿하게 이어지던 발자국 소리는 노아의 곁에 다다랐을 때쯤이 돼서야 멈췄다. 뒤늦게 정신이 돌아온 노아가 서둘러 차 문을 열려고 했지만 수현이 바로 노아의 손목을 붙잡아 저지했다.

"……나랑 얘기 좀 하자."

수현답지 않은 기운 없는 목소리였다. 한동안 수현과 마주치지 않으려고 그를 피해 다녔기 때문에 그의 목소리를 듣는 건 아주 오랜만이었다. 하지만 그녀는 그의 낮은 음성이 예전처럼 설레기보다는 두려웠다.

노아는 서둘러 수현의 손을 뿌리치며 등을 돌려 그를 쏘아보았다. 그의 얼굴과 마주한 노아의 입가에서 순간 비릿한 웃음이 새어 나왔다.

이렇게 가까운 거리에서 수현을 본 건 딱 일주일 만이었다. 오랜만에 마주한 그의 얼굴은 보기 흉할 정도로 야위어 있었다. 예전 같으면 그 모습이 안쓰럽게만 느껴졌을 텐데, 수현에게 속아 이미 상처를 받은 노아는 그가 이번에도 자신을 속이기 위해 힘든 척 연기를 한다고 생각했다.

노아는 마음속으로는 매번 수현 때문에 괴로워해 놓고선, 단 한 순간도 그런 적이 없다는 듯 그를 차갑게 대했다.

"전 분명 말했어요. 당신이랑 할 얘기 없다고."

목소리부터 눈에 띄게 싸늘해진 노아의 모습에 수현은 슬픈 얼굴로 입을 꾹 다물었다. 하지만 그것도 잠시, 수현은 자신이 한 짓이 있으니 노아가 변한 건 당연하다 생각하며 다시금 그녀에게 매달리듯 말했다.

"내가 너한테 미움받는 게 당연하다고 생각해."

"당연하다고 생각하면 다신 내 눈앞에 나타나지 마요."

"……."

"난 당신 얼굴만 봐도 죽을 만큼 화가 나니까요."

노아는 그 말을 끝으로 차갑게 그에게서 등을 보였다. 자신이 알던 노아가 아닌 것 같은 차가운 행동에 수현은 당황했지만, 다시 노아를 붙잡았다.

무슨 말이 저렇게 하고 싶어서 이 자존심 강한 남자가 이렇게까지 속도 없이 구는 걸까. 노아는 사실 조금 궁금했지만, 한번 신경 쓰기 시작하면 또 너무도 쉽게 그에게 속아 버릴 것 같아서 신경 쓰지 않기로 했다.

노아는 그를 뿌리친 채 차에 타서 시동을 걸었다. 하지만 수현은 이미 잠겨 버린 차의 문고리를 붙잡고 창문을 두드렸다. 일주일 만에 겨우 얻은 노아와 이야기를 나눌 수 있는 기회를 절대로 놓치고 싶지 않았다.

그러나 노아는 정말 독해지기로 마음을 먹은 건지 위험할지도 모르는데 그대로 액셀을 밟아 버렸다. 수현은 차 속도에 맞춰 뛰다가 결국 문고리를 놓쳤다.

노아는 수현을 무시하고 운전을 이어 가면서도 힐끔 백미러를 쳐다봤다. 놀랍게도 수현이 아직도 노아를 쫓아오고 있었다. 물론 사람이 자동차의 속도를 따라오는 건 말도 안 되는 일이지만, 평소에 운동을 좋아하고 체력도 좋은 수현이 정말 끝까지 저를 따라올 것만 같아서 겁이 났다.

하지만 어찌 된 영문인지 조금 달리던 수현은 결국 자리에 주저앉았고, 이내 그대로 주차장 바닥에 쓰러졌다.

"연기야…… . 연기."

노아는 그렇게 말하며 운전을 멈추지 않았다.

겨우 지하 주차장을 빠져나오는 것까지 성공한 노아는 뒤늦게 이상한 기분이 들었다. 자신에게 매달리는 수현의 애틋한 눈동자를 봐서 그럴까? 아님 이번엔 과하다 싶을 정도로 과격한 그의 연기 때문에 그런 걸까? 신경 쓰지 않을 거라고 다짐하면서도 노아의 마음은 자꾸 불안해져만 갔다.

결국 노아는 회사에 뭘 두고 온 것 같다는 핑계로 저를 합리화시키며 다시 주차장으로 돌아갔다.

수현은 여전히 바닥에 쓰러져 있었다. 그걸 본 순간 노아의 얼굴에 핏기가 가셨다.

아까 그렇게 모질게 대해 놓고선, 다시는 수현 따위한테 넘어가지 않을 거라고 해 놓고선, 정말 죽은 사람 같은 모습을 하고 있는 수현을 보자 노아는 가슴이 너무나 거세게 뛰어 결국 차에서 내렸다.

"모르는 사람도 아니고 아는 사람이잖아. 감정이 남아서가 아니라, 도덕이라는 걸 배운 사람이라서 그러는 거야."

노아는 수현에게 다가가면서도 끝까지 수현에게 남은 감정 따위는 없다고 현실을 부정했다. 그리고 끝내 수현의 앞에 다다라 그를 흔들며 말했다.

"이봐요. 일어나요."

수현은 노아의 부름에도 아무런 답이 없었다. 노아가 불안함을 느끼며 수현의 얼굴을 살펴보았다. 이제야 제대로 본 그의 얼굴은 식은땀으로 흥건히 젖어 있었다. 그 순간 노아는 깨달았다. 지금 수현의 모습은 연기가 아니라는 걸…….

수현의 이마는 불덩이였다. 지난번 노아를 빗속에서 기다린 날 이후로 상태가 안 좋아 보이긴 했지만 이 정도까지 아플 줄은 몰랐다. 이 꼴이 돼서도 그렇게 찾아온 거냐고, 그렇게까지 해서 나를 괴롭히고 싶었냐고, 노아는 원망 가득 찬 말들이 목까지 올라왔지만, 단 한 마디도 뱉어 내지 못했다.

다만 지금 이러고 있을 때가 아님을 깨닫곤 그를 부축해 차에 태우고 운전대를 잡았다.

"괜찮아. 아무 일도 없을 거야."

핸들을 쥐고 있는 손이 떨려 왔다. 자신에게 씻을 수 없는 상처를 준 사람의 위험 앞에서 노아는 착한 건지, 바보 같은 건지 몹시도 불안해하고 있었다.

하지만 다 괜찮을 거라고, 아무 일도 없을 거라고, 애써 자기 최면을 걸며 바쁘게 근처 병원으로 향했다.

감기 몸살, 과로, 영양실조 등, 종합 병원이 따로 없는 그의 병명 앞에서 노아는 한숨만 나왔다. 도대체 그동안 어떻게 살아왔으면 이 지경이 된 거며, 이 꼴을 하고 어떻게 자신을 매일같이 찾아올 수 있는 거냐고 노아는 진심으로 묻고 싶었다.

이쯤 되니 '혹시 이번엔 진짠가?' 의문이 들 만도 했지만, 노아는 그런 의문이 생기기도 전에 정신을 차리려 서둘러 고개를 좌우로 흔들었다.

"난 불쌍한 사람을 도와준 거야. 이제 됐어."

노아는 중얼거리며 자리에서 몸을 일으켰다. 왠지 몸은 발걸음을 떼고 싶지 않아 하는 듯 무겁기만 했지만, 머리는 빨리 이 자리를 뜨라고 말하고 있었다.

그래서 꿋꿋하게 떨어지지 않는 발걸음을 내딛는데, 그때 등 뒤에서 수현의 목소리가 들려왔다.

"······가지 마."

수현은 아직 잠에서 덜 깬 듯 갈라지는 목소리로 노아에게 말했다. 노아가 못 들은 척 무시하며 다시 발걸음을 내딛자 다시금 수현의 목소리가 들려왔다.

"······제발, 제발 가지 마."

결국 노아는 발걸음을 멈췄다. 그리고 뒤를 돌아 싸늘한 시선으로 수현을 바라보았다. 수현이 슬픈 눈으로 자신을 보고 있었다.

노아를 멍하니 바라보는 그의 눈동자에 왠지 모를 희망이 피어올랐다. 그도 그럴 것이, 그렇게 매몰차게 밀어내더니 결국은 자신을 도와준 것 아닌가. 그래서 어쩌면 아직 노아의 마음은 그대로인 게 아닐까 작은 기대를 걸어 보았지만 노아는 입가에 비릿한 미소를 지으며 쌀쌀맞게 말했다.

"착각하지 말아요."

노아의 차가운 목소리에 수현의 표정은 순식간에 굳어졌다. 기대가 큰 만큼 실망도 컸다. 희망이 무너진 느낌에 수현은 가슴이 아려 왔다. 하지만 금세 이렇게 이야기를 나눌 수 있는 기회라도 얻은 게 어디냐는 생각이 들었다. 수현은 노아에게 말하지 못했던 그간의 진심을 전하려 입술을 열었다.

그러나 노아는 수현의 말을 들어 줄 생각이 없는지 그가 말을 꺼내기도 전에 여전히 서늘한 목소리로 말을 이어 갔다.

"길 가다 불쌍한 사람 보면 인간 된 도리로 도와주게 되잖아요. 내가 당신을 도와준 이유도 그거랑 같아요."

"……."

"그 이상, 그 이하도 아니니까 괜히 착각하지 말고 더 이상 연기하지도 마요."

사실 노아는 수현을 보면 매몰차게 대할 수 없을까 봐 걱정했었다. 그런데 생각보다 쉽게 마음에도 없는 말이 술술 나왔다.

서툰 노아의 연기가 제법 효과적이었는지, 수현의 가슴은 사랑하는 여자가 던진 비수들로 금세 상처투성이가 됐다. 수현은 한동안 아무런 말도 하지 못하고 그저 가만히 노아를 바라보기만 했다.

노아는 이야기는 여기서 끝이라는 듯 다시 수현에게서 등을 보이려 했다. 하지만 노아가 채 완벽한 뒷모습을 보여 주기도 전에 수현은 뒤늦게 정신을 차리고 소리쳤다.

"한 번만, 정말 딱 한 번만 내 얘기 좀 들어 줘. 널 단 한 순간도 사랑하지 않았다고…… 너한테 그렇게 기억되고 싶지 않아."

수현이 그동안 노아를 끈질기게 쫓아다녔던 이유는 사실 이것 때문이었다.

여태까지 자신이 한 짓이 있는데, 감히 노아와 예전처럼 사랑하던 사이로 돌아갈 수 있을 거라고는 생각하지 않았다. 분명 노아는 따뜻하고 착한 사람이지만, 자신이 한 행동은 그런 여자도 변하게 만들 만큼 도가 지나쳤다.

물론 처음에는 노아를 떠나보낼 수 없어서 그녀를 따라다녔다. 그러나 이젠 노아가 자신에게 사랑받은 적이 없다 오해하는 게 싫었다. 그것만이라도 해명하고 싶었다.

하지만 노아는 수현의 애절한 목소리에도 여전히 불신으로 가득 찬 눈으로 그를 쳐다봤다.

'과연 이 말은 이 남자의 진심이 맞을까?'

노아는 이미 수현에게 너무 많이 속아 그의 애절한 부탁마저도 거짓처럼 들렸다. 도저히 그의 말을 믿을 수가 없어 한동안 수현을 말없이 바라보기만 하던 노아는 이내 차갑게 가라앉은 목소리로 물었다.

"들어 주면, 나 보내 줄 수 있어요?"

노아답지 않은 차갑고 날카로운 말투였다. 수현은 대답 없이 노아를 바라보더니 이내 고개를 바닥으로 떨어트렸다.

분명 진심만 전할 수 있다면 더 이상 바랄 게 없다고 생각했는데, 가슴이 아파도 노아가 원한다면 떠날 수 있다고 생각했는데, 그녀의 물음에 수현은 말문이 막혔다.

수현은 솔직하게 도저히 그녀를 보낼 수가 없었다.

물론 지금 거짓말을 하면 간단하게 해결될 일이었다. 그렇게 그녀를 붙잡고 제 마음을 고백하면 전부 전으로 돌아갈 수 있을지도 몰랐다. 그러나 이미 너무 많은 거짓말로 노아를 아프게 했던 그는 진실을 말할 수밖에 없었다.

"널 보낼 수는 없어."

노아는 아무런 말도 하지 않고 수현을 바라봤다. 그리고 미련 없이 그에게서 등을 보여 앞을 향해 걸어 나갔다. 더 이상 수현과 말할 가치도 없다는 의미였다.

그렇게 몇 발자국쯤 걸었을까. 갑자기 노아의 등 뒤에서 쿵 하고 무언가 떨어지는 소리가 들렸다.

혹시 수현이 또 쓰러진 게 아닐까 하는 생각에 노아는 서둘러 다시 뒤를 돌아봤다. 놀랍게도 수현은, 무릎을 꿇고 있었다.

"……지금 뭐 하는 거예요?"

노아는 경악을 금치 못하는 표정으로 그를 바라보며 떨리는 목소리로 물었다.

아무리 지금 주변이 천막으로 가려져 있는 상태라지만, 언제 누가 들어올지도 모르는 병원 응급실에서 이게 무슨 짓이란 말인가. 게다가 자존심 강하기로 소문이 난 톱모델 한수현이 여자 앞에서 무릎을 꿇다니. 아무리 노아를 속이고 싶다지만 이건 도가 지나친 것 같았다.

하지만 정작 당사자인 수현은 담담한 표정으로 노아를 바라보고 있었다. 노아는 그런 수현이 이해가 가지 않았다. 예상치 못한 그의 모습에 노아의 눈동자가 떨렸다.

그때 지금까지 말이 없던 수현이 고개를 숙이며 말했다.

"······미안해."

"······."

"미안하다는 말로 해결되지 않는다는 거 알지만, 그래도 미안해. 너한테 상처 줘서."

수현은 상처 줘서 미안하다는 사람치고는 오히려 자신이 상처받은 얼굴을 하고 있었다.

도대체 무엇이 저 자존심 강한 남자의 무릎을 꿇게 만들고, 사과조차도 저렇게 슬픈 눈으로 하게 만드는 걸까. 노아는 혼란스러웠다.

하지만 이럴 때일수록 마음을 독하게 먹어야 했다. 두 번 다시 속을 수는 없다. 생각이 끝난 노아는 수현에게 대답조차 하지 않고 뒤돌아섰다.

수현은 멀어지는 노아의 뒷모습을 아무런 미동도 없이, 그저 멍하니 쳐다봤다. 그 뒷모습에서 노아를 배신하고도 전혀 미안하지 않다는 듯, 그녀에게서 등을 보였던 자신을 떠올라 그는 입가에 비릿한 웃음을 지었다.

모든 것을 후회해 봐야 이미 너무 늦었다. 시간은 흘렀고, 수현이 매달리면 매달릴수록 노아의 상처는 나을 기미는 보이지 않고 점점 깊어져만 갈 것이다.

◆ ◆ ◆

"아이스 아메리카노 한 잔 주세요."

노아는 자신의 곁에 있겠다는 서연을 억지로 그녀의 남자 친구에게 보내고 혼자 회사 근처로 나왔다. 그리고 무의식적으로 수현과 자주 가던 카페에 와서 수현이 좋아하던 메뉴를 시키고는 잠시 움찔했다.

노아는 여태껏 커피의 '커' 자도 모르는 여자로 살았다. 완벽한 어린아이 입맛이어서 쓴 음식은 질색하고 단것만 찾았었는데, 수현과 함께하다 보니 어느새 쓰디쓴 아메리카노에 적응이 됐나 보다.

그걸 뒤늦게 깨달은 노아는 방금 전 주문을 받은 아르바이트생에게 급히 소리쳤다.

"초코 프라페로 바꿔 주세요!"

"네?"

"아주 달게요."

이게 뭐 대단한 말이라고, 비장한 얼굴로 말하는 노아를 아르바이트생은 이상하다는 눈으로 쳐다봤다. 하지만 그건 노아에게 절대 아무것도 아닌 게 아니었다.

지난번 수현을 병원에 데려다준 이후 노아는 밤새 한숨도 자지 못했다. 그의 모습이 모두 거짓이라고 생각하면서도 가슴 한편에 선 기대가 피어올라 스스로도 미칠 지경이었다.

노아는 몇 번이고 흔들리지 말자고 다짐하며 수현에게 다시 돌아가려는 하기보다는 그를 조금씩 지워 나가기로 마음먹었다. 그러나 노아의 주변에 온통 수현의 흔적들이 너무 많이 남아서 아무리 지워도, 지워도 끝이 날 기미가 보이지 않았다.

오늘도 마찬가지였다. 저도 모르게 수현과 자주 오던 카페에 와서 같이 먹던 음료를 시켰다. 깜짝 놀라 메뉴를 바꾸고도 어느새 정신을 차려 보니 앉은 자리마저 수현과 함께 앉던 자리였다.

노아는 사람의 습관이라는 게 참 무서운 거라는 걸 뼈저리게 느끼며, 수현에 관한 생각을 하지 않으려 서둘러 휴대폰을 들었다. 그녀는 바쁘게 인터넷 서핑을 하며 시간을 보냈는데, 그 상태로 한 시간을 넘게 앉아 있어도 누구에게 연락 한 통 오지 않았다.

노아는 멍하니 휴대폰을 바라봤다. 평소에도 연락이 올 곳은 가끔씩 안부를 묻는 부모님과 항상 붙어 다니는 서연, 그리고 일 때문에 만나는 사람 정도가 다였기 때문에 휴대폰은 사실 시계 용도로만 써 왔다.

하지만 수현을 만나고 나서 메시지를 너무 많이 주고받아 배터리가 없다는 마법 같은 일을 경험하기도 했다. 폰이 드디어 제 기능을 한다며 좋아했었는데, 역시나 수현과 멀어지게 되면서 다시 시계로 변해 버렸다.

"후우……."

생각을 떨치려고 하면 또 생각이 나고, 딴생각이라도 해 보면 어느새 다시 생각은 수현에게로 와 있었다. 노아는 자꾸 한숨만 나왔다. 왜 서연이 자신에게 미련하다고 그렇게 구박을 했는지, 답답하다고 잔소리를 했는지. 노아는 이제야 그녀의 마음이 이해가 되는 기분이었다.

혼자 있으니 계속 잡생각만 늘어, 노아는 그만 회사로 돌아가야겠다는 생각이 들었다. 마시던 음료를 정리하고 자리에서 몸을 일으키려는데, 어디선가 익숙한 목소리가 들려왔다.

"노아 씨."

귀에 익은 아주 낮은 음성. 노아는 화들짝 놀라 주변을 둘러봤다. 그곳에는 승현이 여전한 모습으로 서 있었다. 지난번 수현과 함께 사무실에서 자신을 기다리고 있던 모습을 본 게 그를 본 마지막이었다. 다시금 그날이 떠올라 노아는 어쩐지 가슴이 시큰거렸다.

"사무실에 없으셔서 찾아다녔습니다."

무뚝뚝하지만 묘하게 상냥한 그의 말투에도 노아는 아무런 대답도 하지 않았다.

그러고 보니 그동안 수현 때문에 제정신이 아니어서 한승현이라는 존재 자체를 새까맣게 잊고 있었다. 고마운 것도 많고, 미안한 것도 많고, 결정적으로 그날 왜 그곳에 와 있었는지 물어볼 것도 많은데, 노아는 수현과 관련된 사람이라는 이유로 그의 등장이 반갑지 않았다.

노아는 굳이 수현과 닮은 얼굴과 마주하고 말을 섞고 싶지 않아 얼른 자리를 피하려 했지만, 어느새 그녀의 앞까지 다가온 승현이 자연스럽게 노아의 앞자리에 앉았다.

"앉겠습니다."

역시나 이상한 사람이다. 예의가 바른 듯 나쁜 듯, 참 애매한 모습을 보여 주는 승현을 노아는 잠시 말없이 쳐다봤다. 승현은 왜 앉지 않느냐고 묻는 듯 의문으로 가득한 눈으로 노아를 보고 있었다. 노아는 작게 한숨을 내쉬며 솔직하게 말했다.

"미안해요. 저 한승현 씨랑 있는 거 불편해요."

한승현 씨에서 겨우 승현 씨가 되었는데, 다시 한승현 씨로 돌아와 버렸다. 호칭에서부터 두 사람의 거리가 다시 멀어졌다는 게 느껴졌지만, 승현은 애초에 노아의 이런 반응을 예상했기에 담담한 얼굴로 그녀를 보았다.

노아는 못나게도 아무런 잘못이 없는 승현에게 지친 목소리로 말했다.

"저 수현 씨랑 관련 있는 한승현 씨와 더 이상 엮이고 싶지 않아요. 수현 씨랑 똑같이 생긴 얼굴 보는 것도 힘들고요."

"……"

"무슨 일 때문에 오신 건지는 모르겠지만……."

"결국, 상처받으셨죠?"

평소답지 않게 노아의 말을 끊으며 물어 오는 승현의 말에 노아는 그대로 말문이 막혀 버렸다.

저 말이 무슨 의미인지, 노아는 굳이 다시 묻지 않아도 잘 알고 있었다.

지난번 노아를 찾아와 수현과 과거에 있었던 사건의 실상을 알려 줬던 승현은, 분명 노아에게 경고했었다. 결국 수현 때문에 상처를 받게 될 거라고. 그런 승현의 경고에도 상처받아도 좋다고 큰소리를 친 노아는 결국 승현의 말대로 상처를 받게 됐다.

그 누구도 원망할 수 없었다. 자신의 선택 때문에 벌어진 일이다. 그 때문에 자신을 말려 줬던 사람 앞에서 노아는 고개를 숙일 수밖에 없었다.

노아가 아무런 대답도 못 하자 가만히 그녀를 보고 있던 승현이 다시금 말을 이어 갔다.

"무슨 일 때문에 왔냐고 물으셨습니까."

"……."

"노아 씨 곁에 있고 싶어서 왔습니다."

"무슨……."

"수현이랑 관련 있는 저와 엮이는 것도, 똑같은 얼굴을 보는 것도 싫다고 하셨지만, 전 노아 씨 곁에 있고 싶습니다."

평소와 다르게 고집 있어 보이는 그의 말투에 노아는 아무런 대답도 하지 않았다. 하지만 승현은 여전히 특유의 짙은 눈으로 노아를 응시하며 거침없이 말했다.

"제 동생 때문에 상처받은 여자를 지키는 게 아니라, 그게 누구든 노아 씨를 상처 줄 수 없게 노아 씨 곁에 있을 겁니다."

"승현……."

"좋아합니다."

"……."

"좋아합니다, 노아 씨."

드디어 돌고 돌아 승현의 입에서 진심이 나왔다.

지난번, 마음에 두고 있는 게 아닐까 하고 의문을 가졌다는 말과는 다르게 확신에 찬 고백이었다.

항상 동생에게 미안해 자신의 마음을 숨기고, 노아가 부담스러워할까 봐 그어 놓은 선 안으로는 들어가지 않겠다고 했던 그가 비로소 진심을 말했다.

하지만 이번에도 노아는 그의 진심을 받아 줄 수 없었다. 수현의 형인 그를, 무엇보다도 사랑하지 않는 그를 만난다는 건 말도 안 되는 일이었으니까. 노아는 눈을 한번 질끈 감았다가 뜨며 어렵게 입을 열었다.

"미안해요."

"……."

"미안해요. 한승현 씨."

완벽한 거절의 의미. 노아는 그 말만 남겨 둔 채 그대로 그에게 등을 보였다. 그리고 점점 멀어져 갔다.

승현은 노아를 붙잡지는 않았다. 다만 아무런 미동도 없이 그 자리에 그대로, 그녀의 뒷모습을 알 수 없는 눈빛으로 한참 동안 가만히 바라보기만 했다.

6. 돌아오다

"늦지 않게 왔구나."

차트에 시선을 집중하고 있던 닥터 리가 방문이 열리기 무섭게 말했다. 수현은 누군지 얼굴을 확인한 것도 아니면서 바로 알아채는 귀신같은 닥터 리에게 내심 감탄하며 그의 앞자리에 앉았다.

오늘 수현이 닥터 리의 병원에 들른 건 예전처럼 놀러 온 것이 아니라 치료를 위함이었다.

노아와 헤어지고 난 뒤부터 노아 덕분에 겨우 벗어났던 불면증과 우울증이 다시 수현을 괴롭혔다. 언제 멀끔히 나았냐는 듯 수현은 예전처럼 괴로운 하루하루를 보내고 있었다.

처음부터 '행복' 을 몰랐다면 괜찮았을 텐데, 달게 누렸던 행복이 하루아침에 사라지자 수현은 자신을 절제하기가 너무 힘들었다. 하루에도 수십 번 감정이 요동쳤다. 그래서 결국 그렇게 싫어하던 정신과 치료를 자처해서 받기로 했다.

이걸 기특하다고 해야 할지, 슬프다고 해야 할지. 여하튼 오랜 친구이자 가장 마음이 쓰이는 환자가 또 이런 문제로 아프다니, 닥터 리는 의사 된 입장으로 수현의 치료에 온 힘을 다 쏟고 있었다.

"많이 불안정한 모양이구나. 잠도 못 자고, 밥도 못 먹고."

한참을 아무런 말 없이 수현의 얼굴만 보고 있던 닥터 리는 고개를 절레절레 저으며 안쓰럽다는 듯한 목소리로 말했다. 수현은 닥터 리를 놀란 듯 쳐다보고, 이내 입가에 씁쓸한 미소를 지었다.

"역시 닥터 리는 못 속여. 다들 얼굴 좋아졌다던데……."

요즘 수현은 말 그대로 폐인처럼 생활을 하고 있었다. 물론 예전처럼 방에만 처박혀서 스케줄도 나가지 않고 술만 마시는 생활을 하고 있는 건 아니었다.

그저 식욕 감퇴로 자주 먹던 방울토마토 하나조차 입에 대지 못하고 미친 듯이 일만 하며, 노아 생각 때문에 잠도 못 자고 그 시간에 밤새 동네방네 뛰어다니며 몸을 혹사시키는 일을 반복했다.

엄청난 운동량 덕분에 겉으로는 몸도 좋아지고, 많은 스케줄을 소화하다 보니 관리도 많이 받아, 다들 요즘 더욱 잘생겨진 것 같다고 칭찬했지만 실상은 이렇게 엉망이었다.

남들은 매일 봐도 못 알아채던 걸, 누가 수현의 오랜 친구이

자 능력 좋은 의사 아니랄까 봐 닥터 리는 단번에 알아맞혔다. 수현은 놀랍기도 하고 고맙기도 해 박수가 나올 지경이었다. 그래서 속은 썩어 문드러지는 주제에 겉으로 대단하다며 닥터 리의 칭찬을 하자 닥터 리는 심각한 얼굴로 다시 수현에게 말을 건넸다.

"그렇게 힘드니?"

"응. 딱 죽고 싶은 심정이야."

얼굴은 웃고 있는데 말이 내포한 의미는 살벌했다. 그런데도 잔소리를 할 수 없는 이유는, 그게 수현의 진심이라는 걸 알고 있기 때문이다.

닥터 리는 애틋한 시선으로 수현을 쳐다봤다. 그리고 생각이 정리되자 본격적으로 치료를 위한 질문을 꺼냈다.

"잠은?"

"못 자. 눈 감으면 걔 얼굴만 생각나."

"수면제 받아 간 건?"

"맞아, 그거 물어보려고 했다. 수면제 좀 강한 걸로 바꿔 주면 안 돼? 어째 수면제가 효과가 없어. 운 좋게 잠들어도 내가 걔 울리는 꿈만 꾸다가 금방 깨. 꿈 안 꾸는 수면제는 없나?"

"……그럼 술은?"

"마시고는 싶은데 못 마셔. 마시면 취할 거고, 취하면 걔네 집 앞이라서."

수현은 여전히 웃고 있었지만, 그 웃음은 진심이 전혀 담겨 있지 않은 헛웃음이라는 걸 알아 닥터 리의 표정이 심각해졌다.

닥터 리는 한참 말이 없더니 수현에게 지금 이 순간 그 어떤 것보다 민감할지도 모르는 질문을 조심스럽게 건넸다.

"다시 만나 보는 건 어떻겠니."

닥터 리의 한마디에 지금까지 웃으면서 대답하던 수현의 얼굴이 순식간에 굳어졌다. 그리고 금세 씁쓸한 미소를 지으며 슬픈 목소리로 말했다.

"난 지난 10년 동안 단 한 번도 내 탓을 해 본 적이 없어."

"……."

"한승현이 나쁜 거다. 그 아이가 나쁜 거다. 분명 내가 잘못한 일도 있었을 텐데, 끝까지 남 탓 하느라고 바빴어."

"……."

"근데 서노아는 아니야. 어떻게 생각해도 다 내가 잘못한 거야."

"수현아……."

"나 하나 사라지면 걔 웃을 수 있는 애야. 나 그 웃음 지켜 주고 싶어."

닥터 리는 더 이상 수현에게 노아를 만나 보라거나, 진심을 전하라는 등 그를 설득하려 들지 않았다. 대신 의사가 아닌 친구의 눈으로 한참 말없이 수현을 바라보기만 했다.

수현은 이런 어색한 분위기가 싫었는지 급하게 자리에서 몸을 일으켰다.

"오늘 예약 없지? 오랜만에 재밌는 얘기 좀 들려줘. 나 커피 좀 사 올게."

수현은 그 말을 끝으로 도망가듯 진료실을 뛰쳐나왔다. 그냥 아주 짧게 노아 얘기를 좀 했을 뿐인데 자꾸 그녀가 떠올라 끝없이 슬퍼졌다. 괴롭고 마음이 아팠다.

수현은 애써 다른 생각을 하려고 노력했다. 어떤 카페를 갈지, 커피는 어떤 걸 살지. 최대한 노아와 상관없는 생각들로 머릿속을 꾸역꾸역 채웠는데, 정신을 차려 보니 차까지 타고 노아와 자주 가던 카페에 와 있었다.

"미친놈."

수현은 욕설을 뱉어 내며 서둘러 이곳을 벗어나려고 했다. 하지만 생각과는 다르게 몸은 이미 카페 안으로 들어가 있었다. 이걸 습관이라고 해야 할지, 집념이라고 해야 할지…… 노아 생각을 너무 많이 해서 몸이 제멋대로 움직이는 것 같다는 생각까지 들었다.

수현은 한없이 한심한 자신의 모습에 한숨이 나왔다. 하지만 금세 기왕 이렇게 된 거, 오랜만에 그녀와의 추억으로 가득한 장소에 있고 싶다는 생각으로 주문을 하기 위해 카운터 앞에 섰다.

겉으로는 메뉴를 고민하는 척, 속으론 노아 생각을 하며 멍하니 메뉴판만 바라보고 있는데, 갑자기 누군가가 수현의 등에 얼굴을 들이박았다.

퍽! 하는 둔탁한 소리와 함께 수현의 등 쪽에서 고통이 느껴졌다. 그는 가뜩이나 험악한 인상을 더욱 구긴 채 뒤를 돌았지만, 상대를 발견하곤 순식간에 표정이 굳어졌다.

다른 누구도 아닌 노아가 아픈지 콧등을 감싸고는 휘둥그레진 눈으로 수현을 바라보고 있었다.

두 사람은 서로를 아무런 말도 하지 않고 쳐다봤다.

수현은 담담한 척 노아를 보았지만, 속으로는 이 무슨 운명의 장난이냐며 신을 욕했다. 그렇게 한참을 가만히 노아만 바라보던 그는 커피 주문도 하지 않고 그냥 바로 노아를 지나쳐 카페 밖으로 나가 버렸다.

자꾸만 마음이 노아를 보고 싶다며 돌아가자고 요동쳤지만, 수현은 이를 악물며 참았다.

"돌아보지 마. 넌 돌아볼 자격도 없어."

수현은 이 말을 수십 번도 더 곱씹으며 좀처럼 떨어지지 않는 발걸음을 내디뎠다.

겨우 10m도 되지 않는 거리에 자신이 사랑하는 여자, 서노아가 있다. 하지만 수현은 오늘도 그녀에게 다가갈 수 없었다.

수많은 인파들로 가득한 거리에서 승현과 노아는 마치 연인 같은 모습으로 나란히 걸었다.

오늘 노아는 자신이 가지고 있는 옷 중 가장 예쁜 옷을 입었다. 화장도 신경 써서 하고, 평소 좋아하지 않던 진한 향수도 뿌렸다. 승현과 만나 함께 분위기 좋은 곳에서 식사도 즐기고, 덤으로 거리로 나가 잠깐 걷자고 먼저 제안을 한 것도 노아였다.

고백 이후로도 승현은 노아의 곁을 맴돌았다. 노아를 집에 데려다주려 퇴근 시간에 맞춰 회사 앞에서 기다리거나, 그녀에게 잦은 연락을 하며 그녀를 향한 애정을 숨기지 않았다. 그러나 노아의 반응은 싸늘했다. 승현에게 욕은 하지 않더라도 대놓고 그를 불편해하며 자신에게 다가올 수 없도록 선을 그었다.

그랬던 노아가 오늘은 믿기지 않을 법한 파격적인 행동을 한 것이다. 그럼에도 승현은 전혀 기뻐하지 않고 심지어 말도 없었다. 노아가 무슨 말을 하려고 자신을 만났는지 예상하기 때문이었다.

노아는 오늘 승현과의 관계를 완벽하게 정리하기 위해 그와 만났다.

노아는 계속되는 거절에도 자신을 찾아오는 승현과 관계를 확실하게 끝내는 게 그에게 더 이상 상처를 주지 않는 길이라고 생각했다. 두 사람은 정식으로 만난 사이가 아니었기에 이별이라 하기도 뭐하지만, 그래도 최대한 마지막은 아름답게 마무리하고 싶었다.

그런 이유로 노아는 오늘 하루 평소보다 승현에게 다정하게 대했고, 그가 말로 한 적은 없지만 제게 바랐을 것 같은 것들은 모두 이뤄 주려고 노력했다. 그래야 승현이 조금이라도 미련을 남기지 않을 테니까.

하지만 노아의 의도와는 다르게 승현은 이런 노아의 행동 때문에 더욱 괴로워했다.

"승현 씨."

얼마쯤 걸었을까, 인파를 피해 비교적 한적한 공원에 도착해 노아가 멈추어 서며 승현의 이름을 불렀다. 승현도 노아를 따라 걸음을 멈추며 새까만 눈동자로 노아를 응시했다. 항상 냉정하게만 보였던 그의 두 눈이 오늘따라 슬퍼 보였다.

흔들리는 눈동자에 노아는 마음이 약해졌지만, 애써 제 마음을 다잡으며 드디어 미루던 말을 꺼냈다.

"……고마웠어요. 지금까지."

많은 이야기가 담긴 것도 아니고, 듣기 좋게 포장하지도 않은 심플한 한마디였다. 하지만 이 짧은 말 앞에서 승현은 너무도 쉽게 무너져 내렸다.

미련하게 또 싫다는 그녀를 잡아도 될까. 아니면 이대로 보내 줘야만 할까. 이미 몇 번이나 노아가 자신을 밀어낼 때마다 꿋꿋하게 그녀의 곁을 지켰던 승현이었지만, 이번엔 정말 끝이라는 생각이 들어 선뜻 노아를 붙잡지 못했다.

하지만 그렇게 망설이는 것도 잠시, 이 미련한 남자는 다 알면서도 바보같이 노아를 놓지 못했다.

"좋은 곳에 많이 데려다주고 싶습니다."

"……."

"예쁜 것도 많이 사 주고, 웃게 해 주고 싶습니다."

"충분히 승현 씨 덕분에 많이 웃을 수 있었어요."

"더 행복하게 해 주겠습니다."

"승현 씨……."

"딱 1년 아니, 한 달이라도 좋습니다. 제가……."

감정이 복받치는지 승현은 목소리가 떨려 왔다. 그게 너무 안타까워서 노아는 승현을 슬픈 눈으로 바라보고, 이내 승현의 손을 조심스럽게 잡아 줬다.

승현은 한 번쯤 그녀의 손을 잡아 보고 싶다고 생각했다. 그러나 지금 이 순간엔 따뜻한 노아의 온기마저 불행하게 느껴졌다. 그래서 노아를 뿌리치려고 하자 노아는 승현의 손을 더욱 꼭 잡아 주며 말했다.

"제 곁에 있으면 더 다치시게 될 거예요."

"다쳐도 괜찮습니다."

"제가 싫어요."

"……."

"제가 싫어요. 더 이상 저 때문에 승현 씨가 다치는 거."

승현이 어떤 말을 한다 한들 오늘 노아는 절대 물러서지 않을 것 같았다. 물론 그건 다음 날도, 그다음 날에도 마찬가지일 것이다. 완벽하게 끝났다는 말 말고는 그 어떤 단어로도 두 사람의 상황을 설명할 수 없었다.

승현과 노아는 완벽하게 끝났다.

정말 분명한 일인데, 감정이라는 놈은 인정하기 싫다고 어린아이처럼 떼를 쓰고 있어서 승현은 도망치듯 자리를 피하려고 했다. 승현이 노아의 손을 놓자 노아는 자신의 손에서 빠져나가는 그의 손을 다시 붙잡는 대신, 차가운 목소리로 말했다.

"잘 가요, 한승현 씨."

노아에게서 도망치려던 그는 그녀의 마지막 말에 결국 발걸음을 멈추고 가만히 노아를 바라보았다. 그녀는 가볍게 승현에게 고개를 숙여 인사를 하고 먼저 뒤돌아섰다.

붙잡아야 하는데, 느리게 걷고 있으니까 바로 손만 뻗으면 잡을 수 있는데, 승현은 더 이상 노아를 잡을 수 없었다.

노아는 미련 없이 발걸음을 천천히 내디뎠다. 그러나 그 발걸음은 그리 오래가지 못하고 멈췄다. 승현이 노아를 부르거나 붙잡아서가 아니라, 지나가는 사람들 입에서 나온 한마디 때문이었다.

"대박. 한수현 사고 났대."

손에 휴대폰을 들고 나란히 걷고 있는 여고생들의 입에서 나온 말에 노아의 표정이 순식간에 굳어졌다. 자신의 귀를 의심하는 듯 떨리는 눈동자로 여고생들을 쳐다보는데, 여고생들의 말이 이어졌다. 그 순간, 노아는 무너져 내렸다.

"차 완전 박살났네. 이거 외제 차 아니야?"

친구에게 기사 속 사진을 보여 주려는 듯 여고생이 휴대폰을 내밀기 무섭게 노아가 그 휴대폰을 낚아챘다.

여고생들의 말처럼 휴대폰 화면 속엔 '모델 한수현 교통사고!'라는 기사 제목과 함께 한눈에 봐도 심각하게 망가진 수현의 차 사진이 올라와 있었다. 순식간에 노아의 얼굴엔 핏기가 가셨다.

도대체 무슨 정신으로 여기까지 온 건지 전혀 기억이 나지 않았다.

택시를 타고 병원 앞에 도착한 노아는 일단 앞뒤 생각도 하지 않고 발목이 으스러져라 달리기 시작했다. 수현의 병실이 어디인지 알아내는 게 먼저다. 안내 데스크를 찾으려 했던 노아의 발걸음이, 병원 안으로 들어가자마자 우뚝 멈추었다.

수현이 얼마나 다쳤는지, 목숨이 위험한 상태인 건 아닌지. 뭐 하나 밝혀진 게 없는 상황이기에 기자들은 기삿거리 하나라도 건지고자 병원 로비 안을 가득 메우고 있었다.

그게 저 사람들의 일이라는 걸 알고 있으면서도 노아는 그들이 밉고, 잔인하다고 생각했다. 다른 누구도 아니고 수현이 다쳤는데 노아에게 다른 사람들의 입장을 신경 쓸 겨를이 있을 리 없었다.

수현의 관련된 기사를 쓰러 온 사람들이라면 분명 연예계 기자들일 것이다. 그러니 수현과 이미 스캔들이 난 노아를 알아볼 게 뻔했다. 그들 앞에 얼굴을 보이는 순간 인터넷엔 기사들이 쏟아지며 또다시 수현과 엮이게 될 거고, 되돌릴 수 없는 상황이 벌어질 게 분명했다.

하지만 노아에겐 지금 그런 게 중요하지 않았다. 수현의 상태를 확인하는 게 무엇보다 우선이어서 잠시 멈췄던 발걸음을 다시 내디뎠다.

노아의 예상대로 기사들은 역시나 노아를 알아봤다. 그들은 노아의 근처로 몰려와 바쁘게 셔터를 누르며 질문하기 시작했다.

"지금 한수현 씨 상태는 어떻다고 합니까?"

"떠도는 소문에 의하면 두 분이 헤어지셨다는데, 사실입니까?"

"서노아 씨! 한 말씀만 해 주십시오!"

노아는 늘 사람들의 시선이 부담스러웠다. 하물며 이렇게 수많은 사람들에게 둘러싸여 걷는 건 정말 괴롭고 힘든 일이었다. 하지만 노아는 항상 두려워했던 이런 상황에서도 머릿속이 온통 수현으로 가득 차서 기자들의 그 어떤 질문에도 무시로 일관하며 발걸음을 재촉했다.

수현이 정확히 어느 병실에 있는지는 모르겠지만, 분명 수현이 있는 곳엔 기자들도 있을 거다. 노아는 그 생각 하나만으로 일단 엘리베이터에 몸을 실었다.

노아는 모든 층의 버튼을 눌러 층마다 엘리베이터를 세우고 주변을 살폈다. 아니나 다를까, 노아의 예상이 적중해 병원 최상층에는 엘리베이터 앞부터 기자들이 가득했다.

엘리베이터에서 내린 노아를 발견한 기자들은 병원 로비에서와 마찬가지로 미친 듯이 셔터를 눌러 대며 노아를 둘러싸고 질문을 퍼부었다. 그러나 노아는 여전히 입을 열지 않은 채 수현이 있는 병실만 찾아 헤맸다.

많은 병실들을 지나쳐 복도 끝 쪽까지 가자 어느 병실 앞에 경호원으로 보이는 두 남자가 서 있는 게 보였다. 노아는 저곳에 수현이 있다는 걸 직감하고 다가섰지만 노아의 얼굴을 모르는 경호원들이 그녀를 막아섰다.

"지금 아무도 들어가실 수 없습니다."

노아는 칼같이 자신을 막아 내는 경호원들을 올려다봤다. 하지만 그것도 잠시, 그들에 비해 한없이 작고 마른 몸으로 그들 사이를 파고들며 귀신에 홀리기라도 한 사람처럼 중얼거렸다.

"저 수현 씨 만나야 해요."

"이러시면 안 됩니다."

"수현 씨, 수현 씨!"

경호원들이 문을 열어 주지 않으니 노아는 일단 몸으로 그들을 밀어 내며 병실 안까지 자신의 목소리가 들리도록 크게 수현을 불렀다.

주변에서 카메라 셔터 소리가 시끄럽게 들리고, 오늘 이후엔 온갖 추측이 난무한 기사들이 인터넷을 가득 메우겠지만, 노아는 온 정신이 수현에게로 집중이 되어 있어 아무런 생각도 들지 않았다.

팔을 뻗으며 온 힘을 다해 수현을 부르던 그녀가 드디어 문고리를 잡는데 성공했다. 이것만 열면 그를 볼 수 있다는 기대감에 찬 노아는 문고리를 당겼다. 그러자 놀란 경호원들이 서둘러 노아를 막으려고 했다.

그 순간, 뒤에서 노아를 찍기 위해 서로를 밀던 기자들이 무너지면서 그녀를 밀어 버리고, 순식간에 문이 열리며 요란한 소리와 함께 수많은 인파가 우르르 넘어졌다.

쿵!

둔탁한 소리와 함께 덩치 큰 남자들 밑에 깔린 노아는 말로 할 수 없는 고통에 한동안 아무런 미동도 하지 못했다. 그러나 이대로 있다가는 수현을 보지 못할지도 모른다는 생각이 들어 엄청난 집념으로 힘겹게 몸을 일으켜 침대 쪽을 쳐다봤다.

그곳엔 다리에 깁스를 한 채 침대에 누워 놀란 눈으로 노아를 보고 있는 수현이 있었다.

수현은 노아를 보는 순간 마치 꿈을 꾸고 있는 듯한 기분이 들었다. 사실 깨어난 지 얼마 되지 않아서 지금이 정말 꿈이 아닐까 심각하게 고민을 하기도 했다. 사고가 나 차가 뒤집어지는 순간에도 눈앞에 노아가 아른거렸다. 심지어는 잠시 잠들어 있는 동안에도 꿈속에서 어렴풋이 노아를 본 것 같은데, 이렇게 현실에 나타나다니.

수현은 도저히 상황 판단이 되지 않아 두 눈만 깜빡이며 멍하니 노아를 바라보았다. 그때 귓가로 기자의 목소리가 들려왔다.

"지금 상태가 어떠십니까!"

"……이 바보가!"

기자의 질문 덕분에 정신이 번쩍 든 수현은 침대에서 몸을 일으켰다. 하지만 깁스를 한 다리로 할 수 있는 건 아무것도 없었다. 수현은 침대에서 일어서자마자 바로 바닥으로 넘어졌다.

경호원들이 놀라 수현을 일으켜 주려 그에게로 달려갔지만, 가장 먼저 튀어 나간 건 노아였다.

털썩.

노아는 수현에게로 달려가 그의 품에 안겼다. 방금 전까지만 해도 굳은 얼굴이었던 수현의 두 눈이 커지고, 노아는 수현의 허리를 꽉 껴안은 채 떨리는 목소리로 말했다.

"무서웠어요."

노아는 이곳으로 오는 내내 수현이 잘못될까 봐 정말 미친 듯이 무섭고 두려웠다. 혹시 수현을 다시는 볼 수 없게 될까 봐 눈물이 날 정도로 무서웠다. 나쁜 사람이니 미워하기로 했으면서 수현에게 큰일이 생겼을지도 모른다는 생각에 노아는 눈앞이 아찔해졌다. 그래서 앞뒤 안 가리고 이렇게 수현에게 달려온 것이다.

수현은 자신을 미워하고, 그래야 마땅한 노아의 이런 반응이 혼란스러우면서도 한편으로는 못나게도 좋았다. 아직 노아의 마음에 자신이 있는 것 같아서, 정말 이러면 안 되는데, 기대가 돼서. 그는 노아의 가는 어깨를 꼭 안았다.

노아도 수현을 밀어 내지 않고 그를 미워했던 순간조차 잊은 채 더욱더 그에게 파고들었다.

마치 영화의 한 장면처럼 카메라 세례 속에서 서로를 부둥켜안고 있는 두 사람. 이 두 사람 사이에 그 어떤 말이 더 필요할까.

두 사람은 먼 길을 돌아 결국엔 다시 서로의 곁으로 왔다.

촤락.

노아가 커튼을 치자 병실 안으로 들어오는 밝은 빛에 수현은 인상을 찡그리며 노아를 쳐다봤다. 햇빛에 싸인 그녀가 마치 천사 같다고 생각했다. 이 세상 그 어떤 미녀가 온다 해도 망설임 없이 노아가 세상에서 가장 아름답다고 자신할 수 있을 정도였다.

그만큼 가뜩이나 수현의 두 눈에 제대로 씌어 있던 콩깍지는 날이 갈수록 두터워지고 있었다.

미미한 간 출혈과 다리뼈 골절, 손목 인대 파열. 차가 뒤집혀 완전히 박살 난 것치고는 크게 다치지 않은 편이었지만, 정말 조금만 잘못했으면 평생 잠을 자야 할 뻔했다. 그러나 수현은 곁에 노아가 있다는 것만으로도 온 세상을 다 가진 듯 행복했다.

비록 그날 그 난리를 치는 바람에 이미 헤어진 두 사람이 소속사의 판단에 따라 여전히 열애 중이라는 웃지 못할 기사가 났지만, 수현은 그것도 그거 나름대로 잘된 일이라고 생각했다. 이제 두 사람의 관계가 회복될 거라고, 뻔뻔하지만 그렇게 생각했으니까.

하지만 모든 것은 수현만의 착각이었다. 수현은 그날 이후로 노아와 지금까지 단 한마디도 해 본 적이 없었다.

노아는 분명 팔과 다리를 마음대로 쓸 수 없는 수현을 위해 물수건으로 수현의 온몸을 닦아 주고, 밥을 먹여 주는 등 그를 지극정성으로 간호해 주었다. 거기다 종종 그녀에게 걸려 오는 전화 내용을 들어 보면 노아는 친구 서연과 싸우면서까지 수현의 곁을 지켜 주고 있는 것 같았다.

그런데 어째 노아에게선 용서한다, 다시 시작하자는 말은커녕 몸은 좀 어떻냐는 간단한 말조차 나오지 않았다.

이걸 어떻게 받아들여야 하는지……. 제가 한 짓이 있으니 차마 대놓고 물어볼 수도, 그렇다고 이런 가시방석이나 다름없는 분위기 속에서 계속 지낼 수도 없어서 수현은 노아의 눈치만 봤다.

물론 답답했지만 노아에게 아무런 말도 할 수 없었다. 그도 그럴 것이, 자신은 지금 당장 노아가 죽으라고 하면 죽는 척이라도 해야 할 사람이 아닌가.

"저……."

수현은 정적 속에 며칠간 노아의 눈치만 보다가 오늘은 용기를 내 노아를 불렀다.

그러나 노아는 말끔히 수현을 무시한 채 제 일만 바쁘게 했다. 소심한 서노아에게 깔끔하게 무시를 당한 수현은 자존심도 안 상하는지 꿋꿋하게 다시 한번 노아를 불렀다.

"서노아."

언제 들어도 매력적인 음성. 그 목소리로 자신의 이름을 부르자 노아는 이번엔 행동을 멈춘 채 수현을 쳐다봤다.

그래, 봐 준 것까진 좋았다. 좋았는데, 그 눈빛이 너무 날카로워서 수현은 순식간에 머릿속이 새하얗게 변해 그대로 할 말을 잃어버렸다. 결국 그는 겨우 얻은 기회를 잡지 못하고 노아의 시선을 피한 채 대충 말을 얼버무렸다.

"아, 아니야……."

예전 같았으면 감히 상상조차 할 수 없는 상황이었다. 수현이 노아에게 백번 죽어도 용서가 안 될 죄를 지은 것 맞지만, 한쪽은 여자들을 가지고 놀았던 간 큰 남자고, 한쪽은 친한 친구와 눈도 제대로 못 마주칠 만큼 소심한 여자였다.

그런데 그런 여자에게, 그런 남자가 눈치나 슬금슬금 보고 있다니. 코미디가 따로 없는 이 상황에서도 수현은 아무런 불만도, 웃음도 나오지 않았다. 그저 우울한 표정만 지었다.

'왜 안아 준 거야? 무서웠다며! 간호는 왜 해 주는 건데?'

지금껏 여자를 만나면서 단 한 번도 이런 생각을 해 본 적이 없는 것 같은데, 수현은 노아의 행동 하나하나에 쩔쩔매고 있었다.

그 모습이 눈치 없는 노아의 눈에도 훤히 보일 정도여서 노아도 감정을 아예 숨기지 못하고 입술을 깨물며 웃음을 참는데, 그때 갑자기 예고도 없이 병실 문이 열렸다.

"어째 경호원들이 일을 제대로 못 해. 다 잘라 버리든가 해야……."

수현은 그답지 않게 구시렁거리며 문 쪽을 쳐다봤다. 그리고 그 순간, 그의 표정이 굳어졌다.

"수현아……."

이름만 불렀을 뿐인데도 그 안에 수현에 대한 애정이 듬뿍 담겨 있는 것만 같은 목소리가 병실 안에 울려 퍼졌다. 어떤 중년의 여자가 수현을 보며 금방이라도 울 것만 같은 표정을 짓고 있었다.

여자는 사십 대 중후반쯤으로 보이는 외모였다. 액세서리를 전혀 착용하고 있지 않음에도 왠지 모르게 화려해 보이는 느낌이 들었다. 게다가 수현에게로 빠르게 다가오는 저 걸음걸이마저 어쩜 저렇게 우아한지, 딱 봐도 부잣집 사모님 느낌이 물씬 났다.

아름답고 기품 있는 그녀의 얼굴을 보고 노아는 그녀가 수현의 어머니임을 깨달았다.

서른을 넘긴 큰아들이 있으니 나이가 적을 리는 없었다. 그럼에도 불구하고 너무나 젊어 보여 그녀에게 장성한 두 아들이 있다는 사실이 믿기지 않았다. 거기다 어찌나 눈을 뗄 수 없을 정도로 아름다운지, 노아는 승현과 수현의 비범한 외모가 어디서 왔는지 이제야 납득이 되어 감탄 어린 시선으로 수현의 어머니를 바라봤다.

수현의 어머니는 노아를 지나쳐 수현의 앞으로 다가갔다. 그리고 이내 그에게 다다라서 떨리는 목소리로 말했다.

"미안해, 기상 상태가 좋지 못해서 비행기가 뜨지 못했어. 아버지는 지금 미국에 계셔."

수현의 어머니는 남편의 출장을 따라갔다가 아들의 사고 소식을 듣고 바로 귀국하려 했지만 기상 상태 때문에 꼼짝없이 공항에 발이 묶여 이제야 도착했다고 수현에게 설명했다. 그녀가 잘못한 게 아닌데도 아픈 아들의 곁을 지키지 못했다는 이유로 어머니의 얼굴에는 미안한 기색이 가득했다.

수현은 가만히 어머니의 말을 듣다가 아버지는 지금 미국에 계시다는 말엔 미간을 찌푸렸다. 하지만 그것도 잠시, 금세 퉁명스럽지만 다정함이 묻어나는 목소리로 말했다.

"뭐 큰일이라고 귀국까지 해."

"큰일이 아니긴! 그러니까 엄마가 운전할 때 항상 조심하라 했잖니!"

"잠을 못 자서 졸린데 그럼 어떡해."

여느 철없는 아들처럼 수현은 엄마에게 툴툴거렸다.

옆에서 두 사람의 말을 들으며 이제야 수현의 사고 원인을 안 노아는 순간 가슴이 철렁했다. 잠을 못 자서 사고가 났다니, 졸리면 택시를 타든가 대리를 부르면 되는 게 아닌가!

도대체가 안전 감각이라는 게 아예 없는 거냐며 노아답지 않게 따지고 싶은 마음이 들었지만, 일단 어머님 앞이니 참고 눈치만 봤다.

수현이 무사한 걸 확인하고 나서야 노아가 눈에 들어온 수현의 어머니는, 민망한 듯한 표정을 지으며 노아에게 뒤늦은 인사를 했다.

"내 정신 좀 봐. 미안해요. 수현이 엄마예요."

"아, 안녕하세요. 서노아라고 합니다."

수현의 어머니가 손을 내밀자 노아는 떨리는 손으로 그녀의 손을 잡고 고개를 숙이며 기어들어 가는 목소리로 자기소개를 했다. 그 순간, 여태 잊고 있던 얘기들이 새록새록 떠오르기 시작했다.

'승현 씨한테 들은 바로는 아버지가 대기업 임원이시라던데, 그럼 재벌 아닌가? 나 뺨이나 물 맞는 거 아니야?'

노아는 생각이 끝나기 무섭게 혹시 이 병실 안에 당장 끼얹을 수 있는 물이 있나 확인하기 위해 바쁘게 눈동자를 굴렸다. 없다는 걸 확인하고 나서도 그녀는 겁에 잔뜩 질린 얼굴로 수현의 어머니를 바라보았다.

영문을 모르는 수현의 어머니는 고개만 갸우뚱거렸다. 그러나 금세 남자 친구의 엄마 앞에서 긴장한 것쯤으로 생각했는지 웃으면서 말을 이어 갔다.

"기사 많이 봤어요."

"네, 네?"

'무슨 기사요, 어머니?'

어머니의 말에 순간 노아의 얼굴에 핏기가 가셨다. 자신의 기사라면 좋은 이야기가 없을 터였다. 도대체 이 사람에게 자신이 어떤 이미지로 비치고 있는 건지 몰라 노아는 식은땀까지 흘리는데, 예상했던 반응과는 다르게 수현의 어머니는 여전히 다정한 목소리로 말했다.

"사진보다 실물이 훨씬 예뻐요."

"가, 감사합니다!"

노아는 냅다 어머니 앞에서 허리를 숙이며 소리쳤다. 그 모습이 마치 형님을 모시는 부하 같아서 수현은 지금 자신이 노아에게 잘 보여야 하는 상황이라는 것도 잊은 채 결국 웃음을 터트렸다.

하지만 노아는 수현의 어머니에게로 온 정신이 가 있어서 그를 원망할 여유도 없는지 벌벌 떨기만 했다. 그런 노아를 보며 수현의 어머니는 잠시 난처한 표정을 지었고, 이내 노아의 손을 꼭 잡아 주며 말했다.

"고마워요. 노아 씨."

"네?"

갑작스러운 감사의 말에 노아는 동그랗게 변한 눈으로 수현의 어머니를 쳐다봤다. 어머니는 빙그레 웃더니 금세 씁쓸함이 번진 얼굴로 말을 이어 갔다.

"제가 없는 동안 우리 수현이 잘 돌봐 줘서요."

"아, 아닙니다. 전 그냥 당연한 일을……."

"당연하지 않아요."

수현의 어머니는 노아의 말을 끊으며 말했다. 노아가 멍하니 그녀를 바라보는데, 수현의 어머니가 다시 입을 열었다.

"수현이가 보기와는 다르게 많이 외로운 아이거든요. 그런데 그 외로운 걸 들키고 싶지 않아 해서 노아 씨한테 많이 못되게 굴었을 거예요."

"……."

"그런데도 곁에서 지켜 줘서, 외롭지 않게 해 줘서. 정말 고마워요, 노아 씨."

진심이 가득 담긴 어머니의 말에 노아는 대답할 말을 찾지 못하고 그녀를 쳐다봤다. 그녀의 두 눈이 너무 슬퍼서 노아도 그녀처럼 슬픈 표정을 짓는데, 옆에 있던 수현은 "쓸데없는 소리……." 하고 중얼거렸다.

그런데도 그의 얼굴이 쓸쓸해 보이는 이유는 뭘까.

사실 노아는 수현의 어머니가 대기업 임원의 아내라는 말만 듣고는 자신이 당장 뺨을 맞아도 이상하지 않다고 생각했다. 자신 때문에 안 그래도 이미지가 좋지 않은 수현이 더더욱 큰 피해를 봤으니 어쩌면 당연한 일이었다. 그런데 오히려 고맙다는 인사를 하다니……. 노아가 얼떨떨한 얼굴로 멍하니 있자 수현의 어머니가 살며시 미소 지었다.

"나이를 먹으면요, 사람의 얼굴만 봐도 그 사람이 어떤 사람인지 다 보여요."

"……."

"노아 씨는 제가 보기엔 아주 좋은 사람인 거 같은데, 제 생각이 맞죠?"

노아는 수현의 어머니의 미소에도 아무런 대답도 하지 않았다.

'다정하긴 무슨, 어머님 첫째 아드님 상처 주고, 둘째 아드님 고생만 시키는걸요?'

노아는 그 말이 입 안에서 맴돌았지만 끝내 뱉어 내지는 못했다. 대신 씁쓸한 표정만 짓고 있었다. 수현의 어머니가 노아의 손을 더욱 꼭 잡아 줬다.

"툴툴거려도 사실 마음만큼은 착한 아이예요."

"……."

"노아 씨를 많이 사랑하는 게 제 눈엔 느껴지는데, 노아 씨도 알고 있죠?"

"어머님……."

"노아 씨, 우리 수현이 잘 부탁해요."

노아는 여전히 수현의 어머니의 말에 아무런 대답도 하지 않았다. 다만 소문 나쁜 아들의 여자 친구 앞에서 이런 말을 하는 그녀의 모습을 보며 어렴풋이 수현이 지금껏 어떤 삶을 살아왔을지 생각했다.

'참 외로운 사람이었구나. 이 사람은…….'

형인 승현에게 들은 말과 어머니에게 들은 말을 토대로, 노아는 집 안에서 항상 외로웠을 그를 떠올리다 괜히 눈물이 핑 돌아 고개를 떨어트렸다.

그리고 수현의 어머니와 잡고 있는 손을 더욱 꼭 잡더니 마치 다짐하듯 말했다.

"……더 이상 수현 씨를 외롭게 만들지 않을게요."

분명 수현을 외롭지 않게 만들겠다고 했지만, 수현의 어머니가 돌아가고 난 후에도 두 사람의 관계는 변한 게 없었다. 노아는 여전히 수현과 한마디도 하지 않았고, 그럴수록 수현의 속은 새까맣게 타들어 갔다.

마음을 여는 것 같다가도 다가서면 닫아 버리고, 여지를 주는 것 같다가도 칼같이 막아 내고. 수현을 제외하면 연애 경력이 전무한 노아는 연애 좀 해 보셨다는 수현을 아주 들었다 놨다 애를 태우고 있었다.

심지어 수현의 재활을 위해 함께 산책을 나와서까지 아슬아슬한 줄다리기는 지속됐다. 데리고 나와 주기에 오늘은 이야기를 나눌 생각이 있는 건가 했더니, 개뿔. 또 수현의 마음만 붕 띄워 놓고 자물쇠라도 채운 듯 입을 꾹 다물었다.

수현은 노아의 눈치만 보며 묵묵히 그녀의 뒤를 바쁘게 따라다

넜다.

'얼굴에 철판 깔고 확! 무슨 말이라도 걸어? 너 그런 거 잘하잖아.'

그는 마치 먹이를 눈앞에 둔 맹수처럼 가뜩이나 날카로운 두 눈을 더욱 번뜩이며 노아를 쳐다봤다. 그러다 노아와 눈이라도 마주치면 방금 전 기세는 다 어디로 갔는지 노아의 시선을 피해 버리는데, 그 모습이 차마 눈 뜨고는 못 봐 줄 정도였다.

'젠장. 젠장. 젠장. 젠장!'

욕을 안 하려야 안 할 수가 없는 상황에서 수현은 이를 으득으득 갈았다. 하지만 이 여자 정말 모르는 건지, 아님 수현을 놀리려 모르는 척하는 건지, 수현의 강렬한 눈빛에도 콧방귀도 안 뀌었다.

수현의 애라는 애는 다 태우던 노아가 갑자기 예고도 없이 바닥에 쭈그려 앉았다. 언제부터 그런 것에 관심 있었다고 이름 모를 풀떼기나 열심히 바라보고 있는데, 지금 그딴 거나 볼 때냐며 수현은 당장 노아에게 면박을 주고 싶은 심정이었다.

하지만 죄인이 무슨 할 말이 있으랴, 그냥 노아의 마음이 조금이라도 괜찮아질 때까지 입 다물고 기다릴 수밖에. 그래서 풀만 멍하니 보고 있는 노아의 옆에 살그머니 다가가 가만히 서 있었다.

그러나 정적이 길어지면 길어질수록 수현은 점점 머리끝까지 뭔가가 끓어올랐다. 그래, 천하의 한수현이 많이도 참았다. 이만큼 참았으면 충분한 거 아닌가? 원래 참을성이라고는 눈을 씻고 찾아봐도 없던 놈이었으니까. 결국 폭발해 버린 수현은 이번에도 씹힐지언정 말은 해야겠다며 낮게 운을 뗐다.

"서노……."

"한수현 씨."

단번에 수현의 말을 끊고 들려온 노아의 목소리에 수현은 순간 비명을 지를 뻔했다. 지금껏 혼자서 꿀이라도 먹은 건지 내내 말이 없던 노아가 드디어 입을 열었으니까.

어쩜 목소리마저 이렇게 아름답냐며 감격까지 한 수현이 기대감 가득한 눈으로 노아를 쳐다봤다. 폭발하려던 마음은 이미 온데간데없었다. 그러나 노아는 남의 마음에 불만 지펴 놓고 다시 말없이 풀만 만지작거렸다.

'이놈의 풀떼기를 다 뜯어 버리든가 해야지!'

차마 노아에게 화를 낼 수 없어 죄 없는 잡초를 욕하던 수현은, 김이 좀 빠지긴 했지만 어찌 됐든 노아가 입을 열었으니 희망을 가지기로 했다. 그가 다시 숨을 죽인 채 묵묵히 노아를 기다리는데, 그 후로 한참을 말이 없던 노아가 무언가 결심했는지 지금껏 닫혀 있던 입술을 살며시 열었다.

"나 당신, 용서 안 해요."

"뭐?"

노아의 갑작스러운 말에 수현은 인상을 찡그렸다. 그때, 고개를 숙이고 풀만 만지고 있던 노아가 자리에서 벌떡 일어나더니 이제야 수현과 눈을 마주치며 쐐기를 박듯 다시 말했다.

"당신, 용서 안 할 거라고요."

수현은 노아의 한마디에 그대로 할 말을 잃었다. 간호도 해 주고, 어머니께 외롭지 않게 만들겠다고 약속까지 했지만, 용서는 안 하겠다고? 여태 날 가지고 놀았으니 이번엔 내가 널 갖고 놀 겠다는 심보인 건가?

수현은 삽시간에 변해 가는 노아의 태도에 상황 판단이 되지 않아 당혹스럽기만 했다.

그걸 노아도 눈치챈 건지 싸늘한 얼굴로 마저 말을 이어 갔다.

"수현 씨는 나한테 상처를 줬어요. 그것도 두 번이나."

차분하지만 차갑게 느껴지는 노아의 목소리에 수현은 아무런 대답도 할 수 없었다. 소심한 노아가 돌려 말하는 법 없이 적나라 하게 수현의 잘못을 지적해 놀란 것도 있지만, 노아에겐 언급하기 조차 아픈 이야기일 텐데 먼저 꺼내 더 놀랍고 미안했다.

잊고 싶은 일을 직접 말하는 노아의 마음이 아플까 봐, 수현은 걱정이 되었다.

감히 그녀가 받은 상처의 깊이를 자신이 다 안다고 자신할 수 는 없지만, 자신도 사랑의 상처에 아파 봤기 때문에 그는 노아에 게 그저 미안하고 또 미안했다.

그래서 죄인처럼 고개를 숙인 채 아무런 대답도 하지 못하자 노아는 그를 얼마나 더 괴롭힐 생각인 건지, 아무렇지 않게 수현 이 죄책감을 느낄 말들만 뱉어 냈다.

"날 다신 힘들게 하지 않겠다, 상처 주지 않겠다, 한수현 씨가 제게 한 약속 중에서 지킨 건 뭐죠?"

뼈가 느껴지는 노아의 질문에 수현은 대답할 말을 찾지 못했다. 틀린 말이 하나도 없었다. 수현은 자신이 한 과거의 행동을, 노아를 괴롭게 했던 순간을 미친 듯이 후회했다. 뻔뻔하게 노아와 이야기를 나누고 관계를 예전으로 돌리겠단 희망을 품던 사람은 어디로 갔는지, 그는 입도 달싹이지 못했다.

이렇게 가까운 거리에서 눈을 마주치고 서로를 바라본 게 얼마만이던가. 뼈아프고 괴로운 이야기를 들으면서도 가슴은 당장이라도 터져 버릴 것처럼 뛰었다. 수현은 마냥 노아가 제게 말을 걸어 주었다고 기뻐할 수만은 없었다. 수현이 노아의 시선을 피해 고개를 숙이자 노아가 수현의 손을 붙잡았다.

수현은 따뜻한 온기에 깜짝 놀라 다시 고개를 들었다. 당장 뺨을 때려도 이상하지 않을 것 같은 발언 뒤에 이렇게 손을 잡아 주다니. 이걸 어떻게 받아들여야 하는 건지 몰라 수현이 혼란스러운 듯한 표정을 짓자 오랜만에 수현의 손을 잡은 노아가 다시 말을 이어 갔다.

"난 평생 한수현 씨 용서 못 할지도 몰라요. 그래서 저도 모르게 한수현 씨를 괴롭히게 될지도 모르죠."

"……."

"그래도 내 곁에 있어 줘요."

"어?"

자신이 예상했던 것이 아닌 말이 노아의 입에서 튀어나오자 수현은 얼빠진 소리를 내고 말았다. 그리고 얼떨떨한 표정으로 노아를 가만히 바라보고 있는데, 노아는 여전히 담담한 얼굴로 마저 말했다.

"내가 못되게 굴어도, 수현 씨를 아프게 해도, 수현 씨는 저한 테 잘못한 거 많잖아요. 그러니까……."

노아는 더 이상 말을 이어 가지 못했다. 수현이 결국 참지 못하고 제 품에 노아를 안아 버렸기 때문이다.

어쩜 이 여자는 이렇게 미련하고, 착하고, 또 사랑스러운 걸까.

지금 이러면 안 된다는 걸 알면서도 수현은 도무지 노아를 안아 주지 않고는 견딜 수가 없어서 그녀의 어깨를 꼭 안았다. 노아가 놀란 듯 그를 밀어 내려고 했지만 노아의 어깨에 얼굴을 묻은 수현이 그녀의 귓가에 속삭이듯 말했다.

"내가 가지고 있는 거든, 없는 거든, 네가 필요하면 만들어서라도 다 줄게."

"……."

"네가 원하는 사람이 되라면 그렇게 될 거야, 난."

아직 덜 자란 아이 같은 말만 하고 있는 그였지만, 그의 말에선 진심이 느껴졌다. 노아는 수현을 밀어 내려던 손을 멈춘 채 숨을 죽였다. 수현은 감정이 복받쳐 오르는 듯 떨리는 목소리로 마저 말을 이어 갔다.

"용서해 달라고, 날 미워하지 말아 달라고, 그런 거 바라지도 않을게."

"……."

"그냥, 넌 그냥. 내가 평생 널 사랑할 수 있게만 해 주면 돼."

"……."

"약속할게. 다신 널 울게 만들지 않아."

단호한 그의 목소리를 듣자 노아는 이상하게도 눈물이 날 것만 같았다. 괴로웠던 지난날들이 순간 선명하게 떠올랐기 때문일까. 아니면 그의 말에 숨길 수 없는 진심이 가득 담겨 있어서 그럴까.

결국 노아가 참지 못하고 눈물을 쏟아 내자 수현은 떨리고 있는 노아의 어깨를 조금 더 강하게 안아 줬다. 그리고 다시는 이 여자를 힘들게 만들지 않겠다고, 절대 같은 실수로 아프게 하지도, 슬프게 하지도 않겠다고 맹세했다.

결국 어차피 서로에게로 돌아올 거였으면서, 왜 이렇게 먼 길을 돌아와야만 했을까.

수현은 노아를 놓고 싶지 않다는 듯 그녀를 품에 꼭 안으며 두 눈을 감았다. 그리고 그녀의 귓가에 대고 진심을 담은 말을 했다.

사랑한다고, 너를 너무너무 사랑하고 있다고, 앞으로도 너만을 사랑하겠다고.

터져 나오는 울음 때문에 입조차 달싹이지 못하는 노아가 아무런 대답도 하지 못해도 수현은 그렇게 한참 동안 제 진심을 반복하고 또 반복했다.

7. 첫사랑의 등장

"서노아, 자꾸 혼자 갈 거야?"

걸음아 날 살려라, 혼자 잽싸게 도망을 가는 노아의 뒤를 수현은 목발을 짚고도 잘 쫓아갔다.

노아의 지극정성 덕분인지, 괴물 같은 회복력 덕분인지. 수현은 입원한 지 한 달도 채 되지 않았는데도 무사히 퇴원할 수 있었다. 하지만 다리와 손목이 이 꼴이 되어 당분간 일은 힘들겠다는 회사의 판단 아래 데뷔하고 가장 긴 휴가를 얻었다.

일을 못 하게 되어 어쩌나, 하는 노아의 걱정과는 달리 수현은 태평하게도 이참에 밀린 데이트를 하겠다며 매일매일 노아를 찾아왔다.

이것 때문에 노아는 정말 당장이라도 미쳐 버릴 것만 같았다. 그도 그럴 것이, 못 본 사이에 이 남자가 어디서 기름이라도 들이 마시고 왔는지 온갖 오그라드는 말만 노아에게 속삭였는데, 민망함을 넘어서 괴로울 정도였다.

"뭐야, 뭔데? 뭐 때문에 부끄러워진 거야?"

수현은 방금 전 자신이 한 닭살 돋는 발언에 도망가는 노아를 집요하게도 쫓아다니며 물었다. 얼굴이 붉게 익은 노아는 아무런 대답도 하지 못했다. 그게 못 견디게 귀여워 수현은 웃으며 온갖 오글거리는 말들을 다시 뱉어 냈다.

"네가 세상에서 제일 예쁘다고 한 거? 아님 귀엽다는 거? 아님⋯⋯."

"아악! 그런 말 하는 한수현 씨가 제일 부끄러워요! 대체 뭘 잘못 먹은 거예요!"

결국 참다, 참다 폭발한 노아가 귀를 막으며 수현을 향해 소리쳤다. 하지만 수현은 이런 노아의 모습마저도 귀엽다는 듯 사랑이 가득 담긴 눈빛으로 노아를 바라보았다. 이쯤 되니 노아는 그의 머리가 심히 걱정이 됐다.

수현과의 연애 초반에 아무것도 모르고 설렌다느니, 수현 씨가 너무 좋다느니 생각 없이 말했던 자신이 한없이 부끄러웠다. 이제 와 생각해 보면 대체 무슨 정신으로 그런 말들을 했는지 이해할 수 없었다.

게다가 이건 완전 고문이었다. 저 잘생긴 얼굴로 눈웃음을 치며 오글거리는 말들만 골라 하는데, 아무리 느끼한 걸 좋아하지 않는 사람이라 한들 심장이 멀쩡할 리가 없었다.

"아!"

노아가 빨개진 얼굴을 식히려 산책이라도 다녀와야겠다고 하자 수현은 벌떡 일어났다. 다리를 다친 사람이라서 그냥 얌전히 사무실에서 기다리라고 했지만 널 어떻게 혼자 보내느냐며 기어이 따라 나오더니, 수현은 거리 한복판에서 노아와 술래잡기를 하다 말고 갑자기 비명을 내질렀다.

바쁘게 도망만 다니던 노아가 놀라 뒤를 돌아보았다. 그러자 아픈지 근처 가로수에 몸을 기댄 채 고통을 호소하고 있는 수현의 모습이 눈에 들어왔다.

도망 다닐 때는 언제고, 노아는 사색이 되어 서둘러 수현에게 달려갔다. 그리고 걱정 가득한 눈으로 수현을 바라보며 조심스럽게 물었다.

"조심 좀 하지, 그렇게 아픈 사람이 쫓아다니긴 왜 쫓아다녀요. 괜찮아요?"

노아는 심각한 얼굴로 수현의 다리를 살펴봤다. 그런데 고통의 신음 대신 수현의 시선이 느껴졌다. 뭔가 이상하다 싶어 고개를 들자 수현이 바로 노아에게 가볍게 입 맞췄다.

갑작스럽게 당한 뽀뽀에 노아는 혼이 나간 얼굴로 수현을 바라봤다. 그러다 뒤늦게 상황 판단이 돼 얼굴이 달아오르는데, 수현은 아무렇지 않은 듯 노아와 눈을 마주치며 물었다.

"부끄러워?"

"누, 누가 맘대로 뽀뽀하래요?"

"그럼 누가 뽀뽀해도 돼요? 손잡아도 돼요? 하고 다 물어보냐?"

노아는 수현의 말에 순식간에 표정이 굳어졌다. 그의 말을 듣는 순간 숙맥인 승현이 떠올랐기 때문이다.

그러고 보니, 그날 제정신이 아니어서 승현을 거리에 둔 채로 수현이 입원해 있는 병원으로 달려왔었다. 물론 승현에게 이별을 고하고 돌아선 뒤였지만 수현이 다치지 않았다면 승현은 다시 한 번 노아를 붙잡았을지도 모른다.

그러나 그때는 그럴 기회가 없었고, 그 후에도 승현에게선 단 한 번의 연락도 없었다.

지금까지 노아가 알던 승현답지 않은 행동이었다. 승현은 노아가 밀어내도 다시 다가왔고, 또 밀어내도 그걸 반복했던 사람이었다. 그런데 이렇게 한순간에 깔끔하게 물러서다니……. 다행이라고 생각해야 할 상황이었지만 뭔가 석연치 않아 노아는 괜히 찝찝했다. 정말 그 이별의 말로 모든 게 끝난 걸까.

승현의 생각에 노아는 수많은 의문이 떠올라 생각에 집중하느라 심각한 표정을 감추지 못했다. 그걸 옆에서 지켜보던 수현이 고개를 갸우뚱거리곤 이내 의아하다는 듯한 목소리로 노아에게 물었다.

"갑자기 왜 그래?"

노아는 수현의 물음에 아무런 대답도 할 수 없었다. 승현의 이야기를 해 봤자 수현도 마음이 좋지 않을 터였다. 대충 말을 얼버무리고 다시 서둘러 발걸음을 재촉하려는데, 앞쪽을 바라보기 무섭게 노아의 표정이 굳어졌다.

"노아 씨?"

상대방도 노아를 보고 약간 당황했는지 목소리를 높였다. 노아는 떨리는 눈동자로 상대를 바라보며 말을 잇지 못했다.

수현과 노아의 앞엔 못 본 사이 눈에 띄게 초췌해진 승현이 서 있었다.

전혀 예상하지 못했던 승현의 등장에 노아는 할 말을 잃었다. 승현 역시 이곳에서 이렇게 노아를 만날 거라고 생각하지 못했는지, 새까만 눈동자가 당혹감에 흔들리고 있었다.

두 사람은 서로를 한참 동안 아무런 말 없이 바라봤다. 그러다 승현이 무슨 생각인지 갑자기 노아에게로 다가오다가 문득 옆에 있는 수현을 발견하곤 순식간에 표정을 굳혔다.

승현은 네가 왜 여기 있냐고 묻는 듯한 차가운 눈으로 수현을 쳐다봤다. 그건 수현도 마찬가지였다. 두 사람 사이에 팽팽한 긴장감이 흘렀다.

살벌한 분위기의 두 남자 사이에 껴서 이 광경을 지켜보는 노아는 긴장이 돼 마른침을 삼켰다. 당연한 일이었다. 수현이 지난번처럼 또 거리에서 승현과 싸우기라도 했다가는……. 노아는 생각만으로도 눈앞이 아찔해지는 기분이었다.

그렇게 긴장감 가득한 시간이 얼마쯤 흘렀을까. 침묵을 유지하며 눈싸움만 하고 있던 두 사람 중 먼저 정적을 깨트린 쪽은 수현이었다.

"봤으면 꺼져야지. 오긴 왜 와."

수현은 승현에게 위협적으로 말했다. 제 형을 형 대접 해 주지 않고 버르장머리 없이 구는 것만큼은 노아에 대한 마음을 깨닫기 전이나 지금이나 별반 다를 바 없었다.

수현에게 승현은 10년 전, 제 첫사랑을 빼앗아 간 후부터 세상에서 가장 재수 없는 놈이었고 가장 보고 싶지 않은 사람이었다. 그것도 모자라 노아에게 마음까지 품고 있다니 더욱 밉고 짜증나는 것은 당연했다.

승현은 지난 10년 동안 옆에서 동생을 지켜본 결과, 수현이 노아에게 보여 준 모든 것이 거짓일 거라 믿었기에 수현에게서 노아를 지켜 주고 싶어 날을 세운 것뿐이었다. 그러나 형제는 서로의 속내를 전혀 알 수 없었다.

수현에게 승현은 그저 나쁜 놈, 그 이상도 그 이하도 아니었다. 그 때문에 자꾸만 이렇게 날카롭게 굴게 되었다.

승현은 수현의 위협에도 눈 하나 깜빡이지 않았다. 미동도 없이 입을 다물고 있던 것도 잠시, 승현이 노아에게로 시선을 옮겼다. 눈이 마주치자 노아는 서둘러 승현의 시선을 피했다. 자신에게 미안한 일이 많아 그렇다는 걸 알면서도 승현은 슬픈 표정을 지었다.

그 모습을 지켜보며 유치하게도 얼굴에 묘한 승리감이 돈 수현은 서둘러 노아의 손을 잡은 채 그녀를 등 뒤로 숨겼다. 그리고 승현을 다시 한번 노려보더니 이내 목소리를 낮게 깔며 위협적으로 말했다.

"꺼져."

"너랑 할 말 없어."

"서노아도 너랑 할 말 없어."

수현은 마치 자신이 노아의 대변인이라도 되는 것처럼 노아에게 묻지도 않고 승현을 칼같이 막아 냈다. 승현이 말없이 수현을 노려보고, 금세 슬픈 눈동자로 노아를 쳐다봤다.

그 눈을 보고 있자니 노아도 미안했지만, 이미 끝난 사이라고 생각하기에 정중하게 승현을 보내려 했다. 하지만 채 말이 나오기도 전에 승현이 먼저 입을 열었다.

"노아 씨, 할 말이 있습니다."

"서노아는 너랑 할 말이 없다니……."

"만나 달라거나 노아 씨 곁에 있겠다는 말이 아닙니다."

승현은 자신을 막아서는 수현의 말을 완벽하게 끊어 내며 말했다. 노아와 수현 모두 놀란 눈으로 승현을 봤다. 노아와 승현 사이에 곁에 있겠다거나 만나자는 말 말고 또 무슨 할 말이 더 있다고 이 남자는 지금 이런 말을 하는 걸까.

의미심장해 보이는 승현의 말에 노아는 이야기라도 들어 보려 했지만, 어림도 없지. 수현은 절대 허락하지 않았다.

"네가 무슨 말을 하던 알 바 아니고, 다신 서노아 앞에 나타나지 마."

"두렵냐?"

"뭐?"

"나한테 또 사랑하는 사람을 빼앗길까 봐 두렵냐고 물었다."

승현답지 않은 도발이었다. 승현의 말에 수현은 동요한 듯 눈동자가 흔들렸다.

이러다가 사람들 지나다니는 거리에서 또 난리라도 날까 봐 노아가 걱정스러운 시선으로 수현을 보는데, 수현은 노아와 잡고 있는 손을 더욱 꼭 잡으며 말했다.

"난 서노아를 믿어."

"……."

"그러니까 두려운 게 아니라 질투하는 거야."

단호한 수현의 한마디에 승현은 아무런 대답도 하지 않았다. 승현의 눈빛이 당혹스러운 듯 떨리는 걸 보니, 이제야 수현의 마음이 진심임을 깨달은 모양이었다.

승현은 입가에 씁쓸한 미소를 띠었다. 그리고 그대로 등을 보이더니 비틀거리며 발을 내디뎠다.

그 모습이 너무 위태로워 보여서 마음 약한 노아가 안쓰럽다는 듯 승현을 바라보자 수현이 손에 땀이 날 정도로 노아의 손을 강하게 잡았다.

"저 새끼 보지 마. 나만 봐."

마치 어린아이 같은 말투였다. 그런데 그게 불안해서가 아니라, 그의 말처럼 질투 때문에 그런 거란 생각이 드는 이유는 뭘까.

부디 그가 더 이상 첫사랑의 상처에 갇혀 제 형을 오해하고, 원망하며 미워하지 않기를. 노아는 간절히 바라고 또 바랬다.

요즘 노아는 평일엔 매일 수현과 데이트를 했지만, 주말이라고 해서 예외는 아니었다.

수현은 이른 아침부터 노아의 집 앞으로 찾아왔다. 아무런 설명도 없이 무작정 차에 태워 노아를 끌고 온 곳은 다름 아닌 백화점이었다.

노아의 이미지는 곧 회사의 이미지로 이어지기에 서연은 항상 노아에게 품위에 신경을 쓰라고 신신당부를 했다. 종종 혼자서 쇼핑을 하러 오는 데다가 제법 자주 오는 편이기도 해서 노아는 백화점 매장이 어색한 건 아니었다. 그저 뜬금없이 이런 곳으로 끌려온 게 당황스러울 뿐이었다.

노아가 멍한 얼굴로 매장을 둘러봤다. 좀처럼 움직일 생각을 않고 어리둥절하기만 한 노아를 더는 기다릴 수 없다는 듯 수현은 그녀의 손을 붙잡고 다친 다리로 바쁘게 어느 한 매장을 향해 돌진했다.

매장에 들어서기가 무섭게 수현은 값비싼 옷들을 노아에게 대 보았다. 원피스며 블라우스, 캐주얼한 티셔츠까지 노아에게 어울릴 법한 옷들만 골라 주었다. 몇 번이고 옷을 바꿔 가며 노아에게 대 보는 그의 표정은 신이 나 보였다.

그 모습을 가만히 보고 있던 노아는 고개를 갸우뚱거리더니 이내 수현에게 물었다.

"보통 남자들은 쇼핑 안 좋아하지 않나요?"

"잊었어? 내 직업이 모델이잖아. 옷 사는 거 좋아해."

"그럼 수현 씨 옷 사지, 왜 제 옷을……."

"예쁜 여자 친구 옷 좀 사 주고 싶어서."

노아는 수현의 말에 그대로 할 말을 잃었다. 그러나 그것도 잠시, 금세 눈을 가늘게 뜨더니 그녀답지 않게 목소리까지 깔며 물었다.

"다른 여자들한테도 이렇게 해 줬어요?"

정신없이 노아에게 옷을 대 보던 수현은 노아의 질문에 행동을 멈춘 채 노아를 쳐다봤다. 평소 같으면 수현의 시선을 피해야 할 노아가 뚫어져라 수현의 눈을 보고 있었다. 잠시 말이 없던 수현은 바람 빠지는 소리를 냈다.

"왜 웃어요?"

"너 이제 질투도 대놓고 한다?"

"지, 질투 아니에요!"

"쉿. 목소리가 너무 커."

수현은 손가락을 입술을 대며 다시금 쇼핑에 집중했다. 그렇게 몇몇 매장을 돌다보니 기하급수적으로 쇼핑백이 늘어 갔다.

아까는 너무 기뻐 보여서 그냥 보고 있었지만 이쯤 되니 노아도 좀 과한 게 아닐까 하는 생각이 들어 서둘러 수현을 말렸다.

"너무 많아요. 그만 사요."

"싫은데?"

"과소비는 나쁜 거예요. 아무리 지금 수현 씨가 수입이 많다지만……."

또 시작됐다. 서노아 표 잔소리. 노아는 남 앞에 가면 잔소리는 무슨, 입도 제대로 뻥끗하지 못했지만 수현 앞에서만은 잔소리 대마왕이 됐다.

수현은 그 모습마저도 사랑스럽게 느껴져 한참 바쁘게 입술을 움직이는 노아를 보다가 이내 그녀의 말을 끊었다.

"내가 너랑 헤어져 있는 동안 무슨 생각했는지 알아?"

노아는 수현의 물음에 아무런 대답도 하지 않았다. 헤어졌을 때 얘기는 노아보다 수현이 더 꺼려 하는 이야기였다. 그런데 그 이야기가 수현의 입에서 먼저 나와 노아는 입술을 닫은 채 수현을 가만히 봤다.

그의 입에서 무슨 말이 나올까 긴장을 하는데, 뚫어져라 노아를 응시하던 수현이 마주 잡은 손을 더욱 꼭 잡으며 말했다.

"조금 더 잘해 줄걸. 예쁜 것도 많이 사 주고, 더 웃게 해 줄걸."

"……."

"그러니까 나 말리지 마. 지금 마음 같아선 하늘에 있는 별도 따 주고 싶은 심정이니까."

분명 담담하게 말하고는 있지만, 수현의 얼굴에는 어두운 그림자가 드리웠다. 노아는 아무런 대답도 하지 못했다. 수현의 말을 들으며 문득 어디선가 들어 본 것 같다는 생각을 했다.

'예쁜 것도 많이 사 주고, 웃게 해 주고 싶습니다.'

노아는 금세 해답을 얻어 냈다. 노아가 승현에게 이별을 고한 날, 승현이 노아를 붙잡으며 했던 말과 비슷했다. 누가 형제 아니랄까 봐, 어쩜 하는 말도 이리 비슷해서 사람 마음을 아프게 만드는지.

노아가 승현 생각에 표정이 심각해지자 수현이 의아한 표정으로 물었다.

"왜 그래?"

"오해가 있어요."

"어?"

"승현 씨랑 그때 있었던 일. 다 오해예요, 수현 씨."

수현은 노아의 말뜻을 단번에 알아들었는지 순식간에 표정이 굳어졌다.

노아도 제삼자인 자신이 낄 문제가 아니라는 걸 깨닫곤 뒤늦게 아차 싶어 수현의 눈치를 보았지만, 이미 수현의 표정은 심각하다 못해 살벌했다. 노아가 숨을 죽인 채 수현을 가만히 보고 있자 한참을 말이 없던 수현이 낮은 목소리로 말했다.

"그 새끼 얘기, 네 입에서 나오는 거 싫어."

"수현 씨……."

"우리만 생각하자. 다른 거 말고."

분명 목소리는 가라앉아 있는데, 수현의 눈빛은 노아에게 애원을 하고 있는 것 같았다. 노아는 더 이상 할 말이 없어 수현을 바라보다가 이내 살며시 고개를 끄덕였다.

"알았어요."

"고마워."

수현은 그 말을 끝으로 노아의 손을 다시 꽉 붙잡았다. 떨리는 눈동자가 꼭, 옛날 일을 떠올리고 있는 듯했다. 저를 꽉 쥔 손이 절대 이 손을 놓고 싶지 않다고 말하고 있는 것 같아서 노아는 가슴이 아팠다.

다 오해인데, 승현이 수현을 생각하는 마음은 그게 아닌데…….

한 사건으로 인해 두 사람의 관계는 엉망이 되어 버렸고, 그 트라우마로 수현은 10년을 고통 속에서 살았다. 그게 다 오해에서 비롯됐다는 걸 알아서 노아는 승현과 수현, 두 사람 모두 한없이 안쓰러웠다.

◆ ◆ ◆

"후우……."

노아는 땅이 꺼져라 한숨을 내쉬며 고개를 숙였다. 지난번 노아가 그때의 일이 오해라고 말을 꺼낸 뒤로 수현은 신이 나서 노아와 이야기를 하다가도 문득문득 슬픈 표정을 지었다. 노아는 괜히 이야기를 꺼내 수현이 가까스로 잊고 있던 나쁜 기억을 떠올리게 만든 게 아닐까 싶어 그에게 미안했다.

그래서 요즘엔 혼자 있을 때면 그 일을 곱씹고 반성하며 계속 한숨만 내쉬었다.

오늘도 수현이 없는 틈을 타 또 반성을 하다가 답답한 마음을 달래고자 하늘이라도 보려고 자리에서 몸을 일으키는데, 순간 책상 위에 올려 뒀던 컵이 바닥으로 떨어졌다.

쨍그랑!

요란한 소리와 함께 바닥으로 떨어진 컵은 산산조각이 나며 부서졌다. 다행히 다치지는 않았지만, 노아는 이상하게도 불길한 예감이 들었다.

그도 그럴 것이, 수현에게 버림받은 날에도 이렇게 갑자기 컵이 깨지지 않았는가.

노아는 자리에서 꼼짝도 하지 않고 깨진 컵을 들여다보았다. 아무 일도 아닌데, 그저 흔하게 있을 수 있는 일인데도 불구하고 묘한 두려움이 느껴졌다. 정신을 차리며 얼른 깨진 컵을 치우려 하는 순간, 갑자기 노크 소리가 들려왔다.

똑똑.

"대표님, 손님 오셨습니다."

노아는 비서의 말에도 아무런 대답도 하지 않았다. 일단 자신에게 노크를 해야 할 손님이 찾아왔다는 것도 좀 이상했지만, 왜 손님이라는 단어를 듣자 다시 불길한 기분이 드는 건지 알 수 없었다.

마음이 불안해서 그런지 노아는 지금 별로 누군가와 만나고 싶진 않았다. 그러나 일단 손님이 찾아왔으니 내쫓을 수도 없어 어쩔 수 없이 답했다.

"들어오세요."

노아는 담담하게 말하며 허리를 꼿꼿이 세웠다. 그리고 최대한 도도한 표정으로 문 쪽을 바라보았다. 문이 열리며 비서의 안내를 따라 한 여자가 방 안으로 들어왔다.

여자는 핏기가 없어 보일 정도로 새하얀 얼굴과 커다란 눈망울, 그리고 뭐 하나 어색한 곳 없이 오밀조밀한 이목구비를 가진 사람이었다.

그녀는 캐주얼한 옷차림이었는데도 불구하고 가녀린 몸매 탓인지 한없이 청순해 보였다. 화려한 외모의 노아에게선 쉽게 느낄 수 없는 분위기였다. 한때 청순함을 동경했던 노아는 넋을 놓고 여자를 쳐다봤다.

여자는 느린 걸음으로 노아에게 다가왔다. 단순한 걸음걸이마저 우아해 보이는 이유는 뭘까? 걸음걸이며 옷차림, 외모까지 딱 봐도 부잣집 아가씨인 게 분명한 여자는 노아의 앞에 서자 가볍게 고개를 숙였다.

"안녕하세요. 서 대표님. 이번에 회사 인테리어를 맡게 된 디자이너 제니 신이라고 합니다."

제니의 인사가 끝나고도 노아는 한동안 아무런 말 없이 제니를 쳐다봤다. 그리고 뒤늦게 정신이 들어 몸을 움츠리더니 금세 제니와 눈을 마주치며 최대한 도도한 목소리로 물었다.

"인테리어?"

"네. 지난번에 최 대표님은 찾아뵀었는데, 그때 서 대표님께선 외근 중이셔서 오늘 인사차 들렀습니다."

노아는 제니의 말에 잠시 아무런 대답 없이 생각에 잠겼다. 인테리어 공사에 대해 들은 바가 없는 것 같아 고민을 하는데, 곰곰이 생각해 보니 예전에 서연이 해 준 말이 머릿속에 떠올랐다.

'회사 인테리어 다시 할 거야.'

그동안 수현이니, 승현이니 머리 아플 일들만 가득해서 새까맣게 잊고 있었는데, 분명 지난번에 서연이 그런 얘길 한 적이 있었다. 모든 것을 이해한 노아는 제니를 향해 손을 내밀었다. 제대로 자기소개도 하고 인사를 하려는데, 예고도 없이 문이 벌컥 열렸다.

노아는 놀란 표정으로 문 쪽을 바라봤다. 그곳에는 너무도 자연스럽게 노크도 없이 노아의 방에 들이닥친 수현이 서 있었다.

"어? 손님이 있었네."

노아는 다른 사람들과 말을 오래 섞어 봤자 정체만 탄로 날까 걱정되어 불가피한 일이 아니라면 좀처럼 누군가를 혼자 만나는 법이 없었다. 서연을 보러 오는 손님은 많았지만 수현과 승현을 제외하곤 지금까지 단 한 번도 노아만을 보기 위해 손님이 찾아온 적이 없었다.

수현 역시 그걸 알고 있었다. 그래서 노아는 항상 사장실에 혼자 있을 거라 생각해 노크도 없이 사장실 안으로 들어오곤 했다. 노아와 수현 사이에 굳이 노크가 필요하지 않았던 것도 있고. 하지만 그런 노아의 사무실에 예상치 못한 손님이 있기 때문인지 수현은 놀란 표정을 지었다.

그러나 그것도 잠시, 금세 죄송하다고 덧붙이며 수현이 그대로 노아의 방을 나가려는데, 지금껏 노아만 보고 있던 제니가 살며시 뒤를 돌아 수현을 쳐다봤다.

수현의 얼굴을 보자 가뜩이나 커다란 눈이 더욱 커다랗게 변했다. 그녀는 아주 자연스럽게 수현의 이름을 불렀다.

"……수현이?"

노아는 수현을 아는 제니가 의아했다. 그러나 금세 수현은 유명한 모델이니 그럴 수 있다고 대수롭지 않게 생각했다. 하지만 제니의 부름에 방을 나가려던 발걸음을 멈추고 제니를 보고 있는 수현의 표정은 범상치 않았다.

세 사람 사이에 묘한 정적이 흘렀다. 노아는 수현의 표정이 평소와 다른 것이 제 착각만은 아니었다는 걸 깨닫고는 떨리는 눈으로 두 사람을 보았다. 그때 지금껏 말이 없던 수현의 입이 열렸다.

"……신제니."

수현은 차갑게 내려앉은 목소리로 제니의 이름을 불렀다.

어떻게 이 사람을 아는 거냐며 수현에게 물어야 하는데, 이상하게도 노아는 의문이 들지 않았다. 지금 자신의 눈앞에 있는 이 여자가 바로 수현의 첫사랑임을, 본능적으로 느껴 버렸기 때문이다.

절대 벌어지지 않을 거라고 생각했던 일. 하지만 한편으론 우려하고 있던 일. 사이가 좋던 수현과 승현의 사이를 벌어지게 만들고, 수현을 10년간 지독한 트라우마에 갇혀 살게 만들었던 사람.

수현의 첫사랑이 그의 앞에 다시 나타났다.

수현은 멍하니 제니를 쳐다봤다. 수현에게 제니는 10년 전 그 사건 이후로 다신 만날 일이 없다고 생각했던, 만나고 싶지도 않았던, 꿈에서조차 보기 두려운 상대였다.

제니의 갑작스러운 등장에 상처받고 괴로웠던 옛날 일이 떠올라 수현의 두 눈 가득 당혹감이 어렸다. 이런 수현과는 다르게 제니는 여유로운 미소를 지었다.

"정말 오랜만이다. 그동안 잘 지냈어?"

"……"

"넌 정말 그대로구나? 여전히 멋지네."

마치 두 사람 사이에는 애초에 아무 일도 없었다는 듯 천사같이 웃고 있는 제니의 앞에서 수현은 반쯤 혼이 나간 얼굴로 아무런 대답도 하지 못했다. 하지만 이런 수현의 반응은 아랑곳없이 제니는 쉬지 않고 바쁘게 떠들어 댔다.

"아버지 일로 내가 갑자기 떠나는 바람에 우리 인사도 못 하고 헤어졌잖아. 넌 나 안 보고 싶었어? 난 너 많이 보고 싶었는데."

제니는 말끝을 흐리며 부끄럽다는 듯 수줍게 웃었다. 그러자 지금까지 정신이 나간 사람처럼 멍하니 제니를 바라보고 있던 수현의 두 눈에 핏발이 섰다.

죽고 못 사는 형제 사이를 풍비박산으로 만들어 놓은 장본인이 이런 태연한 태도라니…….

제니의 뻔뻔함 덕분인지 정신이 돌아온 수현은, 주먹을 꽉 쥔 채 분노에 가득 찬 눈으로 제니를 노려봤다. 하지만 제니는 정말 모르는 건지, 아니면 일부러 모르는 척하는 건지 여전히 담담하게 질문을 이어 갔다.

"근데 네가 여길 왜……?"

"제 남자 친구거든요."

노아는 제니에게 아무런 대답도 하지 않는 수현을 대신해서 두 사람의 대화에 끼어들었다. 그리고 수현의 옆으로 다가가 자연스럽게 팔짱을 꼈다. 그 순간 제니의 미간이 묘하게 구겨졌다.

하지만 그것도 잠시, 표정 하나 바꾸는 건 일도 아니라는 듯 제니는 빙그레 미소를 짓더니 특유의 나긋나긋한 목소리로 말했다.

"그러셨구나. 전 수현이 유학 시절 친구예요. 혹시 오해하시는 거 아니죠?"

오해는 무슨 오해요? 묻지도 않은 걸 말하는 제니에게 노아는 당장이라도 이렇게 묻고 싶었다.

노아가 느끼기에도 제니의 말은 노아가 제니를 무척이나 신경 쓰고 질투하고 있다는 것처럼 들렸다. 솔직히 신경이 쓰이는 건 사실이었지만, 과거에 자신이 했던 일도 잊고 저렇게 어깨에 힘이 들어간 꼴을 보고 있자니 괜히 화가 치밀어 올랐다. 노아는 눈을 부릅뜨고 제니를 노려봤다.

그러든가 말든가, 원래부터 남 시선 따위는 신경 쓰지 않는 사람인지 제니는 노아에게서 시선을 거두며 가방에서 명함을 꺼내 수현의 손에 쥐여 줬다.

"이렇게 만나서 반가웠어, 수현아. 나 한동안 한국에 있을 거니까 조만간 밥 한번 먹자."

'허, 둘 사이가 웃으면서 함께 밥이나 먹을 사이야? 게다가, 옆에 여자 친구가 두 눈 시퍼렇게 뜨고 있는데 이 행동은 뭔데?'

노아는 제니의 태도가 도무지 마음에 들지 않아 이를 가는데, 제니는 노아를 마치 투명 인간 취급이라도 하듯 말끔히 무시하고 방을 빠져나갔다.

노아를 단순히 자신에게 인테리어를 의뢰한 회사 대표인 줄만 알았던 때에는 그렇게 예의 바르게 행동하더니, 노아가 수현의 여자 친구라는 것을 알게 되자 제니의 태도는 완벽하게 돌변했다. 그 모습이 열은 받지만 제니는 이미 자리를 떴고 당사자가 없는 곳에서 더 화를 낼 수도 없어서 노아는 어금니를 꽉 깨물었다.

수현은 여전히 분노와 혼란스러움이 섞인 표정으로 제니가 나간 문만 멍하니 바라보고 있었다. 그러다 정신이 돌아왔는지 가뜩이나 날카로운 눈이 더욱 살벌하게 변했다. 그는 망설임 없이 손에 쥔 제니의 명함을 구겨 버렸다.

두 눈에 분노가 가득 찬 수현은 금방이라도 터져 버릴 시한폭탄처럼 불안정해 보였다. 하지만 노아는 수현의 모습을 두려워하기보다는 오히려 용기를 주듯 그의 손을 꼭 잡아 줬다.

그리고 두 번 다신 저 여자로 인해 이 사람이 다치는 것을 절대 가만히 두고 보지 않겠다고, 그렇게 다짐했다.

"후우."

생각하지 않으려고 노력해도 쉬지 않고 머릿속에 떠오르는 제니 때문에 노아는 시도 때도 없이 한숨만 내쉬었다.

솔직히 말해서 그 어떤 여자가 남자 친구의 첫사랑을 신경 쓰지 않을 수 있을까. 그것도 엄청난 트라우마를 안겨 줘 자그마치 10년을 힘들게 한 사람을…… 오히려 아무렇지 않게 넘기는 게 더욱 이상할 것이다.

노아는 두 사람의 재회를 눈앞에서 보고 난 후부터 매일매일 수현의 첫사랑 신제니 소탕 작전을 생각해 내기 위해 고민에 잠겼다.

딱 한 번 봤을 뿐이고 수현과 승현에게 과거 이야기를 들었을 뿐이지만 신제니라는 여자는 청순한 외모와는 달리 성격이 보통은 아닌 것 같았다. 자신이 과연 그런 사람을 이길 수 있을까? 노아는 걱정부터 앞섰다.

처음에는 인테리어 회사 측에 디자이너를 바꿔 달라는 요청을 하려고 했다. 하지만 생각해 보니 그럼 디자이너를 바꾸는 이유를 설명해야 할 터였다. 아직 일을 시작하기도 전인데 디자인이 마음에 안 든다고 컴플레인을 넣기도 애매했고, 그렇다고 남들한테 '그 여자가 제 남자 친구 첫사랑이에요.' 라고 차마 말할 수도 없었다.

혹여 그렇게 얘기해 다른 사람들에게 이 이야기가 퍼지기라도 하면 이미 언론에 알려질 만큼 알려진 유명 커플인 노아와 수현에게 좋을 게 없었기 때문이다.

이미 사람들은 노아가 이 회사의 대표인 걸 알고 있으니 '남자 친구' 라고 말하면 자연스럽게 수현을 떠올릴 것이다. 나쁜 남자로 소문이 자자한 수현에게 10년이나 지났음에도 얼굴 보기가 껄끄러울 만큼 가슴 아픈 첫사랑이 있다?

아마 모든 언론의 기자들이 냄새를 맡고 하이에나처럼 달려들 것이다. 연예 뉴스 헤드라인을 장식하기에 모자람이 없는 좋은 내용 아닌가. '톱모델 한수현의 트라우마', '그래서 그는 나쁜 남자가 된 것일까?' 등 온갖 자극적인 제목들로 기사를 뽑아내기 딱이었다.

게다가 제니를 이 회사에 오지 못하게 한다고 해서 원초적인 문제가 해결될 것 같진 않았다. 그 모든 일을 당한 수현의 앞에서도 아무렇지 않게 얼굴에 철판을 깔던데, 회사 좀 오지 못하게 한다고 한국, 그것도 서울 시내에 살고 있는 유명인인 수현을 못 찾을 것 같진 않았다.

물론 이런 쪽으로는 빠삭한 서연에게 알려 조언을 얻는 방법도 생각하지 않은 건 아니었다. 하지만 노아에겐 언론에 알리는 것보다 서연에게 말하는 게 오히려 더 어려웠다.

그도 그럴 것이, 서연은 항상 수현만 보면 날을 세우고 저놈을 어떻게 해야 내 친구에게서 떨어트릴 수 있을까 고민했다. 첫사랑이 나타나 노아의 속을 썩이고 있다는 걸 알게 된다면 또 불같이 화를 내며 두 사람의 사이를 반대할 게 뻔했다. 노아는 그게 무서워서라도 입을 닫을 수밖에 없었다.

노아는 이러지도 못하고, 저러지도 못하며, 머리가 터져라 고민을 하느라 날밤을 꼬박 지새웠다. 그래도 해답이 나오지 않아 출근한 순간부터 지금까지도 제니를 어떻게 하면 좋을까 몇 시간째 고민만 하는데, 아무리 생각해도 답이 나오지 않아 답답해 미칠 것 같았다.

노아가 다시 한숨을 내쉬는데, 그때 갑자기 예고도 없이 문이 열렸다. 노아는 동그랗게 변한 눈으로 상대를 확인했다. 문 앞에는 수현이 서 있었다.

"수현 씨?"

마치 수현의 등장이 믿기지 않는다는 듯, 노아는 떨리는 목소리로 그의 이름을 불렀다. 그러자 담담한 얼굴의 수현이 아무렇지 않다는 듯한 말투로 말했다.

"밥 먹으러 가자."

마치 아무 일도 없었다는 듯 구는 수현의 태도에 노아는 얼떨떨한 표정을 지었다.

사실 노아는 당연히 수현이 노아의 회사로 오는 발길을 끊을 줄 알았다. 그녀와 어떤 일을 함께하기로 했는지 자세한 얘기까진 말해 주지 않았지만, 제니가 여기 있던 걸 봤으니 혹시라도 이곳에서 또다시 제니와 마주칠 수도 있지 않을까 생각을 하는 게 당연한 것 아닌가. 그렇다면 당연히 피해 다닐 것 같은데…….

노아는 아무래도 수현이 상황을 제대로 인식을 하지 못한 것 같다고 확신하며 수현에게 조심스럽게 물었다.

"수현 씨, 괜찮아요?"

"뭐가?"

"그 신제니 씨……."

노아는 수현의 앞에서 그녀의 이름을 입에 담는 것조차 조심스러워 머뭇거렸다. 수현은 그녀의 이름을 듣고도 '그게 왜?'라고 묻는 듯 의아한 눈으로 노아를 쳐다보았다.

이 남자가 정말 괜찮은 건지, 괜찮은 척을 하는 건지……. 정말로 괜찮은 게 맞는지 물어봐도 될까 싶어 노아가 혼란스러워하는 동안 어느새 수현이 노아에게로 다가와 그녀의 손을 살며시 잡아 줬다.

"아마 널 만나기 전이라면 멍청하게 흔들렸을 거야."

"……."

"근데 이젠 아니야. 네가 있는데 그깟 트라우마 따위가 무슨
상관이야."

단호하게 말하는 수현의 목소리에 노아는 순간 감정이 울컥했
다. 그렇게 오랜 시간을 괴로워했으면서, 입에 발린 소리가 아니
라 진심을 담아 말하는 그에게 노아는 한없이 고마웠다.

이 사람이 10년을 괴로워했던 트라우마도 이겨 낼 정도로 정말
나를 많이 사랑하고 있구나, 이 사람을 내가 변하게 만들었구나.
그런 생각들을 하고 나니 노아는 만감이 교차해 두 눈에 눈물이
맺히기 시작했다.

수현은 노아를 아무런 말 없이 안아 줬다. 그리고 속상하게 만
들어서 미안하다고 말하듯 노아의 등을 다정하게 다독여 주었다.
그때 갑자기 노크 소리가 들려왔다.

"대표님, 신제니 씨 오셨습니다."

방금 전까지만 해도 금방이라도 눈물이 터져 나올 것 같던 노
아는 비서의 말을 듣고 순식간에 얼굴 표정이 굳어졌다. 노아는
서둘러 고개를 들어 수현을 보았다. 그는 '신제니' 그 이름 세 글
자만 들었을 뿐인데 벌써부터 표정이 살벌하게 변한 상태였다.

왜 하필 와도 이럴 때에 딱 맞춰 온 건지, 정확해도 너무 정확
한 제니의 감이 무서울 지경이었다. 하지만 노아는 지금 다른 생
각을 할 때가 아니라는 걸 깨달았다. 일단 저 마녀 같은 여자에게

서 수현을 지켜야겠다고 다짐하며 낮게 말했다.

"일 보시라고 전해 주세요. 전 지금 바빠서……."

"혹시 수현이 왔어요?"

노아는 제니의 질문에 경악을 금치 못했다. 마녀 같다, 마녀 같다 했더니 정말 마녀였나 보다.

투시 능력이 있는 것도 아니고, 어떻게 알아낸 건지 몰라 노아의 동공이 격하게 떨려 왔다. 하지만 동요하는 모습을 보였던 것도 잠시, 노아는 금세 정신을 차리고 수현의 품에서 빠져나와 문 쪽으로 다가갔다.

노아는 제니가 수현을 볼 수 없도록 문을 살짝 열고 문 앞에 서 있는 제니를 노려봤다. 제니는 여유로운 얼굴로 웃고 있었다. 그 웃음이 꼭 '왜 그런 눈으로 봐요?' 하고 묻고 있는 것 같아 얄미웠다.

노아가 그녀답지 않게 세게 말을 내뱉기 위해 속으로 몇 번이고 '신제니 씨야말로 왜 제 남자 친구가 왔는지 궁금해하시죠?'라는 말을 되뇌는데, 어디선가 익숙한 목소리가 들렸다.

"신제니?"

낯설지 않은 목소리에 약속이라도 한 듯 노아와 제니는 소리가 나는 쪽으로 고개를 돌렸다. 그곳엔 놀란 표정으로 두 사람을 바라보고 있는 승현이 서 있었다.

승현은 당황스러움이 가득 어린 눈동자로 제니를 바라봤다. 도무지 그녀가 왜 이곳에 있는 건지 이해가 되지 않는다는 얼굴이었다.

하지만 그와는 다르게 뻔뻔한 면 하나는 일관성 있는 제니는 수현과의 재회 때처럼 담담한 얼굴로 말했다.

"어머, 오빠 오랜만이에요."

마치 아무 일도 없었다는 듯, 아무렇지 않게 인사까지 하는 제니의 모습에 승현은 그대로 할 말을 잃었다.

사이좋은 형제 사이를 처참히 갈라놓고, 소리 없이 사라지더니. 갑자기 나타나서 한다는 말이 오랜만이에요? 이런 게 바로 사이코패스가 아닐까 고민될 만큼 소름 돋는 제니의 태도에 승현은 헛웃음이 나왔다.

10년 전엔 그렇게 착한 척, 약한 척만 골라 하더니. 이미 본성을 들켰으니 아무래도 상관없다는 건지, 의중을 알 수 없었다. 제니의 너무나 뻔뻔한 행동에 승현은 싸늘한 시선으로 제니를 쳐다봤다. 그럼에도 제니는 여전히 담담한 얼굴로 승현에게 다가가 태평하게 안부 인사나 했다.

"잘 지내셨어요?"

"잘 지낸 것처럼 보이나?"

"여전히 무뚝뚝하시네요."

노아의 앞에서완 다르게 승현은 제니에게 까칠한 말투로 답했다. 노아와 있을 때도 다소 무뚝뚝한 사람이긴 했지만 이렇게까지 차가운 사람은 아니었다. 하지만 이런 승현의 모습에도 일부러 모르는 척을 하는 건지 제니는 웃고만 있었다.

가뜩이나 마음에 안 드는 여자가 뻔뻔하게 웃기까지 하니 더욱 신경에 거슬려 승현의 미간이 구겨졌다. 험악한 승현의 얼굴에도 제니는 여전히 담담하게 폭탄 발언들만 골라 했다.

"전 오빠 많이 보고 싶었어요."

"난 하나도 안 보고 싶었다."

남에게 반말하는 일 자체가 거의 없어, 반말을 어색해하고 여자랑 제대로 눈도 못 마주치던 승현이 제니의 앞에서는 거침이 없었다.

오래전부터 승현을 알아 온 제니도 그의 모습이 자신이 알고 있던 승현의 모습과 다르다는 걸 눈치챈 것 같았지만, 이왕 뻔뻔한 김에 끝까지 뻔뻔하게 굴기로 마음먹었는지 계속해서 질문을 이어 갔다.

"그런데 오빠가 여기 어쩐 일로……."

"네가 여긴 어쩐 일이야."

자신의 말을 끊고 갑자기 들려오는 낮은 목소리에 제니는 놀란 눈으로 뒤를 돌아봤다. 그곳에는 노아가 제니를 상대하러 가자마자 바로 노아의 뒤를 따랐던 수현이 살벌한 눈으로 승현을 노려보고 있었다.

수현은 지금 제니가 눈에 들어오기는커녕 그녀에게 관심조차 가지 않는지 온 시선을 승현에게 집중하고 있었다.

승현도 수현 못지않게 차가운 시선으로 수현을 바라보더니 이내 공격적으로 되물었다.

"나야말로 묻지. 신제니가 왜 여기 있지?"

수현은 승현의 물음에 아무런 대답이 없었다. 그도 그럴 것이, 사실 수현도 제니가 왜 이곳을 드나드는지 정확한 이유를 알지 못했다. 게다가 이유를 안다 한들 승현에게 말해 주고 싶지도 않았다. 두 사람은 대화는 무슨, 싸움이나 안 나면 다행인 사이니까.

벌써부터 눈에 스파크가 튀는 두 남자를 보며 노아는 큰 싸움이라도 날까 봐 두려워 일단 급하게 중재부터 들어갔다.

"그게 신제니 씨가 저희 회사 인테리어를 맡게 되셔서……."

"이 멍청한 놈아!"

평소엔 좀처럼 언성을 높이는 법이 없는 승현이 갑작스러운 큰소리를 내 노아는 놀란 눈으로 승현을 쳐다봤다. 그건 수현도 마찬가지였다.

그렇게 모든 시선이 승현에게로 집중되는데, 승현은 평소와 다르게 거침없이 말을 이어 갔다.

"노아 씨께 얼마나 더 많은 상처 줄 거냐."

승현의 물음에 수현은 아무런 대답도 하지 않고 가만히 노아를 응시했다.

수현은 아픈 첫사랑의 등장에도 제니에게 분노는 했을망정 노아에겐 '네가 있는데 무슨 상관이냐'며 절대 흔들리지 않았던 사람이었다. 10년을 괴롭혔던 트라우마가 하루아침에 사라지는 것도 아니고 분명 아무렇지 않을 수 없었을 텐데, 잘 이겨 내고 있는 수현에게 끈질기게 달라붙듯 구는 건 제니였다.

나름대로 최선을 다해 노아를 불안하게 만들지 않으려 노력하고 스스로도 이겨 내려 하는 상황에서 승현에게 욕을 먹고 있는 건데도, 수현은 억울하지도 않은지 노아를 미안함이 담긴 눈빛으로 가만히 쳐다봤다.

노아는 그 모습을 보자 가슴이 아파 와 자신이 대신 승현에게
모든 것을 해명을 해 주고 싶었다. 다 오해라고, 분명 힘들 텐데
자신 덕분에 다 이겨 냈다 말해 주며 이렇게 곁에 있어 준다고,
그래서 나도 상처받지 않을 수 있었다고. 입 안에서 맴도는 말들
이 수만 가지였다.

그러나 노아는 이미 승현에게 너무나 많은 상처를 주었기에 선
뜻 그의 앞에서 승현을 감쌀 수가 없었다. 그래서 이러지도, 저러
지도 못하고 안절부절못하고 있는데, 그때 지금껏 가만히 상황을
보고 있던 제니가 입을 열었다.

"셋이 아는 사인가 봐요?"

이 살벌한 분위기 속에도 제니는 뭐가 그렇게 재밌는지 입가에
미소를 띠며 물었다. 그와 동시에 그녀의 두 눈에 의미를 알 수
없는 빛들이 반짝이기 시작했다. 지금 당장 무슨 일이 벌어진 게
아님에도 불구하고 노아는 이유 모를 오싹함을 느꼈다.

승현이 제게 어떤 마음을 갖고 있는지, 두 형제가 지금 어떤 사
이인지. 수현과 승현 사이에서 노아가 얼마나 힘이 들었는지. 세
사람의 관계를 그녀가 알아선 안 될 것 같았다. 하지만 제니는 모
든 것을 알고 있다는 듯 알 수 없는 미소를 지으며 세 사람을 번
갈아 보았다. 노아는 어쩐지 그 눈빛이 두려웠다.

제니는 셋 사이에 무슨 일이 있었는지 확신한 듯 작게 웃더니
자연스럽게 승현에게 팔짱을 꼈다.

"오랜만에 밥이나 먹을까요?"

탁!

그러나 승현은 망설임 없이 제니를 뿌리쳤다. 그리고 살벌한 눈빛으로 수현을 노려보며 낮게 말했다.

"처신 똑바로 해라."

그 말을 끝으로 승현은 이곳에 왜 온 건지도 설명하지 않고 그대로 회사를 빠져나갔다.

제니가 인사도 없이 서둘러 승현을 쫓아 나가고, 단둘만 남게 된 수현과 노아는 한동안 아무런 말도 하지 않았다.

가슴도 답답하고, 머리도 복잡해서 노아는 두 눈을 꼭 감은 채 혼자 생각에 잠겨 있었다.

그날 승현을 따라 나간 제니는 다신 돌아오지 않았고, 노아와 단둘이 남게 된 수현은 미안함이 가득 담긴 눈으로 노아를 바라보면서도 끝내 할 말을 찾지 못하고 침묵을 지켰다.

계속 이런 식으로 가다가는 겨우 안정을 찾아가는 두 사람의 관계가 다시 틀어질까 봐, 노아는 겁이 났다.

어떻게든 문제를 해결하고 싶어 고민에 잠겨 있는데, 갑자기 노크 소리가 들려왔다. 노아는 놀란 눈으로 문 쪽을 바라봤다. 그리고 그 순간 갑자기 이유 모를 오싹함이 몰려왔다.

아니나 다를까, 곧이어 문밖에서 듣고 싶지 않았던 목소리가 들렸다.

"대표님. 제니 신입니다."

어쩜 사람이 저렇게 뻔뻔할 수 있는 걸까. 노아는 제니의 목소리만 들었을 뿐인데 벌써부터 속이 부글부글 끓어올랐다. 하지만 화를 내는 대신 목소리를 낮게 깔며 물었다.

"무슨 일이죠?"

"이제 곧 퇴근 시간인데 술 한잔하실래요?"

"네?"·

이름만 들어도 화가 나는 전 여친과 단둘이 술을 마시자고? 이 무슨 귀신 씻나락 까먹는 소리란 말인가! 도대체 무슨 생각으로 저 말을 한 건지는 모르겠지만, 어림도 없는 일이다. 노아는 딱 잘라 싫다고 답하려고 했다.

하지만 노아의 말이 채 나오기도 전에 예고도 없이 문이 벌컥 열리더니 제니가 방 안으로 들어와 노아를 일으켰다.

"이거 못 놔요?"

노아는 앙칼지게 소리치며 제니의 손을 뿌리치려고 했다. 그런데 생긴 거랑 다르게 어찌나 힘이 센지, 제니는 꿈쩍도 안 했다.

노아의 얼굴엔 당혹감이 어렸고, 제니는 그런 노아를 보면서도 여전히 천사 같은 얼굴로 생글생글 웃으며 말했다.

"그러지 말고 같이 한잔해요."

"저 약속 있어요."

"수현이랑요?"

제니의 입에서 수현의 이름이 나오자 노아는 그대로 얼음이 됐다. 떨리는 눈으로 제니를 바라보자 제니가 웃으며 말했다.

"그럼 셋이 마실까요?"

'아니, 절대. No!'

방금 전까지만 해도 내가 댁이랑 왜 술을 마셔야 하냐고 소리치고 싶었던 노아는 금세 그 말들이 목구멍 안으로 쏙 들어갔다. 지금까지 봐 온 제니 성격상, 수현과의 약속이 있으니 안 먹겠다고 말하면 그녀는 어떻게 해서라도 셋이 같이 술을 먹게 하고도 남을 사람이었다.

셋이 같이 술을 마셔야 할 바엔 차라리 둘이서 먹고 끝내는 게 나을 것 같다. 결국 노아는 더 이상 반항도 하지 못하고 제니와 근처 BAR로 향했다.

BAR에 도착하자마자 제니는 자연스럽게 온갖 칵테일을 주문해 노아에게 내밀었다.

노아는 처음엔 한사코 사양하며 마시지 않으려고 했다. 하지만 일부러 그러는 건지 제니가 말끝마다 '우리 수현이는요'를 반복하는 바람에 그 '우리 수현이'의 애인은 열불이 나서 술을 안 마시려야 안 마실 수 없었다.

게다가 어쩜 저렇게 순진한 얼굴로 과거 수현과 있었던 일에 대한 온갖 음담패설을 끄집어내는지, 노아는 술 때문이 아닌 화 때문에 얼굴이 붉게 달아올랐다.

"저 잠시 화장실 좀……."

가만히 이야기를 듣다 보니 열이 받아서 너무 많이 마신 탓일까. 술 마실 때마다 혹시라도 실수는 하지 않을까 조심하느라 태어나서 지금까지 단 한 번도 취해 본 적 없던 노아가 자리에서 일어나자마자 비틀거렸다.

하지만 처음 보는 사람 앞에서 쓰러질망정 절대 신제니 앞에선 쓰러지지 않겠다는 일념 하나로 또각또각 구두 굽 소리를 내며 멀쩡한 척 화장실로 향했다. 정말 도중에 몇 번이나 그대로 기절할 뻔했다.

"너무 마셨어. 너무……."

정신을 차려야겠다는 생각에 노아는 세수까지 하곤 화장실을 빠져나왔다.

테이블로 돌아오자 제니가 핸드폰을 만지고 있는 게 보였다. 어디서 많이 본 핸드폰이었다. 흐릿한 시야 때문에 잠시 멍하니 있던 노아는 금세 그 휴대폰이 자기 것임을 눈치챘다. 노아는 바로 제니의 손에서 휴대폰을 빼앗으며 소리쳤다.

"왜 남의 걸 함부로 만져요!"

평소의 노아답지 않은 흥분한 모습에 제니는 놀란 눈으로 노아를 쳐다봤다.

솔직히 술 때문에 용감해져서 냅다 소리 지르긴 했으나, 몸 하나 마음대로 가누지 못할 만큼 취한 자신이 저 무서운 여자한테 무슨 짓이라도 당할까 봐, 노아는 뒤늦게 겁이 났다.

근데 이게 무슨 일이란 말인가. 평소 그 뻔뻔한 모습은 다 어디로 갔는지 갑자기 제니가 손으로 얼굴을 가리며 고개를 숙였다. 그리고 울기라도 하는 사람처럼 가녀린 어깨를 떨었다.

대체 이게 뭐 하는 거지? 화 좀 냈기로서니 다 큰 어른이 갑자기 울다니. 그것도 저 뻔뻔한 여자가? 노아는 이해할 수 없는 제니의 행동에 어리둥절한 표정을 지으며 멍하니 제니를 쳐다봤다.

하지만 그것도 오래가지 못했다. 마음 약한 노아가 저 때문에 우는 걸까 봐 제니를 달래 주려 그녀에게로 다가서는데, 그 순간 갑자기 뭔가 오싹한 기분이 들었다.

이건 불길한 예감이었다. 당장이라도 무슨 일이 벌어질 거라는 걸 말해 주는 본능적인 직감.

노아는 떨리는 눈으로 조심스럽게 뒤를 돌아봤다. 그곳에는 거친 숨을 몰아쉬며 잔뜩 흐트러진 모습으로 두 사람을 바라보고 있는 수현이 서 있었다.

너무 놀란 나머지 노아는 그만 그 자리에 그대로 얼어 버렸다. 왜 갑자기, 그것도 하필이면 이런 상황에 수현이 나타난 건지. 아무리 생각해도 이해가 가지 않았다. 하지만 잠시 후 머릿속에 방금 전 자신의 휴대폰을 들고 있던 제니가 스쳐 지나가고, 노아는 지금 자신이 함정에 빠졌음을 깨달았다.

수현은 분명 자신을 오해할 것이다. 술에 취한 노아와 울고 있는 제니. 누가 봐도 오해를 할 수밖에 없는 상황이었다. 그래서 일단 수현에게 해명을 해야겠다는 생각이 들어 노아는 바쁘게 입술을 움직였다.

"갑자기 신제니 씨가 술을 먹자고…… 수현 씨 옛날 얘기를 해서 너무 많이 마셨는데……."

도대체 지금 자신이 무슨 소리를 하는 걸까. 스스로도 지금 무슨 말을 하고 있는 건지 판단이 서지 않을 만큼 노아는 부정할 수 없는 만취 상태였다. 혀가 꼬일 대로 꼬여 제대로 이야기도 할 수 없었다.

그래도 오해를 풀어 보겠다고 정신없이 해명을 하는데, 어째 노아가 이야기를 하면 할수록 수현의 표정은 점점 더 굳어졌다.

노아의 마음은 조급함에서 점점 절망으로 변해 갔다. 결국 노아는 더 이상 말을 이어 가지 못하고 가만히 수현을 쳐다봤다.

지금 이 사람은 날 의심하고 있는 걸까?

노아는 차가운 그의 시선을 보며 슬픈 표정을 지었다. 그 어떤 일이 있어도 항상 자신이 믿어 줬던 사랑하는 남자. 그런데 그 남자가 지금 자신을 싸늘한 시선으로 바라보고 있다. 그게 자신을 믿지 못한다는 의미로 받아들여져 너무나도 슬펐다.

말을 꺼내면 울음이 터질까 봐 노아는 입을 꾹 다물었다. 그러자 지금까지 아무런 말이 없던 수현이 낮은 목소리로 말했다.

"밖에 차 세워 뒀어. 먼저 가 있어. 곧 따라갈게. 이따 얘기하자."

수현은 그 말을 끝으로 옆에서 세 사람을 지켜보던 여자 바텐더에게 노아를 부탁했다. 자신을 오해하고 있는 게 아닐까 걱정했던 우려가 확신이 된 것 같아 노아는 절망했다. 도저히 수현의 말을 믿을 수가 없었다. 자신을 보내고, 제니와 단둘이 있겠다니…….

수현은 안타깝게도 절망한 노아의 얼굴을 미처 보지 못했다. 그저 지금 당장 무슨 짓을 저질러도 이상하지 않을 것 같은 살벌한 눈으로 제니만 바라볼 뿐이었다.

그렇게 노아가 바텐더의 부축을 받으며 BAR를 빠져나가고, 수현 역시 바로 제니를 끌고 밖으로 나갔다. 예전 일을 생각하면 이 여자와 단둘이 있는 것조차 끔찍했지만, 수현은 얼굴이 알려진 사람인지라 어쩔 수 없이 인적이 드문 곳으로 제니를 데리고 갈 수밖에 없었다.

제니는 수현과 단둘이 있게 되자 당장이라도 눈물이 터져 나올 것 같은 눈으로 애처롭게 수현을 쳐다봤다.

그 모습을 본 순간, 수현은 입가에 비릿한 미소가 번졌다.

이렇게 눈에 보이는 연기에 속아 자신이 10년 동안이나 괴로워했다니. 수현은 스스로가 한없이 한심했다.

[지금 신제니 씨랑 근처 바에서 술 마시고 있어요.]

노아를 데려다주러 회사 앞까지 왔다가 노아가 보낸 메시지를 본 순간, 수현은 가슴이 철렁했다. 혹시 그 착한 여자가 제니한테 무슨 짓이라도 당할까 봐, 그로 인해서 상처 입게 될까 봐 무서웠다.

그렇게 둬서는 안 된다, 그 생각 하나로 망설임 없이 여기까지 달려왔다.

BAR에 도착해 제니와 함께 있는 노아의 모습을 보며 수현은 자신의 예상이 전혀 틀리지 않았음을 확신했다.

노아에게 잔뜩 술을 먹인 것도 모자라 상황을 보니 메시지도 제니가 보낸 것 같은데, 자신을 불러내고 그 앞에서 운다? 이건 누가 봐도 노아를 오해하게 만들려는 상황이었다.

하지만 수현은 더 이상 10년 전 신제니를 사랑했던 사춘기 소년이 아니었다. 예전 같으면 속았을지 몰라도, 제니에게 아주 조금의 마음도 남아 있지 않은 수현의 눈엔 그녀의 의도가 뻔히 보였다.

수현은 노아를 만나기 전에는 절제라는 걸 몰랐다. 하지만 노아를 만나고서부턴 그래선 안 된다는 걸 깨달았다. 노아 역시 수현이 절제하지 못하고 날뛰는 모습을 두려워했고 혹시라도 큰일이 생길까 걱정했다.

때문에 혹시 사랑하는 서노아 앞에서 이성을 잃고 못 볼 꼴을 보이거나, 괜히 싸우는 곳에 노아가 함께 있다가 저 무서운 여자 때문에 다치기라도 할까 봐 상황 설명은 뒤로하고 일단 노아를 먼저 보냈다.

이게 오히려 엄청난 오해를 부르는 행동이라는 것을, 수현은 어리석게도 알지 못했다.

"수현아, 서 대표님은 그냥……."

몸은 이곳에 있지만 온통 생각은 노아의 곁에 있는 수현은, 귓가로 들려오는 제니의 젖은 음성에 뒤늦게 정신을 차렸다. 제니는 커다란 눈망울에 눈물을 대롱대롱 매달고 눈물 없인 볼 수 없는 대단한 연기를 펼치고 있었다.

분명 예전의 수현이었다면 이 모습을 보고 금세 그녀에게 동요했겠지만, 지금은 아니었다.

수현은 그녀의 연기를 잠시 비웃더니 금세 표정을 굳히며 낮은 목소리로 으르렁거렸다.

"경고하는 거야. 서노아 건드리지 마."

수현의 한마디에 지금까지 닭똥 같은 눈물을 쏟아 내던 제니가 고개를 들고 수현과 눈을 마주했다. 잠시 멍한 표정으로 수현을 바라보던 제니는 이내 입술 새로 바람 빠지는 소리를 내며 웃었다.

제니가 이런 반응을 보일 만한 상황은 아니었지만 제니로서는 수현의 태도가 어이가 없어 웃지 않을 수 없었다. 형과 자신의 키스 장면 하나로 그 잘난 사람이 한순간에 바보가 되어 버렸던 주제에, 뭐? 자기 여자 친구를 건드리지 말라?

제니는 수현의 갑작스러운 태도 변화가 거슬리기만 했다. 그녀는 자신에 대한 프라이드가 강한 사람이기에, 수현이 자신의 앞에서 바보 같은 행동만 하는 게 당연하다고 생각했다.

그런데 예상치 못한 수현의 반응에 제니의 자존심은 와장창 무너져 내렸다.

결국 제니는 더 이상 연약한 척하는 연기를 이어 가지 못하고 입술을 피가 날 정도로 꽉 깨물었다. 그 모습에서 살기가 느껴져, 굳이 말로 하지 않아도 지금 그녀가 얼마나 분노하고 있는지 누구나 알 수 있었다.

애초에 제니는 사랑을 믿지 않았다. 수현이 사랑을 할 수 있을 거라고도 생각지 않았다. 그래서 한수현이 여자 하나 때문에 자신에게 이렇게 나오는 걸 이해할 수가 없었다.

그 잘난 가면이 순식간에 벗겨지더니 제니가 굳은 얼굴로 수현에게 물었다.

"……너, 변했구나?"

마치 자신을 사랑하지 않는 게 잘못된 행동이라고 말하듯, 무표정한 얼굴이었다. 목소리가 꼭 수현을 질책하는 것 같았다. 제니가 손을 뻗어 수현의 얼굴을 쓰다듬자 수현은 망설일 것도 없이 제니의 손목을 붙잡았다.

수현은 금방이라도 폭발할 것 같은 얼굴을 하고 있었다. 하지만 그런 수현의 앞에서도 제니는 여전히 여유롭게 미소를 지었다.

"너 나 사랑하잖아."

정말 뻔뻔함과 자신감 하나는 이 세상 그 누구보다도 뛰어난 여자였다. 자신이 왜 이런 여자를 사랑했고, 이런 여자 때문에 그렇게 오랜 시간을 아파했는지 수현은 이해할 수 없었다. 절대 해선 안 될 지나간 사랑에 대한 후회를 수현은 제니를 통해서 했다.

지금껏 수현의 눈을 가리고 있던 모든 것이 사라지며 비로소 제니가 제대로 보이기 시작했다. 그 순간, 그는 스스로가 한없이 한심스러웠다.

"난 널 사랑하지 않아."

10년 동안 입 밖으로 꺼내기는커녕 생각조차 해 보지 못한 말. 한수현은 신제니를 사랑하지 않는다는 그 말을 수현은 10년 만에 진심을 담아 말할 수 있게 됐다.

그러자 제니의 표정이 다시 굳어졌다. 그러나 그녀는 여전히 차분하지만 자신감이 가득한 목소리로 말했다.

"수현아, 넌 날 못 잊어."

"……."

"원래 아이들은 달콤한 맛보다 쓴맛을 더 오래 기억하는 법이거든."

제니는 그 말을 끝으로 수현을 향해 다시 미소 지었다. 그리고 여유 가득한 시선으로 수현의 위아래를 훑어보더니 그대로 그에게서 등을 보였다.

또각또각, 거리 위를 천천히 걸으며 제니는 그렇게 수현에게서 점점 멀어져 갔다.

수현은 그런 제니의 뒷모습을 봐도 이젠 더 이상 매일 밤 악몽처럼 자신을 찾아왔던, 10년 전 떠나가는 제니의 뒷모습이 떠오르지 않았다.

"내가 진짜 병신이었구나."

수현은 진심을 담아 작게 중얼거렸다.

그 순간 눈앞에 웃고 있는 노아의 모습이 아른거렸다. 수현은 그녀가 미치도록 보고 싶었다.

8. 첫사랑은 끝났다

─ 전화기가 꺼져 있어 소리 샘으로 연결됩니다. 연결된 후에
는 통화료가 부과되오니…….

이 소리를 들은 게 벌써 몇 번째인지 셀 수조차 없었다. 아까부
터 잠시도 손에서 휴대폰을 놓지 못하는 노아를 이렇게 애 태우
는 사람은 다른 누구도 아닌 수현이었다. 수현은 좀처럼 전화를
받지 않았다.

어젯밤 BAR 직원의 부축을 받으며 밖으로 나온 노아는 차마
수현의 차를 탈 수가 없었다. 수현이 자신을 믿지 못한다고 생각
했기에, 수현이 돌아와 자신을 질책할까 봐, 왜 제니에게 그랬느
냐고 화를 낼까 봐, 혹시라도 수현의 입에서 상상조차 하기 싫은
끔찍한 말이 나올까 봐 두려웠다. 그래서 지금 당장은 마주하고
싶지 않아 혼자 택시를 타고 집으로 돌아갔다.

지친 몸을 침대 위에 누이자마자 노아의 머릿속엔 수많은 생각들이 떠올랐다. 왜 그가 자신을 먼저 보낸 건지, 역시나 여전히 수현의 마음속에는 제니가 있는 건지. 별의별 생각을 다 하다 보니 노아는 눈물이 나올 것 같았다.

하지만 금세 최대한 냉정해지려고 노력했다. 분명 이유가 있었을 거다. 어쨌든 자신에게 '이따 얘기 하자'고 했으니까 헤어지자는 이야기를 하려는 건 아닐 거다. 그래도 자꾸만 그런 추측이 들어 노아는 맘 편히 잠에 들 수가 없었다.

그렇게 밤을 꼬박 새우고 아침이 돼서야 노아는 수현과 이야기를 해 봐야겠다는 결론을 얻었다. 출근 이후부터 쉬지 않고 수현과의 통화를 시도했지만 꺼져 있는 수현의 전화기는 도무지 켜질 생각을 하지 않았다.

"하아……."

노아는 한숨이 안 나오려야 안 나올 수가 없었다. 지금 이 상황을 어떻게 받아들여야 할지, 자신이 뭘 어떻게 해야 좋을지. 전혀 감이 잡히지 않았다.

잘못한 것도 하나 없이 속은 바짝바짝 타들어 갔다. 마음만 계속 조급해지고 이제 더 이상 괜찮을 거라는 자기 최면도 통하지 않았다.

"찾아갈까?"

수현이 걱정돼서 아니, 사실은 자신과 수현의 관계가 걱정이 돼서 참을 수가 없었던 노아는 진지하게 수현의 집을 찾아갈까 고민했다. 종종 일일 매니저를 하면서 수현을 집까지 데려다줬었기에 찾아가는 건 어렵지 않았다.

하지만 그것도 잠시, 집착 있는 여자로 보일까 봐, 혹시 수현이 기분이 나쁘다고 받아들일까 봐 생각을 바꾸기를 반복했다.

그렇게 노아가 어떻게 해야 할지를 몰라 머리를 싸매며 끙끙거리는데, 갑자기 밖에서 요란한 소리가 들려왔다.

우당탕탕!

방심하고 있던 노아는 갑작스럽게 들려오는 큰 소리에 화들짝 놀랐다가, 금세 떨리는 가슴을 진정시키며 자리에서 몸을 일으켰다. 예전 같으면 혹시 고객이 와서 진상을 부리는 걸까 봐 무서워 나갈 생각을 안 했겠지만, 지금은 수현이 너무 간절하다 보니 이 소리의 정체마저 수현이 아닐까 기대가 됐다.

그래서 서둘러 문을 열려고 하는데, 문고리에 손을 뻗기도 전에 벌컥 문이 열렸다.

"하아, 하아."

노아는 거친 숨을 몰아쉬고 있는 사람을 놀란 눈으로 쳐다봤다. 승현이 잔뜩 흐트러진 모습으로 노아의 앞에 서 있었다.

"승현 씨가 여긴 어쩐 일로……."

얼마나 열심히 달려온 건지 얼굴은 땀투성이에, 평소 그 단정했던 사람이 머리는 산발이 되어 헉헉거리고 있어, 노아는 놀란 표정으로 물었다.

하지만 그 물음이 채 끝나기도 전에 승현이 갑자기 노아의 손목을 덥석 붙잡더니 이리저리 노아를 살펴보기 시작했다.

'뭐, 뭐야 이게…….'

평소엔 상상조차 할 수 없는 승현의 이상한 행동에 노아는 당황한 눈으로 승현을 쳐다봤다.

이 사람은 왜 지금 내 손가락 개수를 세어 보고, 응급실 의사처럼 동공을 확인하며, 얼굴을 매만지면서 말짱히 존재하고 있는 게 맞는 건지 걱정하는 눈으로 쳐다보는 걸까. 아무리 냉정하게 생각하려고 해도 이해할 수 없는 그의 행동에 당황한 노아는 결국 승현의 손을 뿌리쳤다.

탁!

날카로운 마찰음과 함께 승현의 손이 지탱할 곳 없이 허공에 떴다. 승현은 놀란 눈으로 노아의 얼굴을 쳐다보더니 이내 진지한 목소리로 물었다.

"괜찮으신 겁니까."

"네?"

"아무 일도 없으신 거, 맞는 겁니까."

'이건 또 무슨 소리래?'

사람이 너무 진지하게 물어 오니 화를 낼 수도 없고, 그렇다고 갑자기 들이닥쳐 남의 상태나 확인하는 승현을 이해할 수도 없어서 노아는 두 눈을 끔뻑거리기만 했다.

한참을 말없이 노아를 보던 승현은 이제야 노아가 다친 곳 없이 괜찮다는 걸 인식했는지 안도의 한숨을 내쉬었다. 노아는 그런 승현을 여전히 의아한 표정으로 바라봤다.

한참 동안이나 숨을 고르던 승현은 들썩이던 가슴이 점점 진정을 찾아가자 그제야 노아와 눈을 마주치며 말했다.

"저랑 얘기 좀 하죠."

항상 듣고 나면 범상치 않은 말들이 이어졌던 승현의 한마디에 노아는 벌써부터 알 수 없는 불길한 예감이 들었다.

달그락.

커피 잔을 내려놓는 승현의 손끝은 여전히 흥분이 식지 않았는지 미세하게 떨리고 있었다.

두 사람은 단둘이 마주 보고 앉아 태평하게 차나 마실 사이는 아니었지만, 방금 전 승현의 표정이 너무나 심각했기에 노아는 어쩔 수 없이 그를 사장실 안으로 들일 수밖에 없었다.

그런데 어찌 된 일인지 승현은 그렇게 바라던 노아와 대화를 나눌 기회가 생겼음에도 불구하고 마주 보고 앉은 뒤부턴 아무런 말도 하지 않았다.

뭔가를 생각하는 것 같기도 하고, 머뭇거리는 것 같기도 했다. 표정은 심각한데 끝내 말이 나오지 않자 결국 기다리다가 지친 노아가 그의 눈치를 보며 조심스럽게 물었다.

"하실 말씀이 뭐예요?"

승현은 노아의 물음에 날카로운 눈으로 노아를 뚫어져라 쳐다봤다. 그 시선이 부담스러워서 노아가 살짝 그의 눈을 피했다. 그때 지금까지 닫혀 있던 그의 입술이 드디어 열렸다.

"지난번에 신제니와 마주쳤을 때 말입니다."

"네?"

"그날 신제니가 저를 끝까지 쫓아왔습니다."

기억을 거슬러 올라가 어림잡아도 일주일 이상은 된 일. 왜 그일을 지금, 그것도 하필 자신에게, 전화나 메시지도 아니고 굳이 직접 찾아와서, 잔뜩 흐트러진 모습으로 말하는 건지 노아는 도무지 이해를 할 수가 없었다.

물론 승현은 노아가 이해할 수 없는 행동만 골라 하던 남자였다. 그러나 항상 단정했던 그의 흐트러진 모습은 아무리 생각해도 단순히 가볍게 할 이야기가 있어서 찾아왔다고 보기에는 어려웠다.

노아는 다음에 계속 이어질 말이 있다는 걸 눈치채고 승현을 기다렸다. 승현도 노아의 마음을 읽었는지 마저 말을 이어 갔다.

"거래를 하자고 했습니다."

"거래요?"

"노아 씨를 제가 갖고, 자신이 수현이를 가지겠다고요."

노아는 승현의 말에 얼굴이 새파랗게 질렸다. 원래부터 뻔뻔한 건 알고 있었지만 이미 과거에 큰 잘못을 했던 남자에게, 그것도 재회한 당일에 어떻게 그런 말을 할 수 있는 걸까.

이 정도면 무서운 걸 떠나 대단하기까지 하다. 너무 놀라 노아가 벌어진 입을 다물지 못하는데, 승현은 노아를 보며 다시 말을 이어 갔다.

"물론 거절했습니다."

당연하다고 생각했다. 지금까지 노아가 봐 온 승현은 절대 그런 제안을 받아들일 만한 사람이 아니었다.

하지만 그렇게 생각하자 더욱 의문이 들었다. 이 남자는 왜 받아들이지도 않은 제안에 대해 굳이 여기까지 찾아와서 말하는 걸까. 설마 칭찬을 해 달라는 의미는 아닐 테고, 자신이 이만큼 좋은 남자니 좋게 생각해 달라는 것도 승현답지 않았다.

아무리 생각해도 해답이 나오지 않는 문제에 그냥 물어보면 될걸, 노아는 승현의 눈치만 보았다. 승현은 심호흡을 내쉰 뒤 다시 말을 이어 갔다.

"어떻게 번호를 알아냈는지는 모르겠지만, 신제니에게 전화가 왔습니다."

"……."

"노아 씨가 지금 울고 있을 거라고 하더군요."

"네? 제가요?"

노아는 놀란 목소리로 승현에게 물었다. 승현이 살며시 고개를 끄덕였다. 노아는 이제야 그가 왜 그렇게 다급히 자신을 찾아왔는지 이해가 됐다.

하지만 풀리지 않는 의문도 있었다. 제니는 대체 왜 그런 말을 한 걸까. 그런 생각에 노아가 의아해하는데, 승현이 그걸 읽은 건지 말을 이어 갔다.

"그 아이는 자신이 가지고 싶은 건 뭐든 꼭 가져야 하는 아이였습니다. 그게 물건이든, 사람이든 간에요. 그래서 노아 씨가 다쳤을까 봐 두려웠습니다."

바보 같은 사람, 노아는 승현의 말에 아무런 대답도 하지 못했다.

가장 힘들 때에 곁에 있어 준 사람을 필요할 때만 의지하고 미련

336

없이 떠났던 자신인데, 어쩜 이 남자는 이렇게 한결같을까.

그의 모습에 한없이 죄스러운 마음이 들어 노아가 살며시 고개를 숙이자 승현이 아까보다 조금 차분해진 목소리로 다시 입을 열었다.

"조심하십시오. 그 아이가 노아 씨에게 무슨 짓을 할지 모릅니다."

승현의 목소리에는 노아를 향한 걱정이 담겨 있었다. 노아는 그의 말을 전혀 흘려듣지 않고 진지한 표정으로 고개를 끄덕였다. 승현은 그런 노아를 보며 안도의 한숨을 내쉬었다.

그렇게 잠시 두 사람 사이에 잠시 정적이 흘렀다. 그 정적 끝에 불현듯 한 가지 생각이 떠오른 노아가 조심스럽게 그에게 말했다.

"승현 씨는 절 좋아하잖아요."

대놓고 물어 오는 노아의 질문에 승현은 놀란 눈으로 노아를 쳐다봤다. 노아는 잠시 머뭇거리더니 마저 말을 이어 갔다.

"근데 왜 신제니 씨의 제안을 받아들이지 않은 거죠?"

물론 승현은 애초에 그럴 사람이 아니지만 그런 것과는 별개로 충분히 달콤하게 들렸을 제안이었다. 그런데 이야기를 들어 보니 그는 칼같이 제니의 제안을 거절한 것 같았다.

승현의 입가에 씁쓸한 것이 아닌 온화한 미소가 번졌다.

저 웃음의 의미는 뭘까? 노아는 의아해 승현을 멍하니 쳐다보았다. 그러자 그가 이제야 느린 답을 해 주었다.

"노아 씨 곁을 지키며 알았습니다. 저는 노아 씨를 행복하게 만들어 줄 수 없다는 걸요."

"……."

"그리고 수현이가 사고 났던 날, 더욱 확신했습니다. 새하얗게 질린 노아 씨의 얼굴이 수현이를 여전히 사랑하고 있다고 말하고 있어서, 아무리 애를 써도 노아 씨 마음에 제가 들어갈 자리는 없다는 걸 말입니다."

승현은 말을 하며 씁쓸하게 웃었다. 노아는 괜히 그의 아픔을 건드린 것 같아 뒤늦은 후회를 했다. 그러나 승현은 노아와 눈을 마주치며 덤덤하게 말했다.

"전 겁쟁이입니다."

"……."

"제가 행복하게 만들어 줄 수 없는 사랑하는 여자의 곁에서, 절 볼 때마다 노아 씨 생각에 불행할 동생이 슬퍼하는 걸 볼 자신이 없습니다. 아무리 그래도 제겐 목숨보다 소중한 동생이니까요."

"승현 씨……."

"그래서 포기하려고 합니다. 노아 씨를."

승현의 목소리는 담담해 보였지만 눈동자에는 어느새 슬픔이 어리고 있었다. 너무 미안해서 노아가 고개를 숙이는데, 승현은 마저 말을 이어 갔다.

"10년을 고통 속에서 보낸 아이입니다."

"……."

"그 아이가 노아 씨 곁에만 있으면 웃어요."

"……."

"가족도, 의사도 할 수 없었던 걸 지금 노아 씨가 하고 있습니다."

"승현씨……."

"그러니까 부탁합니다. 수현이를……."

승현은 그 말을 끝으로 노아의 앞에서 고개를 숙였다. 노아는 감정이 북받쳐 더 이상 아무런 말도 할 수 없었다.

그렇게 한차례 정적이 흐르고 나서야 그녀가 고개를 끄덕였다.

"네."

노아의 대답에 승현은 미소를 지었다. 그 웃음이 슬퍼 보이는 이유는 뭘까.

두 사람은 결국엔 친구도 아니고 연인도 아닌 사이. 그런 사이가 되었다.

◆ ◆ ◆

이틀째 연락이 닿지 않는 수현을 기다리다 정말 집에라도 쳐들어가야 하나 노아가 심각하게 고민을 하고 있을 때쯤, 기다리던 수현이 아니라 뜬금없이 제니에게서 연락이 왔다.

제니는 별다른 설명 없이 노아에게 노아의 회사 근처 카페에서 만날 것을 요구했고, 노아는 피하지 않고 그녀가 말한 약속 장소로 나갔다. 약속 시간보다 조금 일찍 나온 탓에 제니를 기다리면서 노아는 긴장이 되어 찬물만 몇 잔을 들이켰다.

긴장을 풀기 위해 심호흡을 내쉬기를 몇 번, 마침내 문이 열리며 제니가 우아한 걸음으로 카페 안으로 들어왔다.

"잘 지내셨어요?"

언제부터 이런 안부 인사를 나눌 만한 사이였다고. 기분 좋은 일이 있는지 생글생글 웃으며 인사를 건네는 제니에게 노아는 심드렁하게 고개를 끄덕였다.

제니는 노아의 앞자리에 앉기 무섭게 폭탄 발언부터 했다.

"수현이랑 헤어지세요."

순간 노아는 이미 목구멍 안으로 넘어갔던 물을 다시 그대로 뱉을 뻔했다.

아니, 사람이 뻔뻔하다, 뻔뻔하다 했더니 이게 대체 무슨 소리란 말인가. 방금 전 자신이 제대로 듣긴 한 건가 싶어 노아가 떨리는 눈으로 제니를 보았다. 이 상황에서까지 여유가 넘치는 제니는 턱을 괴고 노아를 감상하고 있었다.

그 모습이 너무나 거슬려, 노아답지 않게 제니에게 한 소리라도 해 보려고 입을 달싹였지만 제니는 노아의 목소리가 나오기도 전에 먼저 입을 열었다.

"저 그날 수현이랑 잤어요."

제니의 한마디에 순식간에 노아의 표정이 굳어졌다. 방금 자신이 무슨 얘길 들은 건지 귀가 의심스럽기까지 했다.

노아가 어안이 벙벙한 얼굴로 입만 벙긋거리자 제니의 얼굴에 장난스러운 웃음이 가득했다.

이게 농담으로 할 이야기도 아니고, 아무리 개념이 없고 뻔뻔하기로서니 이런 말을 농담처럼 할 것 같진 않아서 노아는 혼란스러웠다.

지금껏 노아의 앞에서 여유로운 미소만 짓고 있던 제니가 들뜬 목소리로 무용담을 늘어놓듯 떠들기 시작했다.

"그날 수현이가 절 집에 데려다줬거든요. 정신 못 차리고 계속 울고만 있으니까 아무래도 안 되겠다 싶었는지 같이 있어 주겠다면서 저 혼자 사는 집까지 들어왔어요."

"……."

"그리고 옛날 얘기 좀 하다가 뭐…… 그 뒤는 알겠죠?"

제니는 웃으면서 말하고 있는데, 그 얘길 듣고 있는 노아의 얼굴은 점점 더 새하얗게 질려 갔다. 그럴수록 제니는 흥미롭다는 듯한 표정으로 노아를 지켜봤고 심지어는 노골적으로 노아의 반응을 즐겼다.

노아가 제니의 말에 도무지 정신을 못 차리고 있자 제니는 입가에 미소를 지으며 쐐기를 박았다.

"전 수현이가 저를 잊은 줄 알았어요. 그럴 리가 없는데 말이죠."

자신감으로 가득한 목소리였다. 그런데 신기하게도 그 목소리를 듣고 나니 노아는 정신이 번쩍 드는 기분이었다.

어제 승현에게 들었던 말이 떠올랐기 때문이다.

'그 아이는 자신이 가지고 싶은 건 뭐든 꼭 가져야 하는 아이였습니다.'

머릿속에서 승현의 말이 떠오르기 무섭게 지금껏 제니의 말에 동요하고 있던 노아의 눈빛이 날카롭게 변했다.

승현의 말대로라면 이 여자는 수현을 가지기 위해서 노아에게 거짓말을 하고도 남을 여자였다. 그걸 깨닫고 나니 더 이상 그녀에게 휘둘리면 안 되겠다는 생각이 들어 노아는 두 눈을 부릅뜨고 제니를 노려봤다.

제니는 방금 전까지만 해도 혼란스러워하던 노아가 갑작스럽게 표정을 바꾼 것이 마냥 수현을 향한 배신감과 자신에 대한 질투심 때문인 줄만 알고 입가에 미소를 유지한 채 계속 떠들어 댔다.

"전 지금 수현이에게 여자 친구가 있으니까 깔끔히 물러나고 싶었어요. 근데 그 아이가 절 보낼 수 없대요."

"……."

"그러니 어쩌겠어요. 옛 생각도 나고, 그러다 보니 저도 수현이가 다시 좋아졌는데. 맘 맞는 사람끼리 만나는 게 옳은 거잖아요?"

제니가 승리감이 가득한 얼굴로 노아에게 물었지만, 노아는 여전히 싸늘한 시선으로 제니를 보며 아무런 대답도 하지 않았다.

제니도 말을 끝내곤 '기분이 어때?' 라고 묻는 듯 의기양양한 표정으로 노아를 바라보고 있을 뿐 더 이상 아무런 말도 하지 않았다.

그렇게 두 사람 사이에 침묵이 흐르기 시작했다. 살벌한 분위기 속에서도 제니는 무슨 재밌는 구경이라도 하는 사람처럼 들뜬 표정이었다.

그 모습이 화를 부추겨 노아의 미간은 점점 더 구겨졌다. 노아는 머릿속에서 생각이 정리하곤 낮아진 목소리로 제니에게 쏘아붙이듯 물었다.

"제가 신제니 씨 말을 어떻게 믿죠?"

제니는 노아의 물음에 미소를 지었다.

'이 상황에서 웃어?'

노아는 어이가 없어 인상을 찡그린 채 제니를 바라보았다. 제니는 금방이라도 크게 웃음을 터트릴 것 같은 얼굴을 하다가 금세 정색했다.

"이봐요, 서 대표님. 아직 상황 파악이 안 돼요?"

나쁜 짓도 항상 여우같이 했던 그녀. 그런 제니가 이렇게 본색이 드러난 얼굴로 물어 오자 노아는 정말 그녀가 자신에게 무슨 짓이라도 할까 봐 겁에 질려, 몸을 살짝 움츠렸다. 하지만 그것도 잠시, 여기서 물러서면 안 된다고 생각하며 금세 두 눈을 똑바로 뜨고 제니를 노려보았다.

제니는 다시 입가에 미소를 지으며 말했다.

"수현이한테서 연락 없죠?"

최대한 떨지 않고, 세게 나가기 위해 마음속으로 준비를 하고 있던 노아는 제니의 한마디에 그 마음이 무너져 내리며 놀란 눈으로 제니를 쳐다봤다.

그걸 당신이 어떻게 아냐고 되물으려는데, 제니가 노아의 생각을 읽었는지 다시 말을 이어 갔다.

"생각보다 눈치가 없네요. 서 대표님."

"뭐라고요?"

"우리 수현이가 생긴 거랑 다르게 마음이 약해요."

"……."

"그래서 차마 말도 못 하고 방치하는 거라고요. 알아요?"

제니의 말에 노아는 아무런 대답도 하지 못했다. 그런 노아를 바라보는 제니의 입가에 다시금 미소가 번졌다. 그리고 잠시 노아를 흥미롭다는 눈빛으로 훑어보더니 이내 제 할 말은 다 끝났다는 듯 자리에서 몸을 일으켰다.

"그럼 알아들은 걸로 알고 전 이만 가 볼게요."

제니는 그 말을 끝으로 망설임 없이 뒤를 돌아 카페 문 쪽을 향해 걸어 나갔다.

마음 같아서는 당장 저 여자를 붙잡고 거짓말하지 말라고 따지고 싶었는데, 노아는 아무런 미동도 하지 못했다.

"아니죠?"

제니가 시야에서 완전히 사라졌을 때쯤. 노아는 믿고 싶지 않다는 눈을 하고 수현에게 묻고 싶은 말을 허공에 대고 중얼거렸다.

하지만 여전히 그 누구에게서도 대답은 돌아오지 않았다.

◆　◆　◆

제니와 만나 이야기를 나누고 집으로 돌아온 노아는 역시나 밤새 한숨도 자지 못했다. 솔직히 말해서 잠이 들었다가 꿈속에서 행복해 보이는 수현과 제니를 만나기라도 할까 봐 무서워서 잠을 자려는 시도조차 하지 못했다.

이럴 때 수현이 직접 나서서 해명이라도 해 준다면 이렇게 불안해하지는 않을 텐데……. 수현은 무슨 생각인지 연락을 주지도, 받지도 않았다.

덕분에 항상 수현을 믿는다고 했던 노아도 점점 지쳐 가고 있었다.

제니에게 그런 말까지 들은 마당에 수현이 이렇게 나온다면 오해를 할 수밖에 없지 않은가. 뭔가 있을 거다, 제니의 계략일지도 모른다, 그렇게 생각하며 애써 마음을 달래 보고는 있는데 역시나 불안함을 떨치기는 쉽지 않았다.

수현과 연락이 닿지 않은 지 벌써 3일째. 남들은 별거 아니라는 그 시간이 노아에게는 마치 10년처럼 길게만 느껴졌다.

오늘 아침엔 용기를 내서 수현의 소속사에 연락을 해 봤지만, 소속사에서도 수현과 연락이 닿지 않는다는 대답만 돌아올 뿐이었다.

시간이 갈수록 노아는 피가 말라 가고 있었다. 상황이 이렇다 보니 정말 제니의 말이 맞는 것처럼 느껴졌다. 믿어야 할 건 제니가 아니라 수현이라는 걸 알면서도 이 상황을 마냥 담담하게 받아들일 수 없었다.

수현은 애초에 이 세상에 존재하지 않았던 사람처럼 완벽하게 사라졌다. 아무도 알지 못하고 찾을 수도 없는 곳으로, 노아에게 아무런 말도 없이.

이걸 자신이 어떻게 받아들여야 하는 건지 도무지 감이 잡히지 않아서 노아는 정말 당장이라도 미쳐 버릴 것만 같았다.

분명 노아는 수현과 만나는 동안 즐거웠다. 27년 만에 처음으로 자신이 살아 있음을 느꼈고, 그 어떤 말로도 다 표현할 수 없을 만큼 행복했다. 하지만 그가 말도 없이 사라지자 그를 만나며 느꼈던 행복만큼…… 아니, 그보다 더 큰 불행이 다가와 죽을 듯이 괴로웠다.

수현 하나로 천국과 지옥을 넘나드는 기분이 들었다. 그를 만나기 전까진 사랑을 몰랐던 노아는 이런 게 사랑이라면 두 번 다신 하고 싶지 않다는 생각까지 했다.

그런데 왜일까. 그렇게까지 힘들면 그냥 수현을 미워하고, 그를 포기하면 될 텐데 슬퍼 보이던 수현의 눈이, 자신을 보며 짓던 환한 미소가 자꾸만 떠올라 도무지 수현을 포기할 수가 없었다.

쿵.

노아는 책상 위에 머리를 떨어트렸다. 가뜩이나 아픈 머리가 더욱 아파 왔지만, 몸의 고통은 마음의 고통을 이기지 못했다.

허공을 바라보는 노아의 눈앞에 다시금 수현의 얼굴이 떠올랐다. 노아는 그가 그리워 한참을 멍하니 허공만 바라보다가 깊게 생각에 잠겼다. 복잡했던 머릿속을 어느 정도 정리한 노아는 갑자기 무기력했던 몸을 자리에서 벌떡 일으켰다.

"역시 가 봐야겠어."

노아는 뭐에 홀린 사람처럼 작게 중얼거렸다. 그녀는 이번에도 포기 대신 다시 한번 수현을 만나기 위한 시도라도 해 보자고 결정했다.

일단 당장 사무실을 빠져나가 주차장으로 향했다. 차에 오른 것까진 좋았는데, 어쩐 일인지 7년이나 해 익숙해진 일인데도 운전하는 방법이 기억나지 않았다.

"침착하자. 침착해."

노아는 눈을 감고 가슴을 토닥거리며 중얼거리다가 이내 운전대를 꽉 잡았다. 손바닥에 땀이 배어 나오고 자꾸만 왜인지 모를 불길한 예감이 들지만, 노아는 애써 자신을 진정시키려 노력했다.

그렇게 노아는 그곳에 무엇이 기다리고 있는지 전혀 예상하지도 못한 채, 수현의 집을 향해 달려갔다.

노아는 수현의 집 근처에 도착하자마자 눈에 보이는 곳에 대충 차를 세웠다. 여기까지 어떤 정신으로 어떻게 온 건지 전혀 기억나지 않았다.

노아는 애써 마음을 진정시키며 수현의 집 앞으로 또각또각 걸어갔다. 손바닥엔 여전히 땀이 배어 나오고 있었다. 그녀는 떨리는 손가락으로 초인종을 누를까 말까 고민했다. 집 앞까지 와서도 좀처럼 용기가 나지 않았다. 이유 모를 불안감 때문이었다.

"괜찮아. 괜찮을 거야."

노아는 자기 최면을 걸듯 중얼거리며 심호흡을 했다. 그리고 드디어 어렵게 초인종을 눌렀는데, 집 안에선 아무런 반응도 없었다.

딩동.

용기를 내서 노아는 다시 한번 초인종을 눌렀다. 그러자 인터폰에서 치지직거리는 소리가 들려오고, 이내 누군가의 목소리가 들렸다.

— 누구세요?

여자의 목소리였다. 노아는 예상치 못한 목소리를 듣고 순간 두 눈이 커졌다. 떨리는 눈으로 멍하니 인터폰을 바라보며 생각에 잠겼다.

'일단 어머님은 아닌데, 누구지? 젊은 여자의 목소리였는데, 익숙해.'

노아는 잠시 상대방을 추측해 봤다. 그리고 순간 머릿속에 누군가가 떠오르자 순식간에 노아의 얼굴에 핏기가 가셨다.

그때, 인터폰에서 다시 여자의 목소리가 들려왔다.

— 어머, 서 대표님?

노아는 여자의 물음에 아무런 대답도 하지 못했다. 인터폰 저편에서 들려온 건 다름 아닌 제니의 목소리였다.

그렇게 우려했던 일이 현실로 일어나 버리고 말았다.

그날 제니를 보내고 난 후 수현은 노아가 있을 자신의 차로 돌아왔다. 하지만 노아는 그곳에 없었고, 다시 BAR로 돌아간 게 아닐까 하는 생각에 되돌아간 BAR에선 노아의 흔적조차 찾아볼 수 없었다.

노아에게 전화를 해 보려고 했지만 BAR로 출발할 때부터 배터리가 얼마 없던 수현의 휴대폰은 이미 꺼진 지 오래였다.

마음이 조급해진 수현은 이 야밤에 실례인 걸 알면서도 노아의 집으로 찾아가려고 했다. 그런데 이상하게도 그 순간, 아까부터 지끈거리던 머리가 눈앞이 핑 돌 정도로 아파 오기 시작했다.

영문은 모르겠지만 서 있기도 힘들 만큼 강하게 몰려오는 고통을 이겨 내지 못한 수현은 어쩔 수 없이 그대로 집으로 돌아갔다.

그리고 그 후로 3일간의 기억이 없다.

생긴 것과는 달리 정신력이 남들보다 조금 약한 수현은 어렸을 때부터 충격적인 일을 겪으면 꼬박 며칠 동안 몸살을 앓았다. 마음에 상처를 입었다는 이유로 하루 종일 열이 펄펄 끓고, 정말 딱 죽을 것처럼 괴로워했다. 그래도 그걸 한 번 겪고 나면 전보다 훨씬 괜찮아지곤 했다.

제니와 다시 재회를 한 것보다 10년을 고통 속에서 보내게 만든 사랑이 잘못됐음을 깨달은 게 더 충격적이었나 보다. 수현은 제니에게 배신당해 마음을 닫고 살아간 이후 처음으로 열병을 앓았다.

노아를 만나야 한다고 머리로는 생각하는데, 도무지 몸이 말을 듣지 않아 끙끙 앓기만 했다. 그리고 딱 3일째 되던 날, 드디어 수현의 정신이 돌아왔다.

"깼어?"

아직도 약간 몽롱한 상태에서 힘겹게 눈을 뜬 수현의 앞엔 천장 대신 제니의 얼굴이 먼저 보였다. 생각하기도 싫은 얼굴이 왜 떠오른 건지 알 수 없어 순간 수현이 미간을 구겼다. 그런데 자세히 보니 환상이 아니라 실제 제니였다.

"네가 여길 어떻게……."

수현은 갈라지는 목소리로 제니에게 물었다. 제니는 빙그레 미소를 짓고, 아직 완벽하게 회복된 상태가 아닌 수현의 얼굴을 부드럽게 쓰다듬었다.

"넌 예전부터 무슨 일만 있으면 아팠잖아. 그리고 나 주변에 아는 기자들이 많아서 네 집 알아내는 건 일도 아니야. 비밀번호는…… 10년 전이랑 똑같던데?"

지금 자신이 하고 있는 짓이 잘못된 거라는 걸 전혀 모른다는 듯, 제니는 여유로운 미소를 짓고 있었다.

순간 온몸에 소름이 돋은 수현은 바로 제니의 손을 쳐 내고, 싸늘한 시선으로 그녀를 보며 낮게 말했다.

"신고하기 전에 당장 꺼져."

수현의 위협적인 말투에도 제니는 대답 없이 웃기만 했다. 그리고 수현에게 예쁜 얼굴을 들이대며 여유 넘치는 목소리로 말했다.

"수현아, 넌 날 못 잊는다니까?"

"개소리하지 마."

"그럼 왜 앓고 있는 건데?"

"……."

"봐, 역시 아직도 날 못 잊은 거지?"

제니는 자신감이 가득 찬 목소리로 수현에게 물었다. 수현은 잠시 말없이 제니를 바라보고, 이내 어이없다는 듯 헛웃음을 흘렸다.

"돌겠군, 정말……."

이 여자는 도대체 바닥을 어디까지 더 보여 줘서 자신에게 끝도 없는 실망감을 느끼게 만들려는 걸까. 가뜩이나 떨어질 대로 다 떨어진 정, 이젠 분노까지 생기게 하는 제니의 행동에 수현은 지금까지 몽롱했던 정신이 갑자기 번쩍 드는 기분이었다.

그는 내내 기운 없이 축 늘어져 있던 몸을 일으키며 제니에게 위협적인 목소리로 말했다.

"착각 그만해. 너 따윈 이젠 흔적조차 남지 않았으니까."

수현은 그 말을 끝으로 여전히 침대 위에 앉아 여유로운 표정으로 자신을 보고 있는 제니를 억지로 일으켰다. 그리고 그대로 제니를 끌고 방을 빠져나갔다. 여자에게 하는 거라곤 믿기지 않을 만큼 난폭한 손길이었다.

잘난 외모와 여우 같은 성격 덕분에 어딜 가든 남자들에게 공주님 대접을 받는 제니는 그렇게 수현의 손에 의해서 현관을 향해 질질 끌려갔다.

하지만 여전히 표정만큼은 담담했는데, 그 얼굴을 본 수현은 당장 제니를 내팽개치고 욕설을 퍼붓고 싶은 충동을 참느라 이를 악물어야만 했다.

수현은 현관에 도착하자마자 이젠 다신 없을 마지막 배려라는 듯 살벌한 표정으로 제니를 바라보며 경고하듯 말했다.

"마지막이다. 네 발로 꺼져라."

그 말을 끝으로 수현은 제니의 대답도 듣지 않고 그대로 뒤를 돌아 방으로 돌아왔다. 그는 다급한 손길로 당장 휴대폰부터 확인했다. 휴대폰은 3일 전 그날 그대로 여전히 꺼져 있었다.

노아가 오해하고 있을 게 분명했다. 수현은 한숨을 내쉬며 휴대폰을 충전기에 꽂고 바로 땀에 젖은 옷가지들을 벗어 냈다. 일단 씻고 나가서 노아부터 만나야겠다는 생각에 샤워실로 향한 그는, 누군가에게 쫓기듯 다급하게 씻고 금세 밖으로 나왔다.

머리도 말리지 못하고 평소 노아를 만나러 갈 때와는 다르게 옷도 신경 쓰지 못한 채 서둘러 방을 빠져나오는데, 이미 갔어야 할 제니가 인터폰 앞에 서 있었다.

그 순간 수현은 머릿속에서 뭔가 툭 하고 끊어지는 소리가 들리는 것 같았다.

더 이상 참을 수가 없어 그녀를 끌어내려 무서운 기세로 발걸음을 내딛는데, 혼자 중얼거리고 있는 제니의 목소리에 자리에 우뚝 설 수밖에 없었다.

"어머, 서 대표님?"

제니의 한마디에 수현의 얼굴엔 순식간에 핏기가 가셨다.

수현이 아는 사람 중 제니가 서 대표라고 부를 사람은 노아밖에 없었다.

수현은 당장 인터폰 쪽으로 달려가 제니를 밀어 냈다. 인터폰 화면에 얼굴이 잔뜩 굳은 노아가 보였다.

"젠장!"

수현은 욕설을 뱉어 내며 집을 뛰쳐나갔다. 현관문을 열자마자 바로 마주한 노아의 싸늘한 표정에 수현의 걸음이 멈추었다.

"서노아……."

수현은 초점이 나간 눈동자로 허공을 보고 있는 노아의 이름을 작게 불렀다.

노아는 아무런 말 없이 수현을 보고 있었다. 그는 행여 노아가 도망이라도 갈까 봐 두려워 그녀를 붙잡으며 애절한 목소리로 말했다.

"오해야……."

수현의 애원 섞인 목소리에도 노아는 여전히 아무런 말이 없었다. 그저 수현을 쳐다보고만 있었다. 자신을 믿지 못해 노아가 말이 없는 것만 같아 수현은 해명을 하려고 했다.

그때 수현이 붙잡고 있는 노아의 새하얀 손등 위로 물방울이 떨어졌다.

뚝. 뚝.

아직 채 다 말리지 못한 수현의 머리카락 끝에서 물방울이 떨어지고 있었다.

어림잡아도 며칠은 정신을 못 차린 것 같은데, 그동안 끊어져 있던 연락과 찾아온 집에 있는 첫사랑. 그리고 누가 봐도 방금 전 샤워를 마치고 나온 모습인 수현. 이건 오해를 하지 않으려 해도 하지 않을 수 없는 상황이라는 걸 수현이 더 잘 알고 있었다.

수현은 잠시 말을 멈추고 노아를 어떻게 납득시킬 수 있을지

고민했다. 그러자 지금까지 말이 없던 노아의 입술이 열렸다.

"수현 씨……."

노아가 자신의 이름만 불렀을 뿐인데 가슴이 쿵 내려앉는 기분이었다. 수현은 떨리는 눈동자로 노아를 쳐다봤다. 그러자 노아가 갑자기 손을 들었다. 그 손이 수현을 향해 날아왔다.

상대가 아무리 착한 서노아라도 이런 상황이라면 뺨을 때리는 게 당연하다며 수현은 기꺼이 맞겠다는 의미로 날아오는 손바닥을 피하지 않고 가만히 쳐다봤다.

그런데 이게 무슨 일인지 날아온 노아의 손은 생각보다 부드럽게 수현의 볼에 착지했다.

자신이 예상했던 것과는 전혀 다른 상황에 수현은 얼떨떨한 표정으로 노아를 봤다. 노아는 물방울이 떨어지고 있는 수현의 볼을 부드럽게 닦아 주고, 이내 담담한 목소리로 말했다.

"감기 걸려요."

수현은 노아의 말에 그대로 얼음이 됐다.

지금 당장 뺨을 때리고 욕설을 퍼부어도 모자를 판에 감기 걱정이나 하고 있다니, 수현이 혼란스러운 표정으로 노아를 바라보았다.

그때 등 뒤에서 언제 나왔는지 제니의 목소리가 들렸다.

"서 대표님 미쳤어요?"

제니의 강한 단어 선택에 노아와 수현은 동시에 미간을 구기며 제니를 쳐다봤다. 노아 대신 수현이 나서서 제니에게 한마디를 해 주려는데, 제니가 수현의 말이 채 나오기도 전에 고개를 뺏뺏이

들며 노아에게 오히려 큰소리를 쳤다.

"지금 이 상황을 보고도 그런 반응이 나와요?"

"야, 신제……."

"두 사람이 함께 밤을 보냈다고 하기엔 신제니 씨는 전혀 흐트러짐이 없네요."

노아는 평소와 달리 낮게 가라앉은 목소리로 제니에게 말했다. 제니는 잠시 흠칫했지만 금세 정신을 차리며 미소를 지었다.

"전 일찍 일어나서 준비……."

"남자 혼자 사는 집에 헤어 도구가 다 있었나 봐요."

"갑자기 무슨 소릴 하시는 거예요?"

"그 머리, 맨손으로 한다고 되는 머리는 아니잖아요. 설마 새벽에 숍 갔다 왔다고 말씀하실 건가요?"

노아는 까칠한 말투로 물었다. 평소 다른 사람들에게 보여 주는 연기가 아니라 진심이 담긴 듯한 목소리였다. 그게 어찌나 위협적으로 느껴지는지 얼굴에 철판을 깔고 사는 제니조차 주춤하게 했다.

노아는 그런 제니를 보고도 조용한 사람이 화가 나면 더 무섭다는 걸 보여 주듯 조금의 자비도 베풀지 않았다.

"왜 수현 씨한테 다시 집착하는 건지 모르겠지만, 안쓰러워요. 옛 사랑에 질척대는 거."

노아의 마지막 한마디가 결정타였는지 제니는 다시 할 말을 잃었다. 그리고 얼굴이 붉으락푸르락 삽시간에 변해 갔다. 제니는 결국 제 화를 참지 못하고 수현 앞에서 머리 위로 손을 들었다.

제니의 손은 망설임 없이 노아를 향해 날아갔다. 하지만 채 노아의 뺨에 닿기도 전에 옆에 있던 수현이 단번에 제니의 손목을 낚아챘다.

"이거 안 놔?"

제니는 수현을 향해 앙칼지게 소리쳤다. 하지만 공격적인 제니의 목소리에도 수현은 눈 하나 깜빡하지 않았다.

다만 무슨 생각을 그리하는지 새까만 눈동자로 한참을 아무런 말 없이 제니를 바라보기만 했다. 잠시 제니를 쏘아보던 수현은 이내 가뜩이나 낮은 목소리를 더욱 낮게 깔며 지금까지 닫혀 있던 입술을 열었다.

"내가 분명 경고했지. 서노아는 건드리지 말라고."

'경고하는 거야. 서노아 건드리지 마.'

며칠 전, BAR에서 제니를 끌고 나온 수현이 그렇게 말했다. 제니는 그걸 기억하고도 눈 하나 깜빡하지 않았다.

제니가 또 무어라 말을 하려 입술을 여는데, 갑자기 수현이 제니의 손목을 부러트릴 듯 강하게 잡았다.

"아!"

제니의 입에서 비명이 터져 나왔다. 하지만 수현은 아무렇지 않은 듯 보였다. 오히려 이것도 화를 억누른 거라고 말하듯 어금니를 꽉 깨물더니 낮은 목소리로 그녀를 향해 다시 한번 경고했다.

"봐주는 건 여기까지야."

수현은 그 말을 끝으로 다시 제니를 잡고 있는 손에 더욱 힘을 가했다. 그 힘이 어찌나 강한지 결국 제니는 가녀린 몸을 버둥거리며 쉬지 않고 비명을 내질렀다.

"꺄악! 아파!"

제니는 아프다고 소리를 지르며 괴로워하는데도 수현은 눈 하나 깜빡하지 않았다.

어찌나 손목을 세게 잡았는지 제니의 손이 하얗게 질려 가고 있었다. 거센 발버둥에도 힘은 빠질 기미를 보이지 않았다. 두 사람을 지켜보던 노아가 사태의 심각성을 알아차리곤 수현을 말리려 했다.

하지만 그럴 수는 없었다. 제니가 노아의 뺨을 때리려던 순간 수현은 마지막 남은 이성의 끈마저 끊어졌으니까.

제니는 아프다고 버둥거리며 소리를 지르고, 노아는 그런 두 사람 옆에서 안절부절못하고 있었지만, 수현은 여전히 손목을 쥔 손에 힘을 뺄 생각을 하지 않고 싸늘한 시선으로 제니를 쳐다봤다.

가뜩이나 인상이 강한 편이라 가만히 있어도 무섭게 느껴지는 사람이 눈빛마저 살벌해져 제니는 순간 오싹했다. 이제야 두려움이 가득 어린 눈동자로 수현을 바라보았지만, 안타깝게도 이미 늦어 버린 것 같았다.

"말했지. 널 사랑하지 않는다고."

수현은 평소처럼 이성을 잃고 날뛰지 않았다. 아니, 오히려 냉정함을 유지하며 한때 사랑했던 첫사랑 제니에게 담담하고 차가운 목소리로 말했다.

제니는 지금까지 보여 줬던 뻔뻔한 모습은 다 어디로 갔는지 겁에 질려 입조차 달싹이지 못했다. 그제야 수현이 지금까지 애써 제 마음을 부정한 게 아니라, 진심으로 자신을 사랑하지 않는다는 것을 그녀도 깨달은 것 같았다.

물론 제니는 그런 걸 깨달았다고 해서 얌전히 물러날 사람이 아니었다. 하지만 평소처럼 그냥 넘기고 수현에게 덤비기에는 그가 자신에게 폭력을 행사한 것도, 저렇게 서늘한 눈빛을 본 것도 처음인지라 겁이 났다.

수현은 입조차 제대로 달싹이지 못하고 자신의 앞에서 벌벌 떨고 있는 제니를 새까만 눈동자로 쳐다봤다. 그리고 아까보다 목소리를 더욱 낮게 깔며, 위협적으로 느껴지는 말투로 말했다.

"똑똑히 들어. 내가 사랑하는 건 서노아야. 그러니까 착각 좀 그만해."

평생 자신을 사랑할 거라 자신했던 수현을 보며 자만하고 있던 제니의 자존심이 노아가 한 말에 이어 수현의 말까지 듣고는 와르르 무너져 내렸다.

하지만 이미 그의 행동에 겁을 먹을 대로 먹은 제니가 이곳에서 할 수 있는 건 없었다. 두 사람을 향한 분노를 표출하는 것보다 이 상황에서 도망을 치고 싶다는 생각이 더 간절했다.

그때 마침 수현이 계속되는 노아의 제재에 제니의 손을 스르륵 놓아줬다. 제니의 손목은 붉게 부어오른 상태였다. 꽤나 아플 법도 한데, 제니는 욱신거리는 손목을 신경 쓸 수 없을 정도로 겁에 질려 떨리는 눈으로 수현을 쳐다봤다.

제니는 슬금슬금 뒷걸음질을 치기 시작하더니 결국엔 도망을 택했다. 늘 뻔뻔했던 여자에게도 두려움이라는 건 있었나 보다. 꽁지가 빠져라 달리는 그녀의 모습을 노아와 수현은 한동안 아무런 말도 하지 않고 바라봤다.

두 사람 사이에 잠시 정적이 흐르고, 그 정적 끝에 먼저 입을 연 사람은 수현이었다.

"왜 날 믿어 줬어?"

멍하니 제니가 사라진 길을 바라보던 노아는 수현의 물음에 그제야 시선을 거두며 수현을 쳐다봤다.

수현은 아까부터 이 상황이 의문스러웠다. 오해를 할 수 밖에 없는 상황이었는데도 노아는 수현을 믿어 주었다. 그것도 방금 전 노아가 지적했던 말끔한 모습을 한 제니가 밖으로 나오기 전부터 말이다.

도무지 그 이유를 알 수가 없어서 언제 화가 났었냐는 듯 수현이 혼란스러운 표정으로 노아를 바라보았다. 노아는 흔들림 없는 눈으로 가만히 수현을 보며 담담하게 말했다.

"제가 수현 씨를 사랑해서 믿었어요."

수현은 할 말을 잃은 채 멍하니 노아를 쳐다봤다. 그리고 잠시 후, 그녀에게 한 발자국 다가서더니 아무런 말 없이 노아를 안았다.

수현은 살아오면서 누군가 자신을 믿고 있다는 느낌을 받은 적이 거의 없었다. 그런데 그녀가 자신을 이렇게 믿어 주었다. 사랑하는 사람이라는 이유 하나만으로. 그의 가슴 깊은 곳에서부터 주체할 수 없을 정도로 큰 감정들이 올라왔다.

수현은 노아를 품에 꼭 안은 채 그녀의 귓가에 사랑한다는 진심을 쉴 새 없이 반복하고 또 반복했다.

수현의 첫사랑이 끝났다. 그것도 완벽하게. 이제 그에게 마지막 사랑이 될 노아만 그의 곁에 남았을 뿐이다.

젖은 목소리로 자신을 사랑한다고 고백하는 수현의 목소리를 들으며, 노아는 이젠 그가 행복해지기를 바라면서 살며시 두 눈을 감았다.

그날 수현은 노아에게 BAR에서 왜 먼저 노아를 보냈는지를 시작으로 제니와 자신 사이에서 무슨 일이 있었고, 자신의 집에 왜 제니가 있었는지까지 모든 것들을 설명했다. 노아는 예전처럼 피하려 들지 않고 수현의 이야기를 전부 들어 줬고, 역시나 그의 말을 그대로 믿어 줬다.

이제 노아와 수현 사이에는 그 어떤 오해도, 불신도 없었다. 심지어 노아를 사랑하는 승현과 수현의 상처였던 제니라는 장애물까지 모두 사라졌다.

지금처럼 전부 얘기했으면 좋았을 텐데, 두려워하지 말고 들어 줬으면 아플 일도 없었을 텐데. 수현과 노아는 자신들이 참 바보 같았다는 걸 깨달았다. 그렇게 오해를 겪었던 시간만큼 사랑이 두터워졌다.

제니는 그날 이후로 모습을 감췄다. 노아와 수현의 앞에서 자존심이 박살 나 그게 분하고 창피해서인지, 아님 평생 자신을 사랑할 거라 생각했던 수현의 폭력적인 모습에 겁이 나서인지는 알 수 없었다. 하지만 다니던 회사까지 퇴사해 버리는 바람에 노아 회사의 인테리어를 맡은 디자이너가 바뀌는 일까지 벌어졌다.

물론 제니는 무섭도록 뻔뻔한 여자이기 때문에 언제 어떤 방법으로 다시 그들의 앞에 나타날지는 모르겠지만, 확실한 건 이곳엔 더 이상 제니에게 흔들릴 사람이 없다는 것이었다.

이렇게 제니의 일은 해결되는 듯 보였으나, 수현은 뒤늦게 뭔가 이상함을 느꼈다.

제니 때문에 사이가 멀어지게 된 승현과의 사건도 생각해 보면 꺼림칙한 구석이 한두 가지가 아니었다. 10년 전, 그 사건이 있기 전까지만 해도 수현은 승현과 사이가 나쁘지 않았다. 아니, 나쁘지 않은 걸 떠나 오히려 좋기까지 했다. 좋았던 시절 수현의 기억 속에 형은 지나칠 정도로 바르고 착한 사람이었다.

그런데 그런 사람이 동생의 여자 친구와 키스를?

그때는 눈에 콩깍지가 제대로 씐 상태였고, 수현도 당시 겨우 열여덟 살일 뿐인 어린 소년이었기 때문에 미처 알아차리지 못했다. 하지만 제니를 향한 콩깍지도 벗겨지고, 더불어 그녀의 본성까지 알아 버리자 뒤늦게 하나둘 의혹이 들기 시작했다.

의혹은 빠르게 확신으로 다가왔다. 그러나 수현은 지금 당장 자신이 뭘 어떻게 해야 하는지 전혀 감이 잡히지 않았다.

"수현 씨, 무슨 생각을 그렇게 해요?"

이제 두 사람 사이에 남은 거라고는 행복할 일밖에 없는데, 다시 생각이 많아진 듯 보이는 수현에게 노아는 궁금한 듯 물었다.

수현이 한 템포 느리게 노아를 보고, 지금까지 자신이 노아와 서로 마주 보고 앉아 있었다는 사실을 깨달았다.

맙소사, 서노아 앞에서 한수현이 다른 생각이라니……. 요즘 수현은 노아를 보고 있어도 보고 싶어지는 팔불출 그 자체이기 때문에 말도 안 되는 일이었다. 수현이 정신을 차리려고 고개를 빠르게 젓자 그걸 앞에서 가만히 지켜보던 노아가 다시 걱정스러운 목소리로 물었다.

"무슨 일 있어요?"

노아는 참 신기한 여자였다. 숨기고 싶었던 것들도 저렇게 다정한 목소리로 물어봐 줘서 다른 사람들 앞에선 절대 하지 못할 말들도 전부 하고 싶게 했다.

하지만 다른 문제도 아니고 제니와 승현에 관한 문제이기에 이야기를 꺼내기가 꺼려졌다. 그때 문득, 전에 노아가 했던 말이 수현의 머릿속을 스쳐 지나갔다.

'승현 씨랑 그때 있었던 일. 다 오해예요, 수현 씨.'

노아는 마치 무언가를 알고 있는 듯 얘기했다. 승현과 관련된 얘기는 하지 말자고 그렇게 으름장을 놓고선, 수현은 이제 와서 묻고 싶었다. 그러나 언제부터 이렇게 양심적인 사람이었다고 차마 뻔뻔하게 물어보기가 쉽지 않았다.

게다가 나쁜 놈이든 좋은 놈이든, 노아를 좋아하는 승현의 이름이 그녀의 입에서 나오는 건 질투가 나서 죽기보다 싫었다.

궁금한 것을 해결하고 싶다는 욕구와 질투 사이에서 수현이 미친 듯이 고민하고 있는데, 눈치 없는 서노아 눈에도 수현의 얼굴에서 고민이 느껴지는지 노아가 다시 물었다.

"무슨 일인데 그래요? 저한테도 말하기 힘든 이야기예요?"

노아의 말투가 마치 서운하다고 말하는 것 같아 수현은 당황스러웠다.

다른 사람과 연애를 할 때마다 항상 주도권을 잡는 쪽은 수현이었다. 그런데 모태 솔로였던 노아가 둘 사이의 주도권을 꽉 잡아 버렸다. 그녀가 서운해하는 듯 보이자 수현은 노아가 화를 낸 것도 아닌데 어찌할 바를 몰라 했다.

어울리지도 않게 노아의 눈치만 슬금슬금 보던 수현은 결국엔 입에 담고 싶지 않았던 그 이야기를 꺼냈다.

"네 말이 맞지 않을까 싶어서……."

"제 말이요?"

"응. 그때 일이 오해라고 했던……."

진지하게 수현의 이야기를 듣고 있던 노아의 표정이 그의 말뜻을 제대로 알아들은 건지 순식간에 굳어졌다. 그리고 고민하는 듯 잠시 말이 없더니, 이내 수현을 향해 노아가 진지한 목소리로 말했다.

"전 당사자가 아니기 때문에 왈가왈부할 수 없다고 생각해요."

"……."

"하지만 전요, 수현 씨가 승현 씨랑 한번 이야기를 해 봤으면 좋겠어요."

"이야기?"

"승현 씨는요, 수현 씨가 생각하는 것보다 훨씬 많이 수현 씨를 사랑하고 있어요. 그러니까 분명 승현 씨도 수현 씨랑 이야기를 하고 싶어 할 거예요."

수현은 노아의 진심이 담긴 말에도 아무런 대답도 하지 못했다.

'정말 한승현이 나와 이야기를 하고 싶어 할까? 10년 동안 남보다 못한 사이로 지냈는데, 과연 대화가 가능하기는 할까?'

수현의 머릿속이 또 다른 걱정들로 복잡해지는데, 이번에도 수현의 마음을 읽은 건지 노아가 수현의 손을 잡아 줬다.

그 손길이 마치 수현을 응원해 주는 것 같아서 수현은 용기가 생겼다.

그는 10년간 시도는커녕 생각조차 하지 않았던 승현과의 대화를 진지하게 고민해 봤다. 한동안 말이 없던 수현은 드디어 생각이 정리하곤 노아가 잡아 준 손을 더욱 꼭 붙잡았다. 여전히 노아의 손은 수현을 응원해 주었다.

수현은 10년이라는 긴 시간 동안 지속돼 왔던 형 승현과의 엉켜 있던 실타래를 드디어 풀기로 마음먹었다.

◆ ◆ ◆

한 달에 한 번씩 돌아오는 가족 식사 날. 수현은 오늘 엄청난 각오와 함께 집으로 왔다.

노아가 자신에게 용기를 줘서 승현과 이야기를 해야겠다는 생각이 들긴 했지만, 수현은 선뜻 승현에게 연락을 할 수가 없었다.

그럴 만한 일이었다. 두 사람이 남보다 못한 사이로 지낸 시간이 자그마치 10년이었다. 인생의 1/3을 냉전으로 보냈기 때문에 이제 와 뭔가 이상했음을 발견했다고 해서 당장 만나 사이좋게 이야기나 나눌 상황은 아니라는 거다.

자존심이 밥보다 중요한 수현에겐 더더욱 그럴 수 없는 일이었다.

예전 일을 꺼내는 것조차 그에게 어려운 일인데, 그 일로 형과 대화를 해야만 하고, 정말 오해였다면 사과까지 해야 할 상황이었다.

하지만 사과는 무슨, 애초에 미안함이라는 감정이라는 걸 알게 된 지 얼마 되지 않은 수현에게는 승현에게 이야기를 꺼내는 것부터가 쉽지 않았다.

차마 연락도 하지 못하고 하루하루를 한숨으로 보내던 그때, 어머니에게 가족 식사에 오라는 연락을 받았다. 이러지도 못하고 저러지도 못하는 상황에서 때마침 찾아온 기회에 수현은 그토록 싫어했던 가족 식사 날만을 손꼽아 기다렸다.

하지만 막상 집에 도착해서 승현과 마주치자 오는 내내 생각했던 수많은 말들이 모두 목구멍 안으로 넘어가 버렸다.

결국 승현에게 인사조차 제대로 하지 못하고 시작된 어색한 가족 식사. 밥이 입으로 넘어가는지, 코로 넘어가는지 구별이 안 되는 이 분위기에서도 수현은 승현에게 어떻게 말을 걸어야 할지에 대해 심각하게 고민했다.

고민에 빠져 수현이 계속 허공에 젓가락질을 하고 있는데, 그때 옆에서 조용히 식사만 이어 가던 아버지의 목소리가 들려왔다.

"저번 프로젝트 결과가 괜찮았다고 하더구나."

"팀원들이 많이 도와준 덕분입니다."

오랜만에 이루어진 가족 식사 자리에서도 아버지와 승현 사이에는 회사 이야기만 오고 갔다. 회사의 '회' 자도 모르는 수현은 전혀 이해할 수 없는 내용인지라 예전 같으면 소외당하는 기분에, 아버지의 모든 관심을 빼앗긴 기분에 괜히 신경질을 내고도 남을 상황이었다.

하지만 지금 수현의 정신은 온통 '어떻게 해야 한승현과 이야기를 할 수 있을까.'에 초점이 맞춰져 있었다.

식사가 끝날 때까지도 어떤 방법으로 무슨 이야기부터 꺼내야 할지 고민에 푹 빠져 있었는데, 막상 식사가 끝나니 더욱 승현에게 말을 걸 수가 없었다.

지난 10년간 수현이 승현과 단둘이 대화를 한 적은 열 손가락 안에 꼽을 수 있을 정도로 적었다. 그것마저 원해서가 아닌, 얼떨결에 한 대화가 태반이라 승현에게 얘기 좀 하자는 말을 꺼내는 게 어렵게만 느껴졌다.

두 사람의 속사정을 전혀 모르는 부모님 앞에서 제니에 관한 이야기를 꺼낼 수도 없었다. 그렇다고 딱히 단둘이 있을 타이밍을 만들기도 쉽지 않아 한참 눈치만 보고 있는데, 때마침 승현의 입이 열렸다.

"아직 끝내지 못한 일이 있어서 먼저 방으로 올라가 보겠습니다."

수현은 순간 기쁨에 비명을 지를 뻔했다. 이건 수현에게 두 번 다신 없을 기회였다. 수현은 서둘러 승현의 뒤를 따랐다.

그렇게 어색한 공기가 흐르는 거실을 빠져나와 위층으로 오르는 계단 앞에 다다랐을 때쯤, 승현이 수현의 인기척을 느꼈는지 걸음을 멈췄다. 승현은 뒤를 돌아 싸늘한 시선으로 수현을 보더니 늘 그래 왔듯이 차가운 말투로 물었다.

"뭔데?"

오늘 처음 본 사람한테도 이것보단 친절할 것 같다. 승현의 쌀쌀맞은 말투에 수현은 정말 이 사람이 날 사랑하긴 하는 거냐며 노아의 말을 의심했다.

하지만 그것도 잠시, 겨우 얻은 이 기회를 버릴 수 없다는 생각에 지금까지 하지 못했던 이야기들을 꺼내려는데, 입에서 생각과는 다른 뜬금없는 말이 튀어나왔다.

"아직도 서노아 좋아해?"

수현은 순간 자신의 입을 때리고 싶은 충동이 들었다. 하고 싶은 말은 이게 아닌데 왜 생각하고 있지도 않던 말이 튀어나온 거냐며 한없이 스스로가 원망스러웠다.

수현의 질문에 승현도 기분이 좋지만은 않았던 건지 미간이 구겨졌다. 수현은 지금 딱 혀를 깨물고 죽고 싶은 심정이었다.

승현은 노아에게 몇 번이나 차이고 그녀를 향한 마음을 천천히 정리하고 있는 중이었다. 이 마당에 자신이 사랑하는 여자의 마음을 독차지한 수현이 노아를 향한 자신의 감정에 대해 물으니 승현 입장에서는 당연히 기분이 나쁠 수밖에 없었다.

수현이 승현의 '승' 자만 꺼내도 으르렁거리는 탓에 노아는 이후에 승현과 노아, 두 사람 사이에 있었던 일을 말할 기회가 없었다. 그래서 수현은 모르는 이야기였다.

사실 승현은 그 뒤로도 제니 문제로 노아에게 조언을 아끼지 않으면서 노아와 예전만큼 가까운 사이는 아니더라도 관계가 조금씩이나마 회복되고 있었다.

하지만 자신의 아픈 곳을 건드리는 수현은 괜히 괘씸하게 느껴졌다.

그래서 승현답지 않게 유치해져 어떻게 수현을 놀려 줄까 고민하는데, 그때 수현이 드디어 진짜 하고 싶었던 이야기를 꺼냈다.

"신제니랑 얼마 전에 일이 좀 있었어."

승현은 수현의 말에 아무런 대답도 하지 않았다. 물론 승현도 알고 있었다. 제니와 관련된 건 노아에게 전부 들었으니까. 그런데 자신과 한 공간에 있기도 싫어하는 동생이 자신에게 이 이야기를 왜 하는지는 의문이었다.

10년을 항상 귀를 틀어막고 승현의 이야기는 들으려고 하지 않던 수현이었다. 그런 동생이 먼저 꺼낸 이야기에 승현이 언제 그를 괴씸하게 생각했냐는 듯 다시 수현의 말에 집중을 했다. 수현은 잠시 머뭇거리다가 말을 이어 갔다.

"왜 네가 신제니와 키스를 했는지, 이해가 되지 않아."

지금 생각해 보면 분명 이상한 상황이었다. 애초에 그 당시 승현은 여자에게 관심이 없었고, 제니를 정말 동생의 여자 친구 그 이상, 그 이하로 생각하지도 않는 것 같았다.

근데 도대체 왜? 수많은 의문들을 담아 수현이 던진 질문에 승현은 아무런 대답이 없었다.

다만 얼굴에 드디어 자신의 얘기를 들어 주려는 동생을 향한 약간의 당황스러움과 고마움이 교차했다. 승현은 금세 생각에서 빠져나오며 굳게 닫혀 있던 입술을 열었다.

"강제로 당했다."

군더더기 하나 없이 깔끔한 그의 한마디에 수현은 그대로 할 말을 잃었다.

처음에는 그런 것도 모르고 형에게 그렇게 못되게 굴었으니 승현의 대한 미안함 때문에 말을 할 수 없었다. 그리고 조금 지나자 제니가 어째서 승현에게 그런 짓을 한 건지에 대한 의문이 들었다.

수현이 얼굴에 당혹감을 감추지 못하고 승현을 바라보았다. 승현은 그런 수현의 의문을 눈치챘는지 마저 말을 이어 갔다.

"얼마 전에 신제니와 이야기를 할 기회가 있었는데, 그때 그 키스의 의미와 왜 너와 다시 시작하고 싶어 하는지에 대해 물어

봤다."

"……."

"그 아이는 자신과 어울리는 최고의 남자를 찾는다고 당당하게 말하더군. 그게 그때는 명문대생인 나였고, 이젠 톱모델인 네가 된 거고."

진실은 생각했던 것보다 훨씬 더 충격적이었다. 이제 더 이상 제니에게 감정이 없는 수현조차 당황스럽게 만들 정도였다. 몰려오는 당혹감에 수현이 아무런 말도 하지 못하자 승현이 수현에게 가까이 다가섰다.

수현은 그런 승현을 떨리는 눈으로 바라봤다. 마지막으로 이렇게 가까운 거리에서 눈을 마주친 게 언제였던가. 기억이 흐릿할 정도로 오랜만에 제대로 본 형의 새까만 두 눈동자에는 알 수 없는 감정들이 일렁이고 있었다.

그건 의도한 바는 아니었지만 10년간 동생을 괴롭혔던 트라우마의 원인이 자신이라는 데에서 온 미안함과 잘 이겨 내고 먼저 이야기를 꺼내 준 것에 대한 고마움이었다.

수현은 승현의 눈을 보며 이렇게 착한 형을 오랜 시간 동안 오해하고, 괴롭게 만든 미안함에 아무런 말도 하지 못하고 고개를 숙였다.

두 사람 사이에는 또다시 정적이 흘렀다. 한동안 말없이 동생을 바라보기만 하던 승현의 입술이 천천히 움직였다.

"아직도 노아 씨를 좋아하냐 물었나?"

승현에 대한 미안함으로 한동안 고개를 들지 못하던 수현은 그의 한마디에 놀란 눈으로 승현을 쳐다봤다.

수현이 그 어떤 순간보다 긴장을 하며 숨을 죽인 채 이어질 승현의 말을 기다렸다. 승현은 담담한 목소리로 엄청난 말을 뱉어냈다.

"당연히 좋다."

승현의 폭탄 발언에 방금 전까지만 해도 미안함으로 가득했던 수현의 두 눈이 순식간에 차갑게 식었다. 언제 승현에게 미안해했었냐는 듯 수현의 두 눈은 살벌하게 변했다. 삽시간으로 변하는 수현의 표정을 가만히 지켜보던 승현이 갑자기 예고도 없이 그의 머리카락을 헝클어뜨렸다.

수현은 갑작스럽게 벌어진 승현의 이해할 수 없는 행동에 어이가 없다는 듯 사납게 승현의 손을 쳐 냈다. 그리고 누가 버릇없는 한수현 아니랄까 봐, 항상 그래 왔듯이 승현을 향해 으르렁거렸다.

"미친 거냐?"

"한수현."

"뭐. 한승현."

하여간 이 상황에서도 형이라는 호칭은 절대 안 쓴다.

그러나 승현은 그런 수현의 행동에도 그다지 기분이 나쁘지 않았다. 그저 '이래야 한수현이지.'라는 생각이나 하며 입가에 보기 드문 미소를 띠었다.

"노아 씨는 미래에 제수씨가 될 사람이잖아."

"뭐?"

"그러니까 좋다. 내 가족이니까."

수현은 승현의 말뜻을 이해하지 못한 듯 잠시 멍하니 승현을 쳐다봤다. 승현은 입가에 살짝 미소를 짓고, 이내 수현의 머리에서 손을 떼며 그대로 계단을 올랐다.

수현은 점점 멀어져 가는 승현의 뒷모습을 멍하니 바라봤다. 승현의 등이 멀어지고 나서야 그의 말뜻이 서서히 이해가 가기 시작했다.

승현은 노아를 향한 마음을 정리했다.

항상 뭐든 수현에게 양보만 하며 살아온 어른스러운 형이었는데, 이번에도 역시나 목숨보다 소중한 동생을 위해, 사랑했던 여자를 위해 자신이 물러섰다.

형의 마음을 읽은 수현의 두 눈이 슬픔으로 떨렸다.

"바보 같은 놈."

지나칠 정도로 너무 착한 형을 보며 수현은 자신이 미워질 정도로 한없이 미안하고 또 고마웠다.

그렇게 10년 동안 형제를 괴롭혔던 수현의 트라우마는 그가 형의 진심을 알게 되면서 오늘로 드디어 완전히 치유되었다.

9. 사랑해

길거리를 지나가던 사람들은 물론이거니와 카페 안에 있는 사람들까지 모두 행동을 멈추고 시선을 집중하고 있는 곳이 있었다. 바로 서로를 마주 보고 있는 수현과 노아였는데, 사람들이 이런 반응을 보이는 데에는 다 이유가 있었다.

수현은 카페에 들어서자마자 햇빛이 잘 들어오는 자리를 물색하더니 의자까지 빼 주며 노아를 앉히고 주문은 물론, 음료를 받아 오는 것까지 전부 자신이 했다. 심지어는 몸매 관리 때문에 본인은 먹지도 못하는 달콤한 디저트를 노아가 좋아한다는 이유로 잔뜩 시켜서 하나하나 포크로 떠서 먹여 주기까지 했다.

한수현 하면 나쁜 놈, 까칠한 남자, 성질 더러워 보이는 사람 등 온갖 좋지 못한 이미지들로만 가득한데, 나쁜 놈은커녕 팔불출도 이런 팔불출이 없었다.

게다가 '마성의 그 녀석'은 무슨, '가성의 그 녀석'도 아니고 특유의 낮은 목소리가 노아 앞에서만 부담스러울 정도로 높아지는데, 카페 안에 앉아 두 사람을 몰래 훔쳐보던 사람들도 그 목소리를 듣고 놀라워하는 표정을 숨기지 못할 정도였다.

언론에 알려진 것과는 다르게 다정하기만 한 수현을 향해 뜨거운 시선들이 쏟아졌지만, 수현은 전혀 신경 쓰지 않았다. 애초에 남의 시선 따위를 신경 쓰는 사람도 아니었고, 지금 수현의 눈에는 노아 빼고 아무것도 들어오지 않았다.

수현은 온 세상에 두 사람밖에 없다는 듯 노아만 바라보고, 노아의 얘기만 듣고 있었다. 문득 수현이 먹여 주는 음식을 받아먹고 있던 노아가 뭔가 생각났는지 수현에게 물었다.

"맞다. 승현 오빠는 그분이랑 잘되고 계신대요?"

노아의 입가에 묻은 케이크를 닦아 주며 꿀이 떨어질 것 같은 눈으로 노아를 보고 있던 수현은 그녀의 입에서 나온 '승현 오빠'라는 단어에 미간을 구겼다. 그리고 갑자기 목소리를 낮게 깔더니 삐친 얼굴로 노아에게 따지듯 말했다.

"나도 너보다 오빤데 왜 형은 승현 오빠고 난 수현 씨야?"

노아의 질문과는 전혀 상관없는 대답이 돌아왔는데도 노아는 아무런 불만 없이 그저 입가에 미소만 지었다.

화해 아닌 화해 후에도 처음에는 '한승현', '그놈' 하고 부르더니 이제 제법 형 소리가 자연스럽다. 듣자 하니 종종 만나서 밥 한 끼, 술 한잔까지 하는 사이로 발전한 것 같던데, 노아는 점점 가까워지고 있는 두 사람을 볼 때마다 괜히 흐뭇했다.

그래서 계속 말없이 웃고만 있자 여전히 입이 산만큼 나온 수현이 유치하게 툴툴거렸다.

"웃기만 하고 왜 대답은 안 하는 건데? 왜 형은 오빠고 나는 수현 씨냐고."

"수현 씨도 오빠 하고 싶어요?"

"원래 오빠는 모든 남자들의 로망이야."

수현은 노아의 질문에 정색하며 당당하게 말했다. 노아의 입에서 바람 빠지는 듯한 소리가 나왔다. 그리고 소심하고 남의 이목을 신경 써 민망한 일은 전혀 할 줄 모르던 여자가 웬일로 선뜻 수현의 바람을 들어줬다.

"음, 수현 오빠?"

바라던 단어가 나왔는데도 정작 수현은 노아의 부름에 아무런 대답이 없었다.

하지만 금세 정신을 차리며 노아의 손을 덥석 붙잡더니 '네가 무슨 말을 하든 난 다 들어줄 거야.' 라고 말하듯 두 눈을 빛냈다. 그 모습이 너무 웃겨서 노아는 한참을 쿡쿡거리다가 다시 수현에게 같은 질문을 했다.

"그래서 그분하고는 잘되고 있는 것 같아요?"

"응. 취미도, 취향도 다 비슷해서 금방 가까워졌나 봐. 그 신중한 인간이 만난 지 얼마나 됐다고 벌써 결혼까지 생각하는 것 같더라고."

노아가 말한 '그분'은 서연이 소개시켜 준 승현의 여자 친구였다.

서연은 승현이 노아를 따라다닐 때부터 내내 승현이 좋은 사람 같다며 호시탐탐 눈을 빛냈다. 처음엔 내심 노아와 잘되길 바랐던 것 같지만 기어이 노아와 수현이 다시 만나기 시작하자 승현에게 거의 반강제로 소개팅을 주선해 주었다.

원래 그런 자리는 영 불편해 도통 나가는 법이 없지만 한창 노아를 향한 마음을 정리하고 있던 시기인 데다가 미래의 제수씨가 될 노아의 친구인 서연의 애절한 부탁에, 결국 승현은 두 눈 꼭 감고 소개팅에 나갔다.

승현은 마치 처음부터 한 사람이었던 것처럼 자신과 닮은 소개 팅 상대에게 마법처럼 끌리기 시작했다. 그건 상대도 마찬가지였는지 한 번의 만남이 금세 두 번의 만남이 되고, 이젠 셀 수 없을 정도로 많은 만남으로 발전했다.

수현과 만나고 있는 한 승현은 노아에게 언젠가 꼭 마주칠 사람이었다. 그 때문에 어색하게나마 가끔 연락을 주고받았는데, 그러면서도 노아는 여전히 그에게 미안하기만 했다.

그런데 승현이 새로운 사랑을 하고 있다니. 그것도 요즘 세상에 보기 드물게 착한 승현처럼 착하다고 소문이 자자한 여자라기에 노아는 마치 제 일처럼 기뻤다. 노아는 그의 소식에 행복한 얼굴로 해사하게 웃었다.

수현도 그녀가 지금 무슨 생각을 하고 있는지 훤히 보여 노아를 향해 흐뭇한 미소를 지었다. 그때 갑자기 웃고만 있던 노아가 뭔가 떠올랐는지 웃음을 거두며 생각에 잠긴 듯 심각한 얼굴로 입을 꾹 다물었다. 수현은 그녀의 입에서 범상치 않은 말이 나올 것을 직감하고 긴장했다.

한동안 생각에 빠져 있는 듯 보이던 노아가 생각이 끝났는지 수현을 향해 말했다.

"사실 오늘 수현 씨한테 하고 싶은 말이 있어요."

아직 무슨 말이 나온 것도 아닌데 심각한 노아의 표정을 보자 벌써부터 두려워 수현은 숨을 죽였다. 노아는 수현을 보며 다시 뭔가를 고민하는 듯 생각에 잠기고, 이내 조심스럽게 입술을 움직였다.

"연기하는 거 그만하라고 했던 말, 아직 유효해요?"

"어?"

수현은 생각지도 못한 말이 노아의 입에서 나오자 잠시 얼떨떨한 표정을 지었다. 처음에는 노아의 말뜻을 알아듣지 못했는데, 그는 금세 예전에 자신이 노아에게 했던 말을 떠올렸다.

'너 사람들 속이고 사는 거 힘들잖아. 그만하고 싶으면 이제 그만해.'

수현이 노아에게 그 말을 했을 때 노아는 부모님과 있었던 일들을 털어놓으며 눈물까지 보였다. 그리고 수현의 제의를 잠정적으로 거절했다. 그녀의 마음을 충분히 헤아릴 수 있고 자신이 강요할 일도 아니라 생각해 시간이 한참 지난 지금에 와선 잊고 있었는데…….

물론 지금도 수현의 마음은 그때와 같고, 노아가 이 이야기를 꺼낸 게 자신을 믿는 것처럼 느껴져 고마웠지만, 갑작스러운 변화에 의문이 드는 건 어쩔 수 없었다.

수현이 뭐라 말을 하지 못하고 노아를 바라만 보고 있자 평소엔 그렇게도 눈치 없던 노아가 웬일로 수현의 마음을 읽었는지 조심스러운 말투로 마저 말을 이어 갔다.

"그때 수현 씨의 말을 듣고 계속 생각하고 있었어요. 그러다 최근에 신제니 씨 문제도 그렇고, 승현 씨 문제도 그렇고, 잘 이겨 내고 있는 수현 씨 모습을 보면서 문득 그런 생각이 들었어요. 어쩌면 나도 할 수 있지 않을까……."

"서노아……."

"물론 지금은 인지도도 많이 떨어진 상태고, 저를 연애 많이 한 여자로 기억하는 사람들이 많이 줄어서, 모든 사실을 밝혀 봤자 긁어 부스럼을 만드는 꼴밖에 되지 않는다는 걸 알아요. 그리고 저 때문에 수현 씨까지 함께 미움을 받을 수도 있는 거고요."

"……."

"하지만 모든 사실을 밝혀서 그동안 남들을 속였던 죗값도 치르고, 저도 하루라도 떳떳하게 진짜 서노아로 살아가고 싶어요. 저 그래도 될까요?"

노아는 수현을 보며 조심스럽게 물었다. 그녀의 눈동자와 목소리가 애써 담담한 척하고 있지만 몹시 떨려 와, 마음만큼은 두렵다고 말해 주는 것 같아서 수현은 가슴이 아팠다.

그동안 혼자서 얼마나 속병을 앓고 있었던 걸까. 그렇게 사랑한다고 외쳐 놓고선 다른 것들에 정신이 팔려서 노아의 진짜 마음을 알아주지 못한 것 같아 노아에게 미안했다.

수현은 아무런 말 없이 떨고 있는 노아의 손을 살며시 잡아 줬다. 노아가 가만히 수현을 보고, 수현은 노아를 향해 고개를 끄덕였다.

"응, 그래도 돼. 아니, 그래야 해."

노아는 수현의 단호한 목소리에 잠시 아무런 대답이 없었다. 하지만 금세 그대로 고개를 숙이더니 눈물을 참는 듯 가녀린 어깨가 떨리기 시작했다.

수현은 살며시 자리에서 일어나 그녀의 옆으로 다가갔다. 그리고 아무런 말 없이 노아를 안아 줬다. 그는 노아의 등을 부드럽게 다독여 주며 진심이 담긴 목소리로 그녀를 달래 주듯 말했다.

"그동안 혼자 고민하게 만들어서 미안해. 생각하느라 수고했어."

참 이상한 일이었다. 수현이 멋진 말을 해 준 것도 아니고, 노아를 크게 응원해 준 것도 아닌데 왠지 수현에게 큰 위로를 받은 기분이었다.

어쩐지 감정이 복받쳐 올라 노아는 아무런 대답도 하지 못하다가 이내 다시 입을 열었다.

"저요, 다 밝히고 나면 회사도 관둘 거예요. 그리고 저도 하고 싶은 걸 찾아보려고요. 생각해 보니까 전 이 나이까지 꿈도 없었어요."

"이제부터 가지면 되지. 늦지 않았어. 천천히 하자."

"사람들이 절 많이 미워하겠죠?"

"내가 있는데 뭐 어때? 내가 이 세상 사람들 다 포함한 것만큼 널 좋아할게."

"부모님도 많이 실망하실 텐데……."

노아는 계속되는 수현의 위로에 지금까지 혼자만 앓고 있던 속마음들을 입 밖으로 쏟아 내며 두려운 듯 말했다.

내내 노아의 말에 전부 대답해 주던 수현이 잠시 말을 멈추고, 이내 손을 뻗어 노아의 볼을 감싸더니 고개를 숙이고 있던 노아와 눈을 마주쳤다. 노아는 수현을 눈물이 맺힌 눈으로 잠시 말없이 바라봤다. 그녀의 두 눈에 슬픔과 두려움이 맺혀 있어 수현은 가슴이 아려 왔다.

두 사람 사이에 잠시 정적이 흐르고, 그 정적 끝에 수현은 진지한 눈빛과 목소리로 노아에게 물었다.

"같이 갈까? 네 부모님께?"

"네?"

"같이 가자. 내가 옆에 있어 줄게."

노아는 수현의 말에 잠시 아무런 대답이 없었다.

노아에겐 세상 사람들에게 모든 사실을 밝히는 것보다 부모님께 사실을 말하는 게 더 두려운 일이었다. 분명 혼자서 부모님을 찾는다면 몹시 긴장할 테고 어쩌면 준비해 온 말들을 차마 꺼낼 수 없을지도 모른다.

그걸 알아서일까. 수현은 망설임 없이 노아와 함께해 준다고

말했다. 그게 너무 고맙고 또 미안해서 다시 감정이 격해진 노아
는 수현의 품에 안긴 채 고개를 끄덕였다.

"네, 같이 가요."

왠지 이 남자와 함께라면 두렵지 않을 것만 같았다. 수현 역시
노아가 두렵지 않기를 바란다는 듯 노아를 더욱 꼭 안아 줬다.

어느새 노아에게 있어서 수현은 기댈 수 있는 사람, 그 자체가
되어 있었다.

◆ ◆ ◆

노아와 이야기가 오간 지 일주일 만에 수현은 엄청난 추진력으
로 스케줄을 정리하고 일정을 내서 노아와 함께 그녀의 고향으로
향했다.

언론에 모든 것을 밝히기 전에 부모님께 먼저 말씀드리는 게
맞는 것 같다는 판단에서 시작한 일이었지만, 노아에겐 부모님과
약속을 잡는 것부터가 쉽지 않았다. 노아는 자꾸만 떨려서 전화번
호조차 누르지 못했다.

하지만 수현이 곁에서 계속 용기를 준 덕분에 무사히 부모님과
약속을 잡는 것에 성공했다.

그렇게 찾은 노아의 고향. 이곳에 오기 전까지만 해도 노아와
는 다르게 여유로운 얼굴이었던 수현은, 노아의 고향에 도착하자
마자 심각한 얼굴로 변했다.

그도 그럴 것이, 노아의 고향은 수현이 생각했던 것과는 정말

달라도 너무 달랐다. 한 학년에 학생이 채 열 명도 되지 않는 시골에서 나고 자란 아가씨라는 건 미리 들었지만, 이 정도까지 시골일 줄이야.

도로가 제대로 포장이 되어 있지도 않은 탓에 액셀을 밟을 때마다 차가 덜컹거리며 흔들렸다. 평생을 서울, 혹은 외국에서만 살아온 수현은 이런 풍경은 처음이라 그저 당황스럽기만 했다.

"내가 진짜 쓰레기였구나."

수현은 왜 그렇게 노아가 순진했는지 솔직히 그동안 조금 의문이었는데, 직접 노아의 고향에 와 보니 이제야 모든 게 납득이 갔다.

이런 사람 좋은 곳에서 20년을 자라 왔는데, 당연히 순진할 수밖에 없지 않은가. 도대체 지금까지 자신이 이 순진한 시골 아가씨한테 무슨 짓을 한 거냐며 수현이 또다시 후회를 하는 동안, 드디어 내비가 목적지에 도착했음을 알렸다.

두 사람은 근처에 차를 세웠다. 집 앞엔 중년의 부부가 나와서 노아를 기다리고 있었다. 차에서 내리는 노아를 발견한 노아의 부모님은 달려와 그녀를 품에 안았다. 오랜만에 보는 외동딸이 많이 그리웠는지 어머니는 정신없이 노아의 얼굴을 쓰다듬었다. 그러다 문득 뒤에 서 있는 수현을 발견하곤 의아한 표정으로 물었다.

"누구……?"

"안녕하세요. 노아 남자 친구, 한수현이라고 합니다."

수현은 평소 그 어떤 곳에서도 볼 수 없던 예의 바른 자세로 허리를 숙여 노아 부모님께 인사했다. 수현이 예의를 갖추는 모습은 처음 본 노아가 당황한 얼굴로 그를 바라봤다. 그때 갑자기 옆에서 뜨거운 시선이 느껴져 고개를 돌렸다. 아버지의 두 눈에 불이 나고 있었다.

오랜만에 딸이 집에 온다는 소리에 마냥 좋아하고만 있었는데, 남자 친구라니. 나이가 서른이 다 되어 가도 아직까지 아버지에게는 어리게만 느껴지는 딸의 남자 친구의 등장에 노아 아버지가 살벌하게 수현을 노려봤다.

그 뜨거운 시선은 집 안으로 들어서는 순간까지도 거둬질 생각을 하지 않았다.

함께 들어선 노아의 집 안은 온갖 맛있는 음식 냄새로 가득 차 있었다. 보아하니 노아가 온다고 어머니가 미리 준비를 해 둔 것 같은데, 노아는 모델인 수현이 몸매 관리에 예민해 음식을 가리는 걸 알아 벌써부터 걱정이 됐다.

아니나 다를까, 노아가 은근슬쩍 식사를 피할 계획을 다 세우기도 전에 수현이 어머니 손에 이끌려 그대로 주방으로 끌려 들어갔다. 그런데 걱정과는 다르게 수현은 담담해 보였다.

"닭 좋아해요? 입에 맞을지 모르겠네요."

"닭 좋아합니다. 만날 먹을 정도로요."

물론 수현이 만날 닭을 먹는 건 맞지만, 이런 백숙이 아니라 닭 가슴살 이야기였다. 그것도 좋아서 먹는 게 아니라 몸매 관리를 위해 어쩔 수 없이 먹는.

그런데 수현은 아무렇지 않게 어머니가 주는 대로 다 받아먹었다. 노아는 오히려 그게 더 불안해 안절부절못하고 가시방석에 앉은 기분으로 아버지의 옆에 자리했다. 그때 지금껏 심드렁한 얼굴로 수현을 노려보기만 하던 아버지의 목소리가 들려왔다.

"오랜만에 집에 찾아온 이유가 결혼 허락 때문이냐?"

아까까지만 해도 노아의 얼굴을 보고 그 누구보다도 좋아했던 아버지는, 딸의 남자 친구를 보고 집에 찾아온 의도를 그런 쪽으로 해석했는지 쌀쌀맞은 말투로 물었다.

결혼이라는 단어에 노아가 화들짝 놀라 이내 서둘러 팔을 저으며 격한 반응을 보였다.

"아니에요!"

"아니야? 그럼 왜?"

노아는 아버지의 물음에 아무런 대답도 하지 못했다.

물론 부모님께 모든 사실을 고백하기 위해 이곳에 온 건 사실이지만 이렇게 빨리, 그것도 하필이면 밥을 먹다가 털어놓을 생각은 아니었다. 노아는 여기 오기 전까지만 해도 몇 번이나 생각했던 모든 것들이 머릿속에서 새하얗게 사라지는 기분이었다.

그때, 옆에 있던 수현이 노아의 손을 잡아 줬다.

노아는 놀란 눈으로 수현을 봤다. 수현은 새까만 눈동자로 괜찮다고 말하듯 노아를 보고 있었다.

그 눈을 보자 신기하게도 긴장이 풀린 노아는, 방금 전까지만 해도 긴장하고 잔뜩 겁에 질려 있던 사람이라고는 믿기지 않을 만큼 단호한 말투로 지금껏 하지 못했던 말을 입에 담았다.

"하고 싶은 말이 있어서 왔어요."

노아가 목소리까지 깔며 진지하게 말하자 노아의 부모님은 서로 눈빛 교환을 했다.

대학에 진학하고 이상한 소문이 나기 시작한 시점부터 노아는 고향에 오는 것을 꺼려 했다. 부모님과 이야기를 하다 보면 자신의 모든 실체를 들키게 될까 봐 두려웠다. 그럼 부모님이 다시 실망하고 걱정하실까 봐, 그게 무서워서 안부 인사 말고는 전화도 아끼던 노아였다.

부모님은 뜸해진 딸의 연락에 걱정도 되었고 서운하기도 했지만, 사회에 나가 밝아진 딸아이에게 짐이 되고 싶지는 않아 내색하지 않았다. 명절 때도 좀처럼 얼굴을 보이지 않던 노아가 갑자기 이렇게 찾아온 것도 의아한데, 하고 싶은 말이 있어서 왔다니.

도대체 하고 싶은 말이 뭐기에 말짱한 전화를 놔두고 이렇게 먼 곳까지 찾아와 저렇게 머뭇거리는 건지……. 노아 부모님은 의아한 표정으로 노아를 응시했다.

하지만 그녀는 기껏 말을 꺼내 놓고도 차마 이어 가지 못했다. 수현이 용기를 주듯 노아의 손을 더 꼭 잡았다. 노아는 그런 수현의 행동에 정말 용기라도 얻은 것처럼 심호흡을 한 번 하곤 다시 말을 이어 갔다.

"사실 지금까지 다 거짓이었어요. 제 성격이 변한 게 아니라 전부 연기였어요."

짧지만 강한 노아의 말에 잠시 집 안에 정적이 흘렀다. 힘겹게 말을 꺼내 놓고도 노아는 죄스러운지 고개를 푹 숙였다. 수현은 아무런 말 없이 노아의 손만 꼭 잡고 있었다.

그렇게 얼마쯤 시간이 흘렀을까. 노아가 한 말의 의미를 알아차리지 못한 건지 잠시 아무런 말이 없던 노아 부모님은, 뒤늦게 말뜻을 이해한 듯 잠시 당황스러워하며 서로 시선을 주고받았다.

한동안 말을 잇지 못하던 어머니가 이내 떨리는 목소리로 노아에게 물었다.

"도대체 왜……."

"사실 알고 있었어요. 제 못난 성격 때문에 엄마 아빠가 힘들어하신다는 걸요."

노아의 부모님은 그녀의 말에 순간 말문이 막혔다. 노아의 말을 예상하지 못한 듯, 부모님의 두 눈이 떨려 왔다. 노아는 그런 부모님을 향해 천천히 말을 이어 갔다.

"매일 밤 엄마 아빠의 한숨 소리를 들으면서 이런 제가 너무 싫고 변하고 싶었는데, 그게 제 마음대로 되지 않았어요. 그러다가 어느 날, 어쩌다 보니 그렇게 거짓된 소문이 나 버린 거예요."

"노아야……."

"죄송해요. 엄마 아빠의 짐이 되고 싶지 않았어요. 내 딸이 밝아졌구나, 그래서 이젠 다른 사람들과 아무렇지 않게 어울릴 수 있구나. 그냥 그렇게 생각하시는 게 오히려 행복하실 것 같았어요."

노아의 부모님은 딸의 말에 충격을 받은 듯 아무런 대답도 하지 못했다. 자신들이 밤중에 몰래 주고받은 말을 딸이 들을 거라고 생각지도 못했지만, 그 말 때문에 딸이 상처받고 그걸로 인해 자신을 숨기기까지 했다니, 마음이 너무나 아팠다. 부모답지 못했다는 생각이 들고 자신들 때문에 아파했을 딸한테 한없이 미안해졌다.

하지만 미안한 건 노아도 마찬가지였다. 평생 숨기고 살았더라면 두 분께서 이렇게 아프실 일도 없었을 텐데. 노아는 말없이 슬픈 눈으로 자신을 보고 있는 부모님을 가만히 바라보더니 이내 다시 말을 이어 갔다.

"저 사실 이 일을 하면서 미움도 많이 받았어요. 그런데 엄마 아빠는 인터넷 기사 같은 걸 못 보시니까. 제가 사람들한테 미움받는 것 말고, 유명해져서 TV 속에서 당당하게 웃는 얼굴만 보실 테니까. 그렇게라도 안심시켜 드리고 싶어서 그 생각 하나로 버티고 있었어요. 근데 이제……."

노아는 결국 더 이상 말을 이어 가지 못했다. 끝내 참지 못하고 눈물을 터트리자 수현이 바로 그녀의 어깨를 다독여 줬다.

사실 이곳까지 오면서 울지 않겠다고, 웃으면서 당당하게 잘 말해 보겠다고 다짐했는데, 물밀듯 밀려오는 부모님을 향한 죄송한 마음이 노아를 더 이상 참지 못하게 했다. 노아는 수현의 품에 기대 큰 소리로 울기 시작했다. 내내 말이 없던 부모님이 조심스레 손을 뻗어 노아의 손을 잡아 줬다.

노아는 울던 것을 멈추고 부모님을 바라봤다. 그러자 미안함이 가득 어린 얼굴로 노아를 보던 부모님이 그녀의 손을 더욱 꼭 잡아 주며 다정한 목소리로 말했다.

"그동안 혼자 많이 힘들었겠다. 고생했어."

"엄마……."

"우리가 잘못했다, 노아야. 네가 미워서가 아니라 걱정이 돼서 한 말이라도, 네가 없는 곳이었어도, 그런 말을 해선 안 됐어."

"아빠……."

"우린 단 한 순간도 널 짐이라고 생각한 적 없다. 네가 어떤 사람이든 우리한테는 소중한 딸이야."

오해라는 건 어쩜 이렇게 바보 같은 걸까. 그렇게 많은 시간 동안 노아를 괴롭혀 왔던 것들은 사실 정말 아무것도 아니었다. 언제 괴로웠냐는 듯, 세 사람은 오랜만에 손을 꼭 붙잡고 아무런 말 없이 눈빛으로 서로를 위로해 줬다.

그렇게 시간이 얼마쯤 지났을까. 애틋하게 노아를 바라보던 어머니가 갑자기 수현에게로 시선을 옮겼다. 화목해 보이는 가정을 부럽다는 듯 보고 있던 수현이 움찔하고, 어머니가 이번엔 수현의 손을 잡아 줬다.

"고마워요."

"네?"

"우리 노아가 용기를 낼 수 있게 도와줘서."

7년이라는 긴 세월 동안 자신을 숨기기에만 급급했던 딸이 갑자기 나타나 모든 것을 고백한 순간 곁에 있던 남자. 노아의 어머니는 갑작스럽게 딸이 변한 이유가 수현에게 있다는 걸 여자의 감으로 알아차리곤 수현에게 고마움을 표했다.

웬만한 어른들 앞에서도 당당하던 수현은 그답지 않게 당황하며 몸 둘 바를 몰라 했다. 그런 수현을 귀엽게만 보던 노아의 어머니는 갑자기 뭔가가 떠올랐는지 크게 박수를 한 번 치고는 폭탄 발언을 했다.

"그나저나…… 두 사람 결혼은 언제 해요?"

어머니의 한마디에 훌쩍거리고 있던 노아는 물론이거니와 그런 노아를 다독이던 아버지, 그리고 질문을 받은 수현까지 순식간에 얼어 버렸다.

그중 그나마 먼저 정신이 돌아온 노아가 서둘러 어머니를 붙잡으며 소리쳤다.

"어, 엄마! 지금 무슨 말씀을!"

"엄마랑 아빠는 네가 서른 전에 결혼을 했으면 좋겠다고 생각하고 있었어."

노아는 어머니의 말에 그대로 말문이 막혔다. 금시초문이었다. 안부 인사를 할 때마다 요즘 연애는 안 하냐고 물어보긴 했는데, 이런 생각을 하고 계셨다니.

게다가 아무리 그런 생각을 하고 계셨다고 해도 그렇지, 상대방을 배려하는 게 일상인 엄마가 딸의 남자 친구인 수현에게 이렇게 갑자기 배려 없는 질문을 해, 노아는 그저 당황스럽기만 했다.

노아의 옆에서 여전히 대답이 없는 수현을 보고 있던 어머니는 차갑게 굳은 수현의 얼굴을 보며 난처한 표정을 지었다.

"미안해요, 내가 괜한 말을 했네요."

수현은 노아의 어머니의 말에도 아무런 대답도 하지 못했다. 그저 딱딱하게 굳은 얼굴로 노아를 바라보기만 할 뿐이었다. 그의 얼굴에 검은 그림자가 드리운 것도 같았다.

　노아는 수현을 보며 고개를 갸우뚱거렸다. 그의 두 눈동자에 뭔가 알 수 없는 감정들이 피어오르고 있었다.

　부모님은 한사코 자고 가라며 두 사람을 붙잡았지만 수현에겐 스케줄이 잡혀 있었고 노아 역시 출근을 해야 해서 부모님께 양해를 구하고 서울로 향했다.

　근데 이게 어쩐 일인지, 집에 올 때까지만 해도 노아의 긴장을 풀어 주려 장난을 치던 수현이 아까부터 입을 꾹 다문 채 아무런 말도 하지 않았다. 노아는 그가 왜 말을 잃었는지 잘 알고 있었다.

　수현은 결혼 얘기가 나온 순간부터 단 한마디도 하지 않았다.

　누구든 아직 만난 지 1년도 채 되지 않은 여자 친구의 어머니께 결혼 얘기를 듣는다면 마음이 마냥 편하지만은 않을 것이다. 아직 결혼 생각이 없다면 더더욱. 순진한 노아도 결혼 생각 없이 연애만 하는 경우가 많다는 걸 알고 있었다.

　스스로 생각하기에도 엄마의 발언은 수현에게 충분히 부담감을 줄 수 있는 말이었다. 그 때문에 그가 빈말이라도 곧 결혼할 거라고 말하지 않은 게 전혀 원망스럽지 않았다.

　하지만 아무리 그렇다고는 해도 생각했던 것보다 훨씬 싸늘한 그의 반응을 보니 서운한 마음을 좀처럼 숨기기가 쉽지 않았다.

무슨 생각을 그리하는지 깊은 고민에 빠진 남자와 그런 남자를 보며 씁쓸해하는 여자.

그렇게 많은 오해를 겪고 앞으로는 숨기는 것 없이 모든 것을 솔직하게 말하자고 맹세했던 게 엊그제 같은데, 아무래도 결혼은 예민한 문제이다 보니 최대한 말을 아끼게 됐다.

집으로 오는 내내 두 사람은 말이 없었다. 그 긴 침묵 끝에 드디어 노아의 집 앞에서 차가 멈췄다. 노아는 어색한 공기 때문에 여기까지 오는 동안 정말 숨이 막혀 죽을 것만 같았다. 빨리 자리를 피하고 싶어 바로 인사를 하고 차에서 내리려는데, 지금까지 말이 없던 수현이 갑자기 노아의 손목을 붙잡았다.

"서노아."

노아를 부를 때는 늘 다정했던 수현의 목소리가 오늘따라 차갑게 가라앉아 있어, 노아의 가슴도 덜컥 내려앉았다.

이 남자는 도대체 무슨 말이 하고 싶어서 이렇게까지 무게를 잡고 있는 걸까.

혹시 결혼에 대한 부담감 때문에 이별이라도 고할까 봐 노아가 잔뜩 겁을 집어먹고 아무런 대답도 하지 못하는데, 잠시 말이 없던 수현의 입술이 다시 열렸다.

"우리……."

"우리?"

"……아니야."

수현은 대충 말을 얼버무리며 노아를 놓아줬다. 무슨 말이 하고 싶은 눈치인데 도통 꺼낼 생각을 않는 수현을 노아는 의아한 표정으로 바라봤다. 뭐 때문에 그러냐고 물어보고 싶었지만 어쩐지 슬퍼 보이는 그의 눈에 아무런 말도 하지 못했다.

차마 묻지도, 그렇다고 그를 두고 그냥 집으로 들어가지도 못하고 노아가 안절부절못하고만 있자 수현이 힐끔 노아를 쳐다보더니 다시 입을 열었다.

"잘 자."

눈치가 없는 노아가 보기에도 자신을 빨리 들여보내려는 속셈으로 한 말이 틀림없었다. 수현이 대체 혼자 무슨 생각을 하는 건지 모르겠어서 불안한데도 노아는 차마 아무런 말을 할 수가 없었다. 묻고 싶은 건 많았지만 입 밖으로 뱉을 수 있는 말은 없었다.

본의 아니게 수현이 부담감을 느낄 만한 말을 듣게 만들었으니, 그에게 시간을 줘야 할 것 같았다. 노아는 결국 오늘은 이만한 발자국 물러서기로 했다.

"오늘 고마웠어요. 수현 씨도 잘 자요."

노아는 수현에게 짧은 인사를 남기고 떨어지지 않는 발걸음을 애써 옮겨 집 안으로 들어갔다.

점점 멀어지는 노아의 모습을 보며 수현은 잠시 생각에 잠겼다. 그는 완전히 시야에서 노아가 사라지고 나서야 그녀를 위해 한동안 피우지 않았던 담배를 찾아 물었다.

"후우……."

허공 위에 뿌옇게 흩어지는 담배 연기를 수현은 심각한 표정으로 응시했다.

아까 노아 어머니께 '결혼'이라는 말을 듣고 수많은 생각들이 갑자기 머릿속으로 밀려 들어왔다.

어찌 수현이라고 노아와 결혼 생각을 하지 않았겠는가. 수현에게 노아는 보고 있어도 보고 싶고, 한없이 사랑스럽게만 느껴지는 사람이었다. 그러니 함께 살고 싶다는 생각을 하지 않는 게 더 이상했다.

물론 자신이 노아에게 한 짓을 생각하면 노아와의 결혼이라는 건 생각하는 것조차 염치없는 일이었다. 하지만 지난번 노아에게 했던 '평생 네 옆에서 사죄하면서 살고 싶다'는 말은 아주 조금의 거짓도 섞여 있지 않은 진심이었다. 할 수만 있다면 그렇게 그녀의 옆에서 죗값을 치르며 살아가고 싶었다.

지나가는 아이들만 봐도 사랑이 가득한 눈으로 바라보는 노아는 아이들을 꽤나 좋아하는 것 같았다. 수현은 그 때문에라도 노아가 결혼을 긍정적으로 받아들일 거라고 확신했다. 우리의 아이를 노아가 그런 얼굴로 바라봐 준다면 정말 행복할 것 같았다.

그래서 사실 수현은 노아 몰래 그동안 조금씩 청혼을 준비하고 있었다.

청혼 장소, 청혼 내용 등 모든 준비를 끝내고 마지막으로 청혼 반지를 고르기 위해 온 백화점을 돌아다닐 때쯤, 수현은 우연히 백화점 안에서 마주친 한 여자 때문에 엄청난 깨달음을 얻었다.

노아와도 한 번 마주친 적이 있는 '최지현'이 백화점에서 쇼핑을 하고 있었다. 잘나가는 여배우였는데 수현과의 스캔들로 순식간에 바닥까지 떨어진 사람.

언론에 등 떠밀리듯 브라운관에서 사라졌던 지현은 한동안 방송에 나오지 못하다가 올 초부터 겨우 다시 활동을 시작했다. 하지만 여전히 TV만 틀면 CF가 쏟아질 정도로 잘나가는 수현 탓인지, 지현의 이름 뒤엔 항상 수현의 이름이 꼬리표처럼 따라다녀 생각만큼 재기가 쉽지 않은 듯 보였다.

수현은 10년 동안이나 잊고 살았던 사랑이라는 감정을 노아로 인해 다시 깨닫게 된 이후부터 지현처럼 자신이 상처 줬던 여자들의 소식을 들을 때마다 괴로워했다.

사랑을 몰랐을 때는 그게 나쁜 행동인 줄도 몰랐다. 자신이 다른 사람들에게 어떤 행동을 해 왔는지 깨달았을 때의 충격은 그 어떤 충격과도 비교할 수 없는 것이었다. 나쁜 의도 없이 한 나쁜 짓도 상대에게 상처가 됐다면 미안한 감정이 들 텐데, 하물며 수현은 상대방에게 상처를 주기 위해 일부러 했던 짓이었다.

그 죄책감으로 항상 마음 한편에 그녀들에 대한 미안한 감정을 품고 살았다. 그중 한 사람과 마주치자 새삼 제가 했던 짓이 다시금 떠올라 수현은 괴로울 정도로 지현에게 미안했다.

그래서 지현을 보고도 한동안 눈을 피하지도, 그렇다고 먼저 말을 걸지도 못했는데, 수현을 발견한 지현이 먼저 수현에게 당당하게 다가와 말했다.

'이번엔 꽤 오래가네? 왜, 사랑이라도 한다고 할 거니?'

비아냥거리는 게 분명한 지현의 말에도 수현은 아무런 대답도 하지 못했다. 그저 지현에게 너무 미안해서 고개가 자꾸 숙여졌다. 지현은 오히려 그 모습이 우습기만 한지 조소를 흘리며 수현을 향해 망설이지 않고 막말을 쏟아 냈다.

'너 같은 새끼는 누굴 사랑할 자격도 없어. 보아하니 결혼이라도 하려는 것 같은데, 꿈 깨. 나중에 태어날 네 자식한테 떳떳할 수 있겠어?'

사람이 그렇게나 많은 곳에서 자신에게 막말을 퍼부어 대는 지현 때문에 충분히 자존심이 상할 수 있는 상황임에도 불구하고 수현은 입도 달싹이지 못했다. 어찌 되었든 지현의 말은 틀린 것 하나 없이 다 맞는 말이었다.

수현은 그제야 자신이 상처 준 여자들에게 미안하게 생각한다고 모든 문제가 해결되지 않는다는 걸 깨달았다. 이미 상대는 상처를 받았는데, 미안해한다고 받은 상처가 치료되는 게 아니지 않는가.

그래서 노아에게 청혼을 하기 전에, 아니 노아를 조금이라도 더 떳떳하게 사랑하기 위해서는 자신이 이 문제를 해결해야만 한다고 생각했다. 하필이면 그 해결책을 찾기 위해 고민하던 중 노아의 어머니께 결혼 얘기를 듣게 되었다. 수현의 머릿속이 복잡한 건 어쩜 당연한 일이었다.

자신이 뭘 어떻게 해야 할지, 뭘 한다고 해서 과연 그녀들의 상처가 조금이나마 나아질 수 있기는 한 건지, 아무것도 감이 잡히지 않는 상황에서 마주하게 된 결혼 문제.

수현은 오늘만 수백 번도 더 했던 과거에 대한 후회를 또다시 해 보지만, 이미 너무 늦어 버린 후였다.

아까부터 잠시도 휴대폰을 놓지 못하고 있는 노아의 입에서는 쉬지 않고 한숨이 쏟아져 나왔다.

집에 다녀오고 어느덧 2주나 지났다. 수현은 그날 이후로 노아를 찾아오는 것도 뜸해지고, 연락마저 많이 줄어들었다. 심지어는 노아를 대하는 태도도 눈치 없는 노아조차 알 수 있을 만큼 변했다.

그날 '잘 자.' 하고 인사를 해 줘서 노아는 심각하게 받아들이지 않으려고 했다. 그저 잠시 생각할 시간이 필요한 것뿐일 거라 생각했다. 그런데 그게 아니었나 보다.

노아는 혹시 이렇게 서서히 사이가 멀어지다가 수현과 영영 끝나 버릴까 봐 불안했다. 너무나도 다정한 그의 모습에 이제야 겨우 사랑하는 마음이 대등해진 게 아닐까 기대를 품었는데…….

수현의 연락을 기다리는 하루하루가 그저 괴롭기만 했다.

"그놈이 또 너 힘들게 해?"

출근해서부터 지금까지 혼자 끙끙 앓고 있기를 몇 시간째인 노아의 앞에 갑자기 익숙한 목소리가 들렸다. 노아는 화들짝 놀라 고개를 들었다. 그곳에는 언제 들어왔는지 살벌한 표정으로 노아를 보고 있는 서연이 있었다.

노아가 너무 과격한 리액션을 보인 탓일까. 그녀의 행동에서 무언가를 직감한 듯 서연은 두 눈을 가늘게 뜨고 이내 낮게 가라앉은 목소리로 말했다.

"맞나 보네. 그놈이 너 힘들게 만드는 거."

노아는 이번에도 서연의 말에 아무런 대답도 할 수 없었다.

서연은 예전부터 사람의 얼굴만 봐도 그 사람의 마음을 금세 읽어 내곤 했다. 그러니 생각하는 게 얼굴로 다 드러나는 노아의 마음을 읽는 것쯤이야 식은 죽 먹기였다. 아마 지금도 수현 때문에 힘들어하는 걸 전부 눈치챘을 거다. 노아는 이제야 조금씩 수현을 인정해 주고 있는 서연이 다시 그를 미워할까 봐 서연의 눈치만 봤다.

하지만 역시나 귀신은 속여도 최서연은 못 속인다고, 이미 노아의 마음을 진작 읽어 내고 고민에 빠져 있던 서연이 작게 중얼거렸다.

"이상하네."

"응? 뭐가?"

"내가 왜 더 이상 너랑 한수현을 반대하지 않는지 알아?"

당장 헤어지라는 잔소리 대신 돌아온 질문에 노아는 얼떨떨한 표정을 지었다. 그러고 보니 항상 수현만 보면 으르렁거리고, 어떻게든 두 사람의 사이를 갈라놓을 궁리만 하던 서연이 어느 순간부터 수현을 봐도 별말이 없었다.

수현과 함께 있을 때면 그에게만 집중하느라 바빠 미처 알아차리지 못한 사실에 노아가 뒤늦게 의아한 듯 고개를 갸우뚱거렸다. 서연은 또 노아의 마음을 읽었는지 마저 말을 이어 갔다.

"그 사람이 널 사랑하는 눈을 하고 있었거든."

"사랑하는 눈?"

"그래. 너랑 있을 때면 지금 당장 죽어도 여한이 없다고 말하는 눈으로 좋아서 어쩔 줄 몰라 하는데, 그걸 보고 차마 둘 사이를 더 방해할 수 없겠더라."

노아는 이번에도 서연의 말에 아무런 대답도 하지 않았다. 다만 '수현 씨가 정말 그랬어?' 하고 묻고 싶은지 빛나는 눈으로 가만히 서연을 보고만 있었다. 그때 갑자기 노크 소리가 들려왔다.

"대표님! 인터넷 좀 확인해 보셔야 할 것 같습니다!"

노크 소리 뒤로 답지 않게 흥분한 듯한 비서의 목소리가 이어졌다. 보통 일은 아닐 거라 단번에 직감한 노아는 비서에게 되묻지 않고 휴대폰을 켜 서둘러 인터넷을 확인했다. 휴대폰 액정을 바라보는 노아의 얼굴에 핏기가 가셨다.

「한수현, 최지현과 재결합?」

인터넷 뉴스 연예란 대문에 선명하게 떠 있는 글자를 보고 노아의 가슴은 순식간에 무너져 내렸다.

노아는 떨리는 손으로 기사를 클릭했다. 기사 상단에는 주차장으로 보이는 어두운 곳에서 지현 앞에 무릎을 꿇고 있는 수현의 모습이 담긴 사진이 있었다.

수현은 누구보다도 자존심이 세서 절대 어디 가서 무릎을 꿇을 사람이 아니었다. 노아는 도무지 이 상황이 이해가 가지 않아 멍한 표정만 짓다가 잠시 후 정신을 차려 천천히 스크롤을 내리며 기사를 읽었다.

「모델 한수현(28)과 배우 최지현(28)의 열애설이 재조명되고 있다. 2015년에 이미 한차례 열애설이 보도된 두 사람은 2016년 결별한 것으로 알려져 있었다. 하지만 최근 S호텔 지하 주차장에서 한수현이 최지현의 앞에 무릎을 꿇은 모습이 포착돼…….」

노아는 기사를 채 반도 읽지 못하고 잠시 비틀거렸다. 옆에 있던 서연이 서둘러 노아를 붙잡아 주며 그녀를 걱정스러운 눈빛으로 바라보곤 물었다.

"서노아, 너 괜찮아?"

"서연아, 나 지금 당장 수현 씨를 만나야겠어."

"어?"

"잠깐 나갔다 올게."

노아는 그 말을 끝으로 서둘러 외투를 걸치고 방을 뛰쳐나갔다. 등 뒤에서 자신을 부르는 서연의 목소리가 들렸지만, 노아는 발걸음을 멈출 수가 없었다.

주차장으로 내려가자마자 노아는 지금 수현이 정확히 어디 있는지도 모르면서 일단 차에 올라탔다.

무슨 정신으로 어떻게 여기까지 온 건지 기억도 나지 않는다.
그만큼 바쁘게 수현의 집으로 오긴 했는데, 아무리 초인종을 눌러
봐도 그가 나오기는커녕 인기척조차 없었다.

마음이 다급해진 노아는 수현에게 전화를 해 보려고 했지만,
주머니며 차 안, 그 어디에도 휴대폰이 없었다. 이제 와 생각해
보니 사무실을 뛰쳐나갈 때 서연이 그렇게 애타게 부른 이유가
휴대폰을 두고 나가서였나 보다.

노아는 어찌할 바를 몰라 발만 동동 구르다 자신의 회사에 들
를 시간에 차라리 수현의 회사에 들르는 게 빠를 것 같다는 판단
이 들어 다시 차에 올라탔다.

하지만 어렵게 간 수현의 기획사에서는 자신들도 지금 수현과
연락이 닿지 않는다는 말만 할 뿐이었다.

결국 방법이 하나밖에 남지 않은 노아는 휴대폰을 찾으러 다시
회사로 돌아갔다. 그러나 서연도, 휴대폰도 회사에 없었다. 비서
는 서연이 노아를 찾으러 갔다는 말만 남겼고 어디로 갔는지는
모르겠다고 했다. 비서가 대신 연락을 해 주었지만 정신이 없는
모양인지, 서연은 전화를 받지 않았다.

노아는 서연을 찾는 대신 수현이 자주 가던 곳을 돌아다녀 보
았다. 역시나 그는 보이지 않았다.

서울 시내를 다 헤집고 다녔다고 해도 과언이 아닐 정도로 정
신없이 수현을 찾았지만 그는 그 어디에도 없었다. 어느새 하늘

아래는 어둠이 내리기 시작하고, 노아의 체력에도 한계가 왔다.

노아는 목 끝까지 차오른 숨을 내쉬었다. 지금 당장 펑펑 울어 버리고 싶은 심정이었다.

수현을 분명 믿는다. 게다가 지난번 마주쳤던 지현 역시 다시 수현과 재결합을 할 사람으로 보이지 않았다.

하지만 지금 상황이 상황인지라 노아는 좀처럼 불안한 마음을 숨길 수 없었다. 결혼 이야기가 나온 직후 연락이 뜸했던 수현과 갑작스럽게 터진 재결합 기사. 자꾸만 부정적인 생각이 머릿속을 가득 채우려 했지만 그래도 노아는 최대한 냉정해지려고 노력했 다.

노아는 침착하게 고민을 한 끝에 이때쯤이면 아마 서연도 돌아 왔을 테니 일단 집으로 가서 서연을 만나 휴대폰을 받고, 그다음 에 수현에게 연락을 해 보자는 결론을 내렸다.

노아는 서둘러 차를 돌려 지친 몸을 이끌고 집으로 돌아왔다. 그런데 차에서 내리자마자 누군가가 달려와 노아를 끌어안았다.

"서노아!"

노아는 화들짝 놀라 고개를 들었다. 잔뜩 흐트러진 모습의 수 현이 떨리는 눈으로 노아를 바라보고 있었다.

하루 종일 찾아다녔지만 그 어느 곳을 가도 찾을 수 없었던 그 를 이렇게 마주쳤는데도 노아는 아무런 말도 할 수 없었다. 노아 가 그저 멍하니 수현을 보고만 있는데, 수현은 지금 자신의 앞에 있는 사람이 노아가 맞는지 확인이라도 하듯 다시 한번 노아를 꼭 껴안았다.

"하아…… 도대체 하루 종일 어디 있었던 거야."

수현도 노아 못지않게 그녀를 바쁘게 찾아다녔는지 목소리가 지쳐 있었다. 서서히 정신이 돌아온 노아가 수현을 향해 무언가 말하려 입술을 달싹였다. 그러나 채 말이 나오기도 전에 수현이 다시 입을 열었다.

"미안해."

"……."

"미안해, 서노아."

이 남자는 도대체 뭐가 미안하다는 걸까. 앞뒤 설명 하나 없이 날아온 사과에 노아는 그의 의도를 알 수 없어 아무런 대답도 하지 못했다. 노아의 반응은 아랑곳없이 수현이 말을 이어 갔다.

"널 사랑하고 난 후부터 난 내가 그저 나쁘다는 말로 다 표현할 수 없을 정도로 나쁜 짓을 하고 다녔다는 걸 깨달았어."

"……."

"내가 겪어 봐서 더 잘 아는데, 그래서 그러면 안 됐는데, 이미 내가 상처를 준 사람들은 너무나도 많았고, 내가 깨닫고 미안해한다고 해서 그 사람들의 상처가 나아지는 게 아니었어."

"……."

"서노아, 근데 나 뻔뻔하게 그 상황에서 너와의 미래를 꿈꿨어."

지금까지 가만히 수현의 말을 듣고만 있던 노아가 놀란 눈으로 수현을 쳐다봤다. 수현은 슬픔과 죄책감이 어린 눈으로 노아를 바라보더니 다시 말을 이어 갔다.

"난 누군가를 사랑할 자격도 없는 놈인데, 미래에 우리 아이에게 떳떳할 수 없는 아빤데, 너와 행복해지고 싶었어."

수현은 노아와의 결혼이 부담스러웠던 게 아니었다. 노아처럼 두 사람의 미래를 꿈꾸고 있기에 생각할 시간이 필요했던 거였다.

생각지도 못했던 말이 그의 입에서 나와 노아는 얼떨떨했다. 수현 때문에 괴로웠던 사람들한테 저 역시 미안해야 할 상황인데, 마음 한편으로는 행복하기만 해서, 그게 또 그 사람들에게 미안해서 노아는 입술을 깨물었다.

수현은 노아를 한참 동안이나 아무런 말 없이 바라봤다. 그리고 잠시 멈췄던 이야기들을 다시 힘겹게 꺼내 놓았다.

"난 솔직히 지금까지 남 생각 따위 안 하고 살아왔던 놈인데, 널 만나면서 처음으로 내 마음이 편하기를 원해서가 아니라, 내가 상처 준 사람들의 마음이 편하기 바라서 그 사람들에게 진심으로 사과하고 싶었어."

"……"

"어느 날은 내리는 눈을 맞으며 그 사람을 기다리고, 어느 날은 그 사람의 마음이 조금이라도 편해질 때까지 원 없이 맞아 보고, 어느 날은 그 사람의 앞에서 무릎을 꿇었어."

그 사람 앞에서 무릎을 꿇었다는 수현의 말에 노아는 낮에 본 지현과 수현의 기사를 떠올렸다. 설마 싶어 눈을 동그랗게 뜨고 수현을 바라보자 수현은 노아의 마음을 읽었는지 살며시 고개를 끄덕였다.

"내가 상처 준 사람들을 찾아서 날 용서해 달라고 비는 게 아니라, 미워하지 말아 달라고 말하는 게 아니라, 그냥 그 사람의 마음이 조금이라도 편해질 수 있도록 그 사람들에게 사과를 했어."

"……."

"진심으로 사과를 하고, 내가 해 줄 수 있을 만큼 최대한 반박 기사도 내 주고, 마지막으로 내가 지금까지 했던 못된 짓들을 다 밝히고 나면 적어도 더 이상 망가진 이미지로 살아가진 않을 거야. 동정 여론이라도 생길 거고, 그럼 재기가 가능하지 않을까. 내가 도와줄 수 있는 만큼 도와주면 전처럼은 아니더라도 지금보다는 나은 삶을 살 수 있지 않을까."

"그럼 수현 씨는……."

"그 사람들이 망가진 것보다 훨씬 더 망가질지도 모르지. 비난 여론 때문에 활동을 쉬는 걸로 끝나지 않을 수도 있고."

노아는 수현의 말에 잠시 아무런 대답이 없었다.

처음 시작은 닥터 리의 권유 때문일지 몰라도 수현은 누구보다도 자신의 일을 사랑하는 사람이었다. 어린 나이부터 10년 동안이나 이를 악물고 버티기 힘든 자기 관리를 하고, 일을 할 때마다 이 세상에서 가장 행복한 얼굴을 하는 사람이 이번 일을 계기로 자신이 사랑하는 직업을 놓아 버려야 할지도 모른다.

노아는 그의 말을 들으며 지금 수현의 마음이, 수현의 다짐이 어느 정도인지 단번에 느꼈다. 그의 마음을 알고 나니 울음이 자꾸 차올라 결국엔 참지 못하고 울먹거리는 목소리로 말했다.

"수현 씨가 가장 좋아하는 일이잖아요."

"……."

"일할 때 가장 행복해하는 사람이……."

노아는 차마 말을 이어 가지 못했다. 분명 노아도 수현 때문에 상처받은 사람들이 불쌍했다. 그러나 사랑하는 사람이 꿈을 포기해야 할지도 모르는 상황에 닥치자 저도 모르게 그러면 안 되는 줄 알면서도 수현을 감싸게 됐다.

수현은 이런 노아에게 그 어떤 비난도 하지 않았다. 아니, 할 수 없었다. 그저 고맙고 미안해서 아무런 말 없이 노아의 손을 꼭 붙잡았다.

"일단 사과를 하고 그 사람들이 원하는 것들을 조율한 다음에 실행으로 옮기기 전에 너에게 전부 고백하고, 너와 상의하에 모든 일을 진행하려고 했어. 진작 먼저 상의했어야 했는데, 미안해. 사과하고 비난받는 건 내가 하는 게 맞는 거라고 생각했어. 근데 갑자기 기사가 나 버리는 바람에……."

이번에 더 이상 말을 이어 갈 수 없었던 쪽은 수현이었다. 노아가 있는 힘껏 그를 꼭 안아 버렸으니까.

수현은 갑작스러운 노아의 행동에 잠시 놀랐지만, 금세 아무것도 묻지 않고 노아의 등을 토닥였다. 그의 품 안에서 잠시 흐느끼던 노아는 이내 다시 울음기가 가득한 목소리로 입을 열었다.

"이제 혼자 힘들어하지 말아요. 수현 씨는 항상 제가 기댈 수 있는 사람이 되어 줬잖아요. 저도 수현 씨한테 기댈 수 있는 사람이 되고 싶어요."

수현은 노아의 말에 감정이 복받쳐 올라서 목소리가 떨릴까 봐 아무런 말도 하지 못했다.

그는 노아로 인해 자신이 참 바보 같았음을 깨닫고, 더 이상 자신이 혼자가 아님을 알고, 그녀에게 깊은 사랑을 느꼈다.

그런 노아에게 너무 고맙고 또 한없이 미안한데, 이 감정을 표현할 수 있는 말이 없어서 그저 노아를 꼭 안아 줬다.

그렇게 얼마나 시간이 흘렀을까. 살며시 제 품에서 노아를 떨어트린 수현은 그녀의 앞에 무릎을 꿇었다. 갑작스러운 수현의 행동에 당혹스러워 노아의 두 눈이 떨렸다. 수현은 노아와 눈을 마주치며 지금까지 속에만 담아 두고 있던 이야기를 꺼냈다.

"나랑 결혼해 줄래?"

"……."

"나랑 결혼하자, 서노아."

사실 수현은 어떤 방법을 써도 자신을 만나 주려 하지 않았던 지현과 이야기를 끝낸 후, 노아에게 멋지게 청혼을 하려고 준비하고 있었다.

좋은 장소를 물색하고, 고급스러운 분위기에서 그녀에게 모든 것을 고백한 뒤 혹시 거절당하더라도 멋진 청혼을 하고 싶었는데, 갑자기 스캔들이 터져 버리는 바람에 이런 상황까지 와 버렸다.

스스로 생각하기에도 너무 누추하고 어이없는 청혼이었지만, 수현은 확신했다. 바로 지금 이 순간이 그녀에게 청혼을 해야 할 타이밍이라고…….

수현은 여전히 혼란스러운 눈으로 자신을 쳐다보는 노아에게서 시선을 떼지 않았다. 그리고 모든 말에 진심을 담아 한 자, 한 자

뱉어 냈다.

"모델 재기가 불가능하다면 난 너를 위해 무슨 일이든 할 거야. 네가 원하는 거, 네가 바라는 사람, 네가 생각하는 건 그 어떤 거든 다 해 줄게. 약속할 수 있어."

"……."

"평생 네 곁에 있을 거야. 네가 진실을 밝혀서 모든 걸 잃어도 내가 그만큼 채워 줄게. 사람들이 널 미워하는 것만큼 아니, 그보다 더 많이 널 사랑할 거야."

"……."

"부끄럽지 않은 남편, 떳떳한 아빠가 되도록 노력할게. 그러니까 서노아 나랑……."

수현은 더 이상 말을 이어 갈 수 없었다. 왜냐하면 아까부터 눈물을 참고 있던 노아가 결국 수현에게 안겨 울음을 터트렸기 때문이다.

자신의 품에서 그가 미워서가 아니라, 그 때문에 힘들어서가 아니라, 그 때문에 행복해서 울고 있는 노아를 수현은 으스러져라 꼭 껴안았다. 그리고 노아의 귓가에 대고 진심이 담긴 목소리로 제 마음을 고백했다.

"사랑해, 서노아."

"저도 사랑해요, 수현 씨."

지금까지 아무런 말이 없던 노아는 이제야 울음기 가득한 목소리로 수현의 고백에 답했다.

두 사람은 한참 동안이나 마치 겨루기라도 하듯 서로에게 사랑한다는 말을 반복했다.

참 외롭고 바보 같던 남자가 그처럼 외롭고 바보 같던 여자를 만나 서로에게 사랑받고, 사랑할 수 있게 됐다.

두 사람은 평생 서로 함께, 서로의 외로움을 채워 주기로, 그렇게 약속했다.

에필로그

"스탠바이, 큐!"

온통 하얀색으로 꾸며져 있는 넓은 스튜디오 위에 밝은 빛이
비쳤다. 그곳에 나란히 앉은 네 커플은 사인이 떨어짐과 동시에
모든 시선을 카메라로 집중했다. 감독의 사인이 떨어지자 MC가
방금까지도 계속 연습하고 있던 멘트를 바쁘게 뱉어 냈다.

"안녕하세요, 육아 예능 〈아빠 힘내세요〉의 MC 김성민입니다.
오늘은 설 특집으로 스튜디오에 〈아빠 힘내세요〉의 출연진 분들
을 모셨는데요. 수아 아빠 한수현 씨와 엄마 서노아 씨를 먼저 만
나 뵙겠습니다."

MC의 멘트와 함께 화면에 수현이 비쳤다. 서른이 넘은 나이에
도 여전한 그의 모습에 방청석에선 감탄사가 들려왔다. 마찬가지
로 변한 곳 하나 없는 노아가 방청객의 환호에 괜히 울컥한 듯 미

409

간을 구겼지만 수현은 사람들에게 노아를 자랑하듯 그녀의 어깨를 감싸며 자기소개를 시작했다.

"안녕하세요. 수아 아빠 한수현."

"엄마 서노아입니다."

"네. 반갑습니다. 한수현 씨, 요즘 인기가 대단하세요. 기존 차가웠던 이미지와 다르게 딸바보의 모습을 보여 줘 제2의 전성기를 누리고 계신데요, 꺼려 하시던 예능 출연을 결심하시게 된 계기가 노아 씨 덕분이라는 얘기가 있어요."

"맞습니다. 제가 와이프 말이라면 자다가도 벌떡 일어나거든요."

예전에는 상상도 할 수 없던 그의 재치 있는 입담에 방청석에서 웃음이 터져 나왔다. 방청객들을 따라 MC도 웃음을 터트리고, 입가에 미소를 유지한 채 다시 질문을 이어 갔다.

"한수현 씨는 딸바보는 물론 애처가로도 많이 알려져 있죠."

"이렇게 예쁜 여자가 와이픈데 어떻게 애처가가 안 되겠습니까."

수현의 느끼한 말에 다시 한번 방청객들이 웃기 시작했다. 정작 닭살 돋는 말을 한 수현은 담담하기만 한데 노아는 민망함에 얼굴이 달아올랐다. 수현은 노아가 귀여운지 꿀이 떨어질 것만 같은 시선으로 노아를 바라봤다.

아직도 신혼부부 같은 두 사람의 모습에 MC는 웃으며 다시 질문을 건넸다.

"두 분 사이가 그렇게 좋으셔서 둘째가 찾아왔나 봐요. 항간에 떠도는 소문에 의하면 수아가 태어나던 날 분만실에서 한수현 씨가 대성통곡을 하셨다는데, 사실이십니까?"

"네, 사실입니다. 와이프가 너무 힘들어하는데 제가 해 줄 수 있는 게 없어서 와이프랑 같이 울었습니다. 그래서 둘째는 갖지 않으려고 했는데……."

"여보!"

수현이 말끝을 흐리며 다시 느끼하게 노아를 쳐다보자 노아가 결국 수현을 향해 소리쳤다. 수현은 '내가 뭘?' 이라고 말하는 듯 아무렇지 않은 표정으로 능글맞게 웃었고 방청객들 역시 그 모습을 보며 다시 웃기 시작했다.

노아는 정말 고개를 들 수 없을 정도로 민망해 얼굴이 금방이라도 터질 듯 금세 달아올랐다. 수현은 그걸 보고 웃으며 차가운 손으로 노아의 얼굴을 쓰다듬어 열을 식혀 줬다.

그 모습만으로도 수현이 노아를 너무 사랑하는 게 잘 느껴져, 진행을 해야 하는 MC를 포함한 스튜디오 안 모든 사람들이 부러움 섞인 시선으로 두 사람을 쳐다봤다. 그렇게 따뜻한 분위기가 잠시 흐르고, 뒤늦게 정신이 돌아온 MC는 노아와 수현 부부에게 마지막 질문을 건넸다.

"둘째를 만날 날이 얼마 남지 않았다고 들었습니다."

"네. 이제 한 달도 남지 않았네요."

"둘째는 아들이라고 들었는데, 곧 태어날 아들에게 하시고 싶은 말씀이 있나요?"

수현은 MC의 질문에 아무런 대답도 하지 않았다. 다만 열심히 쓰다듬던 노아의 얼굴에서 살며시 손을 떼더니 이번엔 만삭인 노아의 배 위에 조심스럽게 손을 올리며 진지한 목소리로 말했다.

"⋯⋯엄마는 아빠 거야."

진심이 담긴 수현의 말에 결국 마지막까지 방청석에서는 웃음소리가 들려왔다.

노아는 민망함에 얼굴이 더욱 달아올라 바쁘고 손부채질을 하고, 수현은 노아의 손을 서둘러 잡으며 노아가 팔이라도 아플까봐 그녀를 대신해서 부채질을 해 줬다.

연애 1년과 결혼생활 5년을 한 부부라고는 믿을 수 없을 정도로 여전히 신혼부부 같은 두 사람을 사람들이 모두 흐뭇하게 바라봤다.

이미 충분히 많은 시간이 흘렀음에도 불구하고 두 사람은 마치처음처럼 이렇게 여전히 서로를 애틋하게 사랑하고 있었다.

"걸을 수 있어? 안아 줄까?"

촬영을 마치고 난 후, 수현은 주차장을 향해 바쁘게 걷고 있는 노아의 뒤를 따르며 진지하게 물었다. 노아의 미간이 살짝 구겨지고, 그녀는 어이가 없어 피식, 하고 입가에서 웃음이 새어 나왔다.

"너무 과잉보호예요."

"지금 과잉보호 안 하게 생겼어? 바람 불면 날아갈 것 같은 네가 이렇게 아기를 품고 있는데."

우웩. 이미 입덧할 시기는 훨씬 지났음에도 불구하고 노아는 순간 헛구역질이 나왔다. 정말이지, 이 남자는 언제쯤 와이프 앓이가 끝나려는 건지…… 아무리 생각해도 미스터리였다.

수현은 연약하고 소중한 와이프가 차 문을 여는 것도 용납할 수 없는지 먼저 달려가 문을 열어 줬다. 그리고 몸이 무거운 노아가 차 안에 무사히 자리 잡는 것을 도와주고, 안전벨트까지 매 준 후에야 드디어 운전석에 올랐다.

원래 수현은 안전 운전과 거리가 먼 사람이었다. 하지만 노아와 만나고부터는 도로 위에서 거북이도 이런 거북이가 없었다. 혹시 소중한 와이프 노아가 놀랄까, 배 속에 있는 아기가 놀랄까 부드럽게 운전을 하던 수현은 주변을 둘러보며 노아에게 말했다.

"오랜만에 한 방송 출연이라서 부담스러웠을 텐데 고생했어. 맛있는 거 먹고 들어가자. 저번에 네가 괜찮다고 한 레스토랑 예약해 뒀는데……."

"수현 씨."

노아는 수현의 말을 끊고 오랜만에 그의 이름을 불렀다. 결혼 후부터는 여보 소리가 입에 배어 있던 노아이기에 수현이 의아한 듯 노아를 쳐다보자 무슨 생각을 하는지 잠시 멍하니 허공을 보고 있던 노아가 작게 말했다.

"……참 신기해요. 지금 이렇게 살고 있다는 게. 이거 설마 꿈은 아니겠죠?"

수현은 노아의 물음에 아무런 대답도 하지 않았다.

5년 전, 수현과 노아는 언론에 모든 사실을 알렸다. 노아는 사실 자신은 모태 솔로에 소심한 성격인 사람이며 연애 지침서는 모두 소설이고 도도하고 당당한 모습은 전부 연기였다고 밝혔다.

수현 또한 첫사랑 제니의 이야기를 시작으로 지금까지 일부러 여자들에게 상처를 줬었다는 사실을 밝히며 피해자들에게 공개적으로 사과를 하는 기자 회견을 열었다. 그리고 부풀려진 잘못된 소문들로 상처받은 피해자들을 위해 온갖 해명을 하고 피해자들이 다시 활동을 할 수 있게 최대한의 지원을 아끼지 않았다.

하지만 이런 두 사람의 용기와 노력에도 언론은 냉정했고, 죗값은 생각보다 혹독했다.

이미 출간한 지 몇 년이 지난 책인데도 불구하고 환불 요청이 쏟아졌고 서연과 상의를 끝낸 노아가 공동 대표 자리에서 물러났음에도 회사는 잠시 휘청거렸다. 악플은 물론이고 온갖 계약 해지에 반환 소송까지 겹치며 수현은 톱모델의 타이틀을 순식간에 잃었고, 두 사람의 이미지는 망가질 대로 망가져 비호감 커플로 자리매김했다.

당연히 축복받아야 할 결혼 발표는 비난받았고, 결국 두 사람은 가족 친지들만 모아 조촐한 결혼식을 올렸다.

뜨거운 냄비라고 알려진 언론은 1년 가까이 시간이 흘러도 좀처럼 식을 기미를 보이지 않았다. 서로를 격려하며 하루하루를 버티던 두 사람도 점점 지쳐 가 심각하게 이민을 고민할 때쯤, 두 사람에게 새 생명이 찾아왔다.

재기를 꿈꿨지만 어떤 방법으로도 불가능했던 수현과 새로운 꿈을 찾을 여유조차 없었던 노아는 그 생명으로 인해 다시 한번 일어서기로 마음을 먹었다.

수현은 떳떳한 남편, 떳떳한 아빠가 되기 위해 밥보다 더 소중하게 여겼던 자존심까지 버려 가며 일을 따내기 위해 노력했다. 제 뜻대로 되지 않아 수현이 무너질 때면 항상 노아가 그의 곁에서 격려를 아끼지 않았다.

그 결과 여전히 욕도 먹고, 예전만큼 엄청난 인기를 누리지는 못하지만, 수현은 재기에 성공할 수 있었다.

심리적으로 많은 고통을 겪었던 노아는 이곳저곳에 상담을 받으러 다니다 처음으로 하고 싶은 일을 찾아 뒤늦게 공부를 시작하곤 당당히 청소년 상담사라는 직업을 얻었다.

청소년 상담사 일을 하던 도중 학생의 아빠였던 방송국 PD와 우연히 만나면서 노아는 다큐멘터리에 출연할 기회가 생겼다. 두 사람의 진심 어린 이야기를 담은 다큐멘터리를 관심 있게 본 PD와 연이 닿아 육아 프로그램 〈아빠 힘내세요〉에 출연 제의를 받았다.

사실 수현은 이제야 비로소 대중에게서 잊히고 있는 노아가 다시 언론의 주목을 받게 될까 봐, 자신도 견디기 힘든 비난을 사랑하는 딸 수아가 받게 될까 봐 많이 두려워했다.

하지만 노아는 그런 수현의 곁에서 항상 그래 왔듯이 다 잘될 거라며 그를 다독여 줬고, 덕분에 용기를 얻은 수현이 예능 출연을 결심하며 제2의 전성기를 맞았다.

수현은 항상 자신의 인생에 어떻게 이런 여자가 나타났는지 모르겠다고, 그녀로 인해 과분할 정도로 행복하다고 매일매일 노아에게 고마워했다. 그 고마움과 노아를 향한 애정이 그의 모든 행동에 드러나다 보니 두 사람은 연예계에 소문난 잉꼬부부가 되어 있었다.

수현은 말로 전부 표현할 수 없을 정도로 고맙고, 사랑스러운 여자를 한동안 아무런 말 없이 쳐다봤다. 그리고 힘들었던 과거를 언제 회상했냐는 듯 입가에 미소를 띠더니 손을 뻗어 노아의 얼굴을 쓰다듬으며 말했다.

"난 우리가 행복하게 잘 살고 있는 것보다 네가 내 곁에 있는 게 더 꿈같아."

"……."

"사랑한다. 서노아."

수현은 공식적인 자리가 아닌 이상 항상 '누구의 엄마'가 아닌, 노아의 이름을 다정하게 불러 줬다. 오늘도 마찬가지였다.

노아는 매일 아침 수현의 사랑한다는 말과 함께 눈을 떠, 그 말을 오늘만 해도 다섯 번은 더 들은 것 같았다. 그러나 그녀는 질려 하지 않고 웃더니 수현과 같은 자신의 마음을 입 밖으로 꺼냈다.

"사랑해요, 수현 씨."

참 많이 아프고 괴로웠던 두 사람, 결국엔 서로가 있었기에 그 시간들을 이겨 낼 수 있었다.

그렇게 한때 만인의 연인이었던 마성의 그 녀석, 한수현은 사랑하는 여자 서노아만의 남자가 되어 오늘도 서노아만을 사랑한다.

—The end

외전 - 봄이 왔습니다

승현이 봄을 처음 만난 건 아직 눈이 다 녹아내리지 못한 어느 늦겨울이었다.

승현은 노아의 친구인 서연에게 등 떠밀리듯 소개팅 자리에 나왔다. 마냥 기분 좋게 나온 자린 아니었지만 그렇다고 해서 불쾌할 정도도 아니었다.

그는 항상 긴장하면 표정부터 굳어 버리는 탓에 무뚝뚝한 제 표정이 상대방에게 실례가 될까, 약속 시간보다 일찍 나와 표정 연습을 했다.

남들이 보면 자칫 우스꽝스럽다고 느껴질 만큼 이리저리 바쁘게 얼굴을 매만지길 몇 번, 갑자기 요란한 소리가 들리며 카페 안으로 한 여자가 뛰어 들어왔다. 키는 한 155cm 정도 될까? 한눈에 보기에도 작은 체구의 여자는 누군가를 찾는 듯 정신없이 주변을 둘러봤다.

승현은 왠지 모르게 그녀에게 시선이 가 한동안 말없이 그녀를 지켜봤다. 어쩐지 순간 그녀가 오늘 자신이 만나기로 한 사람인 게 아닐까 하는 생각이 들었다. 사실 머리로 한 생각보다는 본능적인 느낌에 가까웠다.

"……유봄 씨?"

승현 특유의 낮은 음성으로 그녀의 이름을 부르자 봄은 바쁘게 주변을 둘러보던 행동을 멈추고 동그란 눈으로 승현을 쳐다봤다.

그녀는 쌍꺼풀이 없는 큰 눈에 새하얀 피부를 가진, 미인은 아니었지만 오밀조밀한 이목구비와 단발머리가 아주 잘 어울리는 매력적인 여자였다.

봄은 아직 약속 시간까지 시간이 조금 남았음에도 불구하고 뛰어온 건지 머리가 잔뜩 흐트러지고, 볼은 열기로 붉게 달아올라 있었다. 그녀는 머리를 정리할 생각은 하지 않은 채 한참 동안 맑은 눈동자로 승현을 바라보기만 했다.

좀처럼 움직일 기미를 보이지 않는 봄을 보며 승현은 자리에서 일어나 그녀에게 다가갔고, 살며시 고개를 숙이며 먼저 인사를 건넸다.

"한승현이라고 합니……."

"우와, 되게 크다……."

서른이라고 믿기 힘들 만큼 어려 보이는 외모에 맑고 순수한 여자. 그게 봄과 승현의 첫 만남이었다.

　　◆　◆　◆

　봄의 직업은 동화 구연 교사였다.

　왜 그렇게 사람이 순수한 건지, 승현은 그녀의 직업을 듣자마자 단번에 이해할 수 있었다.

　아이들에게 동화를 읽어 주는 게 직업인 사람답게 봄은 늘 맑고 큰 목소리와 약간은 오버스럽게 느껴질 정도로 과한 제스처로 승현을 대했다.

　이야기를 나눌 때는 항상 눈을 마주치고, 승현의 작은 행동 하나에도 동그란 눈이 반달이 되도록 예쁘게 웃어 주는 여자. 어쩌면 이상한 사람이 아닐까 생각했던 그녀는 사실 천사같이 깨끗하고 순수한 사람이었다.

　봄과 승현은 신기할 정도로 닮았고, 또 달랐다. 취미와 취향이 비슷해 데이트를 할 때면 많은 고민을 하지 않아도 됐지만, 겉으로 보이는 성격은 정반대였는데, 그게 오히려 두 사람에게는 긍정적으로 느껴졌다.

　과묵한 승현과 수다스러운 봄.

　그녀는 승현의 옆에 있는 동안 단 1분도 쉬지 않고 재밌는 거든, 사소한 거든 승현에게 많은 이야기를 들려줬다. 가끔씩 승현이 한마디를 건넬 때면 경청하고 공감해 주기도 했다. 거기다 그녀는 아이들과 오랜 시간을 보내는 사람답게 사람의 속마음을 잘 읽어 내 그가 힘들 때면 아무런 말 없이 곁을 지켜 줬다.

　승현은 아이같이 순수하다가도 때론 승현보다 더 어른스러운 그녀와 빠르게 가까워졌다.

사실 처음에는 첫사랑 노아와 비슷한 순수한 모습 때문에 끌렸지만, 어느 순간부터 승현은 봄을 봐도 전혀 노아 생각이 나지 않았다. 게다가 객관적으로 봤을 때 그녀는 예쁜 외모가 아님에도 불구하고 승현에게는 누가 봐도 미인인 노아보다 아니, 이 세상 그 어떤 여자보다 봄이 가장 예뻐 보였다.

그런 생각이 들 때쯤, 승현은 마음 깊은 곳에서부터 걱정이 피어올랐다. 그렇게 가슴이 아플 정도로 노아를 사랑했는데, 이렇게 쉽게 잊고 또 다른 사랑을 해도 되는 걸까? 원래 사랑이라는 게 이렇게 아무렇지 않게 다시 시작할 수 있는 걸까?

승현은 사랑이라는 감정을 느껴 본 사람이 노아와 봄, 단둘밖에 없었기에 이게 옳은 건지 고민이 되었다. 자신이 노아를 빨리 잊은 것처럼 봄에게 자신도 빨리 잊힐까 봐 두려웠다.

그래서 승현은 그녀와 함께 있을 때면 하늘을 날 것처럼 행복했다가도 순식간에 땅 속까지 박히듯 불행해졌다. 하루에도 수십 번씩 행복과 불행 사이를 오가며 그렇게 승현은 하루하루 지쳐가고 있었다.

항상 포커페이스를 유지하던 그의 얼굴 위에 눈에 띄게 그늘이 졌다. 봄은 그 모습을 곁에서 지켜보며 그가 직접 제 속내를 말하고 싶어질 때까지 묵묵히 기다려 줬다.

하지만 아무리 시간이 흘러도 승현은 선뜻 말을 꺼내지 못했다. 봄은 더 기다려도 그가 먼저 말을 꺼낼 수 없을 거라는 걸 깨닫고는 그에게 조심스럽게 물었다.

"무슨 고민 있어요?"

살근살근 듣기 좋은 목소리가 승현의 귓가에 들렸다. 아름답고 기분 좋은 그녀의 목소리에 분명 기분은 좋은데도 승현은 웃음이 나오지 않았다. 그저 한참 멀뚱히 봄을 바라보고만 있더니 이내 머뭇거리며 무뚝뚝한 말투로 물었다.

"사랑……해 보신 적 있습니까."

무슨 '도를 아십니까.'도 아니고, 긴장감에 잔뜩 굳은 얼굴로 자신에게 물어 오는 승현을 보자 봄은 웃음이 나왔다. 하지만 금세 진지한 얼굴로 심각하게 고민을 했다. 그의 엉뚱한 질문엔 그만한 이유가 있을 거라 생각했다. 봄은 잠시 후 뭔가가 떠올라 웃으며 답했다.

"해 봤죠. 그것도 엄청 많이."

"많이……?"

이 무뚝뚝한 남자에게도 질투심이 있긴 했던 건지 사랑을, 그것도 엄청 많이 해 봤다는 대답에 승현의 미간이 구겨졌다. 봄은 혼자 한참을 쿡쿡거리다가 가뜩이나 무서운 승현의 얼굴이 점점 더 험악해지자 그제야 웃음을 멈추며 답했다.

"우리 엄마, 아빠도 사랑하고 유치원 선생님들도 사랑하고 원생들도 사랑하고, 또……."

"그런 거 말고."

"……."

"그러니까 이성적으로 애정을 갖고……."

승현은 평소답지 않게 봄의 말을 끊으며 기어들어 가는 목소리로 중얼거렸다. 봄은 승현을 뚫어져라 쳐다봤다. 부담스러운 시선에 승현이 눈을 피하자 그녀는 그때서야 다시 말을 이어 갔다.

"제가 다른 사람을 사랑했다고 해서 지금 승현 씨를 사랑하지 않는 건 아니에요."

"무슨……."

"지금 승현 씨를 사랑한다고 해서 그때 그 사람을 사랑하지 않았던 것도 아니고요."

승현은 도무지 그녀의 말뜻을 이해할 수 없다는 표정으로 그녀를 바라봤다. 봄은 그런 승현을 잠시 진지한 표정으로 말없이 바라보다 이내 단호한 목소리로 말했다.

"그러니까 전에 사랑했던 사람을 잊고 새로운 사랑을 시작하는 건 나쁜 게 아니에요."

분명 승현은 모든 것을 말한 적이 없는데, 봄은 항상 승현의 고민을 완벽하게 읽어 냈다. 승현의 고민에 대한 해답은 항상 간단하고 어렵지 않은 것이었다. 그러나 신기하게도 그녀의 입에서 나온 말을 들으면 모든 고민이 사라졌다.

이번에도 그녀의 말을 듣자 지금까지 사랑했던 노아를 너무 빨리 잊은 게 아닐까 하는 죄책감과, 만난 지 얼마 되지 않은 봄에게 이렇게 마음을 둬도 되는 거냐는 의구심이 수그러들며 마음이 편안해졌다.

참 신비로운 여자. 승현은 그녀의 말에 조금 더 많이 그녀를 사랑해도 될 것 같다는 생각이 들었다.

이야기를 할 때마다 바쁘게 움직이고 있는 봄의 새하얀 손을 승현은 말없이 쳐다봤다.

어느덧 두 사람이 만난 지 세 달. 하지만 두 사람은 손 한 번 잡아 본 적이 없었다.

솔직히 말하면 승현도 봄과 스킨십을 하고 싶었다. 손을 잡고 싶은데, 남자답게 먼저 잡아야 하는데. 이런 생각을 하면서도 정작 행동으로 옮길 수 없는 자신이 스스로 생각하기에도 답답하다고 느껴졌다.

둘러대야 할까. 아니면 상대가 부담스러워할 수도 있으니 일단 물어봐야 하는 걸까.

동생 수현은 매번 만날 때마다 '그런 건 원래 아무런 말 없이 하는 거야.' 라며 승현을 타박했지만, 승현에게는 여전히 쉽지 않았다.

지금까지 여자와 깊은 관계를 맺어 본 적이 없어 스킨십 자체가 어렵게 느껴졌고, 자신의 행동에 상대가 부담감을 느낄지도 모른다는 걱정에 고민만 하다 그녀를 보낸 적이 한두 번이 아니었다. 봄을 데려다주고 집으로 돌아가는 차 안에서 승현은 수십 번도 더 한숨을 내쉬었다.

오히려 소극적인 자신을 그녀가 답답하게 여기는 건 아닐까. 그렇다고 적극적으로 행동했다간 부담스러워하지 않을까. 차라리 공부를 하고 일을 하는 건 어렵지 않은데, 승현은 좋아하는 여자 앞에만 서면 바보가 됐다.

그렇게 오늘도 손 한 번 제대로 잡아 보지 못하고 봄과 헤어질 시간이 됐다.

승현은 바보 같은 자신의 모습을 욕하며 봄과 함께 자리에서 몸을 일으켰고, 그 순간 봄이 승현의 손을 잡아 줬다. 겉으로 보이는 체구처럼 봄의 손은 작았고, 생각했던 것보다 훨씬 더 따뜻했다.

하지만 승현은 그녀의 따뜻한 온기를 느끼기도 전, 갑작스러운 봄의 행동에 그대로 얼음이 되어 아무런 말 없이 그녀를 바라보기만 했다.

봄은 항상 그래 왔듯이 맑고 순진한 눈으로 그런 승현과 눈을 맞췄다. 그리고 입가에 예쁜 미소를 지으며 말했다.

"승현 씨 손이 추워 보여서요."

승현은 생각했다.

역시…… 이상한 사람인가 보다.

그 이상한 사람에게 승현은 오늘도 가슴이 떨렸다.

◆ ◆ ◆

"여보, 무슨 생각을 그렇게 곰곰이 해요?"

열어 둔 문틈 사이로 바람이 새어 들어오는 테라스 앞에 서서 옛날 일을 회상하고 있는 승현의 귓가에 듣기만 해도 가슴이 떨리는 사랑스러운 목소리가 들려왔다. 승현이 살며시 뒤를 돌아 상

대를 확인했다. 그 무뚝뚝했던 사람의 입가에 자신도 모르게 미소
부터 번졌다.

"……왜 일어났어요. 잠이 안 옵니까?"

평생을 써 온 터라 입에 밴 존댓말은 여전했지만, 승현의 말투
는 눈에 띄게 부드러워져 있었다. 단순히 세월이 지나면서 변했기
보다는 그의 아내인 봄 한정으로 뱉는 말투였다. 아내를 바라보는
그의 눈에는 깊은 애정이 어려 있었다.

승현은 임산부인 봄이 혹시 감기라도 걸릴까 걱정이 되어 서
둘러 테라스 문을 닫고 봄에게로 다가갔다. 봄은 출산을 앞두고
걷는 것조차 힘이 들어 보였다. 승현이 얼른 다가가 팔을 벌리
자 봄이 승현에게 안기며 특유의 나긋나긋한 목소리로 속삭이듯
말했다.

"아가들이 옆에 아빠가 없으니까 불안한가 봐요."

봄의 말에 승현은 다시 미소를 지었다. 그리고 사랑하는 아내
의 가는 어깨를 안아 주며 낮지만 듣기 좋은 목소리로 말했다.

"……동화책 읽어 줄까요?"

"네! 자장가도요."

봄의 한마디에 지금까지 웃고 있던 승현의 얼굴에 검은 그림자
가 드리웠다. 그가 눈빛으로 '그건 좀…….' 하고 전하면, 봄은
"농담이에요." 하고 말하며 예쁘게 웃었다.

승현은 그런 봄을 사랑스럽다는 듯 바라보며 그녀와 함께 침실
로 들어갔다.

그 후 새벽녘까지 방의 문틈으로 동화책을 읽어 주는 승현의

낮은 목소리가 들리는 건 물론, 어색한 자장가를 불러 주는 소리, 이젠 버릇처럼 입에 밴 사랑한다고 고백하는 소리가 새어 나왔다.

착실한 아들, 착한 형, 사랑하는 남편, 그리고 곧 쌍둥이의 아빠가 될 남자.

그렇게 따뜻한 남자 승현에게도 영원한 봄이 왔다.

안녕하세요, 독자님들! 단유애입니다. :)

생애 첫 종이책 후기를 쓰는 지금, 감회가 새롭습니다. 먼저 부족한 글임에도 불구하고 끝까지 함께해 주신 독자님들께 진심으로 감사하다는 말씀 올리고 싶습니다.

'마성의 그 녀석'은 웹소설로는 두 번째 작품입니다. 개인적으로 상처가 있는 사람들이 사랑함으로써 치유되는 이야기를 좋아해, 단순히 "그걸 써 보자!"는 생각으로 시작한 작품이었어요.

소심한 성격 탓에 부모님의 걱정이 돼, 자존감이 낮은 노아. 첫사랑의 상처로 삐뚤어진 수현.

각기 다른 상처가 있는 남녀가 만나, 사랑함으로써 조금씩 변해 가고 성장하는…… 게 이 작품의 목표긴 했는데, 글에 잘 나타

났는지는 사실 저도 의문입니다. ^^;;

　나쁜남자물은 첫 도전이었어요. 집필 전에 나쁜 남자를 제대로 표현하지 못할까 봐 많이 걱정했는데, 남주 변경 요청이 들어올 정도로 수현이의 비호감도가 높아(……) 그거 나름대로 걱정이었습니다.
　다행히도 독자님들께서 마지막엔 '수현이가 정말 마성의 남자인 건지 마냥 미워할 수만 없다.'는 말씀을 해 주셔서, 가슴을 쓸어내린 기억이 어렴풋이 있네요. ^^

　사실 에필로그 장면을 집필할 때 많은 망설임이 있었어요. 에필로그 장면은 행복한 모습을 담아내는 게 보통인데, 결혼 이후 힘들었던 두 사람의 삶을 담아도 괜찮을까, 걱정이 됐거든요.
　하지만 노아도 세상을 속여 많은 이득을 취한 사람이었고, 수현이는 많은 여자들에게 씻을 수 없는 상처를 줬어요. 죗값을 치르는 게 마땅하다는 판단했어요.
　그리고 항상 나쁜남자물을 읽을 때마다 남주가 여주한테는 사과를 해도, 다른 피해자들에겐 사과가 없는 게 마음에 걸렸거든요.
　자신이 저지른 일에 대한 죗값을 치르는 것도 또 하나의 성장이라고 생각해 고집을 부렸는데, 부디 독자님들께서도 긍정적으로 받아들여 주셨으면 좋겠습니다!

개인적으로 우여곡절이 많던 작품인데, 감사한 분들이 많아 그 기간을 잘 견뎠습니다.

먼저, 이 책이 나올 수 있도록 사랑해 주신 독자님들께 정말 감사합니다. 부족한 작품임에도 불구하고 많은 사랑을 주셔서 집필을 하는 동안 너무 행복했습니다.

아직 미숙한 저 때문에 고생해 주신 편집자님들께 감사하다는 말씀 드리고 싶어요. 종이책은 처음이라서 많이 헤맸는데, 그때마다 많은 도움을 주셔서 정말 감사합니다.

엄마, 아빠, 오빠. 항상 저를 믿어 줘서 고마워요. 사랑합니다!

친자매 같은 혜지 언니, 하나 언니, 미현이. 사랑하는 내 친구 재윤이, 보미, 희정이, 주희. 모두 응원해 준 덕분에 항상 힘을 얻어. 정말 고마워!

마지막으로 멋진 동료 라브로지아 작가님, 항상 힘이 되어 주셔서 정말 감사합니다!

감사한 분들이 많아서 더욱 행복하게 글을 쓸 수 있었던 것 같습니다! 부족한 글이었지만, 독자님들께서 이 글을 읽으시는 동안 조금이라도 행복해지셨기를 바랍니다. 앞으로 독자님들께 좋은 일만 가득하시길 기원하며, 저는 이만 물러갑니다! :D

2017년 늦여름, 단유애 올림.

마성의
그 녀석

초판 1쇄 찍음 2017년 8월 24일
초판 1쇄 펴냄 2017년 8월 31일

지은이 | 단유애
펴낸이 | 정　필
펴낸곳 | (주)뿔미디어

편집장 | 박경희
기획 · 편집 | 이유나
표지 디자인 | 박현진

출판등록 | 2002년 9월 11일 (제1081-1-132호)
주소 | 경기도 부천시 원미구 소향로 17, 303(두성프라자)
전화 | 032)651-6513 / 팩스 | 032)651-6094
E-mail | dahyangs@naver.com
블로그 | http://blog.naver.com/dahyangs
비북스 | http://b-books.co.kr

값 9,000원

ISBN 979-11-315-8140-7 03810

www.b-books.co.kr

www.b-books.co.kr